Snøtigerens klør

Al'duchans skatt
Del 2

Av
Anne Olga Vea

ISBN 978-82-93355-24-3
Utgiver Anne Olga Vea/Skogtrollet forlag

Kapittel 1: Bitter ankomst

La sjelen fly i rusen, i kampens hete og fryd
Led oss ei til fall
La oss synge for våre falne når dagen atter gryr
Hør ulvene hyle mot månen i natt

Det var allerede godt utpå dagen før Ygraine og de to kom seg opp, de følte seg trygge der og nøt den følelsen så lenge de kunne. Det rant en liten bekk bak hytta og de vasket seg fort før de kom seg i klærne og forberedte turen videre. Ygraine var merkelig øm visse steder men det var en god ømhet og hun greide ikke angre på det hun hadde gjort, ikke på noe vis.
Ohlain fanget inn hestene og salte på dem og Duchlain prøvde å finne en brukbar vei videre. Det var ikke enkelt å skjønne hvordan de skulle komme seg tilbake til Catendhar. Orkene var foran dem og de kunne ikke regne med at det ble enkelt å komme seg gjennom deres rekker. Duchlain mente at de kanskje kunne benytte seg av elvene men det kunne bli vrient å finne en båt for folk hadde antagelig brukt dem om de hadde rukket å flykte. Ohlain mente at de bare fikk prøve, elvene var forholdsvis trygge og Duchlain var enig. De fikk bare bruke øynene og håpe at de nådde slettene usett. Ygraine hadde ikke lyst til å forlate dette stedet, hun hadde likt det og hun visste at det var fare de gikk mot. De hadde lite våpen og hun var ikke en kriger i det hele tatt. Hun var kun en hemsko i det henseende. Duchlain og Ohlain samarbeidet uten et ord, de brøt leir og Ygraine ble plassert på den samme hesten som dagen før. Duchlain holdt en kurs i vestlig retning nå, han håpet at de kunne finne en noenlunde brukbar vei slik. Været var ganske godt men det

var kaldt og det blåste sterkt og Ohlain likte det ikke. Ulingen fra vinden skjulte andre lyder og han virket svært anspent der de red. De fulgte et grunt dal leie det meste av dagen, det var stort sett bare stein der og ingen spor av orker og det virket fredelig der. Ygraine så noen kaniner og fugler og hun prøvde å følge med på terrenget og lære det hun kunne av de to. Hun var temmelig ukjent med hvordan en skulle klare seg i villmarka og Ohlain avslørte snart at han kunne mye om alt fra planter til stein. Han viste henne planter som kunne brukes som medisin og slikt som var spiselig og han viste henne også noen vakre hvite blomster som var dødsens giftige. Ygraine hadde ikke visst noe særlig om naturen da hun ble sendt bort og det vesle hun lærte i tempelet var kun knyttet til de aktivitetene som foregikk der. Duchlain forklarte henne om spor og dyr som fantes der oppe og hun lyttet fascinert til fortellinger om jakt og ting de hadde sett. Hun visste ikke riktig om hun burde tro på alt men Duchlain bedyret glisende at alt var rene skjære sannheten.

Da det begynte å mørkne var de kommet et godt stykke av sted men hun visste at det var langt til slettene ennå og enda lengre til Catendhar.

De slo leir i en liten hule, de kunne ikke tenne bål og Ygraine ble liggende mellom de to mennene og fikk varme fra begge to. Ingen prøvde på noen tilnærmelser denne natten, Ygraine var sliten og mør og de måtte være stille. Hun ble liggende litt og bare nyte nærheten og hun bare tryglet gudene om at det ville gå bra, at dette merkelige forholdet deres aldri ville føre vondt med seg.

Da de våknet neste morgen kjente hun at magen ulte av sult og hun var tørr i munnen, hun visste at de trengte mat snart og Duchlain strakte seg og gjespet bredt. Ohlain var på beina og så seg om, han var på vakt som alltid og tok en liten rundtur i terrenget før de brøt opp og red videre. Han så ingen farer der så de holdt god fart gjennom dalen, det helte mer nedover nå og siden været var grått med mye tåke så de ikke langt. De red svært varsomt og Ohlain hadde vurdert å ta av skoene på ridehestene. Det var litt risikabelt men gav ikke så mye lyd og dyrene hadde gode hover så de tålte det nok men det krevde redskap de ikke hadde for øyeblikket.

Nå begynte de å se tegn på at orkene hadde vært der, spor og bålplasser og Ohlain sjekket asken nøye. Den var kald så det var dager siden de var der men de kunne ikke ta noen sjanser lenger. Ygraine hadde ørene på stilker hele tiden og prøvde å lytte etter unormale lyder, hun var blitt vant til å ri nå og gjorde det uten og egentlig å tenke over det. De hadde ridd mesteparten av dagen da de nådde en liten tverrgående dal, Duchlain var ikke riktig sikker på hvilken retning de burde velge videre og de ble der en liten stund mens Ohlain rekognoserte. Alven kom tilbake temmelig fort, han hadde oppdaget at dalen endte i et stup i vestenden så de måtte gå for øst uansett. Da de red bortover holdt Duchlain brått inne hesten og pekte forover, fjellsiden var svært bratt på siden av dalen og det lå noe langs bunnen av den loddrette veggen.

Ohlain spratt av hesten og snek seg bort, han hadde sine våpen klare og prøvde å se hva det var men han måtte helt innpå før han så at det var døde kropper. Men det var ingen spor der og han kikket oppover bergveggen, det var en sprekk der oppe og kroppene måtte ha falt ut av den. Det luktet stramt og han gren på nesa i det han gikk helt bort og identifiserte de døde som dverger. Tre kvinner og et barn. Dverger kvitter seg ikke slik med sine døde og han syntes at han hadde sett dverg våpen i ork hæren som angrep tempelet. Nå visste de hvor de hadde fått dem fra.

Duchlain var ikke glad for den nyheten, orkenes egne våpen var sjelden særlig gode og dugde dårlig i kamp. Dvergvåpen derimot var de beste som var å få tak i og han hadde en ekkel mistanke om at orkene hadde plyndret flere dvergbyer. Det var nok en liten by i dette fjellet og likene var blitt hevet ned i fjellsprekker og så hadde altså disse sklidd helt ned og ut i dagslyset. Det lå garantert mange flere oppe i sprekkene og Ygraine følte seg lett kvalm ved tanken. Det var ikke en verdig ende for noe vesen og hun var glad hun slapp å se de døde på nært hold. Ohlain snakket lavmælt med Duchlain og prøvde å avgjøre hvor mange dverger det kunne ha vært som ble drept. Det var antagelig svært mange, var flere byer gått med kunne en snakke om tusenvis og dvergene var ikke mange. Det var et skrekkelig slag for det folket, de kunne bare håpe at de klarte å reise seg igjen.

Ygraine visste lite om dvergene og Ohlain fortalte villig vekk det han kunne om dette folket, det var ikke mye men noe var det da og Ygraine var takknemlig for alt som tok tankene hennes vekk fra ferden de var ute på.

Ohlain fanget litt fisk i en bekk og de åt den rå og Ygraine klaget ikke selv om det smakte heller tamt og sært. De kunne overleve på slik mat men ikke mer enn det. Ohlain fant noen planter en kunne spise stengelen av men Ygraine klarte ikke lukten av dem, de luktet så surt at hun betakket seg. De slo leir i et lite holt med forkrøplede fjelltrær den natten, igjen ble det en kald søvn og Ygraine var glad hun hadde to å varme seg på. De delte teppene og kroppsvarme og i det minste sov hun godt. Hun bråvåknet like før det ble lyst av at Duchlain satte seg rett opp med en merkelig lyd. Det hørtes ut som et halvkvalt skrik og Ohlain hev seg forbi henne, presset broren ned. "Ved gudene Duchlain, du må være stille! Har du mareritt?" Duchlain så vill øyd på dem, de store blå øynene lyste formelig av smerte og frykt. "Noe har skjedd hjemme, noe forferdelig. Jeg føler det, noe er galt med Ilvar!"

Ohlain gispet og la pannen mot brorens, antagelig brukte han alvenes evne til å snakke telepatisk til å lese hva broren hadde følt og alven rygget bakover med et stønn. "Ja, noe har skjedd, ved alle guder!"

Duchlain grep Ohlains hånd, klemte den desperat. "Du må prøve å kontakte mor, se om du kan finne ut noe, vær så inderlig snill!" Ohlain sukket lavt. "Du vet du ikke trenger be meg gjøre det? Jeg gjør det gladelig. "

Han reiste seg, gikk og satte seg litt bortenfor dem og Ygraine omfavnet Duchlain varsomt, kjente at han skalv og det var slik frykt i blikket hans. Hun syntes skrekkelig synd på ham, hva om det virkelig var noe galt med gutten? Det ville være forferdelig tragisk. Ohlain konsentrerte seg, satte seg nesten i en slags transe. Hans tilknytning til Alima var sterk og han sølte aktivt etter hennes sinn. Avstanden var svært stor men han greide å få kontakt med henne, den var svak og ville kunne vare noen sekunder men for sinn som deres var det mer enn nok. Han slapp kontakten med et gisp og falt nesten bakover, han svettet og kjente at han hadde fått vondt i hodet. Det hadde virkelig stresset ham.

Duchlain så på broren, det var noe svart i blikket og da han så alvens uttrykk visste han allerede sannheten. Ygraine følte at den kraftige mannen liksom sank sammen, så ble kroppen stiv som en stokk og skalv kraftig. Ohlain hev seg bort til Duchlain, la handa over munnen på ham. "Ikke skrik, det kan være orker i området, vær stille ved gudene!"

Duchlain stønnet hult og kjempet mot Ohlain men alven var brutalt sterk, mye sterkere enn en skulle tro var mulig når en så den smekre fysikken. Han holdt Duchlain nede og sakte roet han seg, skjelvingen ble hulk og Ygraine så at tårene rant av ham. Ohlain strøk ham over håret med en sår mine og hvisket et eller annet på alvisk som Ygraine ikke forsto. Duchlain ble liggende der som lammet, han hev etter pusten i ville hikst og jamret seg av sjelelig smerte. "Hvordan?"

Ohlain svelget sorgtungt. "Det var så lite hun greide å formidle til meg, men det var gift, ment for Alderim"

Duchlain satte seg opp brått og så hardt at han nesten skallet ned Ygraine. Han stirret vilt ut i luften og bet tennene sammen som om han aktet å knuse dem. Ohlain la en hånd på skulderen hans, liksom advarende. "Bror, ikke la sinnet løpe av med deg, la ikke hatet koste mor enda et barn!"

De ordene roet ham, han så fort på Ohlain og nikket sakte, Ilvar hadde alltid vært en glede og et lys for Alima og han måtte tenke på henne nå, først og fremst. Han slet seg på beina, det var noe hardt i øynene som ikke hadde vært der før og Ygraine innså hvor lite hun visste om ham egentlig. Dette var hans krigerske selv, den siden av ham hun ennå ikke hadde lært å kjenne. "Du har rett bror, jeg skal tenke på mor. Men så fort vi er hjemme igjen skal jeg finne den som står bak og vedkommende skal få betale, i blod!"

Ohlain nikket beroligende. "Jeg er enig med deg bror, vedkommende skal få betale. Din far er allerede i gang med å lete. "

7

Duchlain lagde en merkelig lyd. "Jeg tviler ikke, og jeg tviler ikke på at han leter med iver heller. Men straffen er det ved gudene jeg som skal dele ut!"

Han la seg bakover igjen, lente seg mot teppene sine og lukket øynene. Ohlain så smalt på Ygraine. "Jeg går og sjekker terrenget, bli hos ham, trøst ham"

Hun bare nikket og alven forsvant i tåka, hun la seg ned ved siden av Duchlain og omfavnet ham varsomt. Han hikstet og grep henne, omfavnet henne hardt og gjemte ansiktet mot halsen hennes. Hun følte at tårene hans gjorde skjorten hun gikk i våt og han skalv og hikstet. Hun gråt selv også, hun hadde aldri møtt Ilvar, bare sett et lite portrett av gutten men det var nok til at hun sørget oppriktig. Og hun forsto godt Duchlains vrede, om noen hadde prøvd å drepe en av hans brødre var det nok til å gjøre ham rasende, og så hadde hans elskede sønn dødd i stedet. Det kunne gjøre noen og enhver gal av sorg og hun ble liggende der og stryke ham over håret.

Duchlain hadde aldri følt en slik smerte, en slik sønderrivende sorg og han ville aller helst skrike ut sinnet og pinen, rase mot verden som tok fra ham det kjæreste han hadde på en slik måte. Men han måtte tenke på Ygraine og Ohlain også, de måtte holdes trygge og han ville ikke risikere Ygraines sikkerhet for noe. Hun var hans lys nå, hans ledestjerne og store kjærlighet og bare hun kunne hindre ham i å miste vettet av tapet.

Han hadde ikke vært der, det var det verste. Han hadde ikke vært der i hans sønns siste stund, holdt handa hans og trøstet ham, gitt ham tryggheten til å foreta den siste reisen i fred. Han hev etter pusten, smerten eksploderte i ham igjen og han presset ansiktet mot Ygraines bryst og skrek ut sorgen og pinen. Hun holdt ham mot seg med kjærlig styrke og vugget ham sakte i armene og han hulket og jamret seg og hvisket usammenhengende om hvor kjær gutten var for ham og hvor forferdelig han følte seg over og ikke ha vært der. Ygraines tårer falt ned i håret hans og gjorde det vått, hun dempet skrikene hans med teppene, hjalp ham å lense ut den umiddelbare pinen og sorgen. Etter en stund roet han seg, øynene var mørke og merkelig tomme og han ordnet seg uten et ord. Ohlain hadde ikke sett noen fiender der så de steg til hest og Duchlain var taus som før da de red videre.

Dagen var grå som den forrige og de nærmet seg sakte slettene men det var vanskelig terreng og de måtte slippe løs to av hestene siden de var blitt sårbeinte. Duchlain satt der i salen, sammensunken og fanget i sine egne tanker og det ble Ohlain som ledet dem nå. Ygraine forsto ham men hun fant det også litt urovekkende. De trengte klare hoder alle sammen nå. Den dagen krysset de noen elver og et langt strekke med myr. Det gikk sakte men Ohlain var dyktig til å finne de beste veiene. Alven felte en slags stor fugl den ettermiddagen og de vågde å tenne et bål så lenge at de fikk stekt den. Tåka skjulte røyken og de hadde funnet en liten dal med høye trær som fordelte den godt. Ygraine var bekymret for Duchlain, han hadde snaut snakket hele dagen og av og til så hun at tårene rant igjen. Han led skrekkelig og hun skulle så gjerne ha hjulpet ham. Ohlain sukket og la til teppene deres, bant hestene så de ville varsle om fare. Alven forsto godt hvordan broren følte det, han elsket også nevøen dypt og tapet hadde grepet også ham hardt men han greide å holde tankene klare på tross av det. De var i fare til enhver tid så lenge de var der i fjellene.

Ygraine la seg mellom dem som før, Duchlain la seg inntil henne som om morgenen, klemte henne tett og hvisket ting hun ikke hørte. Hun la armene om ham og bare lå der, lot ham bruke henne til å lense ut smerten. Han ble stille etter litt og hun trodde nesten at han hadde sovnet men han rørte seg brått og hun gispet da han skjøv seg over henne og kysset henne grådig. Hun forsto ham, han ville prøve å glemme sorgen, drive den bort med andre følelser. Duchlain peste av iver med ett, rev av dem klærne og Ohlain hjalp ham så han ikke ødela Ygraines påkledning alt for mye. Kjærtegnene hans var røffe og krevende og fortalte om den dype sjelelige splittelsen i ham. Ygraine prøvde allikevel å gjengjelde dem og gi ham tilbake og hun var da i det minste noenlunde klar for ham da han tok henne. Nytelsen hun følte var overraskende brå og sterk og hun klynket og møtte bevegelsene hans, prøvde å vise ham at hun satte pris på det og ham. Ohlain lå ved siden av dem og øynene hans glødet nesten i mørket, han fikk også av seg klærne og hun visste at han bare ventet på sin tur. Ygraine bet seg i underleppa for og ikke skrike da hun kom, det slo gnister for øynene på henne og Duchlain stønnet hest og fulgte henne, ristet rent av kraften i det. Han ble liggende å pese og Ohlain tok plassen hans og han var varsom og kjærlig, tok det sakte og forsiktig. Ygraine følte at hun trengte begge deler like mye nå, både Duchlains røffhet og Ohlains ømhet. De utfylte hverandre på et vis, gjorde henne komplett. Ohlain fikk henne også til å komme og han besvimte heldigvis ikke av sitt eget klimaks, i stedet ble de liggende der tett sammen og fant trøst i hverandres nærhet og tilstedeværelse. Duchlain var langt mer avslappet og mye mer i fred med seg selv da han sovnet og Ygraine var glad for det.

Morgengryet kom med kulde og sur vind og de kom seg opp temmelig fort, de måtte videre og Duchlain var om ikke munter så i det minste litt mindre innesluttet enn dagen før. Han fulgte mer med på hva som skjedde rundt ham og kom med innspill. Ygraine var ikke lenger så engstelig for ham og hun slappet mer av igjen. De var kommet ned til en slak ås da Ohlain stanset hesten og skygget med handa utover, han pekte. "Vi kommer neppe særlig lenger, der har vi baktroppene deres!"

Duchlain myste og nikket, det var noe nedslått ved minen hans. "Du har rett, det er baktroppene, gudene hjelpe meg så mange!"

Ohlain rynket pannen og så alvorlig ut. "Dette har forenet dem til gangs, det må være samtlige klaner. Bare de vet hvor mange de er til sammen. "

Duchlain lukket øynene et kort øyeblikk, det så nesten ut som om han ba. "Men vi kommer neppe forbi dem, hva gjør vi da?"

Ohlain skar en grimase. "Venter, det er ikke annet å gjøre. De må komme så langt fremover mot slettene at vi kan nå elvene trygt. "

Duchlain lagde en merkelig fnyselyd. "Venter? Mens min sønn ligger død der hjemme og hans morder kanskje ennå er fri, mens orkene herjer og brenner og ødelegger vårt rike?"

Ohlain så bare rolig på ham. "Det er ikke annet å gjøre Duchlain, med mindre du kan fly?"

Duchlain strøk hendene gjennom håret og stønnet frustrert. "Nei, ved gudene. Men jeg skulle vært hjemme nå!"
Ohlain så ned i bakken med en fjern mine. "Det skulle vi vel alle" Ygraine speidet utover, dalen der fremme virket for å leve, det beveget seg overalt og hun hadde en følelse av å se ned på en stor maurtue. Men det var ikke maur, det var orker og det måtte være hundrevis av dem bare i den dalen. De var på vei utover mot slettene alle sammen og hun svelget hardt og skremt av synet.
Ohlain snudde hesten og skar en grimase. "Vi må finne et trygt sted å være i noen dager. Hestene trenger hvile også så hvorfor ikke" Duchlain bare nikket til alven. "Ri i forveien du, se hva du finner. De har vel plyndret alt her. "
Ohlain satte fart på hesten og ble borte mellom steinene og Duchlain og Ygraine red sakte videre i taushet. Duchlain hadde en grimase av smerte over ansiktet, han stirret ned i nakken på hesten. "Da Ilvar ble født var jeg livredd"
Ygraine så forskrekket på ham, hun hadde ikke ventet at han skulle si noe og i hvert fall ikke noe slikt. "Hvorfor?"
Duchlain sukket, så på henne med sorgfylt men mildt blikk. "Jeg hadde brått noen som trengte meg, som var avhengig av meg. Jeg følte min egen dødelighet for første gang Ygraine, og det skremte vettet av meg. Og samtidig var jeg så glad, så lykkelig som aldri før. Det føltes som galskap og føles som galskap nå. "
Han lukket øynene, klemte neven hardt sammen om salknappen. "Jeg har prøvd å være en god far Ygraine, jeg har prøvd å være der for ham så ofte som mulig. Noen gutter ser sjelden eller aldri sin far, jeg ville ikke være slik. Han var så lykkelig når jeg kunne være hos ham noen dager, leke med ham og lære ham ting. "
Ygraine så tårene som rant nedover kinnene hans igjen og hun rakte ut handa og strøk den over hans. "Jeg tror ingen barn kunne hatt en bedre far enn deg Duchlain. Han må ha visst hvor elsket han var!"
Duchlain slo neven i salknappen, han hadde et forpint uttrykk i ansiktet. "Og allikevel var jeg ikke der, kunne ikke trøste, kunne ikke gjøre noe"

Ygraine så strengt på ham. "Nettopp, og om du hadde vært der, hva kunne du da ha gjort? De greide ikke redde ham, du ville neppe kunne gjort noen forskjell. Du ville ha sett ham lide Duchlain, sett ham dø! Ville du greid det?"

Duchlain så litt forskrekket på henne. "Jeg... Nei, jeg ville ikke klart det. "

Ygraine nikket sakte. "Så var det til det beste at det skjedde mens du var borte, tenk på ham når du kjemper Duchlain, vinn styrke i minnet om ham. Og finn den ansvarlige men glem ikke å leve selv, han ville nok ikke at du skulle gi opp alt bare på grunn av ham"

Duchlain lagde en merkelig liten lyd nederst i strupen. "Du er ved gudene klok jente, visere enn mange flere ganger din alder."

Ygraine bare smilte ydmykt og Duchlain kjærtegnet handa hennes ømt. "Jeg har funnet en juvel i deg min kjære, gudene har sett i nåde til meg allikevel. "

Hun fniste svakt. "Ja noe riktig må du ha gjort!"

Ohlain dukket brått opp, han leide hesten sin og vinket på dem. "Det er en steinbu en fjerding lenger opp den neste sidedalen. Den er nesten umulig å se, orkene har ikke vært der oppe. Det går an å fyre opp der og jeg tror vi vil være trygge der. "

Duchlain lyste opp litt. Han smilte til Ygraine. "Da kan vi kanskje lage oss ordentlig mat igjen, ved gudene, jeg kunne spist en ork så sulten er jeg!"

Ohlain gliste bredt. "Åh nei, så sulten blir du aldri, tro meg, men det er fjellgeiter i området. Jeg tror jeg skal klare å felle en"

Etter en time var de utenfor hytta som var lav og dekket med steinheller, den var nesten usynlig og antagelig laget av jegere en gang i tiden. En slags skorstein spredte røyken rundt og inne var den så lav at en måtte gå krumbøyd men den var ganske trivelig med en bred seng, en bred peis og et slags bord lagd av en enkelt massiv treplate. Det hang noen krukker der og en stekepanne og alt virket rent og brukbart. Duchlain så at det lå masse ved i et lite skjul på baksiden av den og sukket lettet. Det var ikke mye trevirke i dette terrenget og de burde ikke forlate hytta alt for ofte før orkene var lengre borte.

Ohlain stakk for å finne mat og Duchlain salte av hestene og slapp dem løs. Det var gras i dalgangen og de ville neppe trekke langt vekk. De var trenet til å holde seg i nærheten av rytterne også. Det var noen tykke ulltepper skjult under senga og de var også rene. Duchlain ristet dem grundig for å være sikker på at de var frie for ekstra beboere som han kalte det og Ygraine var ikke riktig sikker på om han mente mus eller lus. Hun fant en kost og feide støvet av golvet og så at det var flere steinheller som var nydelig felt sammen og Duchlain var imponert over arbeidet som var lagt ned der. "Skal vi stå fast kunne vi gjort det på et verre sted vil jeg si. "

Ygraine nikket og vasket krukkene i en bekk utenfor, de var støvete og hun ble kvitt alt sammen fort. Duchlain bar inn den beskjedne oppakningen deres og fyrte opp og etter litt ble det veldig varmt og koselig der. Ygraine la seg ned, slappet av. Hun hadde frosset og vært redd og kroppen var lemster av rideturen. Duchlain la seg også og dormet til Ohlain kom tilbake. Da var det halvmørkt ute og det blåste hardt med regn i kastene. Alven hadde med seg en pose med urter, et par fisker og en killing. Han smilte smalt. "Gyselig vær, men helt ypperlig for oss, orkene liker det like lite som oss. "

Duchlain nikket og hjalp alven med å gjøre opp killingen og fiskene og så ble det stekt og kokt med urter til det luktet svært så fristende. Og det smakte himmelsk, Ygraine åt til hun følte seg stappet og de to mennene greide heller ikke å få ned så mye som en bit til. De ble liggende på ryggen på senga og bare sukke salig. Ohlain gliste svakt. "Det eneste som mangler nå er mer vin!"

Duchlain lo dempet. "Vi kan ikke forlange alt heller!"

Ygraine følte seg svært vel på tross av at hun var forspist, det var varmt og godt der og hun hadde trukket av seg ganske mye klær nå. Duchlain så skjevt på henne, det danset en liten djevel i blikket hans. "Du var mør bak sa du?"

Hun nikket og han grep henne, snudde henne rundt og begynte å gni baken hennes bestemt men kjærlig. Det føltes svært godt men hun forsto hvor han egentlig ville med det. Og hvorfor ikke, hun elsket virkelig å gjøre det nå og lengtet etter mer, så mye som bare mulig. Duchlain trakk ned buksene hennes og hun sparket dem av seg, han fortsatte å massere henne med harde stødige hender og hun lukket øynene av nytelse og bare slappet av. Ohlain gliste skjevt. "Du har alltid vært av dem som foretrekker bakender bror, jeg foretrekker bryst!" Han strakte handa ut og befølte brystene hennes og hun løftet litt på seg så han kom til. Ohlains mørke øyne var lekne og den samme djevelen var løs i dem som i Duchlains blå blikk. De to kjærtegnet henne lenge og hun kjente at hun nå var så klar at hun skalv av det. Hun fikk av seg de siste plaggene og de to mennene gjorde det samme. Hun stivnet til et øyeblikk da hun følte Duchlain løfte baken hennes litt, onkelen hennes hadde gjort det slik også, bakfra, men dette var annerledes. Duchlain måtte lene seg mye over henne siden taket var så lavt og hun krummet ryggen så mye hun kunne og spredte beina, slapp ham til.

Duchlain stønnet håst i det han gled på plass og Ygraine greide ikke holde tilbake et lite skrik av overrasket fryd. Det var hinsides godt, det var himmelsk og de raske bevegelsene hans brakte henne rett med til topps. Hun hylte ut klimakset som raste gjennom henne og Duchlain brølte. Det bråkte ute fra vinden og hytta hadde tette vegger, ingen ville høre dem. Ohlain lå ved siden av henne og stønnet av opphisselse, så fort Duchlain var ferdig ok hun seg over ham, satte seg skrevs på ham og han grep henne om hoftene og viste henne rytmen han ønsket. Hun følte seg så fri sammen med de to, ingenting var liksom galt men kun naturlig og godt for dem alle sammen. Hun skrek igjen og Ohlain støtte hardt oppover og stønnet langtrukkent, nådde frem noen sekunder etter henne. Hun ble liggende fremover brystet hans og kjente hvor svett han var, hun rant av det også og visste at de alle tre stinket ganske så kongelig nå. De tre ble liggende der lenge, byttet på å leke og utforske og Ygraine vågde å gå lenger nå enn før. Hennes onkel hadde tvunget henne til å gjøre ting hun hadde hatet men hun hadde skjønt at han hadde likt det og at det var ekstra deilig for menn så hun vågde seg til og forsiktig bruke munnen på Ohlain og han viste med all ønskelig tydelighet at hun hadde rett. Hun fikk ham til å skrike rett ut av nytelse flere ganger og det gjorde henne ikke noe å svelge

14

heller for hun visste at ingen av de to ville tvinge henne til å gjøre noe hun ikke likte. Etterpå gjentok hun det på Duchlain som til slutt lå der og ristet og gispet og var på nippet til og aldeles miste kontrollen. Ygraine var både så merkelig uskyldig og nysgjerrig og på samme tid hadde hun en forståelse for nytelse vanligvis bare mer erfarne kvinner hadde. Denne kombinasjonen var utrolig pirrende. De to brødrene tok igjen ved å binde for øynene hennes og så begynte de å leke med henne begge to. Hun følte hender og lepper kjærtegne seg, hver kvadratcentimeter med hud ble utforsket og til og med føttene hennes ble kysset, slikket og befølt med langsom og nesten pinefull nytelse som resultat. Men hun visste ikke hvem det var sine hender eller tunge det var som lokket gisp og stønn ut av henne, og det var vanvittig pirrende. Hun ristet av lyst og tvilte på om noen av prestinnene noen gang hadde følt noe som dette? Hun tvilte, de hadde snaut nok turt å ta på en manns lem med annet enn en ildtang hele sine liv og hun syntes faktisk synd på dem der og da. En av dem trengte sakte inn i henne og hun hikstet av iver og ville bevege seg, støte i mot men hender hindret henne, tvang henne til å ligge i ro og bare ta i mot og nyte.

Det bygget seg sakte opp, hun gjettet at det måtte være Ohlain som var inne i henne for han føltes ikke så voldsom som Duchlain, Duchlain hadde neppe kontroll nok til å greie å gjøre det så sakte og forsiktig. Da hun omsider fikk nå frem var det så voldsomt at hun bare skrek og ristet i kramper mens hendene kjærlig holdt henne i ro. Hun følte at han tømte seg i henne igjen og hun ble liggende der å hive etter pusten. Og så følte hun at hun ble snudd rundt, at hun ble løftet så hun fikk beina oppover langs fremsiden av en kropp. På magemusklene kjente hun at dette så avgjort var Duchlain, han var så mye mer markert enn halvbroren og han skjøv seg inn med en jevn bevegelse. Ygraine hev etter pusten, han holdt henne oppe med en hånd og den andre brukte han på det følsomme vesle organet hennes og hun følte hvordan det økte i henne igjen, strømmet over henne som tidevannet fyller en fjord og hun slo beina sammen rundt ham og møtte ham, hugg hoftene mot ham i sanseløs lidenskap helt til gnistene fløy for øynene hennes og hun skrek navnet hans.

Duchlain brølte hennes som svar og grep henne hardt om hoftene, holdt henne stille til stormen roet seg og hjertene igjen slo i en normal takt.

Ygraine ble liggende der og bare døse, begge de to var merkelig matte i blikket og hadde problemer med å holde øynene åpne og hun trakk matt et teppe over dem. Duchlain sluknet momentant og snorket lavt og Ohlain ble liggende der ved siden av henne med handa på hofta hennes en stund før han også sovnet. Ygraine var skrekkelig seig og klissete visse steder og skulle gjerne ha vasket seg men det fikk vente til dagen etter. Nå måtte hun sove, hun var slapp som en vaskeklut og mer avslappet enn noen gang før kjentes det ut for. Hun fniste lavt for seg selv og måtte vedgå for seg selv at hun var vanvittig heldig.

Ohlain halvvåknet da det begynte å lysne utenfor, han bare lå der og nøt varmen og følelsen av hud mot hud. Ygraine hadde snudd seg i søvnen og nå lå hun med den nydelige vesle stussen presset mot fanget hans. Hadde han ikke vært så totalt tilfredsstilt som han allerede var ville han blitt hard på noen sekunder av det og neppe greid å la være å ta henne bakfra. Han bøyde seg fremover og snuste i seg lukten av henne, strøk fingrene gjennom det fantastiske håret hennes og hun gjespet og strakte seg sensuelt, snudde hodet og så på ham med smale søvndrukne øyne. Hun smilte og Ohlain kjente hjertet synge av synet, han hadde aldri følt noe slikt for noen, noen gang. Han trakk i seg lukten hennes igjen og stusset litt, nesa hans var mye mer følsom enn et menneskes, han hadde like god luktesans som en ulv og noe hadde endret seg. Han kjente det tydelig. Han presset nesa mot skulderen hennes, snuste mer målrettet. Det var noe ved henne som hadde endret seg og han fikk en sterk mistanke som sakte ble en visshet. Hun så forbauset på ham, snudde seg så hun kunne se på ham og Duchlain gryntet og våknet også, løftet seg på albuen og så på halvbroren gjennom den ugredde gylne luggen. Ygraine så det underlige uttrykket i Ohlains ansikt og ble litt urolig. "Hva er det, er noe galt?"

Ohlain skar en grimase, ante liksom ikke hva han skulle si. "Vel, du har en ny lukt nå, noe har skjedd"

Ygraine rynket pannen, forsto ikke men Duchlain visste hvor god luktesans en fullblods alv har og øynene hans ble langsomt store og fylt med den samme vissheten som Ohlains.

"Hva har skjedd? Svar meg, jeg blir redd her"

Ygraines stemme var tynn og redd og Ohlain tok handa hennes varsomt, klemte den kjærlig. Ved gudene så mye dette forandret, og hvor kjærkommen det enn var, det skapte spørsmål nå, store spørsmål men de fikk ta dem etter som de kom. Han smilte varsomt til henne og Duchlain hadde et merkelig uttrykk i ansiktet av gryende glede og sjokk blandet med en solid dose vantro og forvirring.

"Det som har skjedd er at du har unnfanget, du er med barn Ygraine"

Ghuad hadde spionert på orkene en god stund men til slutt orket han ikke sitte der på berget lenger og bare glo. Han forvandlet seg igjen og tok til vingene, tok en runde innover mot fjellene nord for slettene. Det var plyndret også der, orkene nærmet seg slettelandet fra flere retninger og det var tydelig en strategi bak det. De ville fange folket i en knipetang og Ghuad hveste lavt der han svevde på vinden. Det var ualminnelig dyktig tenkt og han undret seg over hva som hadde trigget en slik storstilt aksjon.

Han krysset over noen forrevne topper da han syntes han så ild langt der nede og han svingte elegant og suste nedover i skyene for å se nærmere. Var dette en tropp med etternølere? Eller var det noe annet?

Han landet på en bratt topp, vaglet seg på den og stirret nedover i tåka og natten. Øynene hans var utrolig skarpe og han bikket på hodet, stilte som en hauk. Det var skikkelser der nede som satt samlet rundt flere bål, det var mange av dem men det var ikke orker. Orker stinket det av og disse skapningene luktet svakt av jord og metall. Ghuad smekket tennene sammen et par ganger, bikket hodet den andre veien. Det var dverger, hva gjorde de der? Dvergene holdt seg alltid for seg selv og de var aldri ute slik, i nattemørket utenfor byene sine. Ghuad ble nysgjerrig og han fikk en følelse av at dette var viktig, han slapp seg ned fra klippen igjen og seilte stille nedover, fant et sted der han kunne forvandle seg uten å bli sett og han sto litt og samlet seg før han snek seg fram. I denne skikkelsen lignet han mest på en alv men var kraftigere og mer markert enn alver og fargene var også mørkere og dypere. Han visste at dverger ikke er så alt for begeistret for alver men han fryktet dem ikke, de kunne uansett ikke skade ham og han listet seg frem og utnyttet mørket maksimalt. Etter litt satt han bak en stein like ved bålene og lyttet nøye. Og han var forferdet, dette var flyktninger, overlevende fra et orke angrep mot en avsides dvergby nord i fjellene. De hadde unnsluppet kun ved flaks siden de hadde jobbet i gruvene og hadde greid å stenge noen svære steindører så de rakk å flykte ut i dagslys og gjemme seg. Men det betydde ikke at de var trygge, flere var såret og de slet med matmangel og kulde. Og de visste ingenting om hva som hadde skjedd med andre dvergbyer i fjellene og var fortvilet siden de fryktet for sine slektninger og venner.

Ghuad fikk en brå følelse av sympati for dem, dverger var tøffe skapninger, de brøt ikke sammen for lite og den mismodige stemningen der gikk inn på ham. Han gled tilbake inn i mørket og snuste seg frem til noe vilt, han felte en fjellgeit og et par hjorter fort og tok dyrene på slep tilbake til dverg leiren. Han måtte få dem til å stole på seg, dvergene kjente fjellene og de kjente kanskje til faktorer som kunne hjelpe i kampen mot orkene. Og han kjente hvor ærekjære dvergene var, de ville ønske hevn og var det mange dverger i live i fjellene kunne han samle en hær som så avgjort ville kunne bite fra seg. Dverger er kanskje korte men sterke og når de møter en annen hærstyrke forberedt er de faktisk svært vanskelige å slå. Ghuads sinn jobbet allerede med en ganske god plan og han gliste for seg selv mens han slepte viltet etter seg. Han skulle bli disse dvergenes beste venn noen gang, han skulle bane veien for dem og de skulle få muligheten til å kreve blod tilbake for blod.

Dvergene satt og halvsov da de brått rykket til og stirret vantro og skremt, brått sto det en svært høy skikkelse midt blant dem og over skuldrene hadde han flere nyslaktede dyr. Dvergene grep febrilsk etter våpen men visste at de neppe kunne håpe og bekjempe en fiende om det var flere enn en av dem. De var svekket av matmangel og sår og for mange var selve viljen knekket. Stoltheten er sterk i dverger, blir den knust mister de gjerne selve trangen til å leve.

Skapningen var over dobbelt så høy som dem, kraftig og smidig og dvergene trakk seg sakte tilbake, stirret i vantro og angst på den svære fremmede som trakk kappen bort fra hodet og avslørte et ansikt så vakkert at det kunne være en alvs men langt mer markert og med mørke farger og glødende rødgylne øyne. Dette var ingen alv og dvergenes leder gikk skjelvent bort mot den fremmede, stirret opp på det merkelige ansiktet og brått visste han hva og hvem dette var. Han hev etter pusten og visste at de alle var døde om denne fremmede var fiendtlig innstilt. Han senket blikket mot bakken og ventet, på enden eller skjebnen.

Ghuad stirret ned på den kraftige dvergen, mannen var kledd i filler og skalv av kulde og han var såret men sto oppreist, var ikke knekket. Ghuad droppet de døde dyrene foran beina på dvergen som så vantro på ham. Ghuad smilte ikke, han ønsket ikke å virke for vennlig heller. "Dere sulter, her har dere mat. Fyll magene. Hva er ditt navn dverg?"

Dvergen så smalt på Ghuad, de fikk mat? Han grep kjøttet og snuste på det, det var ikke forgiftet og helt ferskt og han hev skrottene til noen av de som satt bak ham, lamslått og usikre på hva de skulle gjøre. "Jeg er Afarr, sønn av Affri. "

Ghuad bukket lett. "Jeg er Ghuad svartflamme, kun det. Jeg så ilden og ble nysgjerrig. Orkene har angrepet dere?"

Afarr så fortvilet på Ghuad, det var tydelig i minen hva de hadde gjennomgått. "Ja vindrytter, orkene angrep oss, det er snart to uker siden nå. Vi har levd her oppe siden da, og snart klarer vi ikke mer. "

Ghuad så utover gruppen med dverger, flere hadde allerede hevet seg over kjøttet med en desperasjon han visste var resultatet av mange dager med sult og forsakelser. "Jeg vil hjelpe dere, orkene har brutt ut og vil ødelegge alt. Jeg tjener gudinnen edle dverg, dere har intet å frykte fra meg. "

Afarr så vantro på ham, han svelget hardt og ante ikke om han riktig turte tro det. "Hvordan, hvordan kan du hjelpe oss? Vi har tapt alt, våre hjem, våre venner og slektninger, vår sjel!"

Ghuad satte seg ned på en stein og så utover flokken med bedrøvelige skapninger. "Jeg vil hjelpe dere med å samle de som er igjen, hjelpe dere å finne sannheten om hva som har skjedd i andre byer. Er det byer som ikke er plyndret har dere en mulighet til å få hevn om ikke annet. Jeg kjenner deres folk, som krigere har dere snaut deres like. "

Afarr rødmet faktisk, han så ned i grusen og øynene var svært såre. "Og allikevel greide vi ikke hindre det som skjedde, hindre at vår by ble brent og at kvinner og barn ble slaktet ned, at vår ære og makt ble skjendet slik"

Ghuad bikket på hodet. "Alle kan bli tatt i et bakhold, selv den mektigeste av krigere. Skylden er ikke deres, sier dere ja til min hjelp? Jeg vil frakte deres ledere rundt, finne sannheten om de andre byene, samle deres folk på nytt!"

Afarr så forskende på Ghuad men de rødgylne øynene var oppriktige og sakte gikk det opp for dvergen hva Ghuad egentlig sa. De hadde en mulighet nå, til å krysse de enorme avstandene, finne ut hva som hadde skjedd med de andre byene, samle seg og slå tilbake. Ny styrke vokste brått i hans hjerte og han grep Ghuads store harde neve i et fast grep. "Vi sier ja vindrytter. "

Ghuad gliste sakte og de skarpe tennene glinset i lyset fra ilden. "Godt, velg tapre menn som ikke er redde for høyder, jeg vil starte i morgen tidlig og dere skal lede meg rundt. Jo før dere står samlet jo bedre. "

Afarr snudde seg mot de andre dvergene, han løftet armene sakte. "Brødre, gudene har hjulpet oss, vi skal få hevn. Vi skal rense vanæren av våre navn med blod og ære våre døde. Vindrytteren vil være med oss"

Flere dverger reiste seg sakte, de så nervøst på Ghuad men kom bort til ham, rørte ham varsomt og gradvis ble de modigere, flere og flere kom frem og trykket ham i handa og de fikk et nytt uttrykk i ansiktene. Sorgen og vemodet ble gradvis erstattet med en slags stille aksept og ny styrke. Om deres folk var fortapt så skulle de ved alle guder gå slutten i møte med makt og stolthet og de skulle dø kjempende. Ghuad reiste seg, brått brant bålene høyt og hett rundt ham og han nikket til Afarr. "Dere er mange og trenger mye mat, jeg tar en runde og jakter, i morgen vil dere vite hvor mange av dere som ennå lever. "

Afarr svelget og Ghuad forsvant i natten igjen. Han forvandlet seg et stykke unna leiren og tok til vingene. Han fanget geiter og hjort og droppet dem over leiren og han stekte like godt dyrene godt før han slapp dem så de var ferdige for dvergene å fortære. Han så byen de hadde unnsluppet fra, orkene hadde satt fyr på alt der og fjellet hadde ennå mye varme tilbake. Det var ingenting der å vende tilbake til, alt var fortært av ilden og Ghuad flekket tenner og gav seg selv en hellig ed om at han skulle se til at orkene også fikk svi, og det grundig. Det skulle bli ham en sann fryd å svi av så mange av de motbydelige beistene som mulig.

Dvergene åt til de nesten sprakk, de tålte mye men de kraftige kroppene trengte mye mat og de var alvorlig svekket. Afarr visste at de fleste ville få styrken tilbake relativt fort med godt med mat. Men han visste at de sårede ville slite ennå en stund, flere hadde dødd mens de skjulte seg der oppe og de trengte mer enn bare mat. De trengte klær og våpen og forsyninger av forskjellige slag. Kunne Ghuad skaffe dem det?

Ghuad kom tilbake etter et par timer og fortalte om hva han hadde sett og Afarr ble sittende i stillhet en stund og bare fordøye det som ble sagt. Deres hjem var ikke mer, det var intet tilbake. Og en beslutning vokste seg sterk i den kraftige dvergens hjerte, det skulle ved gudene bli intet tilbake av orkenes hjem også, blod for blod, ild mot ild.

Dagslyset kom sakte sigende, og med det nytt håp. Dvergene hadde fått nye krefter av kjøttet og humøret var bedre, fortapelse var erstattet med en følelse av besluttsomhet og Afarr gav de andre ordre om å søke seg nedover i dalene til mer gjestmilde steder mens han og fem andre ble med Ghuad for å finne ut hva som var skjedd med de andre dvergbyene. De han hadde valgt ut var de mest erfarne krigerne blant dem, veteraner med over hundre år på baken og de var modige nok til å ri en drage. Hans folk hadde aldri hatt noen særlig forkjærlighet for drager siden de yngre drageættene hadde en slem tendens til å erobre dvergbyer og bruke dem som skattekamre men Ghuad var av den eldre typen drage, det slaget som oppsto rett etter de første dragene kom til og han hadde ingen hang til rikdom og glitter og stas.

Afarr så på i vantro spenning mens Ghuad gikk ut på en åpen slette og forberedte forvandlingen som gav ham hans egentlige skikkelse. Det lød et svakt smell og de så et glimt av kraftig lys og så sto han der, enorm og mer fryktinngytende enn Afarr hadde trodd det var mulig å være. Ghuad var svart og med det mentes ikke bare nattens svarthet men alt fra matt grålig til glinsende som olje på vann og på tross av sin skrekkinnjagende kropp var dragen også vakker, utsøkt som et sjeldent kunstverk. Afarr så de enorme tennene lange som spyd og klørne som kunne rive stein ut av grunnfjellet som ingenting, og han så et våpen. Et middel til å kreve tilbake det som var deres, en vei til hevn og fred og en ny tid for hans folk. Ghuad la seg ned på buken og lot dvergene klatre oppover kroppen på seg. De fant seg til rette mellom de enorme vingene og der reiste han skjellene så de kunne feste seg og sitte godt. Dvergene var synlig nervøse men de skjulte den verste angsten vel. Ghuad så til at de ikke kunne ramle av, så steilet han som en hest og sparket fra og så var de i lufta. Et par av dvergene skrek kort i sjokk over kraften de følte men så ble de stille og prøvde å unngå å se ned. Afarr pekte utover fjellene. "I retning av den snødekkede tinden der borte er den nærmeste byen. "

Ghuad nikket og satte kursen, på hans vinger tok det snaut mer enn en time å komme seg dit og han hadde fått såpass med informasjon av Afarr at han visste om til sammen fem byer der i fjellene og et par et stykke utenfor som kanskje hadde unnsluppet. Dragen trengte ikke slå med vingene nå, her oppe drev vindene ham og han bare lå og drev med vingene utslått og slappet av. Han hadde en mistanke om at han ville trenge kreftene sine senere. Dvergene holdt munn, det å se deres land slik fra oven overveldet dem og et par var så vettskremt at de ikke vågde se men holdt øynene krampaktig lukket. Ghuad kunne forstå dem, dverger var jordbundne skapninger, jorden selv var deres element og hadde ikke omstendighetene vært som de var ville de vært like begeistret for å fly som en elefant er for å gå på skøyter.

Vest for Catendhar gjorde elva en stor bue på seg og der hadde rikets grunnleggere en gang i tiden anlagt en by. Den var et handelssted og herfra ble det som skulle til hovedstaden fraktet inn via veiene. Orolush som byen het var strategisk viktig nå, ved den var det mulig å krysse elva og det gikk i alt tre broer over den. Den ene var delt i tre spenn siden elva hadde ei lita øy midt i som broen gikk til og så gikk det siste spennet inn til byen derfra. Kong Corat hadde begynt å forberede riket på orkene som trakk inn fra alle retninger, Orolush kunne kanskje stoppe de som kom vestfra en stund og byen var i ferd med å forberede seg. Orolush var ikke noen festning som Catendhar, den hadde en mur men det meste av byen lå på utsiden og var forsvarsløst og byens kommandant hadde beordret at alle evakuerte til hovedstaden.

Det gikk en jevn strøm av folk fra slettelandet nå, veiene var tettpakket med flyktninger og det var satt flere hæravdelinger til å vokte dem. Folk prøvde å ta med alt de eide og hadde og kommandanten visste så alt for vel hvor tettpakket det ville bli i Catendhar. Byen var stor, faktisk enorm men det var mange som bodde der allerede og den var ikke bygget med tanke på å romme hele landets befolkning.

Flyktninger fra utenfra begynte og nå frem via elva og landeveien og de kunne fortelle skrekkelige historier om plyndring og drap.

Orkene drev befolkningen foran seg og bak dem var alt brent og ødelagt. Kommandanten var en eldre kar som var svært erfaren, Corat hadde valgt sine beste folk til å lede forberedelsene og det var ikke uten grunn. Om orkene virkelig kom fra nesten alle himmelretninger trengte de folk som kunne slåss. Orolush var en handelsby og hadde ikke hatt noen garnison men nå var det bygget barakker og boliger utenfor byen. Offiserer jobbet med å skaffe nok folk, de som vervet seg frivillig ble lovet land og eiendom så fort krigen var over og kommandanten hadde beordret at alle fengslene også ble tømt for de som var dømt for mindre alvorlige forbrytelser. De ville få sine navn renvasket og lønn om de deltok på byens side. Dette hadde skjedd også i Catendhar og de hadde nå flere store grupper med menn som var klare til å kjempe for sitt land.

Kommandanten satt i kontoret sitt utenfor Orolush, han sukket og så skjevt bort på den yngre offiseren som hadde satt seg ned ved bordet og drakk av en flaske med utvannet vin. Mannen hadde et stygt brannsår over skulderen som måtte ha gjort sinnssykt vondt og han var fillete og ustelt men det verste var øynene hans. Agir hadde sett det før, blikket til menn som har sett helvete. Den yngre offiseren gispet etter luft og satte fra seg flasken, han hadde tømt den og hendene skalv synlig. Agir så oppfordrende på ham. "Kan det tenkes at noen hadde overlevd?"

Den yngre karen ristet på hodet, ansiktet var merkelig tomt et øyeblikk. "Ingen, ingenting! Byen var…"

Han svelget krampaktig og strøk handa gjennom det svidde sammenfiltrede håret. "Det så ut som om en drage hadde vært der, alt var brent, alt! Til og med murene hadde smeltet noen steder, hva kan smelte stein?"

Stemmen var merkelig bedende og Agir sukket og bet seg i underleppa. Ja hva kan smelte stein? Orkene hadde neppe drager, da ville alt vært aske for lengst. Men noe hadde de gjort. Denne troppen hadde vært sendt ut for å hente skatt i noen landsbyer og hadde kommet over de ulmende restene av en by som hadde vært totalt nedbrent. De hadde sett røyken og blitt trukket dit og på vei bort fra stedet hadde de blitt angrepet. Heldigvis var de til hest og de fleste kom seg unna men noen ble drept. Orkene hadde vært mange og sterke og det var tydelig hvor de var på vei.

Agir la hendene på bordet, nikket til den yngre karen. "Du kan gå til skriveren Ushmar, og fortell ham alt du fortalte meg. Kongen må få vite om dette. "

Ushmar nikket og blikket var mørkt og fjernt. "De hadde drept alle som prøvde å flykte, og det luktet..svidd kjøtt..."

Agir så ned i golvet, Ushmar kom neppe noen gang til å kunne glemme det han hadde sett, i likhet med de andre overlevende i den troppen. Det ville sitte som smidd fast i tankene deres heretter og bare gudene alene visste hva det ville gjøre med dem. Agir hadde sett menn miste vettet av mindre ting enn dette. Han lot den yngre mannen forlate kontoret og så reiste han seg og kikket med smale øyne på et kart som var hengt opp på veggen.

Elva var et formidabelt hinder for orkene og han aktet å utnytte det for alt det var verdt. De som kom vestfra måtte over og greide han stanse dem var det så mange færre til å angripe byen og hovedstaden. Broene var som Corat hadde forutsett særdeles viktige og Agir gruet seg for å måtte ødelegge dem men visste at det kunne komme til det. Greide de ikke holde dem måtte de ikke kunne brukes av fienden.

Det var steinbroer, solide og vakre og de som bygget dem gjorde et utmerket arbeid, de var lagd for å vare i en evighet og han hadde engasjert rikets beste ingeniører for å finne ut hvordan de eventuelt kunne ødelegges. Enhver konstruksjon har sin svakhet og ingeniørene hadde funnet broenes ganske fort, men det var ikke en svakhet det var lett å utnytte. De måtte kunne bruke broene selv så lenge som mulig og det ville gi dem veldig lite tid å gå på for å gjøre dem ubrukelige. Agir undret seg virkelig på hvordan de skulle få til det uten å miste for mange av sine. Hver mann ville telle fremover.

Langs elvebredden jobbet flere tropper hardt med å sette sammen stridsmaskiner av ulike typer. Svære blider var tømret til og ble satt sammen og andre gjorde i stand ammunisjon for dem. Krukker med brennbar olje, kuler av brent leire som ville spre skarpe splinter i alle retninger når de traff bakken, massive steiner. Agir bare håpet at de hadde tid nok til å forberede seg. Orkene vandret fort siden de ikke tok noe med seg og de virket uvanlig målrettet. Han satte seg ved pulten igjen, skrev en kort rapport til kongen og hans rådgivere. Catendhar ble også forberedt, den byen var lagd for å bite fra seg og hadde forsvarsverker uten like noe sted men Agir hadde en merkelig følelse av at det neppe ble nok. Han kunne bare be om at han og hans menn klarte å gjøre det som ble forventet av dem.

I Catendhar var stemningen merkelig nå. Folk der inne regnet seg selv for å være trygge og de gjorde derfor det de kunne for de som ankom dit uten annet enn det de gikk og sto i. Riket sto virkelig samlet mot fiender men for mange var det for uvirkelig til at de virkelig helt greide å skjønne at orkene var gått til krig. De trodde at rikets sterke hær ville fjerne trusselen fort og så ville alt bli vel igjen. Men byen var overfylt nå, det var folk overalt med de problemer det førte med seg og gnisninger var umulig å unngå. Derfor måtte en god del soldater avsettes til å opprettholde lov og orden og på topp av dette var det innført landesorg. Både for de som ble drept av orkene og for kongens barnebarn.

Folket hadde fått med seg hva som skjedde med Ilvar og mange hadde sett gutten og visste hvem han var. Han var ikke bare et navn men et ansikt og vreden var stor. Deres rike hadde vært stabilt i mange århundrer, ingen større maktkamper rundt tronen hadde forstyrret freden og det at noen prøvde seg på noe så simpelt som giftmord var et stort sjokk for alle. Diskusjonene gikk heftig om hvem det kunne være som sto bak og flere trodde at orkene hadde medløpere der et sted som ville åpne portene for dem eller forgifte folket. På slottet var det stille nå, til og med Ferna var grepet av denne situasjonen og selv om hun ikke brydde seg noe særlig om kongens horebarn som hun kalte dem brydde hun seg om sine egne sønner. De var hennes kilde til makt og prestisje og hun var brått hysterisk redd for at noe skulle skje dem. Hun var høyt og lavt for å sikre seg at all maten deres ble smakt på av tjenere, at sengetøyet ble kokt og tørket under oppsyn av noen hun stolte på og Corat ble nesten skremt av intensiteten hennes. Hun kunne neppe tåle det for kroppen hennes var så avgjort svekket men frykt og sinne kan gjøre merkelige ting med folk. Hun var brått sterk som en ung kvinne og sto på som en gal for å sikre sine. Hun hadde makt og mange som jobbet for seg og i stillhet begynte hun sin egen etterforskning. Kongen hadde ikke greid å finne den skyldige, det eneste de hadde greid å finne ut var at giften måtte ha blitt sprøytet inn i frukten mens den sto ubevoktet noen minutter utenfor kjøkkenet mens tjeneren som skulle bære den opp gjorde klar bollen den skulle ligge i. Hvem som helst kunne ha gjort det og det var en skremmende tanke. Ferna var ikke dum, hun tenkte logisk som noen og i familien hun var av hadde giftmord slettes ikke vært uvanlig for de var maktglade og lite lojale mot sine egne. Hun trengte et motiv først og fremst og det var enkelt å finne, Alderim var den som sto først i rekken av tronarvinger. Nå var han i fare og det var hans brødre også så den som sto bak måtte være en som hadde noe å tjene på det. Og siden kvinner ikke kunne arve tronen der i riket måtte det være en mann og hun trodde hun visste hvem også. Ferna var kanskje et skrekkelig kvinnemenneske men hun var smart nok til å innse at ikke alle ønsker makt. Noen menn skyr maktens tinder og vil heller gå sine egne veier og Duchlain var av dem. Av kongens horesønner var han den hun ikke fryktet. Han var faktisk høflig mot henne og Ferna satte pris på det på sin måte. Nei, det var hans andre konkubine fødte som Ferna følte var den som burde bære mistanken og hun hadde gode folk i sin tjeneste. Mange av tjenerne i palasset ble i stillhet betalt av henne for å røpe hemmeligheter og hun visste det meste om de fleste der. Hun ville sørge for at hennes beste fra nå av ble plassert så nær Costaon og den kua han hadde av en mor så fort som mulig.

Om Ferna hadde visst hvor rett hun hadde ville hun neppe ha nølt med å gå til Corat selv med det hun visste. Costaon var rasende og kokte nesten der han vandret rundt i de vakre gemakkene sine. Hvordan hadde den gode planen hans kunnet feile? Den fordømte guttungen hadde da ikke noe med å spise sin onkels mat? Costaon hadde aldri likt Ilvar, han syntes gutten bråkte for mye og viste ham for lite respekt og det gjorde ham ingenting at barnet hadde dødd, men ved gudene, Alderim skulle ha strøket med også. Nå måtte han gjøre det annerledes men hvordan?

Costaon kunne ikke bruke gift igjen, all maten til hele den kongelige familien ble grundig smakt på nå, også hans egen og han spilte takknemlig og lot som om han sørget mens han innvendig snart kokte over av frustrasjon. Men krigen kom, byen kom til å bli svært kaotisk snart og mye kunne skje da, ulykker også. Det burde være en mulighet senere. Costaon måtte bare smøre seg med tålmodighet og det var ikke enkelt. Han visste at Aglaran og resten av den gjengen der kom til å stikke av før eller siden og han måtte være med skulle han kunne kreve sin del av det. Aglaran ville røpe de andre og få dem kastet i fengsel og Costaon håpet at det gikk. Det burde gå greit bare de ikke røpet at Aglaran var en del av det før Costaon fikk vite nok til at Aglaran ikke lenger var nødvendig for ham.

Det var som å spille sjakk dette og Costaon hadde aldri vært noen dyktig spiller. Han gikk der og prøvde å følge med på pratet om orkene som nærmet seg og han visste at brødrene ville kjempe på murene om det ble nødvendig, hans far også. Om han var riktig heldig kunne det være at orkene gjorde jobben for ham men så mye flaks kunne han ikke satse på å ha. Han visste at alle de tre brødrene var dyktige krigere og selv om Corat var oppe i årene var han sterk og kunne kjempe. Costaon var livredd for at han også skulle bli kommandert ut men han regnet med at han ville ha rømt lenge før det ble aktuelt. Aglaran og de andre kjente til hemmelige veier ut av byen og han ville sørge for å få kjennskap til dem jo før jo heller.

Alima gikk der i svart nå, hun var vakrere enn noen gang i sin sorg og hun sa lite nå. Hun var taus og vandret rundt som en skygge av seg selv og Corat var engstelig for henne men han hadde for mye å tenke på til og selv sørge som han ville. Han var høyt og lavt og lot hoffets prester og tjenere ta seg av forberedelsene til begravelsen. Det tok tid å skulle ordne noe slikt og nå gikk det ekstra sakte siden det var så mye annet som måtte ordnes. Liket var lagt i et kaldt rom i kjelleren av palasset og medikus hadde vært nøye med å behandle kroppen slik at den så noenlunde pen ut om Duchlain skulle rekke tilbake før begravelsen. Ikke at det var stort håp om det men mirakler skjedde jo. Alima hadde en følelse av at et svart slør var senket også over hennes sjel, hun følte pinen og sorgen der ute som noe fysisk som tvang henne ned og kvalte henne og hun tilbrakte mye tid i hagen nå, sittende foran gudetreet i bønn. Duchlain visste hva som hadde skjedd, hun hadde ikke greid å skjule sannheten for Ohlain og hun visste ikke hvordan han hadde tatt det. Hun kunne bare håpe at de greide å bære sorgen med den samme styrken som de pleide vise i vanskelige tider.

Nede i byen var Janrem i ferd med å komme seg fra skadene, sårene grodde men han var slapp og svak og Irab holdt ham inne i et skjult rom bak i huset sitt. Han holdt på å gå på veggen av det men visste at han var trygg der. Hun smurte ham med salver og tvang i ham alskens medisiner som gjorde ham kvalm og bruddet grodde bemerkelsesverdig fort så det var nok effektivt uansett. Irab var av og til ute og da kunne hun bli borte lenge, Janrem antok at hun skaffet ting hun trengte og lyttet til sladderen. Irab var en svært slu gammel kvinne og visste at kunnskap noen ganger er mer verdifullt enn penger. Janrem undret seg på hvordan han skulle ordlegge seg i brevet han måtte se til å få sendt. Det måtte være så godt formulert at det ble tatt på alvor og han hadde allerede lagd flere kladder og forkastet dem alle sammen.
Irab hadde kanskje et stort talent som helbreder men som kokk manglet hun mye og maten han hadde fått smakte grisemat alt sammen. Han lengtet vilt etter et skikkelig velsmakende måltid men visste at han ikke kunne forlate stedet ennå. Han måtte bli frisk først, fant lauget ham nå var han ferdig for han kunne ikke slåss med en ødelagt arm og en stiv og vond rygg. I det store og det hele kjedet han seg noe grenseløst og det hjalp ikke at Irab fra tid til annen prøvde å lette humøret hans med fortelle anekdoter fra byens skjulte sider.

Janrem var alvorlig redd og syntes ikke at han var feig for det. Han hørte hva Irab fortalte om orkene og han hadde en følelse av at dette kunne ende med noe forferdelig om ikke gudene var med dem. Byen var uinntagelig eller var den det? Han visste godt at det alltid er noe folk ikke har tenkt på og han tenkte på hvor mange tusen som ville være samlet der og svettet.

Irab var også engstelig og han kunne se det. Den gamle jobbet hele tiden med å blande urter og medisiner og hun hadde sendt brev til de ulike legene i byen med råd om hva de burde bruke om det skulle bryte ut epidemier. Hun kunne skrive brev som så svært offisielle ut også og de fleste bet nok på siden rådene var gode. Hoff medikus hadde neppe noe i mot at navnet hans ble brukt i en slik sammenheng.

Irab mente at det å presse så mange sammen på et slikt område var å be om pestilens og den slags og Janrem var enig. Han hadde sett hvor fort epidemier sprer seg der mange er samlet. Irab underviste ham om de ulike typene pest mens hun moste diverse som luktet mildt sagt verre enn pesten og Janrem frøs nedover ryggen av det. Den gamle var åpenbart svært kyndig og full av kunnskap og Janrem kunne ikke bære seg for å undre seg over hva og hvem hun en gang hadde vært. Det kom folk til boligen rett som det var og Irab solgte dem alt mulig merkelig, om det virket eller ei ante han ikke men hun tok aldri upriser og det virket faktisk som om det virket.

Janrem satt i det vesle rommet og skrev igjen, han trodde han hadde den beste ordlyden nå. Den hørtes ut som om den som skrev var adelig og svært forfinet og han hadde funnet en håndskrift som var en smule feminin også. Alle monner drar som de sa og han hadde øvd flittig de siste dagene. Oppstyret rundt den døde gutten hadde gjort ham nervøs, var det de forbannede konspiratørene som sto bak? Det skulle ikke forbause ham en tøddel, de var hensynsløse nok til noe slikt og giftmord? Det var så feigt at han freste når han tenkte på det. Men det viste bare at det hastet med å få avslørt konspirasjonen og hva de tenkte å gjøre. Han kunne snart ikke vente lenger.

Kapittel 2: Dødens roser

I kampen våkner styrke, tapperhet formes på ny
Led oss ei til fall
Vik aldri tilbake, la gudene styre din hånd
La ulvene ete seg mette i natt

Akisha og de andre hadde gjort seg klare tidlig om morgenen, de hadde mot sin vilje blitt i tempelbyen i noen dager da Frostfugl mente at gudinnen ønsket det men nå hadde hun kjent at det var på tide å reise. Akisha var nervøs men hun hadde også en følelse av at dette kom til å berge noen. Frostfugl ledet dem til en liten åpen ås et stykke fra byen der samlet de seg om henne og Akisha lukket øynene og gav seg over til gudinnens makt atter en gang. Hun hadde tenkt mye disse dagene og hun hadde kommet til at gudinnen kanskje trengte henne som våpenmester vel så mye som prestinne i dette. Våk og Rheynek var svært ivrige etter å trene på å kverke orker som de kalte det og hun håpet bare at de ikke ville møte noe de ikke kunne svelge over.

Det vante hvite lyset og rykket kom og hun åpnet øynene igjen, svimmel og desorientert. De sto på en liten flat slette mellom åser og fjell og det var et nakent og øde landskap som fortalte dem at de var langt fra folk. Raigh roet ned Nattklinge med stødig hånd og løftet seg i salen, han så seg rundt. "Dette er ikke noe blivende sted. Frostfugl, vet du hvor vi skal?"

Alven skulle til å svare da de brått så bevegelse et stykke foran dem. En svart skikkelse sto som en tegning mot det grå berget og Akisha gispet lavt. Om gudinnen viste seg slik var det noe som var ytterst viktig der. Akisha smattet på Stålhauk. "Vi følger deg moder, vis oss veien"

Ulven begynte å lunte fremover, merkelig målbevisst og Akisha så at de var i et fjellområde som var ganske stort men det meste av det lå bak dem. Foran dem kunne de ane sletter og Raigh pekte. "Vi er i riktig rike i det minste, jeg tror jeg ser den store elva der ute. Byen vi skal til ligger langt bortenfor horisonten i den retningen. "

Våk stirret ned i bakken, han så intens ut. "Det var orker her, for ikke stort mer enn et døgn siden. "

Raigh red bort til den mørke alven som gliste djevelsk og hadde løsnet sverdene sine. "Mange?"

Våk nikket og pekte utover. "Hundretalls, antagelig bakerste delen av en hær. De er på vei utover. "

Raigh bannet lavt. "Da vet vi at landet her trenger hjelp ja!" Frerk løp lett like i hælene på Trollknuser, den vek sjelden langt fra Våk og nå var den like høy som stridshesten. Den hadde sluttet å vokse i høyden men var blitt kraftigere og den merkelige kroppen så liksom mer ferdig ut. Dragekatten kunne så avgjort skremme hva som helst nå med de imponerende kjevene og styrken i de massive beina.

De lot ulvinnen bestemme farten, hun løp fort men ikke for fort til at hestene greide henge med, de hadde pakkdyr også som var tungt lesset og Jirhg satt på den brune vesle vallaken sin og så mer eller mindre grønn ut. Å ri var ikke en fritidssyssel han satte pris på. Akisha visste at han hadde tatt med seg temmelig mye som var farlig og hun gyste når hun tenkte på hva han kunne få til. Hun foretrakk et godt sverd og gudinnens magi når som helst fremfor hans alkymistiske hokuspokus. De var på vei ned en slak skråning da de brått hørte et fjernt skrik og mennene trakk våpen øyeblikkelig, det var en kvinne som skrek og ulvinnen stirret et kort øyeblikk på dem før hun forsvant. Akisha gav Stålhauk av sporene men Våk og Trollknuser var allerede på vei og den enorme brune stridshesten kunne virkelig løpe når den ville. Grusen sprutet fra de svære hovene og de var borte før de andre rakk å summe seg eller få sine egne dyr i gang. Elywen bannet oppgitt og sporet Isrose og dermed red de alle etter den mørke alven alt remmer og tøy kunne holde.

Ygraine hadde blitt liggende som lammet av det Ohlain sa, hun ville liksom ikke tro det. Hun hadde ikke engang tenkt den tanken, at hun kunne bli med barn av de aktivitetene de hadde bedrevet de siste døgnene. Det var da ikke mulig? Hun var ikke så dum at hun ikke hadde viten om sin egen kropp og syklus og på hospitalet hadde hun selvsagt lært når en kvinne er fruktbar eller ei. Hun så at både Ohlain og Duchlain så på henne med noe som lignet nesten ærbødighet i blikkene og hun svelget halvt hysterisk og begynte desperat å regne dager siden sist hun blødde. Hun fniste hektisk mens hun telte, hvorfor ante hun ikke men noe måtte hun bare gjøre for å bli kvitt den nervøse energien som bygget seg opp i henne. Hun bet seg i underleppa, hun var alltid på tjueåtte dager og det var sytten dager siden sist hun begynte å blø. Hun hadde i følge helbredersken på hospitalet da vært fruktbar i flere dager allerede, og det var mulig, det var så avgjort mulig.

Hun la hendene over ansiktet, alt spant for henne. "Kan du virkelig stole så på nesa?"

Ohlain smilte og nikket. "Ja, det er ingen tvil der. "

Ygraine ante ikke hva hun skulle si, eller hva hun skulle gjøre, og en ny tanke gjorde seg gjeldende med presserende styrke. Om det stemte og hun virkelig var blitt med barn, hvem av dem var da faren? Hun stirret på dem begge to og Duchlain sukket lavt og lente seg frem, kysset henne på kinnet. "Det problemet der vil vi ordne når det blir aktuelt kjære deg, ikke tenk på det. "

Ygraine klynket lavt og Duchlain holdt henne kjærlig, strøk handa over håret henne. "Hva skal jeg gjøre?!"

Ohlain så henne dypt inn i øynene, de klare alveøynene hans var fylt med ømhet og hun følte at hun ikke fortjente det, at hun på et eller annet vis hadde forkludret alt. "Ingenting, annet enn å la oss ta vare på deg og få deg i trygghet hjemme. Ikke vær redd Ygraine, vi vil aldri la noe galt skje deg, aldri. Ingen onde tunger skal få si noe om deg annet enn det gode, bare det gode!"

Duchlain trakk henne nærmere, hvisket ømme ord i øret på henne og hun hørte gleden i stemmen hans men også sorgen som blandet seg med den. Om det så var at hun fødte hans barn så hadde han akkurat mistet et annet barn. Glede og sorg danset av og til en intrikat dans. Ygraine kjente at hjertet hamret vilt i henne, at hun ikke ante hva hun skulle føle, om hun burde juble eller skrike eller gråte. Hun hadde liksom aldri tenkt på det, at hun virkelig noen gang kunne bli mor. Det hadde vært en umulig tanke for henne men nå sto altså den muligheten der for henne som en realitet og hun måtte bare innse det. Hun tok seg sammen, var det sant så hadde det akkurat skjedd, hun ville ikke merke noe til det på flere måneder ennå og hun bestemte seg for å ta problemene når de eventuelt kom. Men hva om barnet var mørkhåret og mørkøyd når det kom? Hvordan forklarte de det? Hun stønnet og la hendene over ansiktet igjen og de to holdt henne trygt og varmt en lang stund til de bare måtte komme seg opp.

Ygraine kokte opp vann på peisen og de vasket seg som best de kunne, deretter lagde de mer mat og spiste og Ygraine følte seg underlig brydd over blikkene hun fikk fra de to. Brått behandlet de henne som om hun var noe overjordisk, en gudinne. Hun følte seg brydd og ante ikke hvordan hun skulle snakke til dem nå. Duchlain satte seg ved siden av henne etter at de hadde spist, han tok handa hennes varsomt. "Ygraine, om det virkelig har skjedd som Ohlain er sikker på så ikke vær redd. Du er offisielt min hustru og de vil ta vare på deg når tiden kommer, ikke tvil på det. Og alle vil bare kunne elske en så god og vakker som deg. "

Hun så ned og følte seg litt rørt men også redd. "Men hva om.., hva om det er Ohlain som er faren?"

Duchlain sukket og la haken på skulderen hennes, stirret inn i øynene på henne. "Og om så er? Vi var sammen om dette vet du, vi står sammen da også. Og dessuten er det sjelden at alver og mennesker får barn sammen, sjansen er større for at det er jeg som har gjort jobben for å si det slik. Jeg er bare halvt alv og vi har som regel ingen problemer med å formere oss med mennesker. "

Ygraine så litt forbauset på ham. "Så halvblods som deg er sjeldne?"

Duchlain nikket og smilte. "Svært sjeldne, men det er noen her og der. "

38

Hun sukket og lente seg mot ham og visste at de ennå hadde en lang vei å krysse før de kom til hans hjem, om de kom så langt i det hele tatt. De hadde hele ork hæren mellom seg og Catendhar, det kunne de ikke glemme.

Ygraine ble inne den dagen, hun satt der og tenkte og prøvde å føle etter om hun kunne kjenne noen forskjell men nei, hun var akkurat som før. Kunne Ohlain ta feil? De stinket jo en god del alle tre nå for de hadde ikke fått vasket seg ordentlig og klærne var like ille. Hun bestemte seg for å late som om ingenting var skjedd til hun var sikker, og det ble hun ikke på et par uker ennå. Og selv da kunne det være usikkerheter i og med at hun hadde vært gjennom slike strabaser. Ohlain og Duchlain var ute og speidet og jaktet og de kom tilbake med en fjellgeit og enda mer urter samt noen knoller Ohlain påsto var svært gode for helsa. Ygraine kjente seg litt innestengt der i hytta, den var så liten men ute var det surt og hun hadde godt av hvilen. Dagen gikk svært sakte og hun var nesten glad da det ble mørkt og de kunne legge seg. Ohlain mente at de kunne reise videre neste dag, orkene var så langt nede mot slettene at de kunne bevege seg etter. Ygraine var glad til.

Morgenen etter var like grå men det var ikke så kaldt eller vind og de brøt opp svært tidlig og red nedover dalen. De hadde kun en ekstra hest nå og måtte ta det rolig for å spare dyrene. Det var stille overalt der, ingen fugler eller dyr men Ygraine hadde en merkelig følelse av å bli sett på. Hun så rundt seg til stadighet men så ingenting. En gang fløy en enorm svart ørn over dem på vei utover mot slettene og de beundret synet men fuglen ble borte og himmelen var tom. De var på vei nedover langs et tørt bekkeleie da Duchlain brått bannet og stanset hesten sin, han steg av og ristet på hodet. Ohlain så forbauset på ham. "Hva er det?"

Duchlain gren på nesa. "Han har mistet en sko, da blir han snart halt om vi ikke tar av de andre også. Jeg får ri reservehesten så lenge. " Duchlain begynte å bryte løs skoene av hesten som ikke likte det særlig godt så Ohlain måtte hjelpe ham med å holde dyret. Ygraine ble sittende på merra si og hun så brått et dyr foran seg, svart som en tegning mot grått berg. En svart ulvetispe som stirret mot henne med merkelig vitende gylne øyne. Hun gispet og hesten hennes rygget, i samme øyeblikk smalt en pil mot berget bak der hun hadde vært og hun skrek. Ohlain og Duchlain reagerte øyeblikkelig, hun forsto brått hvorfor alver var kjent som slike suverene krigere. Ohlain hadde trukket henne ned av hesten i løpet av et sekund virket det som, fått henne bak en stein og sendt hestene bort. Duchlain hadde trukket de våpnene han hadde og de to så innbitt men skremt ut. Ygraine kjente at hun ble iskald til margen, det var en flokk orker på vei mot dem, og de var svært målbevisst virket det for. De hadde sett dem og hun kjente stanken av dem på lang avstand. Duchlain snerret nesten og det var noe i blikket hans som lignet vanvidd, han ville ikke la dem komme nær Ygraine og Ohlain var like fast bestemt på det. De to var livsfarlige når de hadde noe å kjempe for men de hadde dårlig med våpen og orkene spredte seg og virket svært selvsikre siden det bare var to menn der borte. Ygraine så seg om etter ulven igjen, hun hadde en merkelig følelse av at den prøvde å hjelpe dem og brått hørte hun lyden av hovslag. Det var en rask tung rytme fra en stor hest og orkene nølte, snudde seg forundret.

Den enorme brune stridshingsten kom nesten seilende ned den bratte skrenten over bekkeleiet, dyret var så stort at Ygraine ikke kunne tro en hest kunne bli så stor og på ryggen satt en rytter som fikk henne til å skrike igjen.

En svær svarthåret alv med mørk hud og helt svarte øyne, i hendene hadde han to slanke sverd og orkene rakk ikke å reagere før de to var over dem som et steinras. Hingsten skrek i villsinne, harde hover suste gjennom luften i vel plasserte spark som knuste ork lemmer og hoder og sverdene spant i luften som glinsende lyn. Denne alven var mer enn dyktig, han var uvirkelig. Mannen spratt av hesten, dyret kjempet videre på egenhånd og alven gikk i nærkamp med orkene som ennå sto. De prøvde å forsvare seg, de angrep ikke lenger men prøvde stå i mot noe som åpenbart skremte livet av dem. Et par skrek og prøvde å løpe men den enorme hesten hev seg etter dem og trampet dem brutalt ned, tråkket på kroppene så de hørte bein som brakk.

Ohlain stirret med åpen munn og trillrunde øyne på alven og Duchlain bannet sakte og imponert. Etter bare et par minutter var det ikke en eneste ork igjen i live og den mørke alven var snaut nok svett. Han bare ristet blodet av bladene og virket helt rolig igjen. Bakken ristet av hovslag og en stor flokk ryttere kom nedover mot bekkeleiet. Ygraine måpte, hun følte en slags trang til å gjemme seg for hun sanset makten i dette følget på lang avstand. Og hun sto der ikledd fillete stinkende mannfolkklær med håret løst bundet opp og så ut som om hun snaut visste hva vann var.

Akisha stanset Stålhauk med et forbauset utrop. Våk hadde gjort jobben alene, de så bare døde orker og to menn og en jente som så temmelig lamslåtte ut. Det var kanskje ikke så merkelig ved tanke på hvordan Våk normalt kjempet. Mennene stilte seg foran jenta, nærmest ubevisst. Det var en beskyttende gest så god som noen og Akisha så forskende på dem. Den lange mørkhårete var en alv mens den litt kraftigere lyshårete måtte være halvblods men de lignet hverandre i trekkene og hun forsto sakte at de to faktisk måtte være halvbrødre.

Jenta sto og så skamfull ut og hun var blek og avmagret også. Men vakker, ved gudene så vakker, det var en meget spesiell skjønnhet av det slaget som nesten slår en overende når en blir klar over den. Hun virket for å stråle på et vis og Akisha bikket på hodet og forsto at denne jenta var noe spesielt for gudinnen. Den lyshårete mannen tok mot til seg, han så på den store flokken og skjønte at dette var folk som kunne slå fra seg. Hestene var utrolige og flere bar rustning og han så flere alver der også. Han skjønte at den utrolig vakre svarthårete kvinnen på den sølvgrå stridshesten var lederen og han bukket høflig i hennes retning. "Jeg er Duchlain, sønn av kong Corat av Osholdar, jeg takker dere for hjelpen. Dette er min halvbror Ohlain og min hustru Ygraine"

Akisha så vennlig på dem men hun sanset noe der, måten begge de to mennene så på jenta på avslørte temmelig mye. Hun var kanskje Duchlains hustru men hun var Ohlains også ellers kunne de kalle henne en krakk. Akisha hadde fått mer forståelse for alvenes syn på slikt etter år sammen med Frostfugl og Elywen og det sjokkerte henne ikke som det kanskje en gang ville gjort. Hun steg av Stålhauk og gikk bort til ham, trakk av seg hanskene og viste ham ringen hun bar. "Jeg er Akisha av Shabuch, over herre over våpenmestrene og ypperste prestinne for gudinnen. Jeg og mine venner har kommet for å hjelpe ditt rike mot faren som truer det!" Duchlain svelget hardt, han så ringen og visste brått hvem dette var, gudinnens utvalgte krigere. En følelse av dyp respekt men også lettelse seg gjennom ham og han seg ned på et kne og bøyde hodet for henne. Ohlain hadde allerede gjort det samme og Ygraine så forvirret på de to mennene helt til Ohlain hvisket til henne og ba henne også vise respekt.

Ygraine neide fort og så på de nyankomne med store øyne. Det var to alvekvinner der, så pene at hun snaut trodde det hun så, en litt kortvokst kraftig alv som så veldig vill ut og en liten arrete mann som så litt skremmende ut. Det var en høy kar med mørk hud og hvitt hår og det så ut som om han hadde gulgrønne øyne som et rovdyr, ved siden av ham satt en yngre kvinne som så helt vanlig ut bortsett fra at hun hadde en litt fandenivoldsk utstråling Ygraine fant fascinerende med en gang. Det var en høyreist blond jente som gav henne frysninger nedover ryggen av en eller annen grunn og flere til og hun tvilte ikke på at dette var folk med makt.

Akisha sukket og nikket i retning slettelandet. "Vi reiser med gudinnens makt, i morgen kan vi være i Catendhar men Frostfugl må hvile et døgn før hun kan klare å bruke magien igjen"

Ohlain svelget, han kjente til den typen magi, den var utrolig krevende så den vesle sølvhårete alven måtte være vanvittig sterk. Brått kom et merkelig dyr løpende, det var like stort som en av hestene og Ohlain skvatt og Ygraine skrek til. Hun så blek ut og den sorthårete kvinnens mann smilte beroligende. "Ikke vær redde, det er Frerk, han er en dragekatt. Han har vært rundt og lett etter flere orker"

Frerk gikk bort til de fremmede og snuste på dem, de sto musestille og Frerk slikket jenta på armen og mol sakte. Hun prøvde å smile og klappet den varsomt på halsen og Frerk gned det massive hodet mot henne. "Han liker deg, det er bra!"

Akisha smilte så vennlig hun kunne og begynte å introdusere de ulike og de tre så litt fortapt ut. Khir gikk og fanget inn igjen hestene deres og Wilbwyn og Elda hjalp til med å gjøre ferdig beina på Duchlains hest. De fikk av skoene uten noe om og men og Duchlain så spørrende på Akisha. "Hvor skal vi nå? Det er farlig her og jeg vet ikke om noen trygge steder vi kan være til i morgen. " Han sto og holdt Ygraine i handa og Akisha sanset at dette var et ferskt forhold men et som var sterkt. Hun nikket til Våk. "Våk vil finne noe, kanskje din bror vil hjelpe ham?"

Ohlain så litt nervøst på den mørke alven, han sanset godt hva Våk var, den dystre auraen av død og mørke lå om ham hele tiden var mye tydeligere nå som han hadde drept og Ohlain hadde aldri hørt om en alv som var så i ett med mørket noen gang. Han nikket sakte og Våk gliste til ham, rakte ham en god bue og et kogger piler. "Her, nå kan du bite fra deg igjen. "

Ohlain takket overstrømmende og fikk brått en følelse av stolthet tilbake, nå kunne han virkelig gjøre noe og han var rankere i ryggen da han steg til hest.

Duchlain hjalp Ygraine opp og hun tok tømmene og kjente seg fremdeles skamfull. Hun var så ustelt i forhold til de andre kvinnene og det minnet henne alt for mye om dagene og årene i tempelet. Akisha så den litt plagede minen hennes og forsto at dette var en person med en god porsjon ballast av det ikke så alt for trivelige slaget. Hun fikk prøve å fritte dem ut etter hvert som de ble mer vant med hverandre. Wilbwyn rakte Duchlain et vinskinn. "Her gutt, du ser ut som om du trenger det. Flaks at vi hørte at Ygraine skrek. "

Duchlain nikket bare og tok skinnet, det var utrolig god vin og han følte noe som lignet salighet da han fikk tømt i seg noen slurker. Ygraine fikk også men hun behersket seg. Hun visste at det kunne være farlig med mye vin om hun nå virkelig var på vei så hun tok bare et par små svelg for å fukte strupen. Hun så fort på Akisha. "Rett før orkene kom så jeg en sort ulv, den så på meg. Har dere sett noe slikt her?"

Akisha og de to andre prestinnene snudde hodet og så fort på Ygraine som brått forsto at hun hadde sagt noe viktig. "En sort ulv? Du så gudinnen jente, hun ledet oss hit. Da er du viktig for henne av en eller annen grunn. "

Akisha drev Stålhauk opp på siden av Ygraine som rødmet og så stivt ned i nakken på merra hun red. "Hvem er du Ygraine, har du sett noe slikt før?"

Duchlain så at Ygraine følte seg ukomfortabel og han presset sin hest inn mellom stridshesten og merra. "Hun er av edel ætt, edlere enn min, men hun har levd som en slave i mange år, forsaket og forstøtt av de som skulle tatt vare på henne og elsket henne. Hun har hatt et hardt liv, men nå er det over for hun er min hustru og vil bli æret deretter. "

Akisha så på Duchlains harde mine, så spor etter tårer på kinnene hans og hun sanset at mannen sørget over noe. Det var som om gudinnen hvisket det til henne. Hun bikket på hodet. "Du bærer en stor sorg Duchlain, en fersk sorg, og en like sterk glede?"

Ygraine svelget, Duchlain så bare vantro på Akisha, hvordan kunne hun vite? Ygraine samlet motet sitt. "Han har, hadde en sønn hjemme i Catendhar, men for et par dager siden fikk han vite via sin mor at gutten er død, forgiftet av noen som egentlig mente å drepe hans eldste halvbror, tronarvingen. "

Akisha kunne slått seg selv, hun manglet til tider alt som het takt og tone. "Jeg beklager, jeg var uhøflig. Gudinnen leder meg Duchlain og til tider betyr ikke menneskers følelser noe for henne. "

Duchlain bare så ned og svelget, tårene presset seg på igjen og han følte at sorgen kvernet i brystet. Han grep Ygraines hånd. "Du kunne ikke vite, jeg tilgir. Og gleden du merket…"

Ygraine prøvde å smile. "Jeg er med barn, kanskje!"

Frostfugl hadde ridd litt bak dem men hun presset hesten sin frem og klappet Ygraine på kneet. "Ikke kanskje Ygraine, jeg kan se det klart. Du er virkelig med barn, bare så vidt men det er liv. "

Ygraine sukket lavt. Så mye for tvilen hun hadde hatt. Med så mange alver som bekreftet det kunne hun ikke annet enn å godta det med alt det det innebar. Hun svelget og Duchlain smilte litt vemodig til henne. Akisha smilte varmt til henne. "Så flott, gratulerer. Vær ikke engstelig, har vi flaks er dere hjemme i morgen. "

Av en eller annen grunn føltes ikke det så beroligende som Ygraine skulle ønske det ville. Duchlain så uttrykket i ansiktet hennes og klemte handa hennes. "Jeg har sagt det før Ygraine, ikke vær redd. Alt vil bli bra!"

De hørte et rop og Våk og Ohlain kom tilbake, de vinket på dem og følget satte seg i bevegelse. Våk tøylet Trollknuser og gliste bredt. "Det er en hule et stykke ned i lia her, stor og forseggjort, er garantert dvergene som har vært på ferde. Og det er en varm kilde bakerst i den så det er en mulighet for å ta en dukkert for den som vil. "

Ygraine stønnet nesten av lettelse og Duchlain smilte til henne. "Ser du, alt ordner seg!"

Enez pekte på ene pakkhesten. "Vi har med masse klær så det er sikkert noe som passer deg der, du er omtrent samme størrelsen som Elywen tror jeg, ikke fullt så høy men du har like mye former. "

Ygraine rødmet bare dypt og Akisha gliste fort før hun fikk fart på hesten. De hadde proviant nok og hun ante at disse tre ville sette stor pris på den, ikke minst den gode vinen Dern hadde sendt med dem.

Ychmal hadde ikke skjult sin begeistring over den spådommen han hadde funnet, han visste hvordan han skulle spille på de strenger som fantes og han hadde skjønt at Arendt var svært interessert i fortiden om det kunne gavne ham selv. Derfor skrev han av store deler av spådommen og utelot bare det han trodde kunne få Arendt til å lure. Det var deler av det som gav Ychmal en følelse av at den gamle spåmannen virkelig hadde spådd et realt blodbad. Det sto skrevet om jordens barn som skulle fylle daler med blod og ild som skulle brenne selv bein. Ychmal regnet med at disse spådommene hadde å gjøre med krigen som sto for døra og han ville ikke gi konspiratørene noe å jobbe ut i fra.

Han hadde rett, spådommene fengslet Arendt totalt og han glemte nesten å be om rapport den dagen. Ychmal gav ham den uansett, han hadde vært ganske spesifikk nå, hadde gitt klare spor som pekte i retning av det dalføret han kjente til. Arendt kjente til den dyktige seeren, han hadde lest om ham og det fengslet ham virkelig at Ychmal hadde funnet en av hans mange spådommer. Og det virket jo ganske lovende, det lovet makt men at den ikke ble lett å komme til var garantert. Uansett, Arendt aktet å la de andre gjøre jobben. Han overlot papirene til Aglaran som dukknakket tok dem med seg for å lagre dem på et trygt sted.

Aglaran hadde jobbet med papirene, og han hadde en god del kunnskap selv også, han visste nå hvor skatten var, og han visste at det Ychmal presenterte var villeding og løgner. Spådommene var garantert pyntet på og han la ingen vekt på dem. Det han nå måtte jobbe med var tidspunktet da han skulle forlate de andre og det måtte være velvalgt. Han kunne ikke vente for lenge men heller ikke stikke for tidlig. Byen måtte være stengt før han kunne gjøre noe og han måtte finne en måte å stenge den hemmelige gangen på så han ikke ble forfulgt. Ideen om å kvitte seg med de andre hadde slått ham, men han aktet å la kongen ta seg av det. Han var ingen morder og regnet med at kongens egne folk tok tak i konspiratørene raskt og greit så fort de fikk snusen i hvem de var.

Aglaran var overbevist om at hans medsammensvorne ved hoffet ville bli nyttig men nå tvilte han litt, nyheten om gift mordet på kongens barnebarn hadde rystet ham og han begynte å innse at han hadde gjort en tabbe. Han var virkelig i tvil om hva han burde gjøre, et nytt giftmord var umulig, men om han tok seg av problemet på turen utover? Det burde gå ganske lett. Han bestemte seg for å være tålmodig og vente som best han kunne selv om det var vanskelig.

Ghuad hadde ikke brukt særlig lang tid på å fly til den nærmeste dvergbyen, han hadde gått ned for landing i en smal liten dal og forvandlet seg fort for ikke å røpe dem. Dvergene hadde hurtig funnet en skjult inngang og de hadde tatt seg inn. Det var like ille der som på stedet de hadde forlatt og Ghuad var sjokkert over hva han så. Dette var byen Daoin hadde forlatt og Afarr var fortvilet. Denne byen var kjent for sine gode våpen og alt var stjålet, absolutt alt. Orkene hadde fått nevene på ting de slettes ikke var verdige å ha og dvergenes vrede vokste. Stanken der inne var utrolig og Afarr og de andre var dypt berørt av synet av alle de døde. De gråt og klagde og Ghuad måtte jobbe for å roe dem ned igjen. Det eneste de fant der av verdi var noen rustninger og kjeler og slikt. Dvergene pakket det fort sammen i noen store tepper og bant alt sammen til en bylt Ghuad kunne bære med seg.

Den neste byen var lengre unna, mer vestover i fjellene og den var noe større men også der hadde det blitt plyndret. Her hadde dvergene bitt fra seg, det lå døde orker strødd og selv om dvergene hadde tapt hadde de ikke gitt seg frivillig. Kampen hadde blitt kjempet i store haller og i smale ganger, over broer og gjel i fjellet og det var tydelig at de hadde kjempet vel også. Afarr og de andre jublet over hver en haug med døde orker de kom over og roste sine artsfrenders mot og styrke.

Denne byen var bygget rundt en sentral hall, en enorm tron sal prydet med fantastiske søyler skapt av selve grunnfjellet. Hver søyle besto av mange små som tvinnet og snodde seg om hverandre i en myriade av intrikate mønstre og allikevel var formen på hver søyle lik. Ghuad måtte vedgå at han var imponert over den vakre men svært stilistiske arkitekturen dvergene hadde fulgt der. Selve tronen var et mesterstykke også, det var tydelig at orkene hadde prøvd å ødelegge den men det nyttet neppe for den var hugget eller slipt ut av et massivt stykke obsidian og var så hard at ingen hammer kunne slå av så mye som en flis.

Afarr rørte den med en blanding av ømhet og vemod. I ryggstøet var det hugget ut et symbol for den slekten som rådde over denne byen og han bøyde kne et øyeblikk for å hedre de falne. Ghuad så seg rundt med smale øyne, stedet stinket av død men de ville bli nødt til å hvile der, han ville ikke fly videre før til morgenen igjen.

Dvergene var stive av skrekk i dagslys og med nattemørket og stjernehimmelen over hadde han en sterk følelse av at de kunne få panikk og falle av. Det meste av mat og drikke var stjålet men noe fantes da igjen. Byen var såpass stor at orkene neppe hadde rukket eller giddet å søke gjennom hvert et rom og de fant fort en mindre sal lavt i byen der de som jobbet i smiene hadde spist. Det var igjen noe salt kjøtt og mjød der og dvergene fyrte fort opp i en esse og lagde til et enkelt men mettende måltid. Ghuad spiste av ren høflighet, han hadde egentlig andre ting å tenke på.

Dvergenes by hadde imponert ham, det var åpenbart at dette folket tenkte både forsvar og praktisk bruk og blandet det med en klar sans for skjønnhet og stil. Han så hvordan de sørget over det tapte men visste at så fort orkene var slått ville de vende tilbake og reparere det ødelagte, fylle berget med liv igjen. Afarr underholdt ham med å forklare hvordan de smeltet malm og lagde det berømte dvergstålet og Ghuad ble litt sjarmert av dvergens iver og store kunnskap. Det å forme berget og finne verdier i det var dvergenes lidenskap og liv, de brydde seg minimalt om verden der ute og syntes de hadde så inderlig nok med sine egne verdier og sin egen virkelighet.

Afarr hadde visst hvem som styrte i denne byen, de var fjerne slektninger og de andre fem hadde også hatt slekt der. Hos dvergene kunne slektsbåndene være utrolig innfløkte og lange ikke minst men alle visste hvem som var av blodsbånd eller ei. Ætten var noe av det viktigeste av alt og et par av de andre var dypt fortvilet siden fremstående medlemmer av deres slekter var blitt drept.

Ghuad så at flere dvergkvinner hadde sloss også, de var kledd i rustninger og hadde våpen og hadde kjempet tappert mot overmakten. Han antok at dette var unntak mer enn regelen men han forsto også at dverger hadde et samfunn der kjønn egentlig ikke spilte så stor rolle. Det var liten forskjell på hunn og hann og om det var behov for det sloss alle. Ghuad vandret litt rundt etter maten, han var nysgjerrig på stedet og han fant stadig flere undre. Afarr ble med ham og forklarte og svarte på spørsmål og han var dyktig stolt av sitt folks evner. Et sted stanset Ghuad og stirret litt forvirret på et kunstverk han rett og slett ikke forsto. Det var i en liten og veldig enkel hall holdt i svart og den var kun prydet med en slags enkel pidestall med en hammer i stein på. I enden av rommet gikk en trapp opp til en dør som var skåret ut i berget men den gikk ingen steder. Det var ingen gang bak den.

Afarr så hvor nysgjerrig Ghuad ble og pekte på trappa med en smule ærbødighet i blikket. "Vår helligdom, for våre guder. De vil komme til oss gjennom den døra når vi trenger dem"

Ghuad så på trappa med smale øyne, for hans øyne var det som om den glødet svakt og han bikket på hodet og ante en makt der inne som var fremmed men også underlig velkjent. De gikk videre men Ghuad fikk ikke den underlige trappa ut av tankene, noe ved den trakk på ham.

Dvergene gikk til ro, de la seg der de fant et passende leie og Ghuad satte seg i en stol dekket med saueskinn og prøvde å slappe av men greide det ikke. Noe gjorde ham urolig, nesten irritabel og han kom seg på beina og begynte å gå litt rundt igjen. Han stanset i rommet med trappen, så nesten avventende på den. Hans sanser var unike, annerledes enn hos noen annen skapning og han så det ingen andre kunne ha sett. Han så døra åpne seg. Ghuad dirret, nærværet i rommet var så sterkt at han nesten ikke holdt det ut, det var som lufta rett før et tordenvær og han visste ikke om han burde bli der eller løpe sin vei.

Døra så ut som en vanlig dør nå, og det var lys bak den. En skikkelse kom ut i lyset, en eldre mann med lapp over det ene øyet og arrete fjes. Han var kledd som en smed og en lærreim holdt det lange grå håret ute av fjeset. Det gjenværende øyet var gyllenbrunt og skarpt, det så u fraværende på Ghuad som sanset at det han så var noe helt annet enn hva det var.

Mannen bikket på hodet, smilte litt sarkastisk. "Vær hilset Ghuad Svartflamme. Du kjenner ikke meg, men jeg kjenner deg vindrytter. Og dine venner, gudinnens utvalgte"

Ghuad svelget, tok et nølende steg nærmere. "Du er Thiron, som smidde Elthear og Nadharn?"

Thiron smilte skjevt, Ghuad skalv av kraften han følte i denne skapningen og han visste at det ikke var en mann av kjøtt og blod men noe annet og mer. Dette var en gud og han følte at han burde ha bøyet seg for denne åpenbaringen men han var for stolt til det.

"Mine mesterverk ja, skapt for de utvalgtes hender. Du Ghuad er også en utvalgt, men av en annen type. Ditt våpen er ikke stål eller jern men ilden selv. Og din styrke har snaut sin like i disse dager. Jeg har kommet til deg for å be om hjelp. "

Ghuad så et øyeblikk lett forvirret ut, det var temmelig imponerende ved tanke på at han stort sett så skremmende ut. "Meg? Hvordan kan jeg hjelpe deg?"

Thiron gikk ned trappa, han var høy og senete og så gammel men sterk ut. Ghuad følte at denne skikkelsen nok var på det godes side men ikke nødvendigvis god, ikke alltid.

"Gudene har sett hva som skjer Ghuad, de har sett at en ild er løs som ikke vil la seg temme. Det ville folket lar seg aldri temme annet enn av deres tro og når den er tapt slipper mørket inn i deres hjerter og sjeler og blir der for godt. "

Thiron gikk bortover og lagde ingen lyd der han gikk. Ghuad fulgte nølende etter. De gikk nedover noen trapper Ghuad ikke hadde sett før og de var smale og svingete og bratte og det gikk nedover og nedover i hva som virket for å være en evighet. Til slutt kom de ned i en veldig grotte. Den var naturlig og formet av naturen selv. Den var formet som et opp ned kremmerhus og golvet var også hvelvet oppover. I midten av det sto det en enorm svart krystall og den gnistret av energi.

Thiron gliste og pekte på krystallen. "Jeg har en jobb å gjøre Ghuad, en gud skal vende tilbake til verden i kjød, som for uendelige tider siden. Og han ønsker sitt våpen tilbake, skapt av hans egne hender i tidenes begynnelse. "

Ghuad følte seg nervøs, kraften i rommet var nesten mer enn han tålte. "Og hva har det med meg å gjøre?"

Thiron begynte å gå utover golvet, det hvelvet oppover men når en gikk på det var det som om det var veggene som helte innover i stedet. Ghuad svelget forvirret, det fikk det til å gå rundt for ham.

Thiron pekte på krystallen. "Hans våpen ble skjult der inne Ghuad, kun drageild kan befri det. "

Ghuad så spørrende på Thiron som smilte og nikket mot krystallen. "Smelt den Ghuad, for deg burde det gå greit"

50

Ghuad nikket litt nølende og Thiron flyttet seg, Ghuad konsentrerte seg og forvandlet seg. Han var så enorm at det var vanskelig for ham å manøvrere i rommet men det gikk faktisk. Thiron sto der og smilte liksom vitende og Ghuad snudde seg mot krystallen. Han åpnet kjeften, strupen svulmet opp og dragen spydde en kompakt stråle av ild som omsluttet krystallen. Det gikk noen sekunder så begynte krystallen å krympe, den seg liksom sammen. Ghuad så spørrende på Thiron som nikket fornøyd og dragen klappet kjevene sammen igjen. Ilden forsvant og det smalt i fjellet av varmen. Krystallen krympet sakte og den delte seg i to på langs. Midt i den var to gjenstander og de virket for å gløde med et eget lys. Det var et stort jakthorn som så ut som om det var laget av sølv og et merkelig sverd som ikke lignet noe Ghuad hadde sett før. Thiron gikk bort til tingene på tross av at bakken ennå glødet rødt og han tok de to tingene ut av krystallen. Sverdet var ganske langt med et elegant svakt bøyd blad. Det hadde parer stenger formet som grener som slynger seg om hverandre. Hjaltet var formet som en trestamme, grov og sterk og sverdknappen var en trekrone, tett og massiv og pyntet med grønne smaragder. Selve bladet var det som trakk mest på blikket, det virket så spinkelt, så skjørt som en istapp og i det underlige blålige metallet var det som om former danset om hverandre, løste seg opp og formet nye hele tiden. Ghuad tok sin andre skikkelse igjen og så nærmere på det. Han syntes han så formen av en hjorteflokk som løper over en eng, så var det en flokk gjess som krysset himmelen under en fullmåne. Det var en ulveflokk i natten, fisk som kjempet seg opp mot en mektig elv. Han følte noe som lignet ærbødighet og Thiron gliste. "Du føler det også ikke sant? Hennes makt! Dette er Ishandrar, månens sverd. For jegergudens hånd ble hun smidd og i jegergudens hånd skal hun igjen gjøre store ting"

Ghuad svelget og så forskende på Thiron. "Hvorfor er det så viktig å slå orkene tilbake? De er da kun en plage som kan bekjempes med nok folk og tid. Jeg kan svi av halve hæren deres på noen timer!" Thiron bikket på hodet og det glødet svakt i det ene øyet han hadde. "Det er ikke hva de er gudene frykter, men hva de kan bli. Vreden deres er vekket av en grunn Ghuad, av tåpelige mennesker på jakt etter noe ingen dødelig er født til å besitte. Sjansen for at de finner det er liten men til stede og det vil være en katastrofe. Enda verre vil det være om orkene finner det og krever det, det vil ødelegge dem og fullstendig styrte balansen mellom lys og mørke. Jegerguden var orkenes gud Ghuad, de er hans barn. Han vil berge dem fra dem selv, om det så betyr at de må knekkes og bekjempes til det snaut er noen igjen av dem. Villskapen i deres hjerter kan ikke undervurderes Ghuad, ei heller styrken i deres overbevisninger. "

Ghuad bare nikket og Thiron begynte å gå tilbake. Han virket for å kjenne fjellet ut og inn og snart var de tilbake ved trappen. Thiron snudde seg mot Ghuad og la en hånd på skulderen hans. "Du har fått tapre venner her Ghuad, dverger er like sta og harde som fjellets røtter. Fortell Afarr at metallets herre vil holde løftet han gav ved Lofars banedag. "

Ghuad forsto ikke hva Thiron mente men nikket og Thiron gikk mot døra igjen og forsvant. Han kom ikke tilbake, Ghuad visste det bare og han gikk tilbake til dvergene. De var ikke våkne men Afarr våknet av Ghuads fottrinn og så forskende på ham. Ghuad satte seg, han smilte litt skjevt til dvergen. "Metallets herre vil holde løftet han gav ved Lofars banedag"

Afarr var på beina i løpet av et øyeblikk, han så med store øyne på Ghuad. "Hva sa du? Hvordan vet du det?"

Ghuad svelget kort. "Jeg har møtt ham, tror jeg. En smed med kun ett øye?"

Afarr så ut som om han ville falle på kne og Ghuad forsto at dette var svært stort for dvergen. "Ved alt hellig, du har skuet ham, vår herre, vår far. "

Ghuad følte seg brydd, han skar en grimase og Afarr kom nesten helt bort til ham. "Vår mester gav oss et løfte en gang. For uminnelige tider siden sverget vi å tjene ham og han gav oss metall som vårt element. Det skulle aldri svikte oss. Men det sviktet oss, i et skjebnesvangert øyeblikk sviktet det vi la all vår lit til. Og vi tapte stedet vi regner som vårt fødested på grunn av det, tapte det til mørket selv. "

Ghuad så nysgjerrig på ham og Afarr støttet hodet i hendene og sukket tungt. "Stort var riket vi kalte Heribhark, mektig i sin skjønnhet og uendelig i rikdom og makt. Men folket var ungt den gangen, de kjente ikke sine begrensninger og sine evner og de gikk for langt, grov for dypt i hemmeligheter jorden burde fått ha i fred. " Ghuad bikket på hodet, han hadde ikke engang hørt om noe slikt og han var flere tusen år gammel. Afarr smilte skjevt, han hadde et meget fjernt uttrykk i de dyptliggende øynene. "De grov så dypt at de nådde selve jordens eget blod, glødende og brennende og ustoppelig. De bygde en port som skulle holde det ute, berge deres by. Men selv ikke deres beste smeder greide å lage porten sterk nok. Og byen der vårt folk først så dagens lys falt og er ikke mer, annet enn et bittert minne og en påminnelse om vårt iboende grådighet og dødelighet. Byens egen konge døde den dagen i et forsøk på å lede ilden bort fra tronsalen. Det er kjent som Lofars banedag etter det. " Ghuad visste ikke at dvergene hadde så mange legender, eller at de tok så godt vare på dem. "Og hva var det deres fader lovte dere på den dagen?"

Afarr så stolt ut. "At når dagen kommer da vi trenger hans kunnskaper igjen vil han gi oss hjelp, vi skal kunne gjøre det umulige. "

Ghuad løftet et perfekt øyebryn og tenkte over ordet et øyeblikk. Det umulige, det umulige i dette tilfellet kunne så avgjort være å samle alle dvergene og forme dem til en hær på kort tid, og ikke minst væpne dem. Kunne Thiron gjøre det? Kunne han gi dem alt de trengte for å falle orkene i ryggen? Ghuad håpet det, for han følte at dvergene både trengte og fortjente en mulighet til å få igjen for det som var gjort mot dem.

Arjhed satt ved bordet hos Nauth og han følte seg underlig tom innvendig. Han hadde en følelse av å være til liten nytte, Nauth hadde fortalt ham at orkene fortsatt var på vei mot hovedstaden og at de slettes ikke hadde saknet farten. Han skulle ønske at han kunne gjort noe, det var liten tvil om at byene nå visste om det som skjedde og forberedte seg, folkene som flyktet via elva måtte ha nådd frem for lengst. Og forhåpentligvis hadde Oisin greid å advare mange byer også. Han håpet bare at den aldrende landsbyhøvdingen hadde greid å komme seg unna. Milla hadde våknet opp men hun sa ingenting, hun bare satt der og stirret i veggen og Arjhed syntes så inderlig synd på henne. Dryadene jobbet på henne hele tiden men de kom liksom ingen vei. Hun ville bli nødt til å bli der lenge, det var nesten ingen annen løsning.

Arjhed satt og prøvde å sy noen rifter i buksene sine bare for å ha noe å gjøre. Nauth hadde gått rundt og sett merkelig ut hele dagen, det var som om hun prøvde å si noe men ikke fikk seg til å gjøre det. Arjhed begynte å gå lei av det og da hun kom og satte seg ved bordet så han rett på henne. "Du ser ut som en verpesyk høne, spytt det ut!"

Nauth rykket til og så litt vantro på ham, så bet hun seg i underleppa og så virkelig pussig ut i noen sekunder. "Det er en ting jeg må spørre deg om Arjhed, men det er ikke lett. "

Arjhed så bare avventende på henne og hun sukket og sukket tungt. "Jeg har vært på et rådsmøte, det er mange som meg, skapninger få kjenner til. Vi tjener gudene som dere gjør det og de har tatt en beslutning. Jegerguden skal vekkes igjen Arjhed, han skal igjen eksistere i denne verden som kjøtt og blod men bare for en kort tid. "

Arjhed så smalt på den underlige skapningen. "Og hva har det med meg å gjøre?"

Nauth trakk pusten dypt. "En gud kan ikke bare tre inn i verden, det ødelegger balansen totalt. Men de kan besette kroppen til en skapning som hører til her og bruke den. Rådet…"

Hun svelget hardt. "Rådet ber meg spørre deg om du vil la ham låne din skikkelse"

Arjhed så vantro på Nauth som ikke greide å se ham rett inn i øynene. Hun bare svelget og fingrene lekte nervøst med den enkle duken som lå på bordet. Arjhed kremtet, han følte seg underlig svimmel der og da. "Og hva vil det si for meg?"

Nauth så litt forvirret ut før hun forsto. "Hva det vil si? Vel, det er en stor ære på den ene siden, men du vil aldri bli den samme igjen. Det vil forandre deg Arjhed, både fysisk og mentalt. "

Han kjente at alt han var strittet i mot ideen, la en annen skapning leve i hans kropp? Ta ham over som om han bare var et klesplagg? "Er det ingen andre de kan spørre?"

Nauth så skjevt på ham. "Sikkert, men det haster. Skal det kunne gjøres må det gjøres snart. Det tar tid å forberede noe slikt Arjhed. De kan ikke vente mer enn noen dager før de må starte. Og rådet mente at du faktisk kan passe, hvem som helst kan ikke gjøre det Arjhed, kun den som er ren av sjel og sinn. "

Han blåste i nesa, hadde en hul følelse i magen. "Og det er liksom jeg?!"

Nauth så på ham med et svært åpent blikk, hun krysset armene foran brystet. "Ja, du er ikke ødelagt av verdens mørke og jag etter makt. Du har levd som jegerguden ønsker Arjhed, som et av hans barn. Og rådet følte at du er spesiell. "

Arjhed svelget hardt. "Og igjen, hva vil det bety for meg?!"

Nauth virret med hodet, så rådløs ut. "Du må gå gjennom mange seremonier, renses og forberedes. Og mens han låner din skikkelse vil du sove, du vil ikke oppleve noe av det som skjer. Så ikke frykt det!"

Arjhed kjente seg kald til margen, på et eller annet vis visste han allerede nå at han faktisk ikke hadde noe valg, at dette var skjebnebestemt fra tidenes morgen. "Og etterpå?"

Nauth sukket igjen, så ned. "Du vil ikke være den samme Arjhed, du vil bære litt av jegerguden i deg for evig tid. Det vil gjøre deg annerledes enn nå, uten tvil. Du vil alltid være hans forlengede hånd vil jeg tro. "

Arjhed svelget og klemte krampaktig om tøyet han hadde i handa. "Om jeg sier nei?"

Nauth trakk pusten dypt. "Vil de aldri tvinge deg, og de vil ikke klandre deg, ingen vil klandre deg Arjhed. Det å låne kroppen sin bort til en guddom er skremmende, uten tvil. "

Arjhed så spørrende på henne. "Og de vil ikke finne noen i tide regner jeg med?"
Nauth så ned og stemmen hennes var temmelig stille "Nei, og orkene vil neppe la seg redde fra deres eget mørke og sinne. De er også barn av denne verden Arjhed, uten jegergudens hjelp vil de fortsette til det eneste alternativet er å utrydde dem. Tvil ikke på at gudene vil gjøre det, de har midlene til det. Om ikke jegerguden greier å snu dem bort fra den stien de har valgt vil de brenne. Ild vil fortære dem og kun minnene vil være tilbake"
Arjhed så skremt på Nauth. "Ild? Hvordan?"
Nauth så igjen ned, hun var antagelig blek men det var vanskelig å si sikkert siden hun var pelskledd. "Drager Arjhed, maktene vil bruke drager mot orkene!"
Arjhed sperret øynene opp. Som gutt hadde faren hans fortalt ham legender om drager, de var kun legender siden drager ikke fantes eller gjorde de det? "Drager? Finnes drager?"
Nauth smilte litt skjevt. "Ja, men ikke mange. Men kun en av de gamle vindrytterne vil være nok til å ødelegge enn hel hær."
Arjhed nikket sakte, han trodde det så gjerne. De legendene han hadde hørt hadde skremt vettet av ham som guttunge men samtidig var det noe merkelig dragende ved dem, kunne han virkelig få oppleve det, å se en drage?
Han kremtet. "Hvor lang betenkningstid har jeg?"
Nauth så fort på ham, nesten unnskyldende. "Til i morgen kveld. Ikke lenger. "
Arjhed lukket øynene et øyeblikk. "Greit, dere skal få svaret før da, det lover jeg"
Nauth smilte fort, strøk en hånd fort over kinnet hans. "Takk Arjhed, da har jeg gjort min jobb. Jeg skal la deg få fred til å tenke!"
Han gav henne et litt skjelvent smil før hun gikk og han ble sittende igjen der. Han så ned på arbeidet han gjorde, hodet spant formelig av tvil og uro. Jegerguden ville redde orkene fra total utryddelse, ville han det samme? Han husket de skrekkelige skapningene, husket den store høvdingen i særdeleshet. Husket hatet han følte, frykten og maktesløsheten. Verden ville være bedre uten dem, eller

ville den det? Han husket fortellingene om gamle tider da orkene var få og klanene små og spredt. Da var de virkelig barn av naturen som i likhet med ulv og bjørn sørget for balanse. De var kanskje ikke gode av natur men de var skapt slik. Naturen er nådeløs og uten empati for de svake, slik var også dette folket.

De hadde blitt ødelagt og korrumpert, han innså det nå, Ledet bort fra den veien de var skapt til å vandre.

De hadde ikke fulgt jegerguden på århundrer, hadde funnet andre tomme idoler å dyrke og respektere. De ville bli straffet, og straffen ville bli hard og grusom men alle skulle ikke dø. De skulle renses, føres tilbake til hva de var. Til den tiden da de dyrket naturlig styrke og sjamaner talte med åndene og rettleide dem. Arjhed trodde han forsto jegergudens tanker nå, og hans motiver.

Han greide ikke sitte der inne lenger, gikk ut. Den åpne skogen rundt bygningen var lys og varm og det summet av insekter. Han så at hestene gikk og beitet på en lysning et stykke unna. Han gikk ned dit og så på dyrene som slappet av og åt og Tordenfot kom luntende bort til ham. Han klappet hingsten på den mektige nakken og den presset mulen mot ham og humret. "Hva tror du gutt, skal jeg gjøre det?"

Tordenfot nikket med hodet og de merkelige øynene var på en måte svært beroligende. "Du tror det vil bli ok?"

Tordenfot slikket handa hans og begynte å beite igjen og Arjhed satte seg og bare så på hestene. Han tømte hodet, lot bare tiden fly forbi og på en måte følte han seg stolt. Han kunne gjøre en forskjell på dette viset, påvirke hendelsenes gang. Han var kun en enkel jeger, ingen egentlig. Og på dette viset kunne han bli husket for evigheten.

Da de skulle spise den kvelden gikk han bort til Nauth og satte seg ved siden av henne. Han så bort på Milla som ble matet av en av dryadene, jenta var aldeles passiv og gjorde ingenting selv lenger. Ingen skulle måtte oppleve det hun hadde opplevd igjen, ingen! Nauth så spørrende på ham og han nikket kort. "Jeg gjør det!" Nauth gispet lavt. "Er du sikker?"

Arjhed skar en grimase. "Nei, jeg er vettskremt, men det er vel ikke egentlig noe valg er det vel? Ikke om jeg ikke ønsker at enda flere skal bli drept"

Nauth omfavnet ham varmt og det føltes merkelig godt. "Så tappert av deg, jeg skal si ifra. Spis godt i kveld, jeg tror ikke du bør spise igjen før seremoniene. "

Arjhed skar en grimase, det også, men hadde han nå først sagt ja fikk han bare gjøre det han måtte. Han stappet i seg og kunne bare håpe at det ikke ble hans siste måltid. Han la seg tidlig den kvelden og fikk først ikke sove men sakte ble han trøtt og øynene gled igjen. Han drømte snart at han var tilbake hjemme, løp rundt i landsbyen sammen med de andre ungdommene. Han drømte om familien og alle turene ut i skogen med faren. Han så moren som alltid gjorde sitt beste for at alle skulle ha magene fulle og søsteren som plaget ham og trakk ham i håret når det var noe hun ville ha. Det var lykkelige dager, han smilte der han lå. Han husket Abigail som hadde latt ham kysse henne på kinnet på forrige midsommerfest og han husket at hun hadde klasket til ham da han prøvde å få handa ned i utringningen på blusen hennes. Han husket da han havnet i elva på våren og nesten frøs i hjel og da søsteren hans hadde fått kikhoste og lå for døden i flere dager før den gamle kloke kona greide å berge henne. Det var som om alt som betydde noe for ham i livet passerte i revy for øynene på ham. Nauth hadde sagt at han aldri ville bli den samme igjen, kanskje var dette virkelig et farvel til alt som hadde vært. Kanskje han ikke engang ville huske hvem han hadde vært? Det skremte ham til margen men han sto ved det han hadde valgt, på tross av skrekken han følte. Det siste han så var en skygge mot himmelen over landsbyen, en skikkelse formet som en mann med horn som en hjort, stangende mot fjellene og mørket som sakte seg frem fra dalene.

Janrem svevde i mørket, han hørte stemmer som snakket langt borte og forsto dem ikke. Noen virket opprørt, nevnte Irab og at de ikke klarte seg uten hennes hjelp. Det svingte, som om han ble båret men han følte ingenting. Det var bare mørke og kulde, en skrekkelig kulde. Stemmer igjen, de diskuterte hvorfor han var død, hvem hadde gjort det? Noe som lignet sinne våknet i ham, han kjente stemmene igjen. Laugsmedlemmer! Stemmene virket fornøyd, lettet faktisk. Janrem følte bare en slags bitterhet, et dypt sinne. Det var mørkt igjen og han lot mørket innhylle seg. Irab var død, lauget hadde drept henne men han hadde sverget å drepe de ansvarlige. Hvordan? Hvordan skulle han kunne hevne noen når han var død? Han forsto ingenting.

Sakte ble det lyst igjen, han kjente en intens stank i nesen og kjente at ting lå over ham overalt. Han hikstet til, prøvde å åpne øynene helt. Det var mørkt der men det var fordi han var dekket til og det av diverse ting som var mer eller mindre motbydelige. Han lå i byens søppelfylling. Lik ingen krevde havnet der og han forsto at de hadde kastet ham dit. Irab var sikkert også der et sted. Han var kald, så grusomt kald og alt verket. Det brant i muskler og ledd og blodet kjentes ut som kokende is i ham, hvordan det var mulig ante han ikke men det var slik det kjentes. Isende og brennende på en og samme tid. Han var kvalm og svimmel og alt gjorde vondt, han hadde aldri følt maken til smerte noen gang men greide ikke skrike den ut. Han måtte være stille, ingen måtte oppdage at han var i live, eller var han det? Hva var det Irab hadde sagt?

Han samlet seg, prøvde å få oversikt over omgivelsene. Et råttent teppe lå over ham, skjødesløst slengt over ham som en slags begravelsesdrakt, ellers var han så avgjort i adams drakt, han var splitter naken. De hadde tatt alle klærne hans og han kunne knurret av sinne hadde han greid det. Han hadde ingenting nå, absolutt ingenting. Han lå under et tykt lag med søppel, måtte ha ligget der i et par døgn minst og han greide bare ikke stanken. Den sved i øynene og han prøvde å avgjøre om det var dag eller natt der ute. Det var skumring, var det morgen eller kveld?

Han lå urørlig, hørte byens lyder overalt og ble litt forbauset, han burde ikke ha hørt så godt? Han så at mørket ble tettere, det gikk mot natt og han sukket lettet. Han kunne komme seg ut av søpla usett. Det klødde overalt, noe beveget seg og han visste hva det var, mark! Det krydde av fluelarver på dynga og han klynket lavt av avsky og avmakt. Tanken var så motbydelig at han snaut kunne bære seg for å spy. Sakte ble det mørkt, helt mørkt. Men han så allikevel, det var pussig. Han begynte å innse at Irab virkelig hadde gjort noe med ham, forandret ham på et vis. Han hørte så vanvittig godt, det var plagsomt. Det svake månelyset som strålte ned gjennom skyene var rene bålilden og stanken fra søppelet gjennomtrengende. Han kjente alt som var der, råttent kjøtt, fisk, møkk og slakteavfall. Han visste hva slags kjøtt det var, hvor i byen det kom fra. Han visste om det var folkeskitt eller fra dyr, alle luktene var som en grusom symfoni komponert av en gal musiker. Han skjøv seg sakte ut av søpla, smertene brant i ham ennå og han peste av ubehag og iver etter å komme seg vekk. Nedenfor søppelhaugen var det en dam som ledet ut i ei lita elv. Den var så forurenset at den nesten ikke rant og full av ubeskrivelig gjørme og alger. Han gled ned mot den, kunne ikke stanse. Han kvalte et skrik av avsky i det han nådde det stinkende slimete vannet. Desperat ålte han seg over og frem til den andre siden, det var ting i vannet som snappet etter ham og han ville hyle av ubehag og skrekk men visste at det var å røpe seg. Det var folk nære ved, gatene gikk rett på andre siden av muren og han ville ikke at noen skulle vite at han var i live. På andre siden var det et tett kratt og han krøp gjennom det, ristende av kulde og en følelse av skrekkelig ensomhet.

Han kom seg gjennom, han var utenfor byen nå og snek seg langs murene til han nådde en liten bekk som kom fra åsene. Han hev seg i vannet med et hikst, han var så kald fra før av at isvannet ikke gjorde ham noe. Desperat skrubbet han seg i strømmen, vasket bort skitt og gjørme, mark og andre ufyseligheter. Han bare ble sittende der å gni og skrubbe desperat, han klynket og kjente det som om det ennå krøp ting rundt på ham.

Til slutt innså han at han var så ren han kunne bli uten såpe og skylte seg en siste gang. Han måtte finne et sted å gjøre av seg, han hadde en skrekkelig tom følelse i kroppen og det gjorde vondt ennå. Han så seg rundt. Det var bygninger også rundt byens murer og de fleste husene var tomme nå, folk hadde trukket inn i byen for å være

60

trygge og han var glad til. Han var splitter naken og stinket ennå.
Etter en stund fant han en låve som var helt tom med unntak av høy
og noen tønner havre. Han trakk seg inn i høyet, grov seg ned i lukta
av sommer og varme og prøvde å bli varm men greide det ikke. Det
var ingen varme å få og han la armene rundt seg selv og trakk
knærne opp mot brystet, ristet og skalv. Hva hadde egentlig skjedd
med ham? Var han død? Var han levende?
Han skulle gjerne ha forbannet Irab men kunne ikke, hun hadde
berget ham tross alt. Og han hadde brakt fortapelsen over henne,
han kunne ikke glemme det.
Han prøvde å gjøre seg kjent med kroppen igjen, han hørte så og
luktet bedre enn noen gang før, det virket for at alt fungerte for han
kunne bevege seg like smidig og raskt som alltid men allikevel var
det fremmed. Han la handa mot brystet, prøvde å føle hjerteslag
men kjente ingenting. La fingrene mot halsen, heller ingenting. Noe
som lignet hysteri steg i ham og han begynte å skjelve igjen, hulket
krampaktig mens angsten skyllet over ham i mektige bølger. Ved
gudene, hva hadde han gjort? Ingen skulle rote med slike krefter,
leke guder og styre liv og død. Han ville bli fortapt for dette, han var
sikker.
Han ble liggende der en god stund og hikste helt til noe begynte å
endre seg i ham, smertene tiltok, de ble så sterke at det gnistret for
øynene hans og han kjente at kroppen ble grepet av kramper så
harde at den ble som en planke. Deretter ble han helt slapp men
akutt kvalm og han spydde ukontrollert selv om han var aldeles tom,
kroppen tømte seg helt for de siste restene av det mennesket han
hadde vært. Han kunne ha grått av skam over å gjøre seg ut som en
annen unge men han hadde ingen styring på sin egen kropp nå, det
bare skjedde. Alt av avfallsprodukter forlot ham og det gjorde så
vondt at han tryglet gudene om å få dø. Alt var bedre enn dette.
Til slutt lå han der og peste, slapp som en klut og så svak at han
snaut greide røre seg. Og kald, kald til margen! Han kjente at tårene
rant nedover kinnene, de var iskalde også og han skulle ønske at han
hadde hatt en kniv. Men skar han over sin egen strupe nå skjedde

vel ingen ting. Hun hadde sagt at han ikke kunne dø, greit, så kunne han ikke det. Men hva kunne han?

Sakte slappet han av og sluknet, om han sov eller var besvimt spilte ingen rolle, det var bedre enn tvilen. Mørket var som en kjær bror for ham nå og han lot seg gli vekk. Da han våknet var det lyst ute og han var fremdeles kald og skalv. Smertene var ikke så ille lenger og han skjønte at han ikke kunne bli der, han trengte klær og penger og mat også, i det minste trodde han det. Han kom seg ut av høyet, tok et overblikk over kroppen sin. Bruddet i armen var helet, uten tvil. Og sårene hans grodd også. Han var blek men solbrunheten lå fremdeles i huden så det ble ikke så ille. Han hakket tenner og så seg rundt. Han måtte vaske av seg alskens motbydeligheter og så at huset som hørte til låven var forlatt. Han snek seg inn, det var ikke lås på disse gårdshusene og folk stolte på hverandre. Han så at de som bodde der hadde reist fra alt. Det meste av husgeråd var fremdeles der og han sukket lettet. Han tente på peisen og håpet at det ikke var noen naboer igjen som ville se det og undre seg. Han orket ikke forklare noe nå.

Han satte over seg den største kjelen der med vann og håpet at det ville koke snart. Det var en badestamp der og det var neppe lenge siden den var brukt siden den var tett. Han fant noe tørket kjøtt og ost i et skap og nølte før han prøvde å smake på det. Det smakte lite, men luktet desto mer og han forsto at han ikke hadde like god smaks sans som før. Nesa hadde tatt over for tungen og det var på en måte litt sårt. Men han greide spise og det føltes godt med mat i magen. Det var lite drikke i huset, bare en krukke med tynt øl men det gikk ned og han var så lettet at han kunne ha grått. Han rotet litt rundt, fant en slags såpe som luktet ganske godt og noen tøyfiller som sikkert var en god erstatning for håndklær. Vannet kokte og han helte i stampen, blandet det ut med kaldt vann og fylte gradvis opp stampen. Det ble svært varmt men han brydde seg ikke om det, han trengte varme igjen, ved alle guder som han trengte varme. Om han skulle gå og fryse for evig tid var det ikke verdt det, overhodet ikke. Janrem hikstet av lettelse, varmen seg inn i ham og han trodde at ingenting noen gang hadde føltes så godt. Han ble sittende der med hodet lent mot kanten og et salig smil om munnen. Til slutt var han god og varm og begynte å vaske seg ivrig. Han brukte hele såpen og oppdaget enda en ny ting Huden hans føltes merkelig følsom, den minste berøring var han i stand til å fange opp og han undret seg over hva det ville føre til når han ble vant med alt dette nye.

Han vasket seg grundig alle steder og ble litt usikker, han hadde ingen puls lenger, betydde det da at han heller ikke kunne få den opp? Tanken var litt plagsom, han var jo ikke engang sikker på om han kunne ha sex lenger men det å skulle avstå fra slike gleder var ikke en trivelig tanke. Han hadde alltid vært en stor tilbeder av kvinner og hadde gjort seg mange erfaringer gjennom årene. Å ikke kunne nyte slikt lenger var nesten verre enn å være død. Han svelget hardt og lukket øynene, så for seg jenta som hadde sugd ham da han spionerte på Arendt og pakket hans og tenkte på hva hun hadde gjort. Fort kjente han etter og trakk et lettelsens sukk, han fungerte! Ikke bare det, berøringen kjentes sterkere enn den ville før og han åpnet øynene og prøvde å samle seg. Han var alene der, han ble nysgjerrig og fort kjente han etter igjen. Det føltes utrolig godt og han gliste svakt. Da hadde han i det minste fått noe igjen for det, det var ikke bare negative ting forbundet med den merkelige forandringen. Han begynte å la tankene vandre i de banene, han lente seg bakover og bare gav seg over til det. Han var langt fra fremmed for å gjøre litt håndarbeid og han bet seg i leppa for ikke å rope ut da han nådde frem. Det føltes himmelsk, bedre enn noen gang før men han kom tørt. Janrem forsto at det ikke kom til å skje mer, han var midt i mellom liv og død som Irab hadde sagt. Han kunne ikke dø og han kunne heller ikke gi liv. Det føltes nesten litt bittert, han hadde aldri tenkt på å slå seg til ro og starte noen familie men nå var den muligheten tydeligvis for alltid stengt for ham.

Han sukket og kom seg opp av vannet før det ble kaldt igjen, han så et lite speil på veggen og gikk bort til det. Han så ut som før men øynene hans var annerledes. Fargen hadde blitt unaturlig skarp, som safirer i dagslyset. Han kunne ikke sammenligne det med noe annet. Det var pent men røpet at han ikke var som andre. Han strøk seg over haka, normalt skulle han ha hatt skjeggstubb nå men huden var helt glatt. Også det var blitt borte. Han fant en kniv, skar litt av håret og gredde det før han flettet det opp. Han så bedre ut med en gang. Han gikk gjennom huset og fant da noe klær, en trøye av ull som passet ham godt, en lang tykk tunika som var litt trang og et par bukser med korte bein. Men det var klær og han så ut som en vanlig person med dem på. Han fant ingen støvler der og forsto at han måtte finne det et annet sted. Han ryddet opp etter seg, hvorfor ante han ikke men han hadde en litt skamfull følelse over å ha brukt noens hjem på den måten.

Ute var det godt vær og han ruslet gjennom bebyggelsen mens han prøvde å legge en plan. Å komme seg inn i byen igjen var enkelt, han bare blandet seg med flyktningene. Det han undret seg på var hvordan han skulle få oppfylt Irab sitt siste ønske. Lauget var stort, men han kjente at han ikke aktet å la dem slippe unna. Og han skulle virkelig få sagt ifra om hva Arendt og de andre planla, at det var de som sto bak orkenes sinne og angrep. Han gikk fort gjennom de forlatte husene, fant et par støvler og en kappe. Han tok en kniv og et belte fra et annet hus, fant en liten bylt med klær til slutt. Han trengte noe å skjule seg med. Han fant en pung med noen mynter gjemt i veggen på en liten stue som sto for seg selv og nå var han klar til å komme seg tilbake. Han så opp på bymurene og svor for seg selv at Catendhar aldri mer skulle bli det samme. Levende eller død, han skulle få en hevn som det kom til å gå gjetord om, like inn i evigheten!

Ygraine var overlykkelig, det var virkelig en varm kilde i den hulen og noen hadde hugget ut et lite basseng der så det gikk å bade. Noen var i gang med å lage bål mens andre gjorde i stand soveplasser eller stelte hestene. Duchlain og Ohlain hentet noen teltstenger og satte dem opp, hengte tepper på dem så det ble et forheng å bade bak og Ygraine lot seg ikke be to ganger. Den korte alven med det frosthvite håret kom med noe som måtte være en slags såpe og forklarte henne hvordan hun skulle bruke den i håret og Ygraine kjente at den luktet himmelsk godt.

Følget brukte ikke lang tid på å slå leir, Wilbwyn og Elda gikk for å holde vakt og Rhylja gikk for å sjekke terrenget. Hun var rimelig trygg selv om det skulle være orker i nærheten, hun drepte dem garantert. Det var som om noe nytt hadde våknet i Rhylja etter at de kom til fjellene, øynene glødet av noe som gav Akisha bange anelser. Jegergudens utvalgte var annerledes enn gudinnens, mer primitive og blodtørstige og særlig det siste falt henne i sinne når hun så Rhyljas uttrykk. Akisha undret seg over hva slags velkomst de ville få i Catendhar, og hun undret seg over om de ville kunne bruke det Ychmal hadde sendt dem av informasjon. Ante kongen hva som lå bak denne krisen? Hun trodde ikke det, men det skulle han få vite snart.

Ygraine badet og nøt å føle at hun ble ren igjen. Det var aldeles herlig og hun husket at hun snaut hadde fått et ordentlig bad på flere år. I tempelet hadde hun stilt seg under takrennene når det regnet, hun fikk ikke bade i varmt vann med mindre det var vann igjen etter at de andre hadde badet. Og det vannet hadde aldri fristet henne. Hun så på hendene sine, de var fulle av træler, det satt skitt i selve huden og den ble neppe myk og hvit noen gang. Hun hadde muskler og var tynnere enn det som var regnet for å være pent. Men kanskje det ville endre seg nå?

Hun skvatt da hun kjente trekk og snudde seg fort, det var Akisha og Ygraine neide og følte seg merkelig flau, den svarthårete prestinnen var så merkelig rolig, så fylt med en sikkerhet Ygraine skulle ønske hun hadde hatt bare litt av. Akisha satte seg ned på kanten av bassenget, trakk av seg støvlene og dyppet føttene i det varme vannet med en lettet grimase. Hun virket mer menneskelig med en gang og Ygraine vågde å sette seg også mens hun gredde gjennom håret. Akisha så smilende på henne. "Du har fantastisk hår kjære deg, jeg har snaut sett maken. "

Ygraine rødmet og følte seg brydd igjen, men hun var stolt av det, hun måtte vedgå det. "Takk, jeg har aldri klippet det. "

Akisha nikket sindig. "Det synes, du ser sterk ut? Jobbet mye?"

Ygraine så ned, hendene kjentes merkelig stive når hun tenkte på alt hun hadde vært tvunget til å gjøre av tungarbeid. "Ja, jeg har jobbet… mye!"

Akisha bikket på hodet, de utrolig blå øynene virket for å bore seg like inn i sjela på henne. "Fortell meg litt om deg selv Ygraine, jeg føler gudinnens nærvær hos deg, det er uvanlig. Du er ingen vanlig person!"

Det siste var ikke et spørsmål, mer som en tørr konstatering av fakta og Ygraine visste liksom ikke helt hvordan hun skulle kunne fortelle. Det var så stygt, så skittent mye av det. Men hun begynte meget nølende å fortelle for å nekte kunne ikke falle henne inn.

Akisha var så uendelig mye mer enn henne selv og på tross av det en person av kjøtt og blod, en kvinne hun følte forsto, som en søster til en annen.

Akisha satt der og hørte om hvordan Ygraine ble forstøtt av sine, hvordan hun ble behandlet i tempelet og hun kjente gudinnens vrede koke i lufta. Ygraine rødmet intenst mens hun fortalte om hvordan Duchlain hadde giftet seg med henne for å redde sønnens arv og etterpå fullbyrdet ekteskapet i den tro at hun virkelig var en løsaktig kvinne. Og hun rødmet enda mere da hun stotrende fortalte at hun også var blitt Ohlains make og at de to brødrene delte henne. Akisha bare satt der og lyttet, uten å bryte inn. Hun forsto at Ygraine trengte å få dette ut, og hun skjønte også at denne jenta var langt mer enn hun selv trodde. Hun hadde en oppgave, Akisha var sikker på det. Hva den var kunne bare fremtiden vise men gudinnen viste seg sjelden for vanlige mennesker med mindre de var hennes yndlinger.

Elywen kom med noen klær hun trodde Ygraine kunne bruke og så gredde og flettet hun og Frostfugl det lange håret hennes i en frisyre som var utrolig innfløkt og helt klart alveinspirert. Ygraine hadde fått på et par vide bukser av det mørke lette ullstoffet som var så populært i Shabuch og et par høye pene støvler. Over det hadde hun fått en vakker grønn tunika av tykk men myk lin i spunnet silke og den var mørk grønn med vakre broderier i lysegrønt og gull. Med den på lignet hun brått en prinsesse og Frostfugl hev seg på jobben med å gi henne litt farge med sminke. Da hun var ferdig var Ygraine

66

på gråten over vennligheten og følelsen av samhold. Hun hadde aldri følt noe slikt noen gang, disse kvinnene var så vennlige mot henne, så ytterst kjærlige og snille og hun hadde lyst til og nesten gråte. Duchlain og Ohlain satt ved bålet og diskuterte situasjonen i riket med mennene og begge stirret vantro på Ygraine da hun kom frem igjen i den påkledningen.

Duchlain var på beina, gikk sakte bort til henne og minen hans var av totalt sjokk og ærbødighet. Ohlain hvisket noe på alvisk og knelte foran henne og Duchlain gjorde det samme. Ygraine visste ikke riktig hva hun skulle si. Duchlain tok handa hennes og kysset den ømt. "Min frue, av alle jordens skatter er ingen din like!"

Hun måtte fnise og trodde ikke riktig det de sa. Akisha sukket, hentet et lite speil og Ygraine fikk se sitt eget ansikt for første gang på lenge, og hun kunne ikke tro det. Hun var jo virkelig vakker, øynene som dype brønner og leppene fulle og velformet. Hun rørte sitt eget ansikt nølende, Duchlain så ufravendt på henne. "Ygraine, det finnes ingen kvinner i vårt rike så vakker som deg, tro meg!"

Hun sto bare der og kjente seg underlig fremmed for seg selv så han omfavnet henne og gav henne en god klem og Ohlain gjorde det samme. Akisha var glad for at hun hadde to slike gode menn som begge elsket henne og ville ta seg av henne, av en eller annen grunn følte hun at Ygraine ville trenge det. Duchlain tegnet et enkelt kart over byen og områdene rundt med en pinne i sanda og Raigh og Wilbwyn og Våk sto og stirret på det lenge. De så at elva var en viktig faktor og de forsto at den kunne stanse de orkene som kom fra vest, men ikke de som kom fra de andre retningene. De som forsvarte broene ville kunne bli avskåret fra byen selv om den ikke lå langt vekk. De ville måtte diskutere det problemet med kongen. Om orkene jaget folk bort fra Orolush hadde de hele området foran Catendhar men ville det bety noe? Byen var uinntagelig og selv en enorm hær ville bare slite seg ut på å prøve å innta denne byen. Raigh så på tegningene, en ide formet seg i ham men den krevde mye, enormt mye. Den ville ikke være mulig å gjennomføre uten like store hærstyrker og hvor skulle de få tak i det? Å fange orkene mellom muren og noen som falt dem i ryggen kunne kanskje knekke kampviljen eller ville den det? Kom orkene til å slåss til siste mann falt? I så fall var dette en kamp som kun kom til å ende med ett utfall. Var de så fanatiske kunne de neppe regne med at de overga seg eller snudde. Raigh var en utmerket strateg, han kunne bare håpe at orkene ikke grep til strategier ukjent for dem.

Følget hadde med seg både mat og drikke og Duchlain var aldeles salig da han fikk i seg litt god vin og god mat. Ohlain var mer forsiktig men også han satte pris på et bedre måltid. Han var fascinert av Khir og Frostfugl og satt lenge og snakket med dem og han var enda mer fascinert av Våk men vågde liksom ikke nærme seg den mørke alven mer enn nødvendig. Våk var ikke den som inviterte til utspørring. Duchlain var utålmodig etter å komme hjem, han savnet moren og han følte at sorgen over Ilvar gnog ham i hjertet. Han ville si farvel til sønnen før han ble stedt til hvile og håpet bare at han ville rekke det. Det var vanlig å brenne de døde og han hadde aldri forestilt seg at han noen gang skulle måtte si farvel til sin sønn på det viset. Han var halvt alv, hans liv kunne vare like lenge som en vanlig alvs om han valgte det, for sønnen hadde det aldri vært noen mulighet. Ikke med så mye menneskeblod. Han ville ha sett sin egen sønn bli gammel og dø, og det ville ha vært grusomt men allikevel så mye bedre enn dette. Ingen barn skulle gå bort slik, så meningsløst.

Om Ilvar hadde gått bort som følge av en sykdom ville det vært ille nok, men dette var det noen som hadde gjort med vilje. Duchlains sinne var ikke blitt mindre, det brant hett i brystet hans ennå og kun når sorgen var lenset ut ville det få slippe fri. Men fri skulle det, og verden skulle få se at han ikke lot dette gå uhevnet hen.

Ygraine og de to fikk en liten krok av hulen for seg selv, rullet ut sengerullene ved siden av hverandre og la seg som før, med henne i midten. Hun følte seg så trygg der og sovnet ganske fort. Duchlain lå der og lengtet hjem og hva Ohlain tenkte visste bare han. Alven lå der og stirret i taket og de klare øynene røpet overhodet ikke noen ting av hans tanker men de var som spretne harer nå, hoppet snart hit og snart dit og fant ingen ro. Om byen ble beleiret, hva kunne de da gjøre? Og hva var det følget visste som de ennå ikke hadde fått ta del i? Det virket for at de visste hvorfor orkene var brutt ut fra fjellene på dette viset og han ante at de ville få vite det dagen etter. Akisha og Raigh lå tett sammen under teppene den kvelden, hun gruet seg til å konfrontere en konge med det de nå visste. Med Ychmals brev og sannheten. Og hun gruet seg til den kampen som ville stå. Raigh var mer pragmatisk slik sett, han hadde sett så mye kamp at han ikke brydde seg nevneverdig ved det. Han tok hver dag som de kom, hun tenkte mer og engstet seg tilsvarende mye, det var ikke alltid like bra.

Morgenlyset kom med solskinn og de brøt fort leir. Ygraine gruet seg for hva som nå skulle skje, Ohlain hadde forklart magien for henne og hun prøvde å ta det rolig men greide ikke å undertrykke skjelvingene av uro. Det var ingen tegn til orker der ute og alt var rolig men Akisha la merke til at Rhylja var uvanlig blek. Hun red bort til den blonde jenta som satt på den merkelige hesten sin og skulte utover mot slettene. "Er noe galt kjære deg?"

Rhylja skar en grimase, så rett på Akisha med en underlig mine, det brant i blikket hennes. "Jeg så ham Akisha, like tydelig som den dagen da jeg brøt fri fra det såkalte presteskapet og rømte fra tempelet deres. Han er vred, jeg føler det. Og han er nær, så veldig nær. Gudene vil vekke ham til live Akisha, la ham vandre på jorden igjen for en kort stund, han vil berge orkene, om nødvendig ved å drepe dem alle sammen. De er ødelagt, korrumpert, tilskitnet. De er ikke hva de var ment å være. "

Akisha svelget vantro. "Det er umulig, selv ikke gudinnen kan vise seg her som annet enn en illusjon, et skinnbilde. "

Rhylja gliste, det var et skrekkelig glis med tenner som glinset som et rovdyrs. "Det stemmer, men han kan besette en person, bruke vedkommendes kropp. Og jeg tror den personen allerede er valgt og blir klargjort for oppgaven. "

Akisha så med smale øyne på Rhylja. "Er du sikker?"

Den blonde jenta hadde et hardt uttrykk i øynene. "Ja, og etterpå, om det blir noe etterpå, vil den personen for alltid være hans bilde, hans legemliggjørelse på jord. Med mye av hans krefter og hans vilje. "

Akisha bikket på hodet. "Vil han være farlig?"
Rhylja lo, en merkelig bitter latter. "Selvsagt, men kun for de som går mot jegergudens vilje. Kun for de som ødelegger hans natur!" Akisha følte at et gys løp nedover ryggen hennes, Jegerguden var den maskuline versjonen av gudinnen hun tjente, råere og mer primitiv, mer bundet til naturkreftene. Hun trodde ikke at hun ønsket å se hans makt ubundet og fri. Rhylja snudde Månesanger og hyppet på hesten, Akisha begynte å tro at hun kanskje var redd for hva dette betydde for henne selv. Hun var også jegergudens tjenerinne, et bilde av hans makt. Ville hun bli nødt til å kjempe side om side med en guddom? Akisha visste det så alt for vel, ingen kan skue en guds sanne ansikt og forbli den samme personen.

Alle samlet seg rundt Frostfugl, hun smilte litt nervøst og lukket øynene og Duchlain hadde trukket Ygraine over på sin hest og holdt henne trygt. Ygraine lukket øynene også og gispet i det et kaldt gys raste gjennom henne. Det rykket i hesten og i alt liksom og så fikk hun en følelse av at ting snurret rundt. Da hun åpnet øynene igjen sto de i en lund langs elva et stykke nedenfor Orolush. Frostfugl sukket lettet og gliste bredt. "Det var midt i blinken, bare noen fjerdinger unna målet. "

Raigh snudde seg i salen, bak dem så de et stort bredt dalføre med åser som nærmet seg fra begge kanter, forut lå den store åsen som Catendhar var bygget rundt og bortenfor den var det mer slette og mer åser. Elva slynget seg over slettelandet som en smygende slange gjennom grønt gress men han skimtet røyk i alle retninger. Han myste og ristet på hodet. "Vi rir, jeg har på følelsen av at orkene ikke er langt bak oss. "

Akisha smattet på Stålhauk og følget satte seg i bevegelse. De kom inn på en vei og de så til fulle at landet var i krig. Det var flyktninger overalt, vogner, dyr og mennesker og alle hadde stø kurs mot den imponerende byen som lå der fremme. Den var utrolig i dagslysets første stråler, tak og kupler glitret som juveler i sola og Akisha kunne telle i alt sju høye mektige murer innover. Øverst i byen sto det som måtte være palasset og bygningene var snøhvite og utrolig flott bygget. Hun forsto at dette virkelig var litt av en

70

festning. Bak palasset stakk det opp deler av den klippen byen var grunnlagt på og hun betraktet forsvarsverkene med smale øyne. Murene var bratte og glatte, sikkert sterke nok til å stå i mot beleiringsmaskiner. De nederste var også svært høye og Akisha så at alt var gjennomtenkt. Det føltes betryggende. På øverste muren rett foran palasset så hun noe som fikk henne til å rynke pannen og se spørrende på Raigh. "Hva er det?"

Raigh gliste. "Det er en plattform som rommer Catendhars tre horn. De er legendariske. De to ytterste blir blåst i om det er krig og befolkningen skal trekke inn i festningene for beskyttelse. Det midterste lar seg ikke blåse i"

Akisha løftet et øyebryn forvirret og litt fascinert. "Ikke blåses? Hva er vitsen med det da?"

Raigh trakk på skuldrene. "Ser du de enorme statuene som sitter langs øverste muren rundt palasset?"

Akisha nikket, hun hadde lagt merke til dem. Det var gigantiske statuer som liksom vaglet seg på muren, formet som gargoyler, drager, monstre av ulike slag. De var tolv til sammen og temmelig skrekkinnjagende og ikke minst godt arbeid. De så ut til å være laget av svart stein av noe slag og hun kunne snaut tro at de kunne være lagd av folk. Raigh fortsatte litt stolt over kunnskapen han kunne skryte av. "Det sies at om det midtre hornet lyder så vil de våkne til live og forsvare byen mot fare. Hvordan det skal skje vet ingen for hornet er massivt og av samme stein som statuene. "

Akisha bare smilte fort. "Et fascinerende sagn uansett"

Han bare nikket og satte fart på Nattklinge.

Rundt dem vek folk unna, de så med store øyne på hestene og de merkelige rytterne og fikk en følelse av ærefrykt. Dette var ikke vanlige folk, så mye var sikkert. Frerk travet like bak Våk som vanlig og mange hylte og rygget vekk da de så det merkelige dyret.

Kapittel 3: By i mørke

Og høye herren talte, vask blodet av din hånd
Vi bringer oss til fall
La de døde hvile og bålet flamme høyt
La ulvene ete seg mette i natt

Akisha så med store øyne på murene etter som de kom nærmere, hun hadde litt vansker med å skjønne at folk kunne ha bygget noe så massivt. Sirkus ble brått ynkelig i sammenligning og hun prøvde så godt hun kunne se rolig ut. Duchlain var svært ivrig nå, han red på og vaktene i den massive porten kjente ham igjen og bukket høflig men sjokkert over følget han brakte med seg. Akisha kunne forstå ham, han måtte få en slags bekreftelse på at ting var som de var, at sønnen var borte og at riket var i fare.

De red opp mot palasset og Akishas skarpe øyne og kunnskap fortalte henne med en gang at denne byen allerede hadde et stort problem, og det før den engang var blitt angrepet. Det var alt for mange mennesker der, stappet sammen på hver en flate og stanken fra gatene var intens. Kloakksystemet tålte ikke påkjenningen og fløt over, det løp griser og hunder og rotter rundt og rotet i søpla og fluene surret intenst. Dette var oppskriften på en epidemi og hun aktet å forklare hvilken fare de var i så fort hun kunne. Dette ville bli en større katastrofe enn noe angrep om sykdommer brøt ut.

Porten til palasset var like imponerende som den til byen selv, Raigh så anerkjennende på de massive murene, stålbjelkene som kunne låse selve porten og gitteret av grove jernrør som kunne senkes på et øyeblikks varsel. Det var lagd rør i selve muren som kunne avlevere en dødelig dose med alt fra kokende vann til olje og bly og Raigh kalkulerte allerede med hvordan stedet kunne forsvares om det verste skjedde. Borggården var massiv med vakre statuer og brolegging med mosaikk men for øyeblikket var den overfylt med soldater og hester og det løp folk overalt som skremte mus. Duchlain så storøyd på kaoset og han ristet på hodet av vantro. Dette var verre enn han hadde trodd. Han hoppet av hesten og hjalp Ygraine ned, hun stirret målløs på all prakten og kjente seg knøttliten med ett. Hjertet hamret i henne og hun var tørr i munnen av skrekk. Ohlain strøk handa varsomt over skulderen hennes i en gest som uttrykte medfølelse og forståelse og hun følte seg litt bedre med en gang. Det kom stallkarer løpende for å ta hestene og de stanset vantro ved synet av de gangerne som dette følget hadde ridd. Raigh vinket på den mannen som måtte være stallmesteren, kledd i en vakker rød uniform med en stilisert hest på brystet, sydd i gulltråd. "Dette er stridshester min gode mann, vi må selv leie dem på plass og la ingen gå inn til dem. De er trenet til å angripe om andre enn eieren prøver å håndtere dem. "

Stallmesteren gulpet, han stirret ennå med kulerunde øyne på Nattklinge og Stålhauk og gikk en vid bue rundt Trollknuser som la på ørene og flekket tenner til alle de ukjente hestene rundt den. "Jeg forstår min herre, følg meg!"

Mannen travet foran dem med en mine som fortalte dem at han snaut trodde det han så. Akisha leide Stålhauk etter de andre inn i en enorm stall. Det var garantert plass til minst fem hundre hester der og den var halvfull. Stallmesteren viste dem til de beste og mest solide boksene og spiltauene, han svettet synlig og øynene var ennå kulerunde. Raigh smilte beroligende til ham. "Det går bra, vi pusser dem selv senere. Bare sørg for at de har godt høy men ikke noe havre til hingstene, det blir de for hete av. "

Mannen bare nikket igjen og Duchlain måtte flire. Han visste at stallmester Ulhan egentlig var litt redd hester men hadde fått jobben fordi den gikk i arv fra far til sønn. Han hadde ikke hatt noe valg. Duchlain huket tak i en pasje som virket for og bare stå og henge. "Gutt, løp opp og fortell min far at jeg er kommet hjem, og bringer min halvbror og min nye hustru med meg, og at jeg har med meg våpenmestre og gudinnens prestinner. "

Gutten så vantro ut men sprintet av gårde som om det brant under skoene på ham. Duchlain så smalt på Raigh og Akisha. "Far er en stri pinn på mange måter, veldig fastlåst i sine vanlige rutiner men i denne situasjonen vil han høre på råd fra andre, han er nødt til det. " Raigh bare nikket, selv ikke en konge kan nekte å bøye kne for en våpenmester om det blir krevet. Duchlain tok Ygraines hånd, den var kald og skalv svakt og han lente seg frem og kysset henne på kinnet. "Ikke vær redd min kjære, det går bra!"

Hun smilte litt blekt tilbake og prøvde å se rolig og fyrstelig ut men det var ikke lett. Våk huket tak i en vettskremt pasje og fikk lov til å plassere Frerk i en tom vognstall, de kunne nesten ikke ta med seg dragekatten opp i selve palasset. Den var for stor og skremmende til det nå. Den ble litt furten av det men da den fikk slengt til seg en halv sau ble den svært så fornøyd og Våk klappet den og kløddde den bak ørene.

De gikk opp hoved trappa mot inngangen og Duchlain så flere hoffolk som stirret vantro på ham, og mange blikk var fylt med sørgmodig medlidenhet også, Han så de svarte sørgeflaggene og mange var også kledd i svart, han kjente at hjertet ble tungt i brystet men tvang den mørke følelsen tilbake, det var ennå ikke tid for å sørge. Gangene innover var brede og pyntet med statuer, speil og vakre malerier. Palasset var virkelig praktfullt og Akisha nøt synet av den fantastiske arkitekturen som gav et meget lyst og innbydende inntrykk. Det var ikke mørkt og dystert som mange eldre slott hun hadde besøkt, veggene var tynne men sterke og det var vinduer overalt. Mange av dem gikk fra golv til tak og var prydet med vakre glassmalerier øverst som kastet et kaleidoskop av fantastiske farger på veggene. Hun hadde aldri sett så mye glass noe sted samtidig og hun skar en liten grimase ved tanke på hva en kamp kunne gjøre med den vakre bygningen. Glass motstår sjelden stein fra katapulter og ballistaer særlig lenge.

Duchlain hadde ventet at faren skulle vente på dem i tronsalen men han ble voldsomt overrasket da han rundet et hjørne og så at Corat og Alima og flere til kom stormende i mot dem. Corat virket på gråten av lettelse og Alima strålte men tårene rant. Duchlain ble fanget opp i en bjørneklem av faren og fikk nesten sjokk. Corat hadde aldri vist slike følelser overfor ham noen gang før. Han kunne ikke huske at faren noen gang hadde klemt ham på det viset, i alles påsyn. Duchlain så litt forskrekket på Corats furete ansikt, mannen virket for å ha blitt år eldre på bare noen uker og Duchlain følte for første gang på lenge hvor glad han faktisk var i faren. "Min sønn, jeg var redd jeg aldri mer ville se deg!"

Duchlain smilte litt skjevt og klappet faren på skulderen. "Jeg var redd jeg aldri mer skulle se dere også, men Ygraine berget meg og Ohlain. "

Han tok henne i handa og halte henne formelig frem, hun gispet og stirret i golvet, skrekkelig usikker og nervøs med ett. Corat stirret vantro på den kvinnen som altså hadde reddet hans sønn og nå var hans hustru, han trodde alvekvinnene i dette følget var skjønne men Ygraine var vakrere, hun hadde ikke dette utenomjordisk eteriske som gjør alver så umenneskelig perfekte. I stedet hadde hun en sanselig sensuell skjønnhet som han visste ville lam slå nesten enhver mann som ikke var evnukk. Øynene var store og litt skrå og nesten fiolette, nesa smal og elegant og leppene gav ham lyst til å gi henne et kyss, bare for å ønske henne velkommen i familien. Og den kroppen, Corat ble et øyeblikk nesten sjalu på sin sønn. Han grep Ygraines hender og trykket dem varmt. "Kjære barn, jeg kan ikke uttrykke min takknemlighet overfor deg, ei heller min glede over at min sønn endelig har funnet en god kvinne å dele livet med. "

Ygraine kremtet, hun greide så vidt å møte blikket hans. "Gleden er på min side"

Alima hadde stått taus til nå, nå gikk hun frem og klemte Duchlain og Ohlain, tårene rant av henne og Duchlain hvisket kjærlig til henne. Hun snudde seg mot Ygraine og var som Corat lamslått over jentas egenartede skjønnhet, hun hadde aldri sett en menneskekvinne som hadde en slik utstråling. Hun merket den underlige villskapen og kulden som strålte fra den svarthårete prestinnen og de to alvekvinnene var i sannhet svært mektige, hun følte gudenes egen vrede koke i den blonde jenta som sto i bakgrunnen og i den mørke alven var det så mye mørke og vold at hun frøs nedover ryggen. Men Ygraine? Hun var varme og sol og glede og en livskraft som var bortimot ukuelig. Alima forsto at denne jenta var gudinnens lyse side nærmest konsentrert opp. I henne var alle gudinnens gaver og gleder og Alima visste allerede at begge hennes sønner var blitt hennes elskere. De kunne neppe ha valgt annerledes, Ygraine kunne få hvem hun ville. Var hun klar over makten hun hadde? Alima så på de merkelig uskyldige øynene og visste at nei, Ygraine var så ufordervet som noen kunne bli. Uskyldig av hjerte om enn ikke fysisk, hun tenkte litt skjelmsk at hennes sønner nok hadde gjort det av med den uskylden temmelig fort. Begge to var kjent for å være varmblodige og gode i senga også, hun var stolt av dem. For Alimas folk var det å kunne glede partneren viktigere enn egen glede og hun hadde oppdratt dem godt, til å respektere og elske kvinner for hva og hvem de er.

Hun klemte Ygraine tett og merket at jenta skalv, arme barn, hun måtte være skrekkelig nervøs for dette øyeblikket. "Ygraine, jeg er uendelig glad for at du nå er en del av vår familie, velkommen! Jeg tror vi skal bli virkelig gode venner når vi har lært hverandre å kjenne. "

Ygraine bare rødmet og neide og Alima merket seg ved jentas særegne glød og lukt og Ohlain nikket ubemerket til sin mor. Alima røpet seg nesten der og da, allerede? Det var ved gudene velsignet men det reiste også en del spørsmål. Hvordan skulle de kunne presentere dette forholdet? Hoffet godtok en god del, men at tre levde sammen slik? Hadde en mann flere hustruer var det godtatt og helt normalt, men en hustru med to menn? Det kunne bli litt vanskeligere å få gjennomslag for.

Corat vendte seg mot følget som hadde vært med Duchlain og han merket seg makten deres med en gang. Den var påtagelig, nesten lammende og han bukket dypt for Akisha. Så dette var over herren over våpenmestrene. Han hadde hørt mye om henne men hun overgikk alt han hadde hørt. Hun var vakrere enn han hadde trodd, en merkelig kald og opphøyd skjønnhet som minnet ham om skjønnheten i et godt smidd sverdblad. Hennes make var imponerende, som et bilde på alt enhver ridder ønsker å være. Corat følte noe som lignet lettelse, han og hans sønner hadde ingen særlig erfaring i å forberede en by på krig, disse folkene hadde så avgjort kunnskapen de nå trengte. Han var uendelig takknemlig for at de var kommet dem til unnsetning.

"Ærede gjester, jeg er dypt beæret over deres nærvær her og enda dypere takknemlig. Gudene skal vite at vi ikke er forberedt på situasjonen, vi trenger kyndig hjelp. "

Raigh brummet og så seg rundt, han så svært få som så særlig stridsdyktige ut. "Vi håper å kunne gjøre vårt beste herre konge. Og vi bringer kunnskap og informasjon vi ikke er sikre på at du har. "

Corat rynket pannen og så spørrende på dem. Akisha trakk pusten. "Vi trenger et rom å snakke i, privat! Og vi må få oversikt over situasjonen som den er nå, hvor langt har orkene kommet og når kan vi vente dem her?"

Corat var sjokkert over hvor fort hun gikk til sakens kjerne, men det lovet godt. Han svelget fort, tenkte og vinket på en tjener. "Klargjør rådssalen, gi kammertjenerne beskjed om å gjøre klar gjesterommene og forbered et godt måltid. Og kall inn rådgiverne mine og lederne for hæren. "

Akisha smilte til ham og Corat så fort på den vesle forsamlingen, flere der skremte ham rent ut og han fikk en synkende følelse i magen. Når gudene fant det for godt å sende slike folk til deres unnsetning tydet det på at ting virkelig ikke var særlig bra.

Ychmal kjempet mot tauene som bant ham stramt til stolen han satt i, Arendt satt foran ham med et ganske så hardt uttrykk i ansiktet og den gamle vismannen svettet kraftig. Han hadde håpet at han skulle greie å trekke det enda lenger før Arendt oppdaget at han hadde prøvd å lede dem på villspor men slik hadde det altså ikke gått. Arendt var smartere enn Ychmal trodde og nå kunne han bare håpe at han greide å beholde styrken sin lenge nok til å lyve overbevisende atter en gang. Han spilte godt, sjokkert, fornedret og forvirret. De fleste ville gått på det men ikke Arendt. Orkene var snart der, og da var tiden inne til å slå til, komme seg vekk når ingen kunne følge etter dem og forstyrre planene. De måtte vite hvor de skulle og det nå. Ychmal var en hard nøtt å knekke, de hadde prøvd å tenne fyr på noen bøker men de nektet å brenne, selv om de dynket dem i lampeolje. Arendt freste nesten av sinne, forbaskede vismenn og trollmenn, magi var noe han ikke kunne noe med. Han halte frem en gjenstand fra en pose han bar med seg på han ankom. De to vaktene hadde adlydd og bundet den gamle godt men motvillig. De likte egentlig den gamle, han var respektfull overfor dem og det var ikke Arendt, ikke det aller minste. Ychmal så med smale øyne på den utskårne trefiguren som Arendt satte på bordet foran ham, den var magisk, han merket det godt. Den hadde en egen utstråling han kjente igjen og han trodde ikke at den var bare god. Han bet tennene sammen, var den et torturredskap eller noe langt verre? Ychmal var gammel, smerte var han vel vant med og kunne takle det utroligste. Og strøk han med døde hemmeligheten med ham og det var kanskje like godt. Var det en annen type magi stilte det seg annerledes, han håpet bare at han hadde styrken til å stå imot lenge nok. Arendt strøk fingrene over figuren, nesten kjærlig. Det var noe direkte ondskapsfullt i blikket hans i det han mumlet noen lave uforståelige ord og trakk seg litt tilbake.

Ychmal rykket til, han ville skrike men kunne ikke, han risikerte å røpe noe bare ved det. Det var som om hodet hans var ved å sprenges, som om hver en tanke brant ham. Det eneste som kunne redde ham var å fortelle sannheten, men den måtte de ikke få. Han boret neglene på ene handa inn i låret, hardt så smerten et øyeblikk blokkerte den fra gjenstanden. Det var svakheten ved slike ting, og han var klar over det. Han var ikke uten talenter selv og hvisket noe for seg selv, smerten ble øyeblikkelig lettere å takle men han ble svimmel og lett forvirret. Arendt så smal øyd på at vismannen gjorde motstand, han nikket stramt. Om den gamle ville ha det på den harde måten var det greit, han mumlet ordene igjen og visste at presset nå økte enda mer. Sannheten skulle frem!

Ychmal skalv, musklene dirret i ham og han bare tryglet gudene om at det drepte ham før han snakket. De måtte ikke finne det, aldri! Det ville bli forferdelig om de gjorde det. Han bet seg i tunga så blodet rant, det duret i ørene på ham av hans eget blod og hjertet kjentes ut som om det var på vei ut av brystet hans. Arendt sto og ventet på at gamlingen skulle si det, hvor skatten var gjemt. Det lød et svakt bank på døra og han snudde hodet irritert. En av tjenerne hans stakk hodet inn, mannen så litt blek ut. "Hva er det? Spytt ut!" Arendt snerret det nesten og tjeneren svelget skremt. "Det kom nettopp et følge fremmede til byen, våpenmestre! De reiste rett til kongen!"

Arendt bannet lavt. Det også! Men det burde ikke utgjøre noen forskjell for dem. Ychmal hørte ordene og en voldsom lettelse seg gjennom ham. Ihroc visste alt, han hadde fått sine instrukser og ville gå rett til våpenmestrene så fort de var ankommet. Våpenmestrene ville ende dette. Han følte noe som lignet ondskapsfull fryd i det han stønnet og presset seg mot tauene som om han var ved å gi opp. De kom til å tro at de hadde vunnet, men nei! Arendt snudde seg mot den gispende gamle vismannen som stønnet frem noen ord Arendt hadde ventet lenge på å høre. Endelig, endelig visste de hvor skatten var gjemt! Han kunne ha jublet og undret seg et kort øyeblikk på om han skulle gjøre ende på den gamle grinebiteren men ombestemte seg, det kunne være at de ennå hadde bruk for ham.

Han fjernet gjenstanden og gliste frydefullt til den gispende gamle mannen som så aldeles knust ut. "Takk for det Ychmal, når vi krever skatten skal jeg sende deg en tanke!"

Han nikket til vaktene som fort løsnet tauene, Ychmal falt nesten forover i stolen, han var utmattet men lettet. Ting kom til å gå ganske annerledes enn disse konspiratørene håpet de ville.

Arendt begynte å forberede med en gang, han sendte bud til de andre seks og gav dem beskjed om hvor det var og når de skulle stikke av. Han boblet av iver og unte seg et stort glass av sin aller beste vin for å feire, og etterpå gikk han til huset der han hadde innkvartert Uthars elskerinner for å kose seg litt ekstra. De hadde allerede lært å frykte ham og han gliste bredt og fornøyd med seg selv og sine egne meritter.

I rådssalen hadde noen tjenere skyndet seg med å ordne og gjøre i stand, de løp fort ut da følget ankom og Corat plasserte seg i hovedsetet før han bød de andre sette seg. Han så til at alle hadde drikke og litt lett mat og så lente han seg forover og så nervøst på Akisha. "Du sa at du hadde informasjon?"

Akisha nikket, hun trakk frem pergamentet fra Ychmal og trakk pusten dypt. "En vismann her i denne byen sendte oss dette, vi skrev til ham fordi noen stjal en ting vi tilfeldigvis var i besittelse av og han var smart nok til å se en sammenheng med en sak han jobbet med. Det forklarer blant annet hva som har fått orkene til å bryte ut fra fjellene. "

Corat rettet seg opp, han så vantro på henne. "Hva? Forklar meg, dette er jo sensasjonelt!"

Akisha tok en slurk vin for å rense strupen, så nikket hun og fortalte om gudebildet og hvordan det ble borte. "Ychmal hadde fått i oppdrag å tyde et kart for en adelsmann, han så en sammenheng. Det er flere ting herre konge, og de viser veien til en skatt. "

Corat så forvirret på henne. "En skatt? Og Ychmal kjenner jeg jo, en svært gammel men meget vis lærd. Og hva har dette med orkene å gjøre?"

Akisha nikket stramt. "Det er adelsmenn her i din by som står bak herre konge, de vil ha skatten! Og for å finne veien har de stjålet hellige relikvier fra orkene og fornærmet dem grundig i samme slengen, for å terge dem til å gå til krig. Deres handlinger vil bli glemt og skjult av striden. Hva skatten angår, Ychmal hadde sine ideer om hva det var men er ikke sikker. Uansett, de må finnes og straffes"

Corat trakk pusten dypt. "Ved gudene, noe slikt forestilte jeg meg ikke, hva slags ondskap kan få noen til å gjøre noe slikt? Hundrevis av mennesker er allerede døde, om ikke tusenvis. Og disse menneskene har startet det hele på grunn av en skatt?!"

Corat skrek nesten ut de siste ordene og Akisha så rolig på ham. "Det sjokkerer ikke oss herre konge, vi har vært ute for de rene folkemord på grunn av grådighet. "

Corat skulle til å svare da en eldre krumbøyd mann brått kom styrtende inn i salen, to pasjer prøvde å stanse ham men var ikke raske nok. Den gamle var forbausende lett til beins selv om han haltet sterkt og bukket kort for kongen som rynket pannen. Han kjente ham igjen som mannen som styrte det kongelige biblioteket. "Ihroc, du her? Nå?"

Den gamle gispet etter pusten. "Ychmal har sendt meg herre konge, våpenmestrene vet om de som er ute etter skatten. De har fanget ham og tvinger ham til å tyde kartet for dem. Og de kan snart vite hvor den er også. Ychmal trenger hjelp herre, han har vakter og kommer ingen steder!"

Corat reiste seg så brått at stolen hans veltet. "Alle guder, skal det ikke være noen ende på dette? Vi må redde ham, hvor er han?"

Ihroc bukket igjen. "I sine gemakker, men bevoktet. Han har det bra tror jeg men vil ikke hjelpe dem. "

Corat trakk seg i skjegget. "Selvsagt ikke, han er en hedersmann, en mann av det ytterste ære. "

Raigh nikket kort. "Ihroc, jeg sender noen med deg for å befri Ychmal, greier du å lure vaktene litt?"

Ihroc trakk pusten dypt, han så brått stridslysten ut. "Om jeg klarer det? Ved gudene, jeg klarer så mangt. Og for min venn vil jeg møte hva det skal være!"

Akisha smilte vennlig til ham og vinket på Rheynek og Rhylja. "Det er bra min gode mann, disse to kan hjelpe deg å befri Ychmal. "

Hun så fort på de to som så ut til å glede seg. "Ta ham med hit, og konge, se til at han får et godt rom som er bevoktet. Vi er nødt til å håndtere problemet med orkene før vi kan ta oss av disse skattejegerne med mindre han vet hvem de er alle sammen. "

Corat nikket bare og sendte ut en pasje med ordre til tjenerne.

Rheynek gliste sakte, han spente på seg Nadharn og Rhylja hadde et kaldt uttrykk i ansiktet som fortalte for alle hvor farlig hun egentlig var. Corat så litt nervøst på de to og de bukket kort og fulgte Ihroc ut døra, den gamle løp så fort at han nesten snublet i den vide kjortelen sin, stokken han brukte hamret mot golvet for hvert steg.

Akisha snudde seg tilbake mot kongen. "Men viktige ting først, jeg har sett byen her og jeg er ikke imponert, den er kanskje uinntagelig men folket vil lide. "

Corat sukket lavt. "Som om jeg ikke er klar over det. Det er allerede to ganger flere her enn den er bygget for og flere kommer. Den var aldri lagd for å huse hele landets befolkning men vi kan ikke sende dem ut igjen, orkene kommer til å massakrere dem!"

Raigh rynket pannen. "Vi så røyk, hvor langt vekk er de?"

Corat trakk på skuldrene. "Jeg har sendt ut speidere på raske hester med duer og falker og budene som har kommet tilbake sier at de er her på et par tre dager. Neppe mer!"

Akisha stønnet og gjemte ansiktet i hendene et øyeblikk. "Greit, da må vi forberede byen og forsvaret og sikre befolkningen på noen få dager. Det blir virkelig ingen lett oppgave. "

Raigh brummet. "Men en vi ikke kan tabbe oss ut med, kommer generalene dine snart herre konge?"

Corat nikket. "De burde være her når som helst, og mine sønner også. De er dyktige menn men mangler erfaring. "

Raigh smilte kort. "Det er ingen forbrytelse herre konge, jeg er redd de vil ha lært mye når dette er over. "

Ygraine hadde blitt med Duchlain Ohlain og Alima til hoffets avdeling, Ygraine syntes hun ble bare mer og mer forvirret av alt hun så der og Alima syntes synd på henne. Hun var så avgjort av en meget høy byrd men virket for å ha levet svært så enkelt og Ohlain forklarte situasjonen hennes for Alima via telepati. Alima var forferdet over at noen kunne behandle sine egne barn på det viset og sympatien hun allerede følte for Ygraine ble enda sterkere. Hoffet var samlet for å ønske nykomlingen velkommen og mange var der for å være med på Ilvars begravelse som nå ble forberedt nå. Ygraine følte en sterk trang til å gjemme seg bak Duchlain, det var så mange der og de var så flott kledd og så veldig fornemme ut. Alima klemte handa hennes vennlig og Ygraine prøvde å smile til den vakre alvekvinnen. Det var vanskelig å fatte for henne at dette var hennes svigermor, og hun så snaut nok ut til å være en dag eldre enn henne selv. Alima presenterte de ulike og Ygraine prøvde å se verdig og rolig ut men det var ikke lett. Hun så en stygg kvinne med stikkende øyne som stirret på henne med noe som lignet avsmak og en annen mørkere kvinne som sikkert hadde vært meget vakker en gang men som nå var blitt svært fet. Da hilserunden var gjort følte hun seg aldeles tom og Alima klappet henne på kinnet. "Så kjære deg, du skal få hvile. Du får et gemakk ved siden av mine, du vil være trygg der. "

Duchlain smilte litt vemodig, det hadde vært hans rom og han regnet med at de ennå bar preg av det. Han kremtet kort. "Mor, med din tillatelse, jeg vil gjerne si farvel til… til Ilvar. "

Alima sukket dypt og tok ham i hendene. "Så klart kjære deg, jeg har glemt deg aldeles i gleden over å få møte din fortryllende unge brud. Jeg skal be en tjener vise deg veien. Han ligger i kjelleren. "

Duchlain krympet seg, kjelleren. Den mørke kalde fuktige kjelleren som gutten alltid hadde vært redd? Alima så uttrykket hans og klemte ham hardt. "Min kjære sønn, om jeg bare kunne ha reddet det kjære barnet, men det var det ingen som kunne, ingen!"

Duchlain svelget hardt. "Jeg vet mor, jeg klandrer ingen, annen enn den som fylte giften i den frukten!"

Ygraine sto der med hodet bøyd. "Om jeg kan få lov vil jeg gjerne være med, for å vise respekt"

Alima så litt nervøst på henne. "Er du sikker på det kjære deg? Du orker det?"

Ygraine nikket stille. "Jeg giftet meg med Duchlain først og fremst for å redde Ilvar, nå er ikke barnet mer men jeg skylder ham min lykke gjør jeg ikke? Jeg vil takke ham selv om han ikke lenger er her. "

Alima la hodet på skakke. "En vakker tanke kjære barn, selvsagt, bli med du. Ohlain, bli med dem. "

Ohlain bare nikket og Ygraine sukket lettet, hun følte seg litt bedre til sinns når hun visste at Ohlain også ble med. Alima vinket på en tjener som gikk foran dem og Ygraine holdt fast i Duchlains hånd, han skalv lett og hun så tårer på kinnene hans. Det var for alvor gått opp for ham at sønnen var borte, ved hvert hjørne var det som om han ventet å se gutten stikke hodet frem og komme jublende mot ham men det var stille. Palasset var fylt med mennesker men allikevel tomt, helt tomt.

Tjeneren gikk lenge, trappene nedover virket endeløse og det ble kaldt og rått i luften før de var fremme ved hvelvet der kroppen ble oppbevart. Duchlain nølte da tjeneren åpnet døra, mannen så ned i golvet med en tung mine. "Mine dypeste kondolanser deres høyhet!"

Duchlain mumlet noe halvkvalt som kunne være et slags takk, så gikk han nølende inn i rommet. Det var tomt med unntak av et stativ med noen brennende lys og en benk der kroppen lå, dekket av et hvitt laken. Ohlain så stramt på broren, klar til å gripe inn om reaksjonen ble for sterk.

Duchlain gikk sakte bort til benken, de siste stegene var nesten vaklende og Ygraine gikk rett bak ham. Han stanset, så ned på lakenet. Dette kunne ikke være hans barn, hans kjære lille gutt. Det måtte være noen annen, en misforståelse, et mareritt. Det var liksom ikke ham selv som sakte løftet lakenet bort fra hodet, avslørte sannheten. Ygraine så med en gang at dette var Duchlains sønn, kjente igjen den sterke haken og de vakre trekkene og fargene. Barnet så nesten ut som om det sov hadde det ikke vært for de litt innsunkne øynene og den grå hudfargen.

Duchlain stirret bare, sto som manet i stein til han slapp fra seg et merkelig jamrende hikst. Hendene begynte å skjelve, han grep seg for munnen, tårene rant uhemmet og han sank sakte i kne. Ene handa la seg et øyeblikk på barnets panne, kjente den kalde harde tomheten, som et dødt skall som ikke lenger rommet den personen det hadde huset. Duchlain hev etter pusten, stønnet håst noen ganger og så skrek han. Et avgrunnsdypt jamrende skrik av sorg og smerte. Ygraine falt ned på siden av ham, omfavnet ham varmt og prøvde å trøste mens han skrek guttens navn igjen og igjen. Han ristet som om han hadde anfall og Ohlain gråt også nå. Han mumlet lavt på bønner fra sitt eget folks tro og trakk sakte lakenet tilbake på plass. Duchlain tok dette så mye hardere enn de hadde trodd. Hans hjerteskjærende bønner om at gutten skulle våkne igjen fortalte dem det og det var åpenbart at dette nesten ble for mye for ham. Ohlain kjente brorens styrke bedre enn noen, Duchlain var ingen typisk følelsesstyrt person, han var rimelig enkel og rett frem og skjulte

84

sine sanne følelser mye av tida men dette hadde knust rustningen hans og det grundig. Ygraine kjente at klærne hennes ble våte av tårene hans og hun rugget ham ømt i armene og hvisket trøstende ord til ham men han hørte ikke etter. Alt han sanset var den grusomme kvernende sorgen over at den glade livlige vesle gutten ikke lenger var der, at han var borte for alltid. Til slutt gråt han som et barn og Ygraine så hjelpeløst opp på Ohlain som ristet på hodet med en litt vemodig gest. Han satte seg ned på kne ved siden av Duchlain som klamret seg til Ygraine som en druknende klorer seg til en livbøye. "Bror? Klarer du reise deg? Vi kan ikke bli her stort lenger?"

Duchlain reagerte ikke, han bare satt der og hulket så han ristet og Ohlain gjorde kort prosess. Han grep broren og løftet ham rett opp, løftet nesten Ygraine også i prosessen siden Duchlain nektet å slippe henne. Hun hadde aldri trodd at den smekre alven kunne være så brutal men det var han altså. Duchlain sprellet og bannet og hulket om hverandre og Ohlain freste nesten til ham. "Ta deg sammen mann, vil du vise hele slottet at du kan hyle som en unge er det greit for meg, men spark meg ikke, det sier jeg bare!"

Ygraine forsto den røffe tonen, Ohlain prøvde å skjule hvor mye dette hadde gått inn på ham og Ygraine følte ingen skam over de tårene hun selv felte. Ilvar hadde virkelig vært et vakkert barn, og sorgen hun følte var reell og ekte. Hun følte noe som lignet gryende hat mot den som hadde forårsaket dette, en ussel giftmorder! Måtte gudene gi at den skyldige brant i all evighet!

Mens de tre vendte tilbake mot hoffets gemakker vandret Costaon frem og tilbake i sine rom, han stirret stivt ned i golvet og tankene surret som et helt bol med humler. Han ble spionert på, han hadde skjønt det gradvis. Noen hadde rotet gjennom papirene hans, han hadde følt seg overvåket også. Noen hadde sneket seg etter ham gjennom gangene og han trodde han visste hvem som sto bak. Han var ikke så dum at han ikke regnet med at noen fattet mistanke til ham. Han hadde vært varsom og hadde ikke kontaktet Aglaran mer enn et par ganger men det kunne være nok. Han måtte forsikre seg om at det ikke gikk lenger enn til ham, han måtte sikre seg. Han stirret i speilet, øynene hans stirret tilbake med et kaldt glimt og han følte en brå trang til å kaste et eller annet tungt på det men besinnet seg. Han måtte ikke la temperamentet løpe av med seg nå. Men det var stort oppstyr der nå, våpenmestre var ankommet, Duchlain var tilbake med sin nye kone og det summet av sladder og spekulasjoner. Han burde ha en sjanse til å hindre andre i å få vite om hans planer, og han måtte utnytte enhver mulighet. Han hatet henne, den overlegne gamle øgla med de kalde øynene og den overlegne minen. Hun hadde kalt ham horesønn mer enn en gang og Costaon frydet seg egentlig over ideen. Å bli kvitt henne ville bare være en velsignelse for hele hoffet og han følte ingen dårlig samvittighet for det. Ferna var en plage, hun fryktet for sønnene sine men han skulle vite og bli kvitt dem så fort hun var ute av veien. Hun var kun en stein i veien og slike kaster en vekk.

Costaon visste det meste om alle der og han var klar over Fernas drikke vaner. Han visste også hvor hun oppbevarte vinen sin og han tok en brå beslutning. Om hun gikk til våpenmestrene med sine mistanker kunne det bli stygt, han måtte sikre seg at hun ikke sa noe og det med en gang. Han gikk til et skap og åpnet en hemmelig liten luke, fisket frem en flakong og gjemte den i ene ermet på den dyre jakken. Deretter stengte han skapet og gikk ut døra, gikk helt vanlig bortover gangene til han kom til et rom som ikke var i bruk. Det lå ved siden av Fernas gemakker og hadde tilhørt en eller annen hoffdame som hadde gått bort året før. Rommene sto alltid tomme et års tid når eieren døde i tilfelle noen slektninger gjorde krav på plassen ved hoffet.

Costaon kjente palasset godt, tross alt hadde han vokst opp der og han var klar over at det fantes mange skjulte dører og ganger som ikke var inntegnet på planene. Han hadde utforsket dem alle som guttunge og han visste at det var en dør mellom disse rommene og Fernas. Den var så godt skjult at det var nesten umulig å finne den men han kjente den godt. Han hadde ofte sneket seg inn i dronningens rom som barn og stjålet godter fra henne og tjenerne hennes hadde alltid fått skylda. Han sjekket at ingen så ham, så skyndte han seg inn i de tomme rommene og stengte døra bak seg. Det var stille der og han visste at Ferna nå lå og hvilte, hun gjorde alltid det på denne tida. Han gikk bort til døra, den endte i Fernas soverom og han håpet at hun var alene. Hun brukte å være det når hun hvilte, noen lot kammertjenerne sove i samme rom som dem selv men Ferna var for høy på pæra for det. Døra var vellaget, den lagde ingen lyd og han kikket varsomt inn. Hjertet hamret i ham og han lyttet nøye. Det eneste han hørte var lav snorking og han pustet lettet ut. Fort gled han inn og så seg rundt. Ferna lå på senga og snorket verre enn et sagbruk og han så skapet der hun alltid hadde vinen sin. Fort snek han seg bort til det og åpnet det. Det sto flere flasker der, tre var åpnet og han skyndte seg å helle litt i alle tre. Deretter stengte han skapet og snek seg til døra igjen, presset den igjen men sto der så han kunne lytte og se hva som eventuelt skjedde. Han følte seg merkelig opplagt, fylt av energi. Han hadde brått makt, makt over liv og død og følelsen var underlig opplivende.

Ferna hadde gått til ro i et forferdelig humør, hun hadde selvsagt møtt opp for å ønske Duchlain velkommen hjem, hun var nysgjerrig på dette kvinnemennesket han hadde giftet seg med. Hun var visstnok av svært fin ætt og det stemte nok også men så vulgær! Hun hadde dette ved seg som fikk menn til å glane og sleve som hunder og Ferna hadde bare forakt til overs for henne. Vakker var hun så visst men hva var vel skjønnhet annet enn noe forgjengelig noe ingen ville bry seg om etter noen år? Og så forsagt som jenta virket, nei, hun hadde virkelig ingenting ved et hoff å gjøre. Hoffdamene ville ete henne rå, Ferna visste hvor ubarmhjertig sladderen der kunne være til tider.

Og disse våpenmestrene, for noen underlige typer. Hun hadde blitt skremt av noen i følget og Ferna likte ikke å vedgå slikt for noen, aller minst for seg selv. Alver og hva de nå var alle sammen, og så denne svarthårete kvinnen som var en slags prestinne? Hun så mer ut som en leiemorder, noe farlig og forrædersk halt opp av slummen. Ferna var en svært innskrenket person, hun dømte alle ut i fra det hun selv var vant med og da ble det bare slik.

Hun hadde fått rapporter nå fra de tjenerne hun hadde satt til å spionere på Costaon, han var så avgjort innblandet i et eller annet som ikke tålte dagens lys. Det virket for at han hadde møtt en viss Aglaran et par ganger, Ferna husket Aglaran som en liten forsagt spirrevipp av en kar som snaut turte å se direkte på en annen person men hun var såpass herdet fra sin oppvekst at hun visste at det kunne være et skalkeskjul. Der hun vokste opp var det å konspirere nesten en sport og noe alle bedrev og hun hadde vært meget god i den leken selv. Hun var klar til å gå til Corat med det hun visste, for alt hun kunne gjette kunne Costaon og denne Aglaran være i ferd med å forberede et attentat mot kongen selv. Ingen ville jo mistenke den vesle bokormen Aglaran for noe som helst annet enn å tilbringe litt vel mye tid på biblioteket.

Hun skulle gå til kongen dagen etter, så fort disse våpenmestrene var ferdige med å snakke med ham. Ferna var ikke redd for orkene, hun maktet ikke å fatte hva som kunne skje siden hennes begrepsverden var så liten. Byen var trygg så da var det av liten interesse hva som skjedde på landsbygda. Hun våknet etter en stund, hun var tørr i halsen og hadde vondt i hodet. Ferna ville rope på kammerjomfruen sin men ombestemte seg. Den jenta var alltid så klønete og en gang hadde hun sølt ut et helt beger med vin. Om det skjedde en gang til ville Ferna sette henne på døra, å søle ut god vin var en forbrytelse.

Hun satte seg opp i senga med en anstrengelse og gryntet som en fødende ku før hun fikk de hovne beina ut over kanten av madrassen. Hun satt slik litt før hun fant balansen og bikket seg forover. Den tykke mørke kjolen var litt i veien for henne men hun kom seg ut på golvet, vaklet tungt bort til skapet og halte frem en vinflaske som var åpen. Hun så fornøyd på den, det var hennes favoritt årgang og den var virkelig utsøkt. Hadde noen andre smakt den vinen ville de nok ha hatt en annen mening men Ferna var så alkoholisert at alt smakte vidunderlig for henne så fremt det inneholdt alkohol. Hun satte flasken for munnen og tømte den i noen lange drag. Costaon som sto der gjemt kikket gjennom en liten glippe i døra og han ble nesten imponert over hvor fort den digre kua tyllet i seg vinen. Hun drakk som en sjømann og grep en flaske til, den gikk samme veien før hun vaklet seg tilbake på senga og satte seg. Golvet gynget av det og hun rapte rent kongelig. Costaon måtte legge handa over munnen for og ikke le av synet og lyden. Hun var liksom en dronning men hørtes ut som en elefantsel som markerer territorium.

Ferna var i ferd med å falle inn i den deilige litt omtåkete tilstanden vinen pleide å gi henne da hun brått følte noe nytt og fremmed. Det var en smerte i magen, ulik noe annet hun hadde kjent før. Ferna visste det ikke men det fakta at hun drakk så mye som hun gjorde berget henne faktisk en liten stund, andre ville ha falt døde om momentan av den dosen gift hun hadde fått i seg. Men Fernas lever og system var så ødelagt at giften brukte mye lenger tid på å nå blodet enn normalt. Hun gispet forpint og grep seg til magen, kvinket skremt. Hun husket hvordan Ilvar hadde dødd og hun forsto med en gang hva som hadde skjedd. Hun strakte seg etter klokkestrengen som tilkalte tjenerne og Costaon fikk panikk. Hun måtte ikke få hjelp, da ville hun røpe alt!

Han spratt inn i rommet og Ferna så hvem det var og skrek til, hun kastet den siste vinflaska hun hadde i handa etter ham og traff faktisk, han fikk bunnen rett i panna og så sol måne og stjerner men panikken gav ham styrke. Han grep en stor kandelaber som sto der med flere lys i og hev seg mot den svære kvinnen som skrikende av redsel og smerte prøvde å kravle over senga. Costaon slo til, han siktet ikke eller noe, han ville bare stanse henne i tilfelle hun allerede visste at han sto bak og kandelaberen traff henne i bakhodet med et tungt og motbydelig knas. Ferna ble slapp med en gang og ramlet sammen på senga. Blodet sprutet fra såret i en flott bue og Costaon ble kvalm av synet. Han slapp kandelaberen rett i golvet og sprintet tilbake til den skjulte døra. Han var så skremt at han ikke merket at han rev av litt av blondene på ermet sitt på døra. Han skyndte seg gjennom de tomme rommene og ut i gangen da han så at det var tomt der. Fort kom han seg tilbake til sine egne rom og skiftet på seg andre klær. Jakken han hadde brukt gjemte han inne i en stol som trekket hadde løsnet litt på. Nå kunne han bare håpe at dette gikk bra!

Ihroc hadde nesten løpt nedover gangene og trappene og Rheynek ble oppriktig forbauset over hvor rask den gamle mannen var. Han var sprek som en ungfole virket det for på tross av at han haltet og Rhylja måtte litt lattermildt ta ham i ermet og be ham roe seg. Han kunne ikke bare buse rett på men tenke seg litt om. De måtte ha en plan først. Ihroc så litt fornærmet ut men stanset for å lytte. Rheynek spurte om han var sikker på at det bare var to slike vakter der og Ihroc mente at det var det, han hadde aldri sagt noe om flere og Ihroc hadde heller ikke sett noen. Rheynek tenkte seg litt om. "Du nevnte at dere snakker via tegnspråk. Kan du få litt informasjon av ham bare ved å stikke innom?"
Ihroc nikket. "Det kan jeg sikkert, men jeg trenger et påskudd for å komme til ham i stedet for at han kommer til biblioteket."
Rhylja så seg rundt, gatene var fylt med folk der og det stinket så ille at hun trakk noe av kappen sin frem over nesa. "Kan du ikke late som at du har funnet noe han har lett etter lenge?"
Ihroc lysnet opp. "Selvsagt, det er troverdig. Jeg har liggende noen papirer som kan lure noen og enhver!"
Rheynek smilte vennlig. "Det er bra, finn dem og så går vi. Vi må slå til fort!"
Ihroc hastet bortom sin private bolig og så gikk de til det gamle kvartalet der Ychmal holdt til. Huset var gammelt og imponerende men forfallent og Rheynek så med smale øyne på det. Han så skarpt på den gamle mannen. "La ingen skjønne at det er noe på ferde, men få så mye informasjon som mulig. Vi må vite hvor mange det er der inne før vi kan slå til. Og vekk ikke vaktenes mistanke, ved alle guder!"
Ihroc bare gjorde en fomlete honnør og Rheynek og Rhylja gjemte seg i mellom en hekk og veggen. Det var bekmørkt der inne og ingen ville se dem. Ihroc grep papirene og satte på seg den rette ivrige minen. Så hastet han opp til døra og banket på med harde slag. Det var den ene vakten som åpnet, temmelig forfjamset over

levenet og Ihroc trippet nesten, han viftet med papirene i en litt triumferende gest. "Slipp meg inn, jeg må snakke med din herre, jeg har funnet det!!"

Vakten så forvirret ut. "Funnet hva?"

Ihroc ristet på hodet med en frustrert mine. "Det angår ikke deg unge mann, en lærling skjønner ikke slikt. "

Vakten nølte men slapp Ihroc inn, han skjønte at det ville virke mistenksomt om denne mannen ikke slapp forbi og han håpet bare at Ychmal hadde vett til å holde kjeft, ellers gikk det ut over dem begge to. Arendt ville ikke nøle med å kverke en gamling til om han måtte det. Ihroc raste inn i rommet der Ychmal nå satt, sammensunken og tilsynelatende knekket. Han viftet triumferende med papirene. "Gamle venn, jeg har dem, jeg har dem!"

Ychmal så tegnene Ihroc gjorde med fingrene, spill med sa han og Ychmal visste med en gang hva Ihroc hadde gjort. Han skulle befris og var med på hva som enn skjedde så lenge disse misdederne og gærningene ble rammet. Han gned seg i pannen og gjespet, strakte seg. I det skjulte språket hadde han allerede fortalt at det kun var de to vaktene i huset og at han var svak men klar for kamp om det trengtes. "Du har hva? Hva var det du sa? Har du fått flatlus sa du?"

Ihroc rullet med øynene. "Hør etter din fjott, jeg har funnet dem, papirene vi har lett etter så lenge? Kong Jhulgans testamente?"

Ychmal gjorde store øyne og ble brått ivrig, rev papirene fra Ihroc. De to vaktene sto der og skjønte ingenting, de to gamlingene vrøvlet om et eller annet de overhodet ikke hadde noen peiling på. Ychmal lot som om han leste gjennom noe. "Ved gudene, jeg skal si de tok for seg ja, hundre rasehester? Femti tusen alen med silke?"

De to mennene lente seg mot hverandre og snakket høyt og opphisset om hvor mye rikdommer arvingene til denne fyren vaktene aldri hadde hørt om fikk og de ble litt lei etter litt. Ychmal rullet papirene sammen og gliste litt konspiratorisk til Ihroc. "Vi kan vel trygt si at rikdommene fikk bein å gå på, men spilt melk og hele den regla der. Du får passe godt på deg selv hjemover, gatene er fulle av skumle karakterer nå!"

Ihroc bare nikket og svinset ut døra som om han fløt på en sky og han skyndte seg rundt hjørnet og hvisket til de to som var skjult bak hekken. "Det er to vakter der, ikke mer. Ychmal er svekket, de har brukt magi på ham men han tåler litt. Vaktene er neppe profesjonelle, helst av lederens egne folk. "

Han trippet av gårde i et bedagelig tempo og håpet at hans tilsynelatende fattigslige påkledning ikke trigget noen til å rane ham. Rheynek så fort på Rhylja, hun stirret tilbake med flammer i blikket og han skar en grimase. Rhylja virket svært anspent om dagen, nesten som en nervøs katt. Han visste ikke om han likte det helt. Han så på henne. "Rhylja, du holder vakt, sørg for at ingen kommer verken ut eller inn, forstått?"

Hun så litt skuffet på ham. "Jeg vil kjempe også!"

Rheynek smilte mildt til henne, det kolliderte ganske grundig med gløden i de gulgrønne øynene. "Jeg vet det kjære du, men jeg tror din tur snart kommer, orkene vil beinfly når de ser deg komme settende!"

Hun fniste kort og han klappet henne på hodet og reiste seg, løsnet Nadharn. Vaktene kom snaut til å skjønne hva som traff dem. Han gikk stille opp trappa, lyttet litt. Han hørte stemmer lengre inne i huset og trakk pusten dypt, han trakk sverdet og tok rennefart, sparket opp døra som nærmest eksploderte i en sky av tørt gammelt trevirke. Han raste inn i rommet og så to menn som glante vantro og skremt og han nølte ikke et sekund. Fort som en vind virvlet han rundt og felte den først med et raskt hugg som kappet hodet nesten helt av ham, den andre fikk sverdet tvers gjennom brystet og stupte med et vantro skrik. Rheynek ristet blodet av sverdet og fløy over i en grunnstilling i tilfelle det skulle være flere der men Ihroc hadde hatt rett. Det var kun to.

"Bravo, fantastisk utført unge mann! "Han snudde seg og så den eldgamle karen som sakte luntet frem over golvet, han undret seg over hvordan noen kunne være så respektløse at de behandlet en slik skrøpelig gammel mann på det viset. Han satte Nadharn tilbake i sliren og bukket kort for den vesle vismannen. "Ychmal av Catendhar formoder jeg?"

Ychmal nikket sindig. "Det stemmer unge mann, og hvem har jeg æren av å snakke med?"
Rheynek presenterte seg fort og Ychmal gjorde en feiende gest. "Jeg er beæret, en våpenmester i min ringe bolig, nå, jeg vil ikke plage dere men det er ting vår gode konge må få vite. Kan dere ta meg til ham?"
Rheynek smilte vennlig. "Det skal være oss en ære!"
Rhylja kom inn og de gjorde en av stolene hans om til en enkel bærestol ved hjelp av noen stokker og litt tau. Ychmal insisterte på at han kunne gå selv men det gikk nok fortere slik og han klamret seg til stolen mens de to bar ham til palasset i en forrykende fart. Ychmal bare brente etter å få fortalt kongen hvem det var som ledet skattejegerne og hva de egentlig var ute etter.

Ghuad og dvergene forlot byen tidlig om morgenen, han hadde en merkelig følelse av at ting nå ville gå ganske fort og han la kursen ut mot neste dvergby. Afarr var stille og satt i sine egne tanker, de andre plaget ham ikke med spørsmål nå, de hadde nok med høydeskrekken. Ghuad hadde fått vite at det var to byen igjen i denne delen av fjellene og de var store. Det var lite trolig at de var angrepet, og det var også noen byer lengre nord som neppe var berørt, men visste de hva som hadde skjedd? Det var sjelden særlig kontakt mellom dvergbyer, det kunne gå år mellom hver gang de besøkte hverandre men det betydde ikke at det ikke var bånd mellom dem. Når dverger kom på besøk var det som regel en grunn til feiring og besøkene kunne vare i måneder og føre til nye avtaler, ekteskap og forbindelser. Ættene holdt nøye oversikt over hvem som levde hvor og Ghuad visste at mange ville sørge nå. Det var også noen mindre byer som lå nærmere orkenes områder og de var garantert plyndret så de kunne ikke ta seg tid til å sjekke dem ut, det hastet for mye nå.
De fløy lenge den dagen, vinden var i mot og det var gyselig vær. Ghuad brydde seg ikke om det men prøvde å hindre at de på ryggen av ham blåste av. De hadde funnet litt tau og tjoret seg fast og han likte ikke følelsen men måtte bare finne seg i det. Sola var på vei

nedover da Afarr pekte på fjellmassivet som rommet denne byen. Den var kjent som Grjothol og Afarr visste ikke sikkert hvor mange som levde der. Han antok at det var noen tusen. Ghuad håpet det, de trengte mange krigere skulle planen hans fungere.

Dragen landet på en liten slette og forvandlet seg fort, dvergene strakte beina og prøvde å ta seg inn igjen etter anstrengelsene. Afarr ledet an, han gikk mot en helt glatt bergvegg uten så mye som et merke. Den så ut som fullstendig massiv stein uten en svakhet og det var ingen sti som ledet mot den eller merker i bakken. Han gliste litt, så ropte han noe på dvergenes skarrende språk. Øyeblikkelig begynte bergveggen å skjelve og nærmest smelte bort, det så ut som om fjellet reagerte som fjell snø på sola, trakk seg til side og avslørte en gang som ledet innover i berget.

Afarr slo ut med handa. "Alle inn med en gang, jeg tror ikke døra står oppe så veldig lenge selv med de riktige ordene uttalt."

Alle gikk inn og Ghuad ble igjen imponert over hvor ordentlig alt var gjort. Fjellet var ikke mørkt, det glinset av vakre mineraler og steiner og han så at det var gjort med vilje. Dvergene hadde en spesiell og unik sans for skjønnhet. Afarr nesten løp innover gangen og snart videt den seg ut og de kom til en stor port. Afarr gikk rett bort til den og banket på, det drønnet formelig og han så fort på Ghuad. "Ikke gjør noen brå bevegelser, de er ikke vant med fremmede her. "

Porten gled sakte opp, uten så mye som et knirk. Et par dverger kledd i imponerende rustninger og hjelmer steg frem, de var bevæpnet med økser og korte sverd og så vantro på de fremmede dvergene og den høye mannen. Afarr bukket dypt. "Vær hilset, jeg er Afarr sønn av Affri, vi kommer fra byen under Istind, orkene har plyndret flere av våre byer brødre, mange av vår slekt er borte nå"

Vaktene måpte og virket lamslått, så tok den eldste av dem seg sammen. "Ved smedgudens hammer, hvilke byer?"

Afarr så litt trist på ham. "Vår egen, byen ved Grønnsjøen og byen til kong Dherhes. Og antagelig alle byene nære områdene deres"

Vakten stønnet og rev av seg hjelmen, han var gråhåret og eldre enn en skulle tro. "Min sønn levde ved Grønnsjøen, er noen i live?"

Afarr senket hodet sakte, ristet på det og vakten stirret tomt på dem. Den andre mannen grep ham og skjøv ham til side. "Følg meg, dette må kong Alvisar høre!"

De så nervøst på Ghuad og Afarr klappet ham på armen så høyt opp han kom. "Han er en venn, en vindrytter som vil bistå oss. Våre døde må hevnes og orkene drives bort. Hans styrke vil være mer enn nyttig der. "

Vaktene rygget bakover og så skremt på Ghuad som bare nikket rolig til dem. De visste hva han var nå. Vaktene la av gårde og Afarr fulgte stille etter. De andre fem dvergene virket lamslått av byen de kom inn i, de var fra en mindre by og hadde neppe sett de store dvergbyene noen gang. Denne byen var enorm, Ghuad bare følte det. Det var huler i dette fjellet så store at han kunne ha fløyet rundt der inne uten problemer og enorme dyp ingen kjente bunnen på. Overalt var det tydelige spor av dvergenes mesterlige evne til å forme fjell. Statuer av fordums høvdinger, søyler og border og glinsende bånd av krystall og gull som sendte lys innover. Og dverger, overalt! Ghuad hadde aldri trodd at det skulle være slik forskjell på dem, for ham hadde dverger vært som sauer før, han så snaut forskjell på individene men nå hadde han fått opp øynene for dem og så at de virkelig var en variert gjeng. Han så spe lettlemmede ungdommer som kunne tas for mennesker nesten hadde det ikke vært for høyden og han så brede kraftige modne krigere med håret kunstferdig flettet og skjegget prydet med alt fra vevde mønstre til påhengte smykker og relikvier.

Det var kvinner der i alt fra filler til vakre silkedrakter og de var også tydelig stolte av all hårveksten som var så typisk for denne rasen. Det løp barn rundt og lekte og bråkte som barn gjør og ved ildstedene satt de gamle og varmet de verkende beina mens de gjenfortalte fortellinger fra sine storhetsdager. Det var et levende og dynamisk samfunn og Ghuad kjente at vreden Afarr og de andre følte over orkenes misgjerninger gradvis ble hans egen.

Mange stirret storøyd etter dem, flere av de som var blitt med ham var synlig påkjent av det som hadde skjedd deres by og Ghuad var nesten glad for det. Ingen kunne tvile på at de hadde vært gjennom helvete. Byen hadde så mange etasjer at ingen kunne telle dem men de viktigeste lå et stykke opp for midten av byen. Det var her tronsalen og de finere hallene var og de nyankomne ble ledet til tronsalen med en gang. Ghuad var imponert til de grader av den. Den var så stor at golvet kunne rommet en stor veddeløpsbane og taket ble støttet av en eneste massiv søyle formet svært livaktig som et gigantisk eiketre som skjøt frem av golvet og bar taket med utallige forvridde greiner. Taket var prydet med fresker som viste dvergenes liv og de var gullbelagt. Ghuad frøs på ryggen ved tanken på verdien av alt dette, og tronen som sto der måtte være hugget ut av en eneste stor krystall. Selv han ville hatt problemer med å rikke på den.

Det var mengder av dverger der, alle godt kledd og de bar juveler og smykker som måtte veie flere pund hver. Dette var åpenbart dvergbyens elite og de så forskrekket på de to vaktene som kom løpende med en flokk fremmede dverger og en høy svær mann av ukjent rase. Afarr hev seg ned på golvet foran tronen, senket blikket helt ned. "Herre konge, jeg er Afarr sønn av Affri. Jeg bringer onde nyheter, minst tre av de mindre byene i fjellene er ødelagt av orker, de har myrdet alle og stjålet alt av våpen og rikdommer"

Alvisar var en konge som ennå ikke var særlig gammel, Ghuad så det. Ansiktstrekkene var ennå forholdsvis jevne og han formelig utstrålte en slags maskulin styrke og selvsikkerhet som er typisk for yngre menn på høyden av deres livs kraft. Håret og skjegget var forholdsvis lyst og han hadde gjennomtrengende lysebrune øyne som viste at dette var en mann vel vant med å bli lyttet til og adlydt. Ghuad likte auraen av autoritet som lå over ham, dette var en konge som alle lyttet til, en man respekterte. Han håpet bare at Alvisar ville gå med på planen.

Kongen så storøyd på Afarr som ennå lå der på kne foran ham på golvet. Han trådte ned av tronen, så på alle dvergene og så tegnene på smerte og sorg, han bet tennene sammen. "Fortell broder, fortell oss hva som har skjedd med våre brødre og søstre i de tre byene. "

Afarr løftet seg sakte opp, så fortalte han hva de hadde sett, hvordan orkene hadde drept og plyndret og hva de nå var i ferd med å gjøre.

96

Alvisar sto der og så ut som en steinstøtte, ansiktet var uutgrunnelig men Ghuad sanset vreden som begynte å koke i mannen og han frydet seg over den. De andre dvergene som var til stede der jamret seg og virket for å være klare til å rive seg i håret. Alvisar vinket på en tjener som brakte stoler, han begynte å gå i detalj med spørsmålene og da han var ferdig hadde flere av de andre der gått for å spre nyheten. Ghuad så ufravendt på kongen som sto der og pustet rimelig hardt, det glødet i blikket hans og Afarr senket blikket igjen. "Smedguden har lovet å overholde løftet som ble gitt ved Lofurs banedag. Vi vil få hjelp!"

Alvisar så rett på Ghuad. "Du, vindrytter. Du vil hjelpe oss, hvorfor?"

Ghuad møtte blikket hans åpent, de rødgylne øynene glødet svakt. "Fordi dere ble angrepet uten forvarsel, det var ingen ærerik kamp men slakt. Orkene må stanses, før de starter en ild ikke engang en som jeg kan stagge. "

Afarr kremtet kort. "Hans velde er stor herre konge, og hans ild brenner hetere enn essene i fjellets hjerte. Han har hjulpet oss hit"

Alvisar så vantro på Afarr. "Red dere en drage hit?!"

Afarr nikket og kongen bukket kort for ham. "I sannhet er dere tapre, i sannhet skal dere æres. "

Han snudde seg mot de gjenværende adelsmennene og krigerne der. "La budet spres hos vårt folk, la dem vite om tapet av våre brødre og søstre, la dem sørge og la dem forberede seg. Send bud til Iurghat, be kong Daflan sende sine beste krigere. Vi skal slå tilbake, vi skal ha hevn. Vi skal kreve blod for blod eller selv dø i forsøket. Dette skal ikke gå ustraffet forbi oss. "

Krigerne brølte i enstemmig virak og gikk fort og etter litt hørte Ghuad lyden av tunge hammerslag. De hørtes sikkert over hele berget. Alvisar så på dem. "Vårt folk er sterkt samlet brødre, vi har over to tusen krigere her og enda nesten det dobbelte med menn som kan slåss. Jeg regner med at Daflan kan sende enda seks tusen til, kanskje mer. Iurghat er enda større enn Grjothol. "

Afarr vætet leppene, det ble en enorm hær og Ghuad følte seg merkelig fornøyd. Spørsmålet var hvordan de skulle angripe og når.

Det tok tid å få tolv tusen dvergekrigere ut av fjellene og ned til dit orkene nå var. Alvisar vinket på to eldre dverger som sto der, de var nesten dekket med utmerkelser og Ghuad sanset at dette var veteraner, godt vant med krig og herdet. "Frostar, Fjadli, sett smedene i arbeide. La dem legge alt annet arbeide til side, la essene kun smi våpen. Vi trenger mye av det og det fort. "
De to bukket og løp bort og Alvisar så på de seks dvergene og den ene merkelige mannen. "Vi skal feste i kveld, ete og drikke og nyte livet. Vi skal ære de døde og synge for deres minne og ære. I kveld skal hammerne i smiene klinge for vår hevn og orkenes undergang" Afarr nikket, det glødet i de dyptliggende øynene av tilfredshet. Ghuad visste at dvergene jobbet fort om de måtte, de kunne ikke undervurderes. Alvisar gliste kort. "Vi har mye våpen lagret også, og våre menn vil være ivrige etter å kjempe. Vi har alle mistet ætt i de byene. "
Noen dvergkvinner kom gående og geleidet nykomlingene til en stor sal der det var dekket til bord. Det luktet av stekt kjøtt der og Ghuad kjente at nesa begynte å reagere på luktene. Det ble båret inn store fat med kjøtt og brød og noen store tønner med mjød ble rullet frem. Snart åt alle alt de orket og Ghuad satte pris på maten selv om han ikke egentlig trengte å spise ennå. Mjøden var god og han hadde en sterk følelse av at alt gikk den riktige veien. Han så at dvergene sørget nå, mange kvinner gikk rundt og gråt og mennene skar skjeggene sine korte som tegn på sorg. Noen skar håret også og ungdommene gikk rundt og sang på triste sanger. Det var en tung stemning der men den var ladet, tung som lufta rett før en forferdelig tordenstorm. Ghuad visste ikke om han burde glede seg eller grue seg til å se den vreden utløst. Det kunne bli et voldsomt skue.
Etter maten ble de vist til et stort rom der det var satt frem badekar med varmt vann og rene klær og det var til og med satt frem et i menneskestørrelse som var såpass digert at også Ghuad kunne bruke det. Han skakket på hodet men kom til at et bad ikke var så dumt, han ville gjøre ære på vertskapet og kom seg i vannet. Det føltes godt og han så at dvergene også nøt å bli rene. Det var en renselse

på flere måter og mjøden hadde lettet på humøret deres. Den han visste het Ginnur satt og skrålte på noe som måtte være en drikkevise og de andre kastet svamper på ham siden stemmen var alt annet enn vakker. Ghuad beundret dvergenes evne til å leve i nået, det var en sjelden gave og en han misunte dem.

Han hadde fått nye rene klær også og de var tydelig laget for en svært stor mann for de passet ham, og de var også svært fine. Han pleide ikke å kle seg særlig pent, når han vandret blant mennesker kledde han seg som en kriger i lær og ull og stort sett alt var mørkt på farge. Dette var farget i en dyp tone av blått og det kledde ham egentlig, han måtte vedgå det. Det var satt frem noen lange benker i rommet så de nyankomne kunne hvile og Ghuad strakte seg litt ut på en benk og slappet av.

Han prøvde å finne en brukbar strategi, orkene marsjerte mot Catendhar, så mye skjønte han. De ville ha hevn for at de hellige relikviene deres var stjålet. Det burde kunne utnyttes på noe vis.

Han visste at Elywen og de andre nå var i den byen, de forberedte den på den kommende stormen og han bet tennene sammen. Han ville prøve å komme i kontakt med Elywen og spørre henne om råd. Ved gudinnens hjelp kunne de kanskje klare å avlede orkene litt.

Et par dvergkvinner nærmet seg, svært ydmyke og forsiktige og han så at de var skremt men at de nok hadde fått ordre. De nølte og Ghuad så smalt på dem og prøvde å se ufarlig ut. "Ja mine damer, hva er det?"

Den eldste av dem tok motet til seg, hun var rund og fyldig som dvergkvinner gjerne blir etter noen år og håret var kunstferdig flettet og pyntet. "Min herre, om du ønsker det så kan vi stelle håret ditt?" Ghuad snøftet nesten overrasket men holdt det inne, ja vel, det skulle vel være fest så da fikk han vel se velstelt ut for en gangs skyld. Han nikket og satte seg ned på golvet så de nådde hodet hans. De to så litt nervøse ut men begynte å kjemme ham og den yngste sperret øynene opp. "Herre, håret ditt er som den fineste silke!" Ghuad bare smilte litt brydd, han tenkte ikke stort over utseendet sitt men han visste at både mennesker og alver syntes at han var vakker, skremmende så avgjort men tiltrekkende. Håret hans røpet litt av hans sanne natur med den sterke rødsvarte fargen og han skjulte gjerne hodet i en hette når han kunne det. Kvinnene gredde gjennom de lange lokkene grundig og Ghuad slappet av og lukket øynene i salighet. Det gjorde utrolig godt å bli stelt med slik og han sovnet nesten. Da de var ferdige hadde de flettet det helt ut og heldigvis var det en ganske enkel flette, ikke noe overdrevent noe.

Ghuad hørte godt, han hørte hvordan dverger raste rundt, noen ordnet sikkert festen mens andre gjorde klar til et felttog ulikt noe de hadde gjort før. Det var en summende dur av stemmer og føtter og Ghuad tillot seg å sove litt. Han trengte det egentlig ikke men han ville kjede seg og da var søvn bedre enn alternativet.

Noen vakkert kledde kvinner kom for å hente dem etter noen timer. Ghuad gjespet og ristet på seg, han så frem til å gjøre noe igjen. Festen var i en stor hall et stykke unna tronsalen, den var nesten like stor og det så ut til at nesten alle dvergene der i berget var samlet nå med unntak av de som jobbet i smiene. Ghuad kunne høre dem, en fjern klang av damphammere, susing fra esser og luftekanaler, klang av metall mot metall. Han tvilte ikke på at dvergene også kunne jobbe fort og ikke bare nøye.

Alvisar var kledd i svart nå, og øynene brant formelig av stolthet og vilje. Gjestene ble plassert ved hans bord og Ghuad så at maten denne gangen var mer forseggjort. Dette var virkelig mat og ikke bare vomfyll. Og det var vin der også, av den dyre typen. Alvisar gliste til Ghuad og løftet kruset sitt. "Skål vindrytter, om noen dager er vi kanskje alle døde for alt vi vet. Lev livet nå, nyt det mens dere har det!"

Dvergene brølte og hev seg over maten og en svartkledd barde sto på et bord der og begynte å rope ut navn. Ghuad forsto at dette var navn på folk i de tre byene, folk som var tapt og det ble jublet og grått for hvert navn. Noen spedde på ved å rope ut informasjon om de ulike og Ghuad var virkelig imponert over slektsbåndene i denne rasen. De kjente visst til det meste om deres falne slektninger og stemningen var av både glede og sorg og villskap i ett.

Etter litt kom noen jenter løpende, de var unge og ennå vakre og de danset rundt mellom bordene til stor fryd for mennene som grep

100

etter dem og prøvde å løfte på de lette skjørtene. Ghuad måtte trekke på smilebåndet, han visste veldig lite om hvordan dverger ter seg i slike sammenhenger men nå fikk han nok vite det. Etter som mjød og øk fløt og stemningen steg ble dvergene mer og mer frislupne. Den litt stive væremåten ble erstattet med noe som gav Ghuad hakeslepp. Det ble danset på bordene, noen kapp åt eller drakk om kapp mens andre igjen brøt armkrok eller skrålte på viser som var så grove at Ghuad snaut trodde det han hørte, Og andre hemninger forsvant også. Han så at en av dansejentene hadde satt seg skrevs over fanget på Afarr og skulle en tolke bevegelsene hun gjorde og Afarrs temmelig gispende grimaser var det ingen tvil om hva som foregikk. Det virket ikke som om dette folket eide noen skam i det hele tatt i slike situasjoner. Alvisar satt der med et krus vin og han nikket bare mot Ghuad. "Det er tradisjon før kamp, om mange dør kan vi bare håpe at noen også blir født som resultat. Du vil neppe finne mange jomfruer her i berget når denne natta er over!"
Han gliste og klasket en av dansejentene på baken og hun ristet litt på den før hun svinset videre med et fat ølkrus. Alvisar slikket seg om munnen og var ute av stolen, fulgte etter henne som en ulv etter en halt rein. Ghuad måtte le av det hele men han forsto dvergene også. De lenset ut alt nå, gjorde seg klare til å gå i kamp og kanskje dø. Å angre på noe en har gjort er alltid mye bedre enn å angre på det en aldri gjorde. Ghuad trakk seg tilbake før det ble alt for vilt, han trengte ro skulle han kontakte Elywen og det var det lite av der. Han fant en vei som ledet opp til frisk luft på toppen av fjellet. Det var en slags liten balkong der oppe som nok ble brukt til vakthold og der var det stille og kjølig. Han nøt vinden mot ansiktet litt før han satte seg ned med beina i kors. Han kunne bare håpe at Elywen hadde noen gode tips for hvordan de skulle gripe dette an.

I slottet satt Corat og Raigh og generalene og prøvde å finne de beste strategiene. Jirhg hadde gitt seg med og kom med noen mer eller mindre horrible ideer som nok kunne la seg gjennomføre men de var så grusomme at generalene steilet. De ville ikke la sine soldater bli redusert til dyr slik orkene var. Raigh så på kartene og kløddé seg i hodet. Orolush var så avgjort strategisk viktig, elva kunne krysses der men de som ble satt til å forsvare broene ville ha liten støtte bakfra. Orkene ville falle dem i ryggen og den byen hadde lite forsvarsverker. Det var en dødsfelle.

Corat mente at broene var det viktigste der og Raigh var enig. Orkene måtte krysse elva men han mistenkte at de var så mange at det gjorde lite fra eller til om de som kom vestfra ble forsinket. Han hørte på generalene og sammenlignet informasjonen de gav. Corat var lite villig til å gi opp Orolush, byen var handels sentrummet i riket og svært rik og det var store rikdommer der. Raigh bestemte seg, han hugg neven i bordet. "Beklager konge, Orolush må ofres. Og broene må ofres, den byen er en felle og skal bli enda mer av en felle. Jirhg, du kan rigge broene til å eksplodere regner jeg med?" Alkymisten nikket ivrig og pekte på kartet. "Selvsagt, sprengpulver slik vi brukte på hvitekappenes tempel. Broene vil falle. Og jeg kan rigge selve byen også, men da må vi starte med en gang. "

Corat så blek ut. "Rigge byen? Hva mener du med det?"

Jirhg smilte fra øre til øre nesten. "Jeg gjemmer feller i den, som eksploderer. De dreper ikke mange men de skremmer og ødelegger moralen. Tro meg, jeg vil ikke bruke dem mot mennesker men jeg har lite motforestillinger mot å bruke dem mot orker. "

Corat lukket øynene et øyeblikk. "Ved alt hellig, dette er et mareritt, sprenge broene og forlate Orolush. Men jeg sier ja, alt som kan skremme de udyra kan bare være av det gode. Ta alt mannskap du trenger, og alle de ressurser du ønsker!"

Jirhg strålte med ett og hoppet nesten frem og tilbake som en opphisset unge. "Det gleder meg å høre herre konge. Har dere en ledig sal jeg kan bruke, helst et stykke unna bebodde rom?"

Kongen pekte på en av tjenerne som sto der. "Vi har en stor en like ved stallene. Den er ikke i bruk og du kan få den. Albrekt her kan vise deg veien og hjelpe deg å skaffe folk!"

Jirhg gned seg i hendene og styrtet ut i hælene på den ganske så vettskremte mannen. Jirhg så mer eller mindre ut som en parodi på den gale vitenskapsmannen der og da.

Corat snudde seg mot Raigh og så bedende på ham. "Og så, hva gjør vi da?"

Raigh skar en grimase. "Vi trenger å få bedre oversikt over forsvarsverkene og antallet soldater. Og vi må få vite hvor mye våpen dere har, og hva dere har tenkt å gjøre om det utenkelige skjer og de kommer gjennom murene. "

Corat så skarpt på ham. "Det kommer aldri til å skje, murene her har aldri sluppet noen fiende forbi. "

Raigh nikket. "Jeg vet det, men jeg vil allikevel se en plan for hva vi skal gjøre om det skjer. Og en oversikt over alle tilgjengelige styrker. "

Corat nikket. "Du skal få det, med en gang!"

Raigh så bort på Akisha som satt med et bykart. Hun så at områdene mellom de nederste fire murene måtte tømmes for folk når det ble kamp. Da ble det enda vanskeligere å få plass til alle. Hun ristet på hodet, verre og verre. Corat så smalt på henne og hun slo kartet sammen og stirret hardt på ham. "Dere vil miste folk, uansett. Har orkene greid å bygge beleiringsmaskiner vil mange bli drept. Er det ingen trygge steder her?"

Corat sukket og strøk seg over håret. "Det er store haller i berget, under byen. Men de har ikke vært i bruk på århundrer og jeg aner ærlig talt ikke om de er beboelige lenger. "

Akisha så hardt på ham. "Send folk ned dit, nå! Sjekk dem grundig og se til at drikkevannskildene her ikke kan ødelegges. Dekk til brønnene med lokk og sørg for at alt søppel kjøres bort, dump det i mellom de fremste murene. Det kan bli et forsvar i seg selv. "

Corat så på gløden i de blå øynene og forsto at Akisha virkelig kunne sine ting. Det sto respekt av henne enda så ung hun var.

Raigh skulle til å spørre ut om murene i detalj da døra gikk opp og Rheynek og Rhylja kom løpende inn med en stol mellom seg og på den satt det eldste mennesket Akisha kunne huske å ha sett. Mannen virket så skjør som et løvetannfnugg i vinden men han var så avgjort klar i hodet og meget ivrig. Han var på beina så fort Rheynek og Rhylja fikk senket stolen. Han raste bort til kongen og bukket fort nærmest bare for syns skyld. "Herre konge, jeg er din trofaste tjener.

Det er lord Arendt som er sjefen for disse galningene. De har allerede drept Lord Uthar og kanskje flere også og de er ute etter Al'Duchans skatt!"

Corat reiste seg nesten men satte seg igjen, han så storøyd og forvirret på Ychmal som svelget frenetisk. "Jeg måtte fortelle dem hvor det var, jeg greide å tyde kartet for det var egentlig lett. Men de vil nok reise og lete ganske så fort. Sett vakter ved alle porter herre konge, slipp ingen ut av byen!"

Akisha så smal øyd på den gamle vismannen, endelig skulle de komme til bunns i dette. "Hva er Al'duchans skatt egentlig, brevet du sendte oss var rimelig kryptisk!"

Ychmal nikket og Corat slo neven i bordet. "Arendt, han er en arrogant djevel og hadde han ikke vært adelig ville jeg ha forvist ham for lengst. Maktgal og tåpelig på en og samme tid. Jeg skal sende menn for å fange ham, vet du hvem andre som er med på det?"

Ychmal ristet på hodet. "Nei, han var nøye med og ikke å røpe andre, men jeg tror det er en fem seks stykker til, kanskje flere også. "

Corat bannet og reiste seg fra bordet, begynte å vandre frem og tilbake. "Da kan jeg ikke stole på noen, for alle kan være et medlem av denne gruppen. "

Akisha strakte handa opp. "Hallo? Jeg stilte et spørsmål!"

Ychmal vendte seg mot henne, ansiktet hans var litt forbauset og hun forsto at han ikke var vant med at kvinner var så myndige.

"Den er en legende kjære deg, en skatt en mektig trollmann skjulte for verden for uendelig lenge siden. Jeg har funnet stedet der han skjulte den, men det er et farlig område og slettes ikke noen spasertur i parken. "

Akisha sukket og himlet med øynene. "Og skatten er?"

Ychmal skar en grimase. "Der strides selv de svært lærde. Noen mener at den er magiske gjenstander som gir eieren stor makt, andre tror det er selve ungdomskilden eller livets vann. Noen igjen tror at det er en gjenstand som oppfyller alle dine ønsker"

Han slo ut med armene. "Hva det enn er, mange har prøvd å finne den og alle har feilet. "

Akisha rynket pannen. "Det høres ut som tull spør du meg, som noe en eller annen har fabulert frem. "

Ychmal ristet på hodet. "Nei, den finnes men jeg vet ikke hva den er. Jeg tror Arendt har hatt papirer i sitt eie som forteller hva den er rent presist. Og jeg har funnet spådommer som viser til den, og denne situasjonen også. De lover ikke bra. Om Arendt får kloa i det går det veldig galt, uansett hva det er han finner. Det ble jo spådd fra gammelt av om at drageblod skal få det midtre hornet til å lyde, og i de nye jeg fant står det at dødens bror skal hente sitt trofe og en hel masse annet. Jeg har skrevet alt opp, se her"

Han rakte kongen et ark der profetiene var skrevet ned og han lest fort over dem før Akisha tok en titt. Hun sukket og lot arket gå videre til de andre der.

Akisha bannet lavt. "Vel, da får vi se til at han aldri finner den, Rheynek, Rhylja, dere blir med noen av kongens beste krigere. Dere fengsler denne Arendt men drep ham ikke, vi trenger svinet i live. Om han og hans medsammensvorne tirret opp orkene med vilje ja da skal de få en straff verdig forbrytelsen. "

Corat så hvor kalde øynene hennes var og frøs nedover ryggen, han kunne nesten synes synd på Arendt og hans kumpaner om Akisha og de andre fikk tak i dem. Men han var enig, ved gudene som han var enig. Alt dette var på deres hender, alt blodet som var utspilt. Og alt på grunn av en legendarisk skatt! Det var forferdelig.

Han krysset armene over brystet. "Lord Uthar var en forfengelig og ekstremt rik mann som holder til nord for byen. Ingen har sett ham på lenge og flere av hans kvinner og tjenere er også savnet. Han har en svært flott eiendom og selv om han var utrolig forfengelig og fjollete likte folk ham. Han hjalp alle han kunne og jeg vil si at han var en god mann. Er han død vil jeg sørge over ham, han var en fargeklatt i hverdagen. "

Rheynek og Rhylja bare sto der og så veldig fornøyde ut og ene generalen sendte etter noen av slottets elitesoldater. De burde klare det uten å utgyte noe blod.

Kapittel 4: Kalde sjeler

Sørg ei over våre brødre som ærerikt falt
Vi bringer oss til fall
Er deres minne så søtt
La ulvene ete seg mette i natt

Amaleen var kammerjomfru for dronning Ferna og vanligvis ville
det gjort henne til den øverste av tjenerskapet i slottet. Hun ville hatt
stor makt og innflytelse men for Amaleen var livet hardt og hun var
en nervøs og lettskremt kvinne i slutten av førtiårene som levde i
evig angst for sin frues vrede. Ferna kunne få de forferdeligste
raserianfall og da gikk det gjerne ut over Amaleen. Hun måtte vite
akkurat hvordan Ferna ville ha ting og se til at absolutt ingenting var
galt, det kunne gå noen og enhver på nervene.
Vanligvis sto det en lang rekke med søkere klare når en dronning
ønsket en kammerjomfru, det hadde ikke vært tilfellet for Ferna da
den forrige ble gammel og trakk seg. Alle sa at det arme
kvinnemennesket så tretti år eldre ut enn hun var og de forsto det. Å
tjene Ferna var som å gå spissrotgang og det ble ikke bedre av at
dronningen anså sine tjenere mer som ting enn som mennesker. De
kunne bli tilkalt når som helst på døgnet og nåde den som var sen,
da kunne det vanke pisk. Amaleen var blitt plukket ut av Ferna fordi
hun var en svært lite vakker kvinne. Ansiktet var månerundt med arr
etter alvorlige kviseproblemer og øynene små og de satt tett
sammen. Hun skjelte svakt og hadde et solid underbitt og håret var
tørt og matt og nesten uten farge. Men Amaleen hadde alltid vært en
svært vennlig og varmhjertet sjel og det veide opp for det svært
ufordelaktige utseendet. Hun var adelig av fødsel og hadde faktisk
hatt friere men det gikk ikke etter at dronningen krevde henne.

Amaleen hadde vært nødt til å leve livet som jomfru og hun var dypt bitter men kunne ikke annet enn å tjene dronningen. Hun syntes litt synd i Ferna og dronningen hadde skjønt det med en gang og utnyttet det rått og for alt det var verdt. Amaleen fikk sjelden sove en hel natt for hun måtte stå på vakt for dronningen og hun var så nervøs at hun sjelden greide spise heller. Som resultat så hun ut som et beinrangel under klærne og var sterkt svekket. Amaleen så frem til den dagen da hun ble så gammel at dronningen ikke ville ha henne lenger. Hun fikk stadig flere klager siden hun var langsom og sløv og håpet at hun snart ble satt på døren.

Hun sto utenfor dronningens kammer nå og trakk pusten dypt, stålsatte seg. Ferna hadde hvilt og da var hun alltid grinete og kravstor, noen ganger direkte ondskapsfull. Hun banket på men ingen svarte, Amaleen hikstet og visste ikke hva hun skulle gjøre. Hun banket alltid kun en gang og det var nok, hun fikk ikke lov til å bråke ved å banke to ganger. Sov hun ennå? Var hun full? Amaleen visste selvsagt om at dronningen drakk som en svamp, men hun hadde fått forbud mot å nevne det og turte ikke annet enn å gjøre sitt til å skjule elendigheten.

Hun tok mot til seg, banket en gang til, hardt. Stillhet, ikke engang snorking og Amaleen fikk en frysende følelse nedover ryggen. Hun visste selvsagt hvor skadelig all drikkingen var og dronningen var ingen ungpike heller. Hun trakk pusten dypt og åpnet døra sakte. Det var mørkt der inne og hun rynket pannen, lysene var brent ned? Hvor var kandelaberen som holdt dem? Hun hvisket svakt "Deres høyhet?"

En skarp lukt nådde neseborene hennes og hun kjente magen falle helt ned i beina føltes det som. Hun kjente hysteriet jobbe seg frem i henne. Hun gikk varsomt fremover, lot døra bak seg stå oppe så litt lys nådde inn. Hun så noe på senga, gikk nølende bort og strakte handa ut, rusket i den store kroppen som lå der, den var slapp og litt kald og hun fikk noe seigt på handa og trakk den til seg. Stirret vantro på handa som var rød av blod og nå hadde øynene hennes tilpasset seg lyset og hun så hva som var skjedd. Skriket hennes gjallet gjennom rommet og hun skrek fortsatt da hun raste ut og løp nedover gangene som en gal, for skremt til og engang å tenke klart. Corat skulle til å be generalene hente sønnene hans da de hørte fjerne skrik, ville skjærende kvinneskrik og Raigh og Akisha var på beina i løpet av et brøkdels sekund. Lyden kom nærmere og de løp ut i gangen tett fulgt av Corat og noen soldater. Våk og Elywen kom også løpende og de så en høy men uskjønn kvinne som løp nedover korridoren med panikk i blikket. Hun bar en uniform som avslørte at hun var en av dronningens tjenere og hun skrek hele tiden, ville skjærende hvin som skar i ørene. Hendene hennes var røde av blod og Akisha og Raigh trådte i aksjon. De feide unna alle andre der og stanset den skrikende kvinnen med solide grep om armene på henne. Hun sprellet desperat men så roet hun seg og lagde merkelige halvkvalte klynk som var enda verre å høre på enn skrikene.

Corat nådde dem igjen, han stirret målløst på kvinnen som skalv som et aspeløv der hun hang i Raighs sterke armer. "Amaleen? Ved alle guder?"

Han trakk pusten dypt og de så forferdelsen som våknet i blikket hans, og forståelsen. "Ferna!"

Raigh vinket på en tjener. "Sett noen gode folk til å vokte henne, hent medikus og sørg for at hun ikke snakker med noen. Vi vet ikke hva som har skjedd ennå. Ikke vask henne!"

Tjeneren så litt vantro ut men bukket servilt og vinket til seg flere undertjenere som sammen trakk den klynkende kvinnen bort mot et lite rom som kunne låses av.

Raigh og Akisha løp etter Corat og nå hadde flere hoffolk hørt skrikene og kom ut i korridorene for å se. Corat brølte til dem. "Alle holder seg inne på rommene til dere får beskjed om noe annet. Den som ikke adlyder blir jaget ut av byen!"

Folk raste inn igjen med bleke ansikter og de hørte lyden av låser som blir smelt igjen. Corat løp rett til Fernas gemakker, de var de største og mest luksuriøse i hele palasset, naturlig siden de var dronningens. Akisha så smal øyd på all pynten og hun følte at dette var ulykkelige rom. Atmosfæren der var av angst og sorg og hun hadde skjønt at dronningen var en skrekkelig grinebiter ingen likte.

Hun fattet ikke hvordan de adelige kunne holde ut med å være gift med folk andre valgte ut for dem. Hun forsto at Corat hadde konkubiner, de valgte han da i det minste selv.

Noen tjenere sto der vettskremt med bleke ansikter og Corat så ikke engang på dem, han bare raste forbi og Akisha forsto ham godt. Hadde noe skjedd dronningen også var det fare for alle der. Hun hadde fått med seg hva som hadde skjedd med Ilvar og syntes giftmord var den usleste av forbrytelser. De nådde soverommet og Corat trev en lampe, grep en tjenestejente som sto der og skalv som et aspeløv. "Gå inn, følg veggen, trekk fra gardinene, vi må se!" Jenta stirret på ham med vide øyne og total angst i blikket men hun adlød. Hun gikk inn med små klynk og det ble lysere der da gardinet ble trukket til side. Det mørknet ute men noe lys var det da til stede og det var nok. Corat bannet, så grovt at Akisha så vantro på ham. Hun hadde aldri forestilt seg at en kongelig person kunne bruke et slikt språk? På senga lå dronning Ferna og kun et blikk var nok til å forstå at hun var død, veldig død. Akisha kjente en stram lukt av vin men også noe annet som lå under, en slags bitter stank hun ikke riktig greide identifisere. Våk hadde fulgt etter og han fisket opp en av flaskene fra golvet, snuste på den og hev den unna. "Gift!" Corat så vill øyd på ham, den døde var så avgjort slått i hjel, hodet var nærmest knust og en stor kandelaber lå på golvet, toppen var blodig og lysene som hadde vært på den lå strødd omkring.

"Men hun er da ikke død av det?"

Raigh gikk sakte nærmere, kvinnen hadde prøvd og nå en klokkestreng ved senga kunne han se. "Hun har antagelig brukt for lang tid på å dø, og morderen har blitt utålmodig. "

Akisha så på liket fra enn annen vinkel. "Eller redd, slaget har vært tilfeldig. Vedkommende har slått til uten å tenke på hvor og hvordan det ville treffe. Kanskje hun så sin morder?"

Corat sto bare der og stirret på den døde kvinnen. Det var lite sorg å skue i blikket hans, da heller noe som lignet forakt og en smule lettelse også. Akisha kunne forstå det, men hun forsto ikke hvorfor Ferna var blitt drept. "Hva kan være motivet?"

Raigh snudde seg mot dem, det glødet svakt i det grønne blikket og han hadde en hard mine i ansiktet. "Motivet er ganske tydelig vil jeg si. Hun er mor til tronarvingen, og en person i slekten er allerede død. Hun har antagelig funnet ut et eller annet om noen som for all del ikke måtte komme ut. "

Corat bannet igjen, slo neven i en kommode så møbelet skalv. "Ved alle uhellige guder. Selvsagt, jeg vet jo at hun har sin egen lille etterretningstjeneste her, men trodde ikke at hun ville sette seg selv i fare med det. Jeg tok altså feil!"

Raigh snudde seg, han så på kongen og Akisha merket brått hvor veldig mye innflytelse og respekt Raigh fikk av folk. "Heretter går ingen kongelig uten livvakter, til og med på soverommet. Og søk gjennom rommet her, det kan være noe vi kan bruke for å finne morderen her, uansett hvor lite!"

Våk brummet, han hadde snoket rundt i hjørnene og stanset ved veggen nærmest senga. Han bøyde seg og pirket i tapetet. "Her folkens, her er det en dør!"

Corat så opp med ren bestyrtelse i blikket. "En dør?!"

Våk dyttet på veggen, kjente på den og brått hørte de et svakt knepp og en smal dør gled opp. Noe flagret ned på golvet i det den slo opp og alven bøyde seg elegant og fisket det opp. Det var en bit blonde av det dyre og forseggjorte slaget som koster flesk og han holdt det opp for kongen. "Ser ut til at den som drepte din hustru hadde hastverk med å komme seg vekk"

Corat så skarpt på Akisha. "Ta vare på den biten, det kan være at vi kan finne ut hvem den tilhører. Det er ingen tjener, det er ganske så sikkert. "

Akisha gjemte den i en lomme i jakken sin, så seg rundt. Det var mye blodsprut der og det stinket ille allerede. "Hvor mange mennesker er det her, i hoffet mener jeg?"

Corat sukket. "Vanligvis rundt tre hundre. Nå er et nærmere fem hundre. Noen har evakuert fra sine egne eiendommer rundt i landet, andre er her på grunn av begravelsen. Å guder, begravelsen, nå får vi to å brenne i stedet for en!"

Akisha bare nikket taust. "Og tjenere?"

Corat rullet med øynene og en høy tynn kar som måtte være en slags hovmester bukket og kom bort til dem. "For øyeblikket er det femten hundre tjenere her ærede frue, og kanskje seksti sytti personer som bare jobber her når de trengs. "

Akisha følte en trang til å rulle med øynene også. Det var veldig mange potensielle mordere men hun regnet med at Corat hadde rett. Det var så avgjort et medlem av hoffet som hadde myrdet Ferna. "Greit, la alle få vite om dette. Og hjelp den stakkars kammerjomfruen. Hun er uskyldig, en person som henne kan knapt nok løfte den kandelaberen, langt mindre slå noen med den. "

Corat sukket. "Morderen er en mann med andre ord!"

Raigh nikket. "Ja, men det er noe merkelig her. Gift er en kvinnes våpen, det er sjelden menn bruker gift!"

Corat så litt forbauset på dem. "Dere har rett, men hvorfor døde ikke Ferna av giften?"

Våk snuste i rommet. "Drakk hun mye? I så fall var hun allerede forgiftet og noen gifter kan motvirke hverandre i en periode. Og var kroppen skadet innvendig har det også en viss betydning. "

Corat gjemte ansiktet i hendene et øyeblikk, han så gammel og sliten ut nå. "Hun drakk litervis om dagen og jeg lot som om jeg ikke visste det. Hun var litt bedre å håndtere da. Jeg ventet at hun skulle få leversvikt og slå pedalene til værs av den grunn men ikke noe slikt. "

Raigh så litt bestyrtet på ham og Corat slo ut med hendene. "Ja, jeg ventet på at hun skulle dø, så frem til det rett og slett slik som resten av hoffet. Ferna var en plage og ingen her likte henne. Men å bli myrdet slik unner jeg ingen. Selv ikke et hespetre som henne. Hun gav meg seks barn, det skal hun ha takk for men alt det andre var jeg lei av for mange år siden. "

Raigh nikket og lot blikket gli gjennom rommet. "Det er ikke mer her. Steng av rommet, få noen til å stelle liket og ordne det formelle. "

Corat sukket og vinket til hovmesteren. "Send duer til familien hennes i nord, de vil nok juble er jeg redd. Og si ifra at de må hente mer ved. Vi har to kropper å brenne nå. "

Han så skjevt bort på liket av sin forhenværende hustru. "Så mye alkohol som hun har i kroppen vil hun nok bli vanskelig å slukke, i verste fall får vi bruke henne som en Baune!"
Han snudde og gikk og Akisha sto og måpte til Raigh over den respektløse uttalelsen.

Ygraine og Duchlain lå på senga i rommet hun hadde fått, Ohlain satt i en stol ved siden av og halvsov og Duchlain hadde sluknet etter å ha ligget der og grått i flere timer virket det for. Ygraine hadde lagt seg ved siden av ham og holdt ham ved selskap og Ohlain hadde holdt vakt og passet på så ikke Duchlain ble hysterisk igjen. Men Ygraine trodde ikke han ville miste kontrollen igjen, ikke slik. Han hadde sovnet sakte og nesten uvillig men utmattelsen overvant ham til slutt og øynene gled igjen. Ygraine lå der og holdt ham varm og Ohlain så sørgmodig ut der han satt. Alima hadde så vidt vært innom bare for å se til dem og hun hadde beklaget at hun ikke kunne bli men hun var travelt opptatt med forberedelser til begravelsen. Ygraine lå og strøk Duchlain over håret, det var som silke mot fingrene hennes og hun kjente hvor dypt engasjert hun allerede var i hans ve og vel. Ohlain sukket. "Jeg tror aldri hans første hustru brydde seg slik om ham. "
Ygraine så fort på ham. Ohlains stemme hadde vært snaut mer enn et hvisk og hun ville ikke forstyrre Duchlain nå som han endelig sov godt. Ohlain reiste seg sakte, snek seg opp til senga og la seg ved siden av henne med myke bevegelser som ikke fikk senga til å gynge en gang.
"Var hun så ille?"
Ohlain smilte litt trist men det var et glimt av noe nesten lekent i blikket. "Hun var virkelig ille. Corat trengte å knytte en forbindelse med familien hennes og Duchlain var jo ugift så da var det grei skuring slik han så det. Han var jo vant med vanskelige kvinner og tenkte vel ikke over at Duchlain er for mye alv til å slå seg til tåls med hva som helst. Vi har litt høyere idealer der. "
Ygraine så forskende inn i de mørke øynene hans. "Hva slags idealer da?"

Ohlain smilte sakte. "Jevnbyrdighet, likhet, respekt, forståelse, gjensidig omsorg, gjensidig kjærlighet"
Hun rødmet, hun så alt det og enda mer i øynene hans når han så på henne. "Og hun hadde ikke noe av det?"
Ohlain sukket og la seg til så han lente hodet på skulderen hennes.
"Nei, ingenting. Jeg syntes så synd på min bror da for jeg visste at han ville følge sin fars bud og at han også var en svært ærekjær person. Når han gav henne sine løfter mente han det, han ville ikke gjøre som Corat og ta seg elskerinner. "
Ygraine svelget hardt. "Men hun var utro?"
Ohlain sukket og lukket øynene et øyeblikk. "Vet du Ygraine, vi alver er følsomme, vi vet med en gang om hvorvidt vi liker en person eller ei. Jeg hatet Alyssa som pesten alt før jeg møtte henne!"
Ygraine måtte fnise. "Det er da vel ikke mulig?"
Ohlain så alvorlig på henne. "Jo, for hun kunne ta broren min fra meg, og da jeg møtte henne hatet jeg henne enda mer for hun ville uunngåelig gjøre ham ulykkelig. Det så jeg med en gang!"
Ygraine så sorgen i øynene hans og strøk handa kjærlig over ansiktet hans, han grep den og kysset den varsomt. "Hun bare utstrålte det, alt som er negativt og tåpelig. Hun var selvopptatt og nytelsessyk og en fjolle. Dum som et brød og ei ondskapsfull ku som bare tenkte på og dolle seg opp å snakke skitt om alle andre. "
Ygraine fniste. "Virkelig?"
Ohlain nikket og kilte henne under øret. "Ja, virkelig. Meg hatet hun tilbake fra dag en, jeg tror hun skjønte at jeg så hennes sanne jeg. Hun prøvde å sjarmere Duchlain også men det gikk heller dårlig. Han likte henne ikke heller. "
Ygraine så på Duchlains ansikt, avslappet nå i søvnen. Han så så utrolig ung og sårbar ut og hun ville bli der og beskytte ham, for alltid! "Men de ble gift?"
Ohlain skar en stygg grimase. "Joda, og Duchlain fortalte meg allerede dagen etter bryllupet at han syntes hun var ei hurpe"
Ygraine satte store øyne i ham. "Alt da?!"
Ohlain stirret i taket. "For det første så hadde hun garantert vært sammen med et større antall menn, hun var så langt ifra noen jomfru

selv om hun prøvde å late som om hun var det. Og hun hadde prøvd å herse med ham så fort de ble alene sammen. Men han nektet å krype for henne så hun la ham for hat også. "

Ygraine følte en trang til å riste vantro på hodet. "Det høres ille ut!" Ohlain nikket. "Jeg tror Duchlain lå med henne i begynnelsen, temmelig ofte også tror jeg. Han trodde vel at han kunne temme henne men den gang ei. Og da hun fant ut at hun var med barn ble hun aldeles hysterisk. "

Ygraine rynket pannen. "Hvorfor det? Jeg vil tro at det er ganske normalt og ønskelig også i et ekteskap av det slaget?"

Ohlain gliste litt uskikkelig. "Hun hadde vel ikke tenkt så langt, at det kunne bli en bolle i ovnen av det. Og hun ble livredd for at det skulle ødelegge figuren hennes og huden og alt. Jeg husker at hun skjelte ham ut foran hele hoffet. "

Ygraine grøsset. "Hun kan ikke ha vært riktig i hodet?!"

Ohlain ristet på hodet og sukket lavt. "Hun var halvgal, det var sannheten. Men hun ble enda iltrere etter som hun ble større. Duchlain sammenlignet henne med en grinete grisepurke. "

Ygraine fniste og tok handa hans. "Og så kom Ilvar?"

Ohlain smilte mykt. "Så kom Ilvar og Duchlain elsket ham fra første spinkle vræl. Og Alyssa ville snaut se ham, langt mindre stelle ham. Barnepiken måtte gjøre alt. "

Ygraine så vantro på ham. "Hun ville ikke se sitt eget barn?"

Ohlain ristet bestemt på hodet. "Nei, hun nektet. Hun hadde slitt for mye på grunn av den fordømte ungen mente hun. Men den første fødselen hennes var egentlig nesten latterlig lett. Hun merket første riene ved soloppgang og ungen var ute etter bare et par tre timer. Jordmora hadde aldri sett på maken"

Ygraine svelget nervøst, og hva med henne selv? Hvordan ville hun få det, om rundt ni måneders tid? "Men Duchlain var glad?"

Ohlain smilte. "Overlykkelig, og resten av hoffet med. Til og med kongen forelsket seg helt i Ilvar, han var et utrolig vakkert barn. At ikke Alyssa så det fatter jeg ikke til dags dato. "

Ygraine skar en grimase. "Og hun døde til slutt?"

Ohlain la armen under nakken, stirret i taket. "Ja, hun døde. Da Ilvar var to år gammel. Hun skrek det til Duchlain allerede da Ilvar ble født at hun aldri mer ville ha ham opp i senga til seg og han svarte at det skulle hun få slippe. Han rørte henne aldri mer. "

Ygraine skar en grimase, hun syntes synd på ham. "Men hun ble gravid allikevel? Det må ha vært noe av en skandale!"

Ohlain rullet seg over på siden så de lå ansikt til ansikt. "En av episke proporsjoner. Alle visste jo at Duchlain nektet å ligge med henne så da hun begynte å ese igjen måtte hun virkelig prøve å ro på alle måter. Hun prøvde å si at hun trodde Duchlain hadde besøkt henne om natten i mørket men at det måtte ha vært noen annen. Hun prøvde å påstå at en tjener hadde voldtatt henne og hun prøvde til og med å påstå at jeg hadde forført henne og at barnet var mitt!"

Ygraine måtte fnise og Ohlain smilte skjevt. "Som om jeg ville rørt henne med en tjue fots ildraker! Det sa jeg til henne også, gjett om hun skulte!"

Ygraine svelget kort. "Og så gikk det galt?"

Ohlain svelget og stirret i taket igjen. "Ja, alle trodde jo at det skulle gå greit i og med at Ilvar kom så fort og lett. Men gudene ville det ikke slik. Jeg syntes nesten synd på henne. "

Ygraine sa ikke noe, bare så oppfordrende på ham og Ohlain sukket. "Er du sikker på at du vil høre om dette?"

Han dultet forsiktig og talende borti magen hennes og hun rødmet og så ned. "Ja, jeg tåler det!"

Ohlain strøk en finger langsmed øyebrynene hennes, det var et merkelig ømt kjærtegn hun ikke riktig forsto. "Du er sterk Ygraine, sterkere enn noen annen kvinne jeg har kjent. "

Han kysset henne på pannen og hun fniste forsiktig. "Barnet lå feil, jordmoren kunne ikke snu det og de slet i flere dager men det nyttet ikke. Hun døde til slutt og barnet med henne. Duchlain sørget ikke, ikke en tåre felte han. Ikke en gang da han tente bålet hennes. "

Ygraine så på Duchlains sovende ansikt med forståelse. "Jeg skjønner det!"

Ohlain sukket. "Gjør du det?"

Hun nikket sakte. "Ja, jeg har følt det samme. De som burde elsket meg og tatt vare på meg snudde ryggen til meg, skuffet meg. Slik er det bare"

Ohlain kysset henne på pannen. "Ved gudene jente, du er virkelig visere enn dine år. Bror valgte rett da han giftet seg med deg" Ygraine fniste litt. "Og du, valgte du rett?"

Ohlain så alvorlig ut. "Selvsagt valgte jeg rett, jeg vil aldri angre. " Han strøk handa over magen hennes igjen og Ygraine svelget fort. "Ohlain, om… om du er faren så… Så er barnet halvblods. Kan en se forskjellen lett?"

Ohlain smilte litt vemodig. "Du vet at det ikke har stort å si? Vi bryr oss ikke om hva folk vil si og påstå, du er min kone og du er Duchlains også. Vi er dine menn, hvem som har avlet barnet du bærer er likegyldig. Men ja, en kan se forskjellen. "

Ygraine rømmet seg, hun så jo forskjellen på Duchlains røffere mer grovskårne trekk og rundere ører, og det fakta at hans øyebryn var rette og rufset. Og Ilvar hadde sett helt ut som et vanlig menneskebarn, hun ville nok vite det tidsnok. Alyssa hadde vært mørk og allikevel var Ilvar blond som faren. Om hun fødte et mørkhåret barn var det liten tvil, Duchlain avlet lyse barn. Men som han hadde sagt, halvblods alver var sjelden. Hun burde ikke engste seg.

Ohlain gjespet langt. "Det er så godt å ligge her sammen med deg å prate Ygraine, du er så klok. Og du prøver ikke å baksnakke folk. "

Hun så ned, husket all sladderen der hun kom fra. "I tempelet var det mye slikt, jeg hatet det. "

Ohlain smilte tilbake til henne. "Jeg er glad du klarte deg, du har blitt en sjelden juvel av det"

Ygraine skulle til å svare da det dundret på døra, de hørte Alimas stemme og den var lett hysterisk. "Ohlain, Ygraine? Vekk Duchlain, Ferna er blitt myrdet!"

Arjhed var redd dagen skulle gå for sakte, at han skulle få tid til å tenke på og angre sin beslutning men det skjedde ikke. Det var mye som foregikk og han rakk ikke å bli nervøs før det begynte å bli kvelden igjen og mørket senket seg. Han følte en underlig rastløshet og hadde begynt å bli litt redd også. Tross alt, hva var det egentlig han hadde sagt ja til? Nauth kom og hentet ham og han så fort på Milla som satt og ble matet av dryadene, hun reagerte ikke på noe og han svelget hardt og minnet seg på hvorfor han hadde sagt ja. For å redde andre som henne. Nauth så på ham med klare øyne, hun smilte mykt. "Jeg bøyer meg for deg Arjhed, du er i sannhet tapper. "

Han svelget tungt. "Hva skal skje nå?"

Nauth smilte vemodig. "Jeg vet ærlig talt ikke, men du må forberedes og det tar flere dager. Men du vil ikke vite det selv, du vil være i dvale hele tiden. Det vil være som å sove og når du våkner er det over, på ene eller andre viset. "

Arjhed prøvde å virke rolig, men hjertet hamret vilt i ham. Nauth gikk ut døra, hun vinket på ham. "Følg meg nå, og fra nå av, ikke si noe. "

Han nikket. "La meg takke deg for all hjelp, før jeg må bli taus"

Nauth bare smilte og lente seg mot ham, gav ham en fort klem og så gikk hun ut i mørket. Arjhed fulgte henne, det var så stille og stien foran dem lyste nesten i mørket. Han var tørr i halsen og skalv på hendene. Sakte ble det litt lysere og varmere i lufta og han forsto at de var på et annet sted nå, et sted som ikke eksisterte i den verden han kjente. Han hørte ingen lyder der, det var en total stillhet som rungert i ørene. Flere stående steiner ble synlige foran dem og Nauth bøyde hodet og gikk inn i sirkelen. Arjhed fulgte etter, han skalv av skrekk nå. Flere store skikkelser ble synlige, kappedekket med hetter så dype at noe ansikt ikke var mulig å se. Han ble skremt men vågde å gå nærmere. Øyne betraktet ham og han visste at de øynene ikke tilhørte mennesker men noe ganske annet, noe mer.

Nauth hvisket til ham. "Jeg må gå nå, jeg har ikke lov til å være her lenger. Lykke til Arjhed, om vi ikke møtes igjen så vit at jeg vil huske deg. For alltid!"

Han nikket, kaldsvetten rant av ham og skikkelsene samlet seg rundt ham. Det var sju av dem og de tårnet over ham. Han følte seg skrekkelig liten og skrekkelig redd og han følte at haka skalv som

på en unge som skal til å hyle. Den ene skikkelsen rakte ut en hånd, den var vakker og så kvinnelig ut. Handa landet på skulderen hans og med ett ble han varm igjen, avslappet og nesten sløv. Han så søvnig på skikkelsene som gikk ved siden av ham bort til et slags bord. Det sto flere krus på det og han fikk et løftet bort til seg.
"Drikk dette barn av menneskeætten"
Arjhed adlød, han ventet noe som smakte gyselig men det var en tyntflytende væske som smakte utrolig godt, som bær plukket på en solvarm eng. Deretter fikk han beger etter beger brakt bort til seg og alt smakte godt, han følte seg en smule lettsprengt da alt var drukket. Skikkelsene gikk videre og han fulgte med, han hadde en følelse av å gå i søvne egentlig. Det sto et stort steinkar der og det dampet av vannet. "Kle av deg, du må renses. "
Arjhed rødmet, han var ikke vant med å være avkledd. Han adlød allikevel og sto der splitter naken og skjelven. Sakte kløv han opp i karet som var behagelig varmt og parfymert med en mild lukt som minnet ham om kamomille. Han sto stille mens de helte vann over ham og så satte han seg nedi og ble dukket under et par ganger. Han var nesten i halvsøvne nå. Alt fløt liksom og var behagelig. Han ble tørket av hender han ikke så og så ble han geleidet videre. De stanset foran en bergvegg, den var dekket med runer og på toppen av den sto en enorm eik. Skyggen falt over bakken og Arjhed syntes det virket som om treet var bevisst, som om det betraktet ham.
Noen skikkelser i hvitt sto foran bergveggen, de sto helt stille og Arjhed svelget sakte. Han følte at han skulle gå bort til dem og han stilte seg med ryggen mot bergveggen, hvorfor visste han ikke men han antok at det var riktig. De hvisket ord til ham, ord han overhodet ikke forsto men verden spant for øynene hans og det ble sakte mørkt. Han var ikke redd, de ville ham bare godt, faktisk var de svært takknemlige og ville ære ham i all evighet for dette. Det ble helt mørkt og det mennesket Arjhed var falt i dyp dyp dvale. Skikkelsene grep tak i kroppen og la den varsomt ned på bakken. Seremoniene kunne begynne, denne kroppen skulle forberedes på å huse jegerguden.

Sakte begynte de å smøre Arjheds kropp med ulike oljer og salver, alt seg inn og ble borte og to nye skikkelser dukket opp. Det var nå det gjaldt, det var nå forbindelsen skulle skapes som ville gjøre det mulig for jegerguden å innta dette vesenet. De hadde små pinner med nåler i og skåler med blekk og sakte begynte de å tatovere inn merkelige mønstre over den lyse huden. Det gikk meget sakte, det ville ta dem dager å bli ferdige. Men for disse hadde tid ingen betydning.

Rheynek og Rhylja hadde blitt med soldatene ut i byen for å finne Arendt og hans menn. Soldatene ble ledet av en ganske høy offiser med langt svart hår og svakt gylden hud. Han virket for å være fra kysten et sted og en svak aksent røpet også at hans vugge hadde stått i et annet land. Han virket for å være fylt av en nesten nesegrus beundring for våpenmestrene og Rheynek ble nesten litt brydd av mannens entusiasme. Rhylja derimot skremte ham visst, han turte snaut å se på henne og var så respektfylt at han skalv i stemmen hver gang han måtte si noe. Rhylja prøvde så godt hun kunne å få ham til å slappe litt av men det gikk ikke. Erbenar som han het var kanskje en erfaren offiser men han var neppe særlig erfaren i kamp og Rheynek stilte noen diskrete spørsmål som fort avslørte at byens soldater trengte mye øvelse om de skulle ha noen sjanse i åpen kamp.

Arendt hadde et hus nede i de bedre bydelene og de gikk dit rimelig fort, de ville ikke la mannen få tid til å stikke av og Rheynek visste at byportene nå ble bevoktet. Det var umulig for noen å stikke av den veien. Men byen var enorm og antallet gjemmesteder like gigantisk. Huset var flott og opplyst og Rheynek stanset soldatene og nikket til Rhylja, hun var den beste til å snike seg rundt siden hun var lettere og mindre enn ham. Hun skyndte seg rundt til baksiden av huset og la øret mot en dør der. Det var så avgjort et herskapshus med mange rom og tre etasjer, det kunne være mange personer der inne og hun lyttet nøye. Det var stille der og hun fikk en bestemt følelse av at fuglen var fløyet nå. Hun plystret til Rheynek og gjemte seg, klar til å ta den eller de som eventuelt ville prøve å rømme.

Rheynek gikk rett opp til døra, han hadde Nadharn klart men håpet at han slapp å bruke det. Med ti soldater og en offiser bak seg burde enhver tanke på å gjøre motstand være kun tåpeligheter. Han banket på og det gikk litt, så hørte han løpende steg og noen kom for å åpne. Han skjønte bare av lyden at dette ikke var en adelsmann, det hørtes ut som en kvinne og han skjulte sverdet på ryggen i det døra gikk opp og avslørte en tjenestejente som så mer eller mindre ut skremt ut. Hun skrek nesten da hun så Rheynek og han prøvde å se ufarlig ut selv om det var temmelig vrient når en tok utseendet hans med i betraktningen. "Er din herre hjemme?"

Hun ristet på hodet. "Nei, han kom hjem for litt siden, så veldig oppbrakt ut. Han tok med seg noen ting og klær og slikt og løp sin vei. Jeg aner ikke hvor!"

Rheynek bannet, de var for sene. Antagelig hadde han oppdaget de døde vaktene og at Ychmal var borte. Da hadde de nok gått i dekning hele gjengen og å finne dem nå det kunne bli mer enn vrient. "Vi må undersøke huset, det er kongens ordre. "

Jenta nikket stille og trakk seg til side, slapp dem inn. Hun så redd ut og Rheynek ante at tjenerne var redd for sin herre. Han trodde han forsto hva slags person Arendt var og han satte to soldater igjen utenfor som vakter. Inne i huset var det stille og fredelig, og svært luksuriøst. De færreste av rommene var i bruk men herrens studerværelse var tydelig der han oppholdt seg mye av tiden. Det var mange gamle bøker og skrifter der og Rheynek forsto at Ychmal burde få ta en titt på dem. Det lå papirer på pulten, antagelig skulle de bli brev men det var ikke noe skrevet på dem ennå. Rheynek så skrått på de nakne arkene, så gikk han bort i peisen og fant en halv svidd bit kull og strøk den varsomt over arkene. Små spor i dem avslørte hva som var skrevet på arkene over og han gliste svakt og leste sakte over det han fant. Han noterte det på noen andre ark og la dem under jakka. Fuglen var fløyet men nå hadde de en mulighet til å finne ut hvor den hadde satt kursen.

Han ropte på Rhylja da de kom ut igjen og hun kom svinsende, skuffet over mangelen på aksjon. Hun hadde gledet seg til å kverke noe som hun sa. Rheynek så stramt på offiseren. "Vet du hvor lord Ivartar holder hus?"

Svaret var negativt, navnet sa mannen lite men det var godt mulig at kongen visste til det og de hastet tilbake til slottet uten å vite at de var blitt sett. Øyne hadde fulgt dem og de glødet svakt i blått i det de forsvant inn i mørket i et smug.

Janrem hadde kommet seg tilbake inn i byen uten problemer, han hadde bare trasket inn sammen med de endeløse rekkene med flyktninger og han hadde sett frykten og motløsheten hos alle disse menneskene og sinnet hans hadde økt mange ganger. Han følte seg underlig hul, det var en ensom følelse og en han mistenkte at han aldri ville bli kvitt. Han gren på nesa, han hadde behov for bedre klær og støvlene han hadde funnet var for små så de gnagde. Men han hadde da litt penger og kunne bytte til seg noe bedre. Han hadde planene klare og nå aktet han ikke å la de som sto bak alt dette slippe unna. Så fort han var kledd for jobben og hadde funnet seg våpen skulle han sørge for at kongen fikk vite sannheten, og så skulle han bedrive litt skadedyrbekjempelse.

Rheynek og Rhylja kom tilbake til kaoset på slottet og de fikk så vidt snakket med hoffets organisator, en liten vindtørr fyr som løp rundt med en fjærpenn bak øret og en heller forvirret mine på ansiktet. Han mente at lord Ivartar holdt hus i et av de beste husene like ved porten og at mannen sjelden viste seg utenfor boligen. Han var visst livredd for å bli syk. Rheynek og Rhylja bare sukket og snudde, antagelig var de for sent ute, Om Arendt hadde rukket å advare de andre nyttet det neppe å lete etter dem, og Rheynek kjente ikke denne byen. Soldatene fant raskeste veien til porten og de fant huset fort men det var helt tydelig at de var for sent ute. Det var ingen der, huset var helt tomt og det var tydelig at den som holdt hus der hadde forlatt det i all hast. Det sto mat på bordet og peisen brant fremdeles. Rheynek bannet lavt og ristet på hodet. Han så bort på Erbenar som virket litt skuffet også. "Er det noen andre veier ut av byen her enn via portene?"

Offiseren ristet på hodet. "Ikke offisielt nei, men det snakkes om hemmelige ganger ut. Jeg vil anta at det har rot i en viss sannhet. "

Rheynek gren på nesen og begynte å rote gjennom det han så av papirer der. "Da kan de allerede ha stukket av, forbannet også. "

Rhylja bikket på hodet. "Eller de ligger og venter på at byen blir beleiret så ingen kan reise ut og lete etter dem. De startet krigen av en årsak Rheynek, og det var å hindre at de ble oppdaget. "

Rheynek gliste kort. "Du har rett Rhylja, så inderlig rett. Da er de fremdeles her et sted. Ante vi bare hvor!"

Arendt hadde oppdaget de døde vaktene ved en tilfeldighet, han hadde vært hos Uthars kvinner og var på vei hjem igjen da han oppdaget at han hadde lagt igjen en pung med verdifulle steiner hos Ychmal. Han hadde brukt dem som betalingsmiddel flere ganger siden de ikke kunne spores slik mynter kan og han bannet og skiftet kurs. Det tok bare noen minutter å hente dem og han ønsket ikke at vaktene skulle finne dem. De var riktignok lojale men hvem som helst kan fristes. Han raste inn døra og skrek nesten da han så de to døde som lå der med skader som så avgjort ikke skyldtes vennskapelig krangling. Arendt sinn spant vilt i noen sekunder, så tok han seg sammen og løp ut, han måtte handle og det fort. Ychmal ante ikke noe om hvem hans medsammensvorne var men det var ikke verdt å ta noen sjanser. De hadde utarbeidet en reserveplan og nå måtte den settes ut i livet. Han løp hjem så fort han kunne gjennom vrimmelen av mennesker, noen så langt etter ham der han hastet av sted grå som aske i ansiktet og med en mine som om han akkurat hadde stått ansikt til ansikt med en ildsprutende drage.

Så fort han var innenfor døra grep han bare de tingene han absolutt trengte. Han hadde lagt alt klart og var takknemlig nå for at han hadde vært så forutseende. Det var ikke mye han trengte å ha med seg, når de kom tilbake ville han ha alt han ønsket seg. Tjenerne så bare forvirret på ham og han vinket irritert til de fremste av dem.

"Gi alle fri for kvelden, jeg blir borte en stund så ta vare på huset til jeg er tilbake. "

De så litt forvirret på hverandre, fri? Det var et ord som nesten ikke hadde eksistert i den mannens vokabular. Men de skulle utnytte muligheten, ved alle guder som de skulle.

Arendt grep noen ark, skrev fort en beskjed til alle i kode og fikk budene sine til å løpe ut med dem, deretter beordret han karene om å ta seg fri også. Å finne noen bud løpere i denne byen burde være vrient selv for den beste. Han håpet bare at alle forsto alvoret og fulgte opp, sprang kun en kjede i denne lenken kunne det få katastrofale bivirkninger.

Alle de andre seks fikk sine brev og gikk i aksjon, de hadde avtalt hvor de skulle møtes og hva som skulle gjøres men for en av dem var denne nyheten ekstra ille. Aglaran hadde ikke regnet med noe slikt, han hadde planlagt å stikke av alene og la sin medsammensvorne avsløre de andre og skjule hans forsvinning. Nå ble det vanskelig men han var ikke uten ressurser og han hadde en sterk følelse av at han skulle greie dette. De andre var ikke så vanskelige å lure og han kjente til veier de var totalt uvitende om. Han satte seg fort ned og skrev en liten lapp til sin venn der ved hoffet, skrev den i kode og sendte den med et av de offentlige budene som vandret i gatene. Deretter pakket han fort og hev på seg en heller anonymt utseende kappe som fikk ham til å se ut som en vanlig borger. Det fikk holde, han kunne ikke bruke for mye tid på dette. Når han vel og godt var ute av byen burde han kunne finne eller stjele en hest fra en gård eller noe. Orkene kom til å samle seg om byen og brydde seg neppe om det området de allerede hadde svidd av og plyndret. Bak linjene burde han kunne klare seg forholdsvis bra og så fort han nådde fjellene var alle muligheter åpne for ham. Han gliste svakt i det han løp av gårde, de andre kom til å få en lei overraskelse.

På slottet hadde folk nærmest fått panikk av nyheten om Fernas død og Corat hadde plutselig fått veldig mye å holde styr på. Det raste tjenere rundt og han prøvde desperat å få en slags oversikt over situasjonen. Akisha og Raigh var opptatt med forsvaret av byen og kunne ikke hjelpe mye så de ba Frostfugl Enez og Elda hjelpe Corat med begravelsesforberedelsene og med å holde kontroll på folk der. Elywen og Våk prøvde også å roe ned hoffolkene og informere dem på en skikkelig måte. Det var et realt kaos og bare sakte fikk de oversikt over situasjonen. Corat var sliten nå, utrolig sliten. Han overlot det meste av arbeidet til Alderim og de to yngre sønnene og gikk til ro. Han orket rett og slett ikke mer. Han sørget overhodet ikke over Ferna men hennes død skapte enda mere problemer i og med at en dronnings bortgang krever en helt spesiell protokoll. Det krevde landesorg og at egne seremonier og høytideligheter ble fulgt og Corat orket ikke tenke på det.

Akisha hatet denne situasjonen, hele kongefamilien var utrolig sårbar nå og var det snikmordere der hadde de alle muligheter til å slå til. Livvaktene var på plass og hun hadde sett at dette var dyktige soldater men selv en god soldat er lite effektiv mot virkelig gode mordere. Raigh mente at dette neppe var en profesjonell snikmorder i aksjon, det hele minnet om desperasjon og han hadde også en viss mistanke basert på det de nå visste om kongens familie. Men de kunne ikke jobbe nærmere med det før de fikk avklart evakueringen og forsvaret av byen. Det var hans første prioritet og han satt med Alderim og de andre og gikk gjennom planene hele tiden. I salen Jirhg hadde fått jobbet den vesle mannen utrettelig og han hadde allerede sendt folk til Orolush med nok sprengkuler og pulver til å få broene ned. Kunne de kverke noen orker i samme slengen var det bare vakkert som han sa det. Og folkene hans var kanskje skremt til margen av det han drev med men de gjorde som de fikk beskjed om og de var dyktige.

Ingen la merke til det ensomme budet som trasket inn på slottet, mannen var kledd i uniformen budene brukte og han var ikke noe ukjent syn der. Bud tjenesten i byen var ytterst effektiv og det gikk sjelden mer enn en halvtime fra noen sendte et brev til det var fremme. Han visste hvor brevet skulle leveres, det var merket og han ruslet gjennom korridorene som nå var fylt med soldater og tjenere og stanset foran den riktige døren. Alle dørene der var merket med nummer og han skjøv det inn under døra med et diskret bank før han ruslet ut igjen. Hans jobb var gjort og han tenkte aldri over hva det var som sto på brevene han leverte. Det var ikke hans sak.

Costaon hadde ligget og hvilt da han så brevet som ble stukket inn under døra og hørte det svake banket. Han rynket pannen og fisket det opp, åpnet det. Han ble blek da han leste det som sto på det. Tilsynelatende var det en bekreftelse fra en skredder i byen på at hans nye dress var ferdigsydd men for Costaon betydde det kun en ting. Aglaran advarte ham om at de måtte stikke av snart og at resten av konspirasjonen kunne avsløres. Costaon trakk pusten dypt, han hev brevet i peisen og så at det brant helt opp, han støttet hodet i hendene og ante ikke hva han skulle gjøre.

Våpenmestrene, de ødela alt. Forsvant han nå var det som å skrive under på at han var skyldig og han stolte ikke på Aglaran. Og om han fortalte om konspirasjonen var det også som å vedgå at han visste mye om det. En anonym henvendelse nå ville neppe bli lagt merke til en gang. Kaoset måtte kunne utnyttes på et vis. Han kunne vente det ut, være iskald og håpe at våpenmestrene tok seg av Arendt og slenget hans. Aglaran gikk kanskje med i samme slengen men hva betydde egentlig det? Costaon hadde fått nok informasjon fra Aglaran til å gjette hvor han burde lete og han kunne nok klare det. Han tygde på underleppa, gikk litt frem og tilbake i rommet.

Han ventet, det var det tryggeste. Det virket som om noen allerede var sendt ut for å lete og han trodde ikke at Aglaran ville røpe ham om han ble tatt, Costaon kunne kanskje hjelpe ham på noe vis. Det gjaldt å ha is i magen nå, å se det an. Han skulle nok få has på Alderim og de to andre og når det gjaldt Duchlain så var han ingen trussel. Den mannen ønsket ikke makt.

Costaon kunne bare håpe at de ikke kom på sporet av ham på noe vis, men hvilke spor kunne de ha å gå på? Gift fortalte ingen hvem som brukte den og han hadde ikke rørt noe på Fernas rom heller som kunne fortelle hvem han var. Og han var tross alt kongens sønn, hvem ville vel mistenke ham for å ha gjort noe slikt? Nei han var trygg foreløpig. Bare Arendt og de andre ble sperret inne eller enda bedre drept burde han kunne stikke av med selve seieren her.

Ute på slettene hadde flere av orkenes styrker samlet seg igjen nå, sakte samlet de seg om byen og kom nærmere for hver time. Siden de tok det de trengte mens de marsjerte brakte de lite med seg men Obrauch hadde beordret en del taktiske grep allikevel. De hadde begynt å bygge katapulter og blider av tømmer fra husene de ødela og de begynte å organisere seg mer. Obrauch fordelte enhetene etter som hva de var best til og han hadde få illusjoner når det gjaldt Catendhars murer. De var utvilsomt mektige men hans folk var sterke også. De kunne beleire en by i månedsvis om det trengtes og de skulle vite og gjøre stor skade. Landet rundt hadde allerede blødd men orkene var ute etter mer blod enn som så. De aktet å ta tilbake det stjålne og om mulig bringe byen til knes.

Obrauch var fornøyd med sine, han hadde hørt om det feilslåtte forsøket på å ta en av kongens sønner til fange og lederen for den gruppen var selvsagt blitt henrettet for feilen men det var en bagatell nå. Et par døgn til så sto de ved portene og deres brødre nærmet seg fra alle retninger. Byen skulle få frykte orkenes makt og skjelve, han aktet ikke å gi seg nå, aldri. Orkene var samlet i sin vrede over det som hadde skjedd med verget og deres relikvier men det fantes også dem blant denne horden som var misfornøyd med utviklingen. Obrauch var en mektig leder, kanskje den største de hadde hatt på lenge men han var ikke den eneste krigshøvdingen som kunne lede. Og han var så visst ikke den eneste der som gjerne ville gjøre ting på sin måte. For orker var makt ikke egentlig noen ting å trakte etter, de drepte ledere de ikke var fornøyd med, enkelt og greit. Men de var gjerne ute etter å styrke sin klan og det at Obrauch hadde blandet mange klaner hadde fått blodet til å koke i noen.

I styrken som kom fra øst var det særlig en høvding som nå var grundig lei av å måtte samarbeide med hva han anså som laverestående skapninger. Han skjulte misnøyen godt men hans menn var klare til å gjøre opprør på hans ordre og han følte at han hatet Obrauch mer for hver time som gikk. Hans klan hadde alltid vært mektigere enn Obrauch sin og nå var Obrauch leder over alle? Hvor var det riktige i det? Under Arzhags ledelse burde de kunne knuse byen svært fort og enkelt og gjenvinne sin tapte ære. Obrauch kom bare til å forkludre det, han brydde seg ikke om at de eldste hadde valgt Obrauch, det var en feil. Arzhag var klar til å slå til, han hadde Obrauchs tillit, når tiden var inne ville han selv ta styringen og da skulle de knuse den forhatte byen og de forhatte menneskene en gang for alle.

Ychmal hadde fått alle bøkene og papirene Rheynek og Rhylja hadde funnet i Arendts bolig og han var svært opptatt med dem. Ihroc hjalp ham med å gå gjennom dem og de to jobbet effektivt og grundig. Det var liten tvil om at Arendt virkelig kunne finne skatten og det eneste som var usikkert var dens eksakte beskaffenhet. Det sto så lite der og Ychmal var forvirret. Men han var glad for at konspirasjonen var avslørt og håpet at disse folkene ville stanse disse halvgale adelsfolkene fort. Ihroc drev og ryddet noen gamle dagbøker da han fikk en ide. Han snudde seg fort mot Ychmal som stavet seg gjennom noen brev som sikkert var flere hundre år gamle og skrevet av noen med en håndskrift som lignet mer på fotsporene til en kråke som hadde danset på arket. "Ychmal, har du tenkt over hvor Arendt har gjort av skåla og messingplaten?"
Ychmal rynket pannen. "Nei? Hvordan det?"
Ihroc bet seg fort i underleppa. "Orkene er jo ute etter de tingene, kan ikke det utnyttes?"
Ychmal klasket til seg selv i pannen, han stirret vill øyd på Ihroc som så litt skremt ut. "Ved alle guder, selvsagt! Vi er slike idioter som ikke har tenkt på det før!"
Han virret rundt og trakk pusten dypt. "Jeg vet at Arendt tok de tingene med seg igjen etter at jeg tydet kartet, men jeg har en liten anelse om hvor han har oppbevart dem"
Ihroc så forvirret ut og Ychmal skrek på en tjener med sprukken stemme. "Han hadde dem med seg i et klede og det kledet luktet ganske spesielt. Jeg kjente den lukten for det er bare et sted i byen

hvor det er mulig å finne den. Og det er krydderbasaren mellom andre og tredje mur. "

Ihroc så storøyd på at Ychmal skrev noe på et ark i rivende fart. En tjener kom styrtende og den gamle vismannen rakte ham arket. "Gi dette til den hvithårete krigeren, og få ham til å komme hit med en gang. Og hent hoffets organisator også, han vet hva de ulike adelsmennene eier. Spør ham om Arendt eier eiendom nær krydderbasaren. Skynd deg!"

Tjeneren så ut som om han trodde den gamle hadde blitt mer eller mindre gal men han raste av sted og Ychmal sto der med glitrende øyne. "Vi har hva de ønsker, det kan snu kampen totalt. Det gir oss makt! Ved gudene, vi må finne de gjenstandene igjen!"

Elywen hadde satt seg ned på en divan i rommet hun og Våk hadde fått for å hvile da hun følte et nærvær, insisterende og kraftfullt. Hun reagerte instinktivt og åpnet tankene, det var Ghuad og hun ble litt forbauset. Hun hadde bedt dragen rekognosere før deres ankomst men hadde ikke hørt noe fra ham før nå. Hun hadde regnet med at han hadde funnet oppgaven kjedelig og hadde flydd bort for å gjøre noe annet. Ghuad nølte ikke, fort overførte han alt han hadde sett, dvergene, ødeleggelsene og sorgen de følte. Han viste henne kongen og styrkene han kunne mønstre og Thiron og hans løfter og planen han hadde skapt. Spørsmålet var om de kunne utnytte det og samordne alt.

Elywen reagerte med sjokk, hun hadde ikke trodd at orkene kunne gjøre noe så brutalt og så samordnet. Hun hadde undervurdert dem og raseriet våknet i henne. Og dvergenes kamplyst imponerte henne i sannhet. Hun sendte Ghuad en bekreftende tanke, det burde gå og samordne alt på et vis. De burde kunne lage en plan sammen. Hun ba ham være forsiktig før hun brøt forbindelsen og løp for å finne Akisha. Gudinnen alene visste hva som kunne bli resultatet av dette, og gudinnen var den de måtte spørre om råd. Gudene var vrede, deres planer uklare men Elywen følte det helt inn i margen at hennes evner som drage ville bli nødvendige. Og for en gangs skyld gledet hun seg til å skifte skikkelse og ri vinden, hennes ild skulle virkelig vise orkene hvor hul deres makt var og hvor feilslagne deres handlinger var.

Akisha satt og prøvde å beregne hvor mange hulene under byen kunne huse da Elywen kom busende inn. Corats menn hadde sjekket dem og de var solide og i orden. Takene var sterke og ikke svekket av tiden og det var brønner der nede og til og med et slags kloakksystem. Akisha beregnet at det kunne romme halve byens befolkning slik det nå var og hun visste at med orkene kun et par døgn unna var det få flyktninger som ville rekke byen tidsnok av de som ennå ikke var der. Hun gyste over tanken og prøvde å konsentrere seg om å redde de som reddes kunne. Corat hadde beordret at hallene ble klargjort og hver en krok ville bli utnyttet. Det var bra for byen kom til å bli satt under hardt press. Murene hindret kanskje orkene i å komme inn og portene var så massive at det var liten sjanse for at noen kom gjennom men bombardement var noe annet. Selv det sterkeste hus faller i grus om en svær kampestein havner på det.

Elywen stanset og peste nesten, hun lente seg mot dørkarmen og Akisha så forbauset på henne. "Noe galt?"

Elywen ristet på hodet. "Nei, noe riktig! Jeg har snakket med Ghuad Akisha, orkene har plyndret flere dvergbyer og det er derfra de har våpen. Dvergene er rasende og Ghuad vil lede dem mot orkene. Jeg tror Thiron egentlig er dvergenes gud, smedguden. Han har lovet å hjelpe dem. Ghuad vil falle ork hæren i ryggen med tolv tusen dverger!"

Akisha reiste seg, hun så vantro på Elywen som bare sto der og halvveis gliste vantro og imponert. "Ved gudinnen, jeg husker at Duchlain nevnte at de hadde sett døde dverger i fjellet, det kan virkelig gi oss en sjanse. Tolv tusen dverger? Det er en formidabel styrke! En dverg gir seg aldri, de kan hakke seg gjennom et helt fjell om de vil. "

Elywen trakk pusten dypt. "Vi må rådføre oss med gudinnen, gudene har egne planer nå, vi må vite hva de er. Rhylja føler deres vrede, jegerguden skal vekkes og jeg vet at hun er redd. Men skal vi klare å berge folket og byen her må vi bruke alle midler vi har til rådighet er jeg redd. "

Akisha smilte litt skjelvent. "Vi prøver å kontakte henne i natt, like før soloppgang. Nå må vi jobbe med å sikre byen. "

Elywen sukket og var enig, hun gikk tilbake til rommet med en underlig følelse av at ting begynte å samles, å gå mot en voldsom konklusjon.

Rheynek og Rhylja hadde kommet tilbake til slottet etter den mislykkede turen og gikk rett til Ychmal som satt og skravlet opphisset med hoff organisatoren. Mannen hadde en oversikt over hva Arendt eide av eiendom i byen og ganske riktig, han hadde et hus i nærheten av krydderbasaren. Ychmal satte Rheynek inn i planene og han forsto med en gang hvor viktig det var at de fant tingene. De kunne i verste fall brukes til å kjøpslå med, gi dem et forhandlingskort. Han hentet Wilbwyn og fikk med seg soldatene og Erbenar igjen på en løpetur ned i byen. De var snart lokalkjent der nå etter alle turene. De kunne bare håpe at ikke dette også ble en bomtur. Rheynek følte stemningen i byen som noe merkelig råttog primitivt. Når folk tror de er i fare kommer deres verste sider frem til tider og byen var som et humlebol. Det surret overalt av rykter og sladder og mange var overbevist om at de var helt trygge der mens andre trodde det motsatte. Han håpet at det ikke førte til opprør og utbrytergrupper som prøvde å redde seg selv på bekostning av andre. Han hadde sett det for ofte andre steder.

Janrem hadde brukt en stund på å skaffe seg det han trengte men han kjente byen og visste hvor han kunne få tak i så mangt. Og han visste hvem som skyldte ham tjenester og om han krevde dem tilbake ved og ganske enkelt å ta det han ønsket var det i hans øyne greit, særlig når det var så mye på spill. Han hadde sett noen av de fremmede, de var på sporet av Arendt men visste de hvem de andre var? Han tvilte på det, men følte på seg at de var kapable til å finne det ut. Men han aktet ikke å la dem lete rundt fånyttes så han skrev ned navnene på hele gjengen på et ark og sendte det med bud til lederen for våpenmestrene. Budet burde finne rette vedkommende enkelt. Han hadde sett en av dem, en høy mørkhudet mann med hvitt hår og grønngule øyne. Synet hadde rystet ham for han sanset at dette var noe annet enn et menneske. Kanskje den merkelige karen hadde vært et menneske en gang men han var det ikke nå lenger. Janrem svelget tungt, hva med ham selv? Hva var han blitt? Et monster? Han ante ikke og ville egentlig ikke vite heller, alt han orket tenke på var at han skulle ha hevn, hevn for Irab og hevn for seg selv. Og han skulle gjøre sitt for å berge byen, det svor han på. Den høye hvithårete hadde vært fulgt av en vakker blond jente som strålte av en slags villskap som gav ham frysninger nedover ryggen. Han tvilte ikke på at de to var farlige, de burde kunne ta hånd om Arendt temmelig lett men han ville hjelpe.

Janrem hadde aldri trodd at han skulle oppleve å se våpenmestre noen gang, de var så få og nesten legendariske og han så bare på måten den hvithårede beveget seg på at han kunne forvandlet nesten ethvert objekt i sin nærhet til et dødelig våpen. Som gutt hadde han idolisert denne gruppen med utvalgte krigere og lekt at han var en av dem. Han visste godt at han ikke var materiale til å bli en våpenmester, han var allerede for gammel til å begynne den beinharde treningen og så var det jo dette siste, forvandlingen. Han sukket og prøvde å tvinge bitterheten tilbake, hvor mye var vel ikke endret nå.

Han hadde fått tak i gode klær nå, var kledd som han pleide i skinn og lær og han hadde fått tak i noen gode kortsverd av det slanke elegante slaget han likte.

Han bestemte seg for å holde et øye med de fremmede, kunne han hjelpe dem ville han det. Og de kunne virkelig trenge hjelp også, de ante ikke noe om hvor Arendts sleng kunne ha gjort av seg men han trodde han hadde en liten ide om det. Øynene glødet svakt i blått i det han så Rheynek og Rhylja og noen til forlate slottet igjen. De satte kurs nedover i byen og Janrem fulgte dem diskret. Han fryktet ingen lenger, lauget trodde han var død og de så neppe etter ham og prøvde de seg så kom de til å få en særdeles utrivelig overraskelse. Det lovte han seg selv.

Ygraine og Duchlain satt sammen med Alima og alle var dypt sjokkert over det som hadde skjedd. Ohlain var ute for å se om det var noe han kunne gjøre og det sto vakter ved hver dør nå. Ygraine følte seg innestengt men forsto hvorfor det var slik. Alima var nervøs og oppjaget men like vennlig som før og Duchlain var forvirret og skremt. Han visste at de døde skulle brennes morgenen etter. De måtte få det ut av verden byen ble angrepet og prestene var varslet. Det ble bygget bål på den store balkongen utenfor slottets nordre ende og alt ble gjort klart. Heldigvis trengte de ikke gjøre annet enn å være til stede og Duchlain tvilte på at han ville orke å tenne sønnens bål. Ygraine lovte å hjelpe ham og han klemte henne bare stumt i takknemlighet for forståelsen og omtanken hun viste. Duchlain fryktet ikke for seg selv, han var ingen maktperson, hadde ingen innflytelse og var kort og godt bare en offiser. Var noen ute etter å klatre i makt og anseelse var det andre personer som var langt mer utsatt og han fryktet for sin far og sine brødre. Alima var nesten likeglad med at Ferna var død men hun var sjokkert over måten det hadde skjedd på og hun ønsket ikke at det skulle hende andre. Hun bestemte seg for at hun ikke ville slippe sin familie ut av syne mer enn strengt nødvendig fremover, aller helst ville hun vært hos dem hele tiden men det var umulig. Hun hadde plikter og kunne ikke oppføre seg som en hønemor overfor voksne menn. Men vaktsom det ville hun være, hele tiden.

Akisha og Raigh fikk en gjennomgang av murenes forsvarsverker da et bud kom rasende inn med et brev. Det var anonymt og adressert til lederen for våpenmestrene og Akisha ble litt forbauset over at noen tok kontakt slik. Brevet var kort, bare en liste med navn med Arendts på toppen og hun forsto at dette var hele gjengen som sto bak, skattejegerne. Hun viste lappen til Corats rådgiver og mannen så temmelig sjokkert ut. "De er gode menn alle sammen, med unntak av Arendt. De har makt og innflytelse og ikke minst penger. Og de er alle relativt forfengelige også. "

Akisha gliste hardt. "Det er der vi har det, årsaken til at de er med tenker jeg. De er redde for å bli gamle og dø, lover ikke de gamle legendene at skatten kan gi evig liv eller noe slikt?"

Rådgiveren nikket. "Det stemmer, jeg vil tro at Arendt er den som egentlig står bak det hele, som styrer det. De andre er nok forført av fagre løfter og sine egne håp og sin egen redsel. "

Akisha nikket sindig. "Jeg har sett det før, svake sjeler som lar sterkere og mer hensynsløse lede seg. Det er sjelden pent. Hvor fanatiske tror du at disse folkene er?"

Rådgiveren skar en grimase. "Jeg vet ikke, de er ikke av kongens aller nærmeste menn så jeg kjenner dem ikke så godt og det gjør neppe hans høyhet heller men jeg regner dem for å være fornuftige velbalanserte individer. I det minste virker det slik. Uthar derimot var enn temmelig merkelig skrue, han ville nok kunne gjøre dumme ting og jeg regner med at det var akkurat det han gjorde også, siden de drepte ham altså. "

Akisha prøvde å tenke klart, Rheynek og Rhylja var på tur til å finne disse gjenstandene Arendt hadde stjålet fra orkene. Men han hadde neppe stjålet dem på egenhånd? Og gudebildet fra deres hjem? Det måtte også ha blitt stjålet av noen andre, og fraktet dit forbasket fort også. Hvordan?

Hun snudde seg mot rådgiveren. "Er det tyver her i byen de kan ha leid for å skaffe det nødvendige? Gode tyver?"

Rådgiveren trakk på det. "Det er lauget, de beste er tilknyttet lauget. De er mer som et brorskap og er svært dyktige og lojale mot sine oppdragsgivere. De tar ikke småjobber for å si det slik. Arendt må ha brukt dem vil jeg tro. De er fryktløse, dristige og skyr ingenting. "

Akisha fikk en stram linje i ansiktet. "Er de bare tyver eller tar de på seg mord også?"

Rådgiveren senket stemmen. "En liten del av lauget er liksom en liga for seg selv, de tar på seg mord også ja, de kalles bare snikmorder lauget. De er også gode men ikke så dyktige som tyvene vil jeg si. De handler litt utenfor lauget også til tider, står litt friere. "

Akisha fnyste og grep noen papirer. "Da har lauget like mye skyld her som Arendt, de må ha visst at orkene ville gå til krig."
Rådgiveren så litt forvirret ut, så senket han stemmen igjen. "De gjør ikke mye ut av seg, men alle vet at lauget sjelden handler i mot byens og folkets interesser. Det skader dem selv. Har lauget eller lederne gjort dette må det være uten at alle har vært enige om det. De tar oppdrag alle vet om, de holder ikke slikt hemmelig siden de deler profitten. Men det er jo mulig at de har blitt betalt litt under bordet. "
Akisha sukket, slike grupper kunne være utrolig vanskelige å kartlegge, og enda verre å nøste opp. Hun fikk ta det som det kom. "Tror du at de vil føle seg forrådt når de finner ut hva de har bidratt til?"
Rådgiveren trakk på skuldrene. "Noen av dem vil det kanskje, jeg vet ikke. Det jeg vet er kun det alle vet egentlig, ordet på gata!"
Akisha la seg det på minnet og konsentrerte seg om oppgaven igjen. Hun ville få alle kvinner og barn inn i hallene, alt av mannfolk og kvinner som kunne slåss også måtte bli der ute og hjelpe til med forsvaret. Og de måtte se til å få organisert stell av sårede, mat til alle på murene, transport og alt slikt. Hun var glad hun var over mester for våpenmestrene, ingen kunne nekte henne noe.
Rheynek og de andre nådde krydder basaren og fant huset Arendt eide, det var ikke stort og heller enkelt men Rhylja ante at det var svært flott på innsiden. Det røk av pipene og Rheynek syntes at han kunne skimte bevegelser bak skoddene som var slått for vinduene. Det var lite folk der nå siden det var sent og han nikket bare til vaktene. Døra var låst og det var ingen vakter der men han lot ikke det stanse seg. Han sparket døra inn med et brak og hørte skrik fra innsiden, han bannet for seg selv. Det var kvinner der og han kjente lukta av parfyme. Hadde Arendt et harem der?
Soldatene kom etter ham og Rhylja gikk der med knivene sine trukket, hun lot blikket gli over hver en detalj i rommet og gikk ikke glipp av noe. Værelset de var kommet inn i var temmelig stort og helt klart et slags mottagelsesrom. Det var lite der som fortalte om den som eide stedet og Rheynek siktet seg inn på den neste døra.

Den var også låst og han hørte jamring og skremt hvisking på andre siden. Var dette fanger burde de hjelpes, kanskje de kunne gi dem informasjon de trengte. Han brøt opp døra med skulderen, den var tynn og ikke særlig solid og det gikk forbausende lett. Det kom nye skrik fra innsiden og han vinket Rhylja bort til seg, hun var neppe like skremmende for fremmede som ham selv.

Rhylja skjøv opp døra og stirret vantro på et rom som mer enn noe annet lignet et skrekkammer. Ikke at det på noe vis var et fangehull, det var et normalt soverom fylt med senger og tepper og alt slikt men det var stemningen der inne. Den fortalte om skrekk og håpløshet og årsaken var tydelig. Det satt kvinner på alle sengene, en sju åtte til sammen og alle var utsøkte skjønnheter men de fleste hadde synlige skader. Blåmerker, sår, hovne øyne. De var lenket til sengene og alle var mer eller mindre nakne. Rhylja merket seg en spesielt, en helt blek kvinne som måtte være albino, huden var full av stygge merker etter slag og noe som måtte være bitt. Rhylja bannet grovt, for et fordømt svin.

Kvinnene stirret skrekkslagent på henne og hun var glad hun hadde på seg godt med klær, så de tatoveringene hennes hadde de antagelig trodd hun var virkelig farlig. Hun svelget fort. "Ikke vær redde jenter, vi vil dere ikke noe vondt. Er det Arendt som har holdt dere her?"

En av jentene hikstet og trakk teppet sitt tettere sammen om seg. "J… Ja, han tok oss fra vår herre. Vår herre var snill, han var så god og gav oss alt vi trengte og tok så godt vare på oss."

Rhylja sukket. "Det var Uthar ikke sant? Vi skal sørge for at Arendt får sin velfortjente straff men først og fremst, har dere sett ham gjemme en krystallskål og en slags flat messingskive her i huset?" Den vakre hvite jenta snakket, hun var så hoven rundt munnen at hun snaut kunne høres og Rhylja kunne se at hun var alvorlig skadet. Det beistet hadde nytt å pine en skapning som virket for å være lite annet enn utsøkt i sin eksotiske skjønnhet. "Ja, jeg så ham gjemme noe som kunne være noe slikt, for noen dager siden. Det er et hemmelig rom bak peisen. Han hadde slått meg ut men jeg våknet, lot bare som om jeg ennå var bevisstløs. "

Rheynek stakk hodet inn døra, han prøvde å se så vennlig ut som mulig og jentene så vantro på ham. Flere rødmet og så bort, han hadde den effekten på dem som han vanligvis hadde på kvinner. "Hvor er det hemmelige rommet?"

Jenta svelget, det var tydelig vondt for henne å snakke. "Akkurat der peishylla treffer veggen, jeg tror han trakk i en spak eller noe. "

Rhylja vinket på Wilbwyn. "Løp til palasset å varsle medikus om at han får pasienter, og få noen til å hente vogner og slikt hit. Disse jentene må ha hjelp, med en gang. "

Den svære skallete krigeren bare nikket og løp og Rhylja og Elda begynte å rive av sengetepper og slikt så jentene kunne dekke seg til mens Rheynek rev løs lenkene med bare nevene. Han hatet å se andre skapninger lenket og jentene stirret vantro på at han fikk dem løs nesten uten å anstrenge seg. En slank rødhåret en hvisket lavt. "Han likte å skade oss, og han snakket om at han skulle leve evig, og få all makt han ønsket seg snart. Det hørtes ikke bra ut. Slike som ham er aldri riktige i hodet, jeg vet det!"

Rheynek rettet seg opp og sukket. "Jeg tror dere var svært uheldige jenter, deres første herre var også forrykt til en viss grad men han mente det godt. "

Den rødhårete nikket. "Uthar elsket alt vakkert, han ville ikke ha ønsket at noe skulle skje vakre ting. Derfor samlet han på dem, holdt dem trygge. "

Rhylja gryntet og skjøv bort restene av døra. "Han høres ut som en fin person med en smule virkelighetsproblemer. "

Elda hjalp jentene på beina, hun så såpass vanlig ut at de ikke var redde for henne og hun så til at de ikke frøs. Det gikk ikke lenge før flere vogner kom kjørende og Rheynek fikk jentene over i dem. Medikus ville ha mer enn nok å gjøre var han redd for.

Rheynek fant det skjulte rommet og fikk åpnet det ganske fort, han fisket ut enn pakke og åpnet den varsomt, det var en utrolig vakker krystallskål og en skive av messing med merkelige symboler på. Han gliste i det han la det i en sekk og tok det med seg ut. Disse tingene kunne bli virkelig verdifulle i kampene som kom. Rhylja og Wilbwyn så litt oppgitt på den ødelagte ytterdøra og dermed ble en soldat satt til å holde vakt til de fikk en snekker til å stenge den. Rhylja skulle til å klage over at de nå måtte gå hele veien tilbake til palasset da hun ble var noe, i skyggene på andre siden av gata sto det en mann og stirret på dem og øynene lyste svakt blålig et lite sekund før han snudde på hælen og forsvant, unaturlig raskt og lydløst. Rhylja rynket pannen, hun tvang seg til å memorere det. Hun hadde ikke sett ansiktet i det hele tatt for det var skjult under en fremtrukken hette men det hadde vært enn høy person, bredskuldret og vel proporsjonert, antagelig en kriger eller noe. Hvem hadde det vært, og hvorfor hadde han stått der og sett på dem?

I steinsirkelen hadde seremonien pågått en stund nå, Arjheds kropp lå på bakken og de to skapningene jobbet sakte. Ingen feil kunne bli gjort med dette, tegnene måtte være perfekt, alt måtte være perfekt. Mens de to tatoverte sto de andre skikkelsene rundt og de hadde begynt å synge eller snarere messe en slags besvergelse. For hver vers gikk en av dem en full runde rundt Arjheds kropp, alltid med sola. Stemmene var dype og hese, fjerne som om de kom fra et sted langt langt vekk. "Bind til deg blod og bein, bind til deg hud og hår" Rytmen var tung og langsom, nesten som en forebringer om noe mørkt og farlig. "Våkne o fader, søk igjen dine barn, led dem rett" Skikkelsene begynte å bevege seg, de gikk motsols mens de skiftet på den ene runden med sola. "Hornkledde, månejeger, nattens herre, ulvenes bror, hør oss kalle" Skikkelsene som jobbet på Arjhed lot seg ikke affisere av sangen, de bare arbeidet. Her og der stakk de nåler dypt inn i huden på den unge mannen, lot dem bli der. Kroppen måtte forberedes for dette, ellers kom den aldri til å overleve sammensmeltningen. Han ville våkne igjen og være en annen om han overlevde dette, det mennesket han hadde vært ville uansett være borte. "Bind deg til blod og bein, bind deg til hår og hud, la din kraft flyte fritt" Rytmen var hypnotiserende og hadde noen sett på ville vedkommende garantert blitt svimmel av synet. Og stemningen der hadde endret seg, luften var blitt tykk av et ventende nærvær. Et nærvær som kunne gi noen og enhver frysninger og gåsehud, det var avventende og kjølig som naturen selv. I det fjerne kunne en høre ulveflokker hyle, nesten triumferende. De sanset at deres herre var nær, de ville jakte i hans skygge som de hadde i tider som en gang var. Månen var ennå ikke helt riktig, og det var ennå mye igjen av arbeidet på gutten. Men snart, snart skulle jegerguden tre inn i verden og vise den sin makt.

I slottet var forberedelsene til begravelsene i full sving nå og det var kun timer til det skulle skje. Folk hadde fått portforbud men de ville bli hentet til seremonien og brakt trygt tilbake til rommene sine og tjenerne hadde sitt fulle hyre med å bringe alle mat og drikke og alt annet de trengte, Noen var forbannet på grunn av dette men også skremt og stemningen var temmelig trykket. Raigh og Akisha hadde jobbet på spreng med å gi ordre og få oversikt og begge var segneferdige og overveldet av størrelsen på oppgaven de hadde tatt på seg. Raigh visste at byen hadde mange soldater og mange menn som kunne kjempe men ikke på langt nær så mange som han hadde håpet på. Uten murene ville de ikke hatt en sjanse og han begynte å se Catendhar som en kjempe vaklende rundt på leirføtter. Akisha var enig, byen var så avgjort bygget for en annen tid da det var færre mennesker i området og den kunne rett og slett ikke romme så mange. Hennes store skrekk var at noe skulle skje med vanntilførselen og hun gav beskjed om at alt regnvann som var tilgjengelig skulle tas vare på. Og alle husdyr skulle stalles opp i slottets reservestaller. Det kunne være at de måtte slakte det som var for mat og ingen skulle få utnytte andres hunger for selv å bli rike. Corat sov ennå og ingen ville forstyrre ham, han trengte hvilen og Akisha hadde kommet til at hun likte Alderim og de to andre sønnene hans. De var flotte unge menn som viste respekt og lærte fort og de var virkelig lovende. Alderim var nervøs og hun visste hvorfor. Han var et avgjort mål om noen skulle prøve å angripe og hun ba Khir passe på ham. Den kortvokste alven så kanskje ikke så farlig ut men han var så avgjort i stand til å skape et sant blodbad om han ville. Alderim satte pris på det, han kjente til alvers stridsevner gjennom Ohlain og Duchlain og visste at han aldri kunne fått en bedre livvakt. Akisha vurderte å gå til ro for et par timer da en rytter dundret inn på borggården med høye rop. Raigh rynket pannen og så taust på at mannen hev seg av den pesende hesten og kom opp til inngangen. Mannen var svett og blek og han hev seg ned foran beina på dem. "De er ferdige med å forberede Orolush herre, og alle er snart innenfor murene. Vi har sett dem herre, de nærmer seg. I morgen ettermiddag har vi dem her!" Raigh sukket, strøk hendene gjennom det lange svarte håret, han lukket øynene i et lite øyeblikk. Da han åpnet dem lyste de av besluttsomhet. "Se til at alle er innenfor portene før sola går opp, og steng dem, Kommer noen senere enn det må de klare seg selv. Vi kan ikke ta sjanser nå. "

Mannen bukket bare og løp ned igjen, han så vettskremt ut og Akisha kunne skjønne det. Hun hadde sett armeer av ondskap før, maskens hær hadde vært gigantisk og gjennomsyret av dens herres vilje. Orkene var sammen smidd av et ønske om hevn og kanskje også et behov for å hevde seg igjen i verden. Hun regnet med at det beste våpenet de hadde mot dem var deres ulikheter. Det burde gå an å splitte dem på et vis. Murene var sterke men viljen til seier er sterkere, hungeren etter blod sterkere enda.

Akisha bet tennene sammen. "Jeg kaller på Elywen og Frostfugl, vi må snakke med gudinnen nå! Vi trenger en plan å jobbe etter, en måte å samordne det på. "

Raigh skulle svare henne da Rheynek kom inn med Rhylja rett etter, han holdt opp en sekk. "Ta disse med i beregningen. De vil ha disse tingene tilbake!"

Akisha nikket og Raigh brummet lavt. "Og la oss ikke glemme disse konspiratørene, Arendt og hans sleng. De vil prøve å unnslippe, klarer de det vet vi ikke hva som vil skje. "

Akisha skar en grimase. "Ychmal sa at det å finne den skatten slettes ikke er særlig lett. Det krever mye sa han. "

140

Raigh bikket på hodet. "Jeg er ikke så dum at jeg undervurderer noen, i hvert fall ikke noen som er så vågal at de stjeler orkenes hellige relikvier. "

Akisha sukket lavt. "Ikke nødvendigvis vågal, mer totalt idiot sier jeg"

Raigh sukket og klemte henne fort. "Det kan være men hvordan skal vi kunne stanse dem? Vi aner ikke hvor de er!"

Akisha sukket og trakk på skuldrene. "Jeg håper gudinnen hjelper oss, det bør hun gjøre! Kanskje hun kan vise oss veien?"

Raigh nikket stille. "La oss stole på henne"

Elywen og Frostfugl kom etter litt og Akisha ble med dem opp på taket av palasset, det var laget noe som lignet en liten hage der oppe med noen benker og bed med blomster mellom. Der oppe kunne en se langt og Akisha stirret utover landet. Elva glitret der nede og stjernene blinket fredelig langt der oppe. Men hun sanset angsten i landet, følte en svak dirring og Elywen så smalt på henne. "Du føler det også? Det er hamringen av mange føtter, jorden selv dirrer av det. "

Frostfugl var blek. "Så mange? Hvordan skal de kunne stanses?"

Akisha gikk bort til en åpen plass, satte seg sakte ned med beina i kors, lukket øynene. De andre to gjorde det samme og Akisha hvisket det bare. "La oss håpe at vår moder vet det, byen kan klare seg men ikke over lang tid, ikke med så mange samlet på samme sted. "

Kapittel 5: Steinneven's fall

I nattens kalde mørke skjult og stilt
Vi bringer oss til fall
En hevnens engel stille skrider frem
La ulvene ete seg mette i natt

Janrem kjente byen selv om byen ikke lenger kjente ham, han hadde
vært en del av den før, følt dens sjel og puls og vært som ett med
den. Nå var han noe annet og som et rovdyr søkte han ut sitt bytte.
Han visste at Arendt hadde brukt lauget og han visste også at lauget
ikke nødvendigvis hadde skjønt hva de hadde vært med på, Arendt
hadde kanskje leid laugsmedlemmer uten å informere ledelsen og
han ville til bunns i det. Og lauget hadde mange gjemmesteder, det
var mulig at Arendt hadde skaffet seg et av dem.
Janrem kjente lauget bedre enn de var klar over, han visste hvor
deres hovedkvarter var. Han aktet ikke å spare noen, uansett. Irab
hadde kanskje ikke vært bare god men hun hadde hjulpet folk og
hun hadde hjulpet ham. Og lauget skulle få vite at de ikke var
allmektige, om byen skulle overleve dette måtte alle kjempe for den,
også laugets medlemmer. Han snek seg av gårde, brukte hustakene
siden det var folk overalt der nede og soldater på hvert et
gatehjørne. Laugets hovedkvarter var i en rønne nede ved nedre
mur, utenpå så huset ut som om det var klart til å ramle sammen når
som helst og ingen gadd og engang å nærme seg det som lignet en
ruin. På innsiden var det annerledes, lederne likte å vise sin rikdom
men det var ikke på noe vis prangende eller overdrevent. Det var
smakfullt og elegant og Janrem visste hvordan det så ut. Det var
aldri særlig mange laugsmedlemmer der, de fleste var ute i byen i
mindre tilholdssteder eller på oppdrag og han hadde planene klare.

Han visste at inngangene var nøye voktet, han aktet ikke å bruke en inngang.

I ly av mørket klatret han sakte opp på nabohuset, det sto noen få meter fra den gamle rønna og var også tomt. Han stirret ut i nattemørket og så et i gjenspikret vindu på bygget, han var så høyt at han fikk bra moment nå og han sjekket at sverdene hans satt godt før han tok spenntak og kastet seg ut i luften i et svev som før ville vært selvmord. Han braste inn i vinduet med sin fulle tyngde og planker og glass sprutet i det han braste igjennom og inn i et opplyst rom der to laugsmedlemmer satt og spilte kort. De stirret vantro på ham, så grep de sverdene sine og raste mot ham og han kjente hvordan denne nye tilstanden hjalp ham. Han var rask nå, raskere enn noe menneske. Han skjøt forbi dem med sverdene trukket og begge to ravet bakover med hese skrik. Bladene hans hadde nesten delt dem i to ved midjen. Begge klappet sammen og ble liggende å forblø på golvet som sakte ble dekket av store dammer med blod. Janrem gliste kaldt, hele huset hadde hørt skrikene og braket. Det passet ham godt, de skulle lære å frykte ham.

Han gikk ut døra, det var en bred korridor der og tre laugsmedlemmer kom stormende mot ham, han kjente dem igjen. Disse tre var også i snikmorder lauget og han undret seg over om de var Irabs mordere. En av dem kastet en dolk mot ham og den traff ham i brystet nedenfor brystbeinet. Janrem så ned på bladet som stakk frem fra kroppen på ham, han gliste sakte og viftet advarende frem og tilbake med ene fingeren før han trakk dolken ut igjen. Det var ikke noe blod, bare litt tynn blank væske men vondt gjorde det. Han hveste mot dem og så tre par store øyne som ble enda større da de innså at denne mannen ikke døde. Janrem utstøtte et brøl og gikk til angrep, han angrep lavt, kappet et par bein og snurret rundt og tok et hode i samme slengen. Det var gjort på noen sekunder og en merkelig følelse grep ham. Han var så mye mer nå, det var nesten en slags eufori i det men han grep seg selv i å føle seg uovervinnelig. Han kunne ikke bli overmodig, han ante ikke hva slags svakheter han hadde. De to som var i live skrek for livet men han gjorde ende på dem og gikk mot den indre døra. Noen av ledelsen var alltid til stede der og han gikk rolig bort til døra og åpnet den.

En armbrøstbolt kom susende og boret seg inn i skulderen på ham, han bare gliste og trakk den ut igjen. Det var tre menn der, den øverste lederen og to mindre fremstående menn han også kjente til. De glante på ham og han trakk sakte ned tøystykket han hadde bundet foran ansiktet, lederen ble grå som aske i ansiktet. "Janrem? Du. Du var død, vi så liket ditt"

Janrem flekket tenner og de merkelige øynene glødet nå. De tre var klar over at det de så på ikke var et menneske, ikke nå lenger. "Det tenker jeg dere gjorde ja, hvem av dere beordret meg drept? Og Irab?"

Den ene underlederen rykket til og Janrem gjorde kort prosess, han skar over strupen på mannen med en lynrask bevegelse de andre snaut rakk å se. Lederen hikstet og svetten rant av ham. "Det var Arendt som ville ha deg død, han forsto at du hadde stjålet kartet fra ham"

Janrem så kaldt på lederen. "Og det var Arendt som bød dere å stjele de tingene fra orkene også var det ikke? Som har satt byen vår i fare?"

Lederen så vantro ut, den andre mannen der så litt nervøs ut. Han snudde seg mot ham og så skarpt på sin underordnede. "Er dette sant Golras? Var det dine folk som gjorde det? Jeg trodde det bare var et gudebilde, at Arendt allerede hadde de tingene?"

Golras var blek og han blunket desperat. "Det var godt betalt herre, Ranfrey var den som godtok oppdraget og Jasul var villig til å gjøre det. "

Lederen lukket øynene et øyeblikk. "Dere er idioter, uten byen hva er vi? Hva? Dere har brakt oss alle død med dette!"

Golras var åpenbart desperat, han trakk brått en kniv og raste mot Janrem. En gang kunne han kanskje ha forårsaket skade men ikke nå lenger. Janrem kjørte det ene sverdet gjennom brystet på mannen som falt sammen med et vræl, blodet sprutet og han ble liggende på golvteppet å rykke litt før kroppen ble slapp. Janrem snudde seg sakte mot lederen, det var død i blikket hans.

"Så var det oss to!"

Lederen svelget panisk. "Jeg gir deg hva som helst, la meg gå, jeg ber deg! Jeg har aldri vært av dem som ønsket deg død!"

Janrem lo lavt. "Det spiller ingen rolle lenger, for død er akkurat hva jeg er. Vil du vite hvordan det føles?"

Han nærmet seg den bleke mannen sakte og karen rygget bort, vettskremt. "Kaldt, fordømt kaldt!"

Lederen for lauget så aldeles ut som en vanlig person nå, han møtte veggen og prøvde panisk å trykke seg gjennom den. "Jeg står ved det jeg sa, alt!"

Janrem snerret. "Du kan aldri gi meg menneskeligheten tilbake, så mye vet jeg. Så alt ditt gull og spjåk betyr ingenting, ingenting hører du!"

Han grep mannen i kraven, heiste ham brutalt opp. "Hvor har Arendt og hans sleng gjort av seg? Jeg vet at de har betalt for å få et trygt sted. Husk, han vil ødelegge det som gir dere levebrød, byen selv! Dere skylder ham ingen lojalitet overhodet!"

Mannen hikstet, han var rød i ansiktet og sprellet matt. "Det er en hule i klippen på motsatt side av palasset. Den er ikke stor, inngangen er skjult bak en liten vaktbu. Det er flere ganger ut fra den, men en må kjenne dem. Ellers havner en på villspor. Klippen er som en ost, full av ganger og hull. "

Janrem så smalt på mannen. "Jeg skal la deg gå gamle mann, på en betingelse! Du og lauget skal heretter beskytte byen om nødvendig med deres liv. Dere skal aldri mer ta oppdrag i snikmord og skal dere stjele tar dere bare fra de som tåler å miste litt. Forstått? Finner jeg ut at dere driver på som før finner jeg dere, og da vil jeg sløye hver mann som en fisk, langsomt og nøye, en for en. Og du vil være igjen til slutt og vite at du har drept dem, hver en av dem. "

Mannen stønnet og Janrem slapp ham ned, han hadde ikke tenkt på at han hadde holdt en fullvoksen mann på strak arm i flere minutter uten engang å føle tyngden. "Jeg... jeg lover!"

Janrem trakk ham nærmere, hvisket i øret hans. "Jeg forventer å se laugsmennene på murene så fort angrepet starter, er de ikke det finner jeg deg!"

Han snudde bare på hælen og gikk ut, fulgte trappene ned og det var ingen der som prøvde å stanse ham. Han håpet nesten at lauget prøvde seg, han ville glede seg ved deres totale fall.

Arendts medsammensvorne hadde adlydd, de hadde kommet seg til det avtalte skjulestedet og nå var alle der og de virket rimelig nervøse. De fleste av dem var godt opp i årene og øynene røpet forvirringen og uroen de følte. Arendt hadde gjort lite for å berolige dem, han hadde mer enn nok med sitt eget raseri. Han gikk frem og tilbake med harde steg og fjeset lignet en tordensky. Ingen av de andre vågde si noe og alle hadde funnet seg små kroker der de satt og prøvde å holde seg usynlige for sin leders vrede. Aglaran satt der og var nesten usynlig, han hadde en stygg følelse av at ting var begynt å tilspisse seg og det til de grader.

Våpenmestrene var i hælene på dem, han visste det bare. At Arendt hadde reagert som han hadde fortalte ham det hinsides enhver tvil. Det kunne dreie seg om timer før de i verste fall fant dem, Arendt var kanskje forsiktig men gudene visste om han var forsiktig nok. Et eller annet sted kunne det så avgjort være noe som kunne røpe hvor de befant seg hen, var det ikke noe med at lauget krevde at alle avtaler ble gjort skriftlig? Aglaran hadde skjønt det, han måtte stikke av, og det så fort han fikk en mulighet til det. Aller helst i løpet av natten, han visste at de andre ville sovne og Arendt kunne ikke holde øye med dem alle hele tiden. Han hadde sett at det var flere utganger fra den vesle hulen og han hadde en sterk følelse av at det var den vesle åpningen i det nordre hjørnet som var den riktige å velge.

Aglaran hadde vært forutseende, han hadde tatt med seg alt han trengte for å stikke av og finne skatten. Sekken hans virket ikke særlig fylt men han hadde pakket nøye og han regnet med å kunne klare seg godt. Han kunne ikke forlate hulesystemet og byen før orkene var der, men det var mange gjemmesteder der nede. Han skulle vite og skjule seg for hvem det skulle være som vågde seg ned dit.

Arendt følte seg merkelig tvedelt, han hadde egentlig ikke bruk for de andre lenger, de var mer som en hemsko for ham og han hadde brukt dem for alt de var verdt. Deres penger og kunnskap hadde vært nyttig men nå var han forberedt på å forlate dem. Var disse våpenmestrene noe gode ville de utvilsomt finne ut av arrangementene han hadde gjort med lauget og da fant de hulen. Han ville ikke være der når de ankom. Han gadd ikke roe ned de andre, de kunne ha det så godt. Han satte seg ned i en krok for seg selv og trakk frem et par tepper, lot som om han hadde tenkt å sove. De andre gjorde nølende det samme, de var redde og forvirret og flere av dem skjønte ikke hvordan de nå skulle kunne kreve skatten. Arendt hørte at de hvisket sammen, patetiske var hva de var. Tapere og lite annet. De fortjente straffen som kom, de burde være beæret over å dø for hans skyld.

Det ble stille og mørkt i hulen, de få lysene de hadde brakt med seg brant ut og snart hørtes bare lyden av snorking og kropper som beveget seg ubekvemt i søvne. Aglaran visste hvordan han skulle styre pusten sin og han greide faktisk å snorke overbevisende selv når han var i bevegelse. Han kom seg sakte opp, stappet teppene sine i sekken og snek seg mot utgangen. Han lagde ingen lyd og han hadde memorert veien korrekt, han fant åpningen i bergveggen uten noen uhell. Han snek seg inn og nå ble det vanskeligere men så fort han var et stykke nedover og hadde fått en sving mellom seg og hulen tente han en liten fakkel med et fyrstål han hadde i lommen. Den vesle flammen gav ham nok lys til at han kunne se, han økte farten og snart var han langt nede i klippens virvar av ganger og huler. Han skulle vite og finne riktig vei ut igjen, han visste at gudene ville smile til ham. Hans medsammensvorne ved hoffet kunne reise sin egen sjø, mannen var helt klart gal og det å myrde noen med gift? Det var så umandig at selv Aglaran gyste nedover ryggen av det, Nei, Costaon var alt fortapt i hans øyne, bare synd han ikke ville være der for å bevitne henrettelsen. Den tosken kom garantert til å røpe seg før eller siden og selv om han var kongens sønn ville veien til blokken være kort for en slik misdeder.

Arendt merket ikke at Aglaran hadde stukket av, han var så opphengt i sine egne tanker og sin egen bitterhet at han ikke sanset noe utenfor sin egen lille private sfære. Etter en stund fant han ut at han skulle komme seg vekk. Han lyttet til de andre der, de sov og han kom seg på beina lydløst. Han hadde også sett seg ut en åpning videre og det var ikke den Aglaran hadde valgt. Det var en større åpning som virket lovende. Den var forseggjort og tilhugget og Arendt var temmelig sikker på at den ledet ned til hulene folket brukte som tilfluktsrom. Han greide å komme seg bort uten å bli oppdaget og også han forsvant nedover i mørket i den tro at han var den eneste som prøvde å stikke av.

På slottet hadde Corat stått opp og mannen følte seg litt bedre etter litt hvile. Han så i hvert fall bedre ut og hadde ny energi. Nyheten om hvem som var med i gjengen med skattejegere sjokkerte ham litt men han var enig i de tiltakene Akisha og Raigh hadde satt i gang. Han beordret at eiendommene til de seks som var blitt med Arendt skulle konfiskeres inntil videre og en viss sum trekkes fra verdien som bot før eventuelle arvinger fikk det som sto tilbake. Corat begynte på forberedelsene til begravelsene og på murene begynte folk å forberede forsvaret. Jirhg var overlykkelig over å få bruke det han kunne, Orolush var en dødsfelle og det eneste som trengtes var at noen løste ut de første fellene, så ville resten gå av i tur og orden. Han gledet seg til å høre om resultatet. Raigh var opptatt med å ordne alle detaljene og Våk og Rheynek hjalp ham. Elda og Enez hadde blitt satt til å forberede selve palasset på angrep. De var ikke våpenmestre noen av dem men erfarne nok til å innse at de store åpne salene med alle glassvinduene kunne bli farlige så de beordret folk vekk fra dem. Alle forsto ikke faren men heldigvis var slottets hovmestere såpass oppegående at de i det minste forsto.
Akisha Frostfugl og Elywen hadde fort funnet den transelignende tilstanden som gjorde det mulig for dem å kontakte gudinnen og det gikk ikke mange sekundene før hun svevet foran dem. Hun viste seg i sin menneskelige form nå, som en høy blond kvinne kledd i skinn med en bue over ryggen og merkelige ulveøyne. Akisha svelget

nervøst. "Moder, månens søster, hva planer har gudene, hva skal vi gjøre?"

Gudinnen smilte til dem men smilet var strengt. "Jeger guden våkner mine barn, hans makt vil kunne bryte den samlede viljen til orkene men det er ennå mange dager til alt er klart. Thiron vil frakte dvergene til passelige steder bak orkenes linjer men også det vil ta tid. Dere mine barn må holde byen trygg, dere må sørge for at den holder stand lenge nok til at hjelpen ankommer. Og dere må hindre at de uverdige finner det som en gang ble skjult. Det er ikke for mennesker å råde over!"

Akisha så forvirret på gudinnen. "Forklar moder, vi vet ikke hva det er engang. "

Gudinnen smilte bare saktmodig. "Men det vil dere finne ut mine barn, det vil dere finne ut. "

Hun løftet handa og bikket på hodet. "Husk legendene om denne byen, hjelp vil komme når den minst ventes. "

Hun falmet og ble borte og Akisha gned seg i hodet, det spant formelig og Elywen kom seg på beina med et stønn. Hun så sliten ut og Frostfugl sukket og børstet støv av klærne. "Så hjelpen kommer om noen dager, det var oppløftende. Vi har faenskapen ved portene om mindre enn et døgn. "

Akisha nikket kort. "Ja, vi kan bare be om at vi klarer det!"

De tre gikk ned til palassets hoved sal igjen, folk var begynt å samles der for å være med på begravelsene og Akisha skar en grimase. Hun så ikke akkurat ut som en person verdig til å være med på noe slikt. Hun var kledd som hun pleide og det gjaldt dem alle. Alima kom småløpende, hun bar med seg flere svarte kapper og Akisha takket overstrømmende og takknemlig da hun fikk en av dem. Etter litt var alle kledd i svart og det passet seg mye bedre. Rheynek og Enez satt med papirer som viste byens kjente gjemmesteder men de tvilte på at Arendt og hans folk brukte noen av dem. Akisha mente at de burde gå på lauget for å finne ut om de visste noe men begravelsen var første prioritet nå. De fikk ta seg av den først og så sikre murene. Hvor ille konspirasjonen enn var, den var ingenting stilt overfor den faren byen og folket var i.

Ygraine gikk ved siden av Duchlain og Ohlain, hun var kledd i en svart kjole som gjorde henne direkte overjordisk og mange stirret storøyd på henne. Hun følte seg direkte beglodd og holdt krampaktig i Duchlains hånd. Bare de aller nærmeste fikk tilgang til selve plattformen der bålene var reist, resten av de sørgende ble plassert på plassen nedenfor der de hadde godt utsyn over alt som skjedde. Akisha og de andre i følget ble regnet som så høyerestående at de fikk komme opp på plattformen og de ble stående der i en liten klynge og prøvde å se verdige og medfølende ut. Corat var kledd i en svært vakker svart drakt og sønnene hadde fått helt makne påkledninger. Ingen av døtrene hans var der, de var hjemme hos sine familier og han ville ha dem der, de var trygge der. Bålene var imponerende bygget og de to kroppene plassert på toppen av dem på et slags platting. Det var plassert flere tønner med olje nede i bålene og de nærmeste defilerte forbi i sakte marsj og alle kastet noen vedtre på bålet. Det var for å vise respekt og Akisha kunne se at Duchlain skalv på hendene.

Corat steg frem da alle var gått runden, han sa noen ord om de avdøde og lovet å hevne deres død. Forsamlingen var totalt stille og stemningen der merkelige tung. Prestene gikk frem, de var eldre menn kledd i respektinngytende røde kapper dekket med underlige symboler og de var glattraket på hodet. De begynte å nynne på en vakker men vemodig melodi mens de skvettet hellig vann på bålene. De gikk fire ganger rundt hvert bål og messingen ble høyere og mer fokusert for hver runde. Til slutt stanset de foran hodeenden på hvert bål og bukket dypt. De trakk seg tilbake og tente to fakler i ildfatet som sto der, det var velsignet og de rakte faklene til Corat og Duchlain. Corat tok sin med stivt ansikt, han hadde ingen følelser overfor Ferna og ville ha dette unnagjort mens Duchlain nesten ikke greide ta sin. Ygraine forsto ham, hun gikk bort og grep armen hans, hjalp ham å holde fakkelen som virket som om den veide flere tonn. Corat ropte de riktige ordene høyt og fast før han stakk fakkelen bort i veden. Det tok ikke fyr med en gang og flere der så megetsigende på hverandre og nikket, Ferna hadde ikke vært noe godt menneske, de hadde ikke ventet noe annet. At ikke bålet ville

150

brenne var et tydelig tegn på at gudene var misfornøyd med den dødes liv.

Duchlain hulket og greide snaut å hviske ordene, Ygraine gjentok dem for ham, høyt så alle kunne høre det. Ingen hadde grått over Ferna, men flere felte tårer nå. Ygraine støttet handa hans i det han rakte den ut, la fakkelen i veden. Tårene rant av ham, han knakk sammen og Ohlain grep ham fra ene siden mens Ygraine støttet ham fra den andre. De halte ham tilbake på plass og flere andre knakk også sammen. Det var som om all deres egen sorg også fikk fritt spillerom der og da, sorgen over de som var gått tapt der ute, redselen for hva som snart kom til å skje.

Bålene brant høyt og hett, svart røyk virvlet mot den grå himmelen og Akisha kjente en merkelig tom følelse i magen. Den svarte røyken fra likbålene ville snart få selskap av mer, hun var sikker på det. Det var et dårlig omen men hva annet kunne de vel gjøre? Nede i byen så folk røyken og mange tok av seg hatter og kapper og blottet hodet i respekt. Janrem så den også og han hadde en sterk følelse av at ting var verre enn de der oppe var klar over. At to personer blir myrdet slik samtidig som at Arendt og hans sleng planla sitt kunne ikke bare være en tilfeldighet. Han mistenkte at en av de seks hadde kontakter der inne og det lovte ikke bra. Han hadde bestemt seg for å advare kongen, men for å få til det måtte han ha noe å slå i bordet med og han aktet å skaffe noe som så garantert ville få dem alle til å åpne øynene.

Han var på vei mot området i byen der skinnhandlerne holdt til, det var et kvartal nær selve klippen der gatene var nesten avsperret av tverrmurer. Årsaken var at det lå garverier der før og de prøvde å hindre stanken i å spre seg utover i byen. Det hadde selvsagt ikke virket og dermed ble alt slikt flyttet til gårder og landsbyer i nærheten. Men handelen var fortsatt i full gang der og Janrem kjente hver krink og krok av stedet. Det var ikke lær han var ute etter nå, det var Ranfrey, laugslederen som hadde tatt i mot tilbudet fra Arendt og forrådt ikke bare sin by men også laugets regler og lover. Laugslederen ville sikkert straffe mannen men Janrem trengte ham selv. Antagelig var han blitt advart men Janrem brydde seg ikke om det. Var det vakter der sto de i mot ham på eget ansvar. Han aktet ikke å spare dem om de gjorde motstand.

Ranfrey holdt til i et ganske godt hus som var bygget i stein, det var et tydelig preg av klasse over det og bygget var utsmykket med vakre mosaikk mønstre og fresker. En eller annen svært rik skinnhandler hadde eid det før og Janrem stanset et kort øyeblikk og kikket på det med smale øyne før han gikk opp til inngangsdøra. Han aktet ikke vente med dette, det kunne haste. Janrem trakk pusten og banket på, hardt og konsekvent som en som virkelig mener det. Det gikk noen sekunder, så knirket det i låsen og en tjener åpnet døra. Mannen var gammel og giktbrudden og øynene rant på ham. Han gispet da han så Janrem og prøvde å stenge døra igjen, Janrem bare dyttet den opp og grep gamlingen i kraven, ikke alt for brutalt. "Snakk gamle mann, er din herre hjemme?" Mannen gispet og bare nikket, han så totalt vettskremt ut og Janrem dyttet ham bort i en stol. "Om du verdsetter den tiden du har igjen her i verden så bli sittende!"

Gamlingen skalv og klynget seg til stolen og Janrem gikk sakte videre. Huset var luksuriøst og vakkert og det bar et klart preg av at eieren hadde god smak. Det var ikke et støvfnugg å se noe sted og Janrem så at flere av møblene der var av en såpass dyr type at han forsto hvorfor Ranfrey hadde latt seg friste av Arendt. Mannen var avhengig av luksus, så enkelt var det. Det var ganske stille i huset, han hørte lyder fra kjøkkenavdelingen og stirret forsiktig inn en sprekk i døra. Kokka og noen tjenestejenter lagde mat og lukta avslørte at mannen også foretrakk veldig god mat.

Janrem gikk sakte opp trappene og refleksene hans reddet ham, en svartkledd laugsmann sprang ned fra en skjult avsats over trappa og ville ha revet Janrem overende hadde han ikke hoppet tilbake to trinn. Mannen var dyktig, han tok seg inn og langet ut med et smalt kortsverd men Janrem var raskere nå, han kjørte sitt eget gjennom fyren under armhulen på ham og mannen stupte med et smerteskrik. Janrem gjorde slutt på ham med et hugg som nesten skilte hodet fra halsen, blodet sprutet utover trappa og Janrem visste at alle der var klar over ham nå. Han løp videre. To laugsmenn til kom løpende mot ham mens en tredje fyrte av en armbrøst. Pila traff ham i hofta og satt i bein men Janrem lot det ikke bry seg. Han raste frem og hogg armen av den ene fyren og grep den andre i halsen og knakk nakken på ham. Han hadde aldri vært så umenneskelig sterk før, eller så rask. Og ikke hadde han hatt en slik instinktiv forståelse for hva han skulle gjøre heller.

Han stakk mannen han hadde gjort enarmet i ryggen og fyren med armbrøsten fyrte av igjen. Janrem dukket unna pila og så bare de vettskremte øynene på karen i det han hugg til og kappet kragebeinet og de øvre ribbeina på mannen. Sverdbladet stanset i brystbeinet og han rev det løs. Armbrøstskytteren falt om på golvet, gurglende og rykkende, armene hans ristet litt og så ble han stille. Janrem følte ingenting ved synet, absolutt ingenting. Mannen hadde vært et hinder, nå var det ryddet ut av veien.

Han gikk videre, korridoren hadde flere rom og dører og Ranfrey kunne gjemme seg hvor som helst egentlig. Han stanset, lyttet og søkte ut med alle sanser. Han kjente lukta av svette, stram stinkende svette som han visste skyldtes redsel. Og han luktet en svak stank av blod også, blandet med vin og noe som måtte være den roten de kalte Tsjher'bakh. Noen tygget den og den var svakt narkotisk, kun de rike hadde råd til det. Janrem gliste og sparket opp døra til et rom der lukta virket særlig sterk. Ranfrey hadde så visst prøvd å gjemme seg, han var i et soverom sammen med minst fem jenter. Noen av dem var skremmende unge og Janrems øyne ble kalde som is. Mannen hadde skjult seg under senga, jentene skrek da de så ham og så ut som om de var sikre på at han skulle drepe dem også. Han pekte på døra. "Jenter, ut!"

Alle adlød, de sprang skrikende ut og Janrem bøyde seg, grep en fot og halte Ranfrey ut bannende og hylende. Mannen stakk etter ham med en dolk og Janrem knakk håndleddet hans, nesten likegyldig, Ranfrey vrælte av smerte og Janrem så hardt på mannen. "Jeg fatter ikke at du ikke allerede er død, jeg har fortalt den øverste lederen hva som har foregått, hva Arendt fikk deg med på. Lauget vil bare glede seg over ditt fall Ranfrey. Du har brutt alle regler og satt selve byen i fare med dette. "

Ranfrey stirret vantro på pila som ennå sto i hofta på ham, han prøvde å krabbe bort men Janrem grep ham i håret og trakk ham ut på golvet. "Jeg trenger noe som vil få kongen til å reagere, og jeg tipper at hodet ditt gjør susen!"
Ranfrey skrek skjærende og prøvde å slite seg løs men Janrem gjorde kort prosess, han svingte sverdet fort og tenkte for seg selv at han var nådigere enn Ranfrey fortjente. Mange der ute hadde blitt pint i hjel av orkene, de hadde lidd mye mer enn Ranfrey nå gjorde. Han grep et teppe og pakket hodet i det, Janrem aktet ikke å gi seg nå, før de som hadde startet dette marerittet var fanget og straffet.

Ute på slettene nærmet orkene seg fra alle kanter nå, de omringet snart byen og styrkene hadde forberedt seg de siste dagene. De trakk med seg alt de hadde greid å bygge av utstyr og Obrauch ledet dem med jernhånd. Han godtok ikke noe som lignet unnasluntring og de hadde faktisk blitt en ganske så godt disiplinert hær nå. Alle kjente til hvilken oppgaver de hadde og raseriet kokte ennå i dem. For mange av lederne var det ikke lenger hevnen som betydde noe, de ønsket mer makt og mer rikdom og de ønsket å bli fryktet. De ønsket at orkene skulle bli de nye herskerne, landets herrer. De hadde ingen grenser for sine ambisjoner og Obrauch gjorde lite for å stagge dem. De trengte denne gløden nå.
Blidene var klare til å kaste stein og sekker med olje inn over byen, de hadde samlet kadaver og lik også og gledet seg til å benytte seg av ethvert skittent triks som fantes i boka. Orkene vestfra nærmet seg elva og de siktet seg inn på Orolush. Noen hadde greid å finne båter som var etterlatt men orker er ikke gode seilere og det var flere båter som kullseilte så alle om bord druknet. Orker svømmer omtrent like godt som kampestein. Broene var det naturlige stedet å krysse på og troppene presset på og skyndte seg over, Jirhg hadde regnet med at de var mange og fellene han hadde satt opp ville gå av når broene nådde en viss belastning. Det han ikke hadde regnet med var at lederne var svært forutseende og de visste at om alle prøvde å krysse på en gang ville det bli kaos. Derfor stilte de opp troppene og fikk dem over i mer effektive mindre grupper. Av den grunn kom

mange av orkene over før fellene begynte å virke. Faktisk over to tredjedeler av orkene vestfra rakk å krysse før noen tropper ble for ivrige og presset seg frem.

De var midt på broene da Jirhgs små overraskelser endelig trådte i aksjon. Alkymisten hadde plassert store mengder sprengpulver i sprekkene mellom steinene i broene og over det hadde han plassert små beholdere med vann. Når vannet nådde pulveret ville det eksplodere med forferdelig kraft og vekten av alle på broene fikk dem til å bli presset sammen akkurat nok til at vannbeholderne ble punktert av de mesterlig plasserte små metal nålene. Vannet sev nedover, nådde pulveret og for mange orker var et intenst lysglimt det siste de så i livet. Smellet var så intenst at det ble hørt helt til Catendhar og brått fløy stein og hele deler av broene gjennom lufta. Orker ble knust eller revet i småbiter av eksplosjonen og den fikk bakken til å riste som i et større jordskjelv. Og dermed ble de andre fellene aktive. Orolush var fylt med orker nå, de moret seg med å plyndre byen og flere steder brant det allerede. De håpet at befolkningen i Catendhar skulle se det og vite hva som kom til å skje med dem selv snart.

Jirhg hadde tatt med seg sine verste oppfinnelser denne gangen, han aktet ikke å vise noen nåde og folkene han hadde fått hadde utført hans ordre på en utmerket måte. De hadde plassert alt svært strategisk, der det ville gjøre maksimal skade og effekten var grusom. Bakken eksploderte langs flere av gatene, skjøt brostein og jord opp i de rene fontener sammen med spiker, glasskår og alt annet lite og skarpt og hardt de hadde greid å finne. Noen steder skjøt små krukker ut av vegger og murer og eksploderte i skyer av giftig støv eller sendte skurer av forgiftede små piler i alle retninger. Fot feller åpnet seg og kappet av enhver fot som havnet i dem og vegger og tak ramlet sammen og knuste mange. Det var totalt kaos i noen minutter og skrik og smell blandet seg til en skrekkelig kakofoni som fikk de orkene som ikke var der til å stanse og stirre i sjokk og frykt.

Broene var ubrukelige, en tredjedel av styrken vestfra var fanget på vestflanken og lederne brølte av sinne og forvirring Hva var dette?

Hva slags magi kunne gjøre noe slikt? Smellene ble hørt over flere mil og mange av orkene ble brått usikre. Hva om byen også hadde slike forsvarsmekanismer? Obrauch så eksplosjonene på lang avstand, han følte dem i beina og bakken og stirret et øyeblikk i total vantro men den følelsen ble fort erstattet med villsinne. Han brølte ut i raseri og de andre orkene begynte å delta i koret. De hadde tapt mange av sine nå, men det hadde ikke skremt dem. Tvert i mot, nå var de mer oppsatt på hevn enn noen gang. At mange av deres nå lå i ruinene og skrek etter hjelp med stygge skader brydde de seg lite om. De sårede hadde seg selv å takke og greide de seg ikke så var det like bra. De hadde ingen plass for de som ikke kunne slåss nå.

I byen hørte man brølet, det runget formelig i luften og flere stanset og stirret med bleke ansikter. Det begynte å gå opp for folk hva som kom til å skje og Akishas planer ble fulgt nå. Kvinner og barn skyndte seg til hallene inne i klippen og folk stengte av husene sine og hvisket sine bønner om at de fortsatt skulle stå når alt var over. Raigh hadde sørget for at byens egne forsvarsmekanismer var i orden. Katapulter blider og ballistaer var gjort klare og nå ventet soldatene kun på klarsignal. Raigh visste at de måtte vente i det lengste, de kunne ikke fyre av for tidlig, de hadde begrenset med skyts. Akisha hørte ropene og svelget hardt. Uansett hvor beskyttet byen var, liv ville gå tapt og hun kunne bare håpe at det ikke ble noen av hennes nære og kjære.

Befolkningen på slottet var brakt i sikkerhet innendørs igjen og Våk hadde vært nede ved stallene og sluppet ut Frerk, han mente at det bisarre dyret ville stanse enhver som fikk morsomme ideer som han kalte det. Duchlain og Ygraine var trukket tilbake til hennes kammers sammen med Alima, Corat trakk i rustning sammen med de tre sønnene og palasset var brått blitt et sted preget av angst. Rheynek satt og trøstet Enez mens Rhylja strenget buen sin, ansiktet til den blonde jenta fortalte med all ønskelig tydelighet at hun aktet å kjempe, og kjempe godt. Alle var urolige nå, murene var så sterke men hva om de også hadde svake punkter?

Costaon hadde ikke deltatt på begravelsene, han visste nå at han var blitt etterlatt av Aglaran, han hadde ikke hørt noe mer fra ham og sinnet brant i ham. Han skulle vite og søke hevn men først måtte han vekk, før noen fikk mistanke til ham. Han pakket fort ned klær, noen våpen og litt mat i en sekk. Han kjente de hemmelige gangene i slottet og visste at han kunne snike seg bort så fort kampene begynte. De fordømte orkene kom til å holde alle opptatt, ingen kom da vel til å legge merke til ham, eller?

Costaon tvang seg til å tenke rasjonelt og han fikk en ide. Den var stygg men kunne fungere. Han visste mye om byen og murene, tross alt hadde han blitt tvunget til å lære det aller meste da han var gutt og måtte pugge historie. Han kjente til dens styrke men også dens svakheter, han kjente at et merkelig smil formet seg om leppene hans. Til helvete med byen, til helvete med hans far og mor og hele slekta. Han brydde seg ikke om byen, den kunne falle. Han brydde seg bare om å finne skatten, kreve den for seg selv før de andre rakk å gjøre det. Han skulle eie det, evig liv, evig makt. Han kunne bidra til kaos, spre enda mer død og ødeleggelse. Kanskje de fordømte brødrene hans og den idioten av en far også ville gå med i samme slengen. Costaon snek seg bort, han visste hva han skulle gjøre nå. Gangen han valgte ledet ned under slottet, det var hemmeligheter der nede få kjente til, og han skulle vite og utnytte dem.

Akisha var i ferd med å fordele oppgaver på de andre da hun hørte bråk ved inngangen, hun skyndte seg dit og stanset sjokkert. Bak henne kom Raigh og Rheynek og Rhylja var også like i hælene på dem. I døra sto en fremmed mann kledd i enkle men solide klær av lær, han bar to sverd ved hoften og virket temmelig hardbarket men det var øynene hans som fanget oppmerksomheten hennes. De var blå og de glødet bokstavelig talt. Hun skjønte med en gang at dette ikke var et normalt menneske, det var en slags aura om mannen av noe umulig, noe kaldt og mørkt og hun så et hint av desperasjon i ansiktet hans. Noe hadde skjedd denne unge mannen og hun tvilte på at det var noe bra, eller at det hadde skjedd frivillig. Vaktene sto der og virket tvilrådige, Akisha gav tegn til at de kunne senke våpnene, en mann kunne uansett ikke være noe å frykte.

Janrem senket blikket, prøvde å virke ydmyk. Han følte seg uverdig men måtte bare tvinge seg til å møte dem, våpenmestrene, gudinnens utvalgte. Den vakre svarthårete kvinnen så spørrende på ham, han sanset den voldsomme autoriteten hennes som noe håndfast og visste at han aldri hadde møtt et farligere menneske. "Hvem er du, og hva gjør du her?"
Stemmen hennes var så fast, så krevende og han svelget kort og tok frem sekken han bar. Han halte frem hodet og slengte det ned på marmortrappene. "Her er hodet av en av laugets ledere, mannen som Arendt leide til å stjele krystallbegeret og messingplaten. Jeg har straffet ham, han og hans folk har brakt byen i fare! Jeg er her for å advare vår konge!"
Akisha så vantro på det avkappede hodet, synet var grotesk men hun var vant med såpass. De andre stirret på mannen og han så ned, virket nervøs. "Advare ham mot hva? Hvem er du gutt?"
Janrem knelte sakte ned på et kne. "Jeg er Janrem, jeg var en vanlig tyv her i byen, lauget har aldri likt meg siden jeg er bedre enn deres folk. Jeg ble leid av Uthar for å stjele et kart fra Arendt, det var slik jeg ble innblandet. Jeg. Jeg har blitt forandret på noe vis, en gammel heks jeg kjente gav meg noe som… som gjorde meg verken død eller levende. Men det jeg skulle si er at en av Arendts medsammensvorne antagelig har en samarbeidspartner her i slottet. Antagelig den som har drept det barnet og dronning Ferna"
Akisha bannet og ristet på hodet. "Jeg ante noe slikt, vi må høre med Corat, det bør la seg gjøre å finne ut hvem det er. "
Janrem bare så ned i bakken og han skvatt da han følte en hånd på hodet, noen strøk fingre gjennom håret hans og han så opp og så en svært vakker blond jente med merkelig ville øyne. Hun la handa mot halsen hans et øyeblikk og hun bikket på hodet. "Han snakker sant, han har ingen puls. Dette er mektig magi, og uhellig. "
Janrem bare hikstet og Akisha så skarpt på ham. Han var neppe en person av mørket men heller ikke av lyset, han var som de fleste, god og ond og hun gav tegn til at han kunne reise seg. "Vi setter pris på advarselen Janrem, det vil komme godt med. "

158

Janrem svelget hardt. "Jeg vet hvor de gjemmer seg, Arendt og hans folk. Det er en liten hule på toppen av klippen, på andre siden av den i forhold til her. "

Akisha tverr snudde og så hardt på ham. "Jeg tror ikke jeg skal spørre om hvordan du har fått den informasjonen, noe sier meg at du har drept mange for den. Men du skal få vise vei dit. Rheynek, Rhylja, Våk., bli med ham, ta folkene levende om dere kan men ikke nøl om det blir nødvendig. "

De tre steg frem og Janrem stirret vantro på Våk, den mørke alven skremte nesten livet av ham og han kvinket lett og kom seg sakte på beina. Våk så taust på ham og han ante ikke hva det var han så i alvens mørke øyne. Var det forakt eller medfølelse? De tre fant våpnene sine og så gikk Janrem foran dem opp gatene mot toppen, han kjente blikkene deres i nakken hele tiden og følte seg merkelig ussel og verdiløs. Hva var vel han sammenlignet med disse tre? Han var ikke engang en kriger, han var en tyv! Og selv om han nå hadde blod på hendene var det bare fordi han hadde vært forpliktet til det. Han hadde lovet Irab hevn, og hevnet hadde hun blitt.

Akisha løp til Corat med en gang, kongen så forvirret på henne og hun hev på hodet og fikk det svarte håret ut av øynene før hun samlet seg. "Vi har akkurat fått vite at det kan være en forræder i palasset. En som er i ledtog med en av Arendts folk. Det er mulig at denne personen står bak mordene. "

Corat bet kjevene sammen, han fikk lappen med navn igjen og stirret på den. Han leste gjennom navnene og stanset ved et av dem. Det ringte liksom en bjelle for ham og han rynket pannen. Han var like ved å finne en sammenheng der. Han vinket på rådgiveren sin. "Aglaran, han er en stille og forsagt liten spirrevipp, men jeg har en følelse av at det er mer ved ham, noe jeg har glemt?"

Rådgiveren skar en grimase. "Vel, han er boklært som få andre, har ingen nære venner og er svært rik. Slekten er utenlands fra egentlig. "

Corat nikket. "Det stemmer, men det er liksom ikke det jeg tenkte på?"

Rådgiveren tenkte så det knaket. "Det går rykter om at han foretrekker menn?"

Corat rykket til. "Ved gudene, der har vi det! Han er livredd kvinner er han ikke?"

Corat snudde seg mot rekken av tjenere som sto der, klare for å ta imot ordre. "Alle sammen, spør i alle rom om noen kjenner til Aglaran, om de vet hvem han ahem tilbringer tid med? Vet de hvem han er intim med er det enda bedre, fort dere!"

Tjenerne sprintet av gårde for å etterfølge ordre og Corat så skarpt på Akisha. "Jeg har en stygg mistanke her, min sønn Costaon var ikke ved begravelsen og han er så avgjort troende til å ty til mord. Jeg har alltid håpet at han skulle vise seg å være bedre enn han later til å være men jeg er forberedt på at jeg vil bli skuffet. Han har dårlige egenskaper fra sin mor. "

Akisha svelget litt nervøst. "Om han er morderen og står i ledtog med skattejegerne, hva da?"

Corat sukket, blikket hans sank mot golvet. "Da er det bare en ting å gjøre, han vil møte skjebnen som enhver forbryter må, selv om han er min sønn!"

Det gikk bare noen minutter, så kom en av tjenerne tilbake med en pasje i hælene, gutten var blek men fattet og han bukket så dypt at han nesten slo nesa i knærne. "Denne gutten har informasjon herre konge!"

Corat så spørrende på den unge mannen som svelget krampaktig et par ganger. "Snakk gutt, vær ikke redd. Ingen her vil deg noe vondt. "

Pasjen tok seg synlig sammen. "Jeg… jeg har sett Aglaran sammen med Costaon. En gang! De snakket sammen om et eller annet jeg ikke hørte men jeg hørte at de nevnte Arendt, og noe med tuneller. De var i et av kledelagrene og jeg skulle ned for å hente noen duker, de så meg ikke!"

Corat hev etter pusten og han var blitt grå i ansiktet, han satte seg sakte ned på en stol og rådgiveren skyndte seg å gi ham et krus med vin. Han gulpet den ned og hev etter pusten. "Takk gutt, du kan gå. Du har gjort en god ting med dette gutt, en meget god ting. "

160

Pasjen bukket igjen, sjokkert over hvordan kongen så ut og forsvant og Corat bøyde hodet og gjemte ansiktet i hendene. Han satt slik lenge og Akisha ble engstelig for ham. Hun kremtet kort. "Corat?" Kongen fjernet hendene sakte, de skalv og hun så tårer på kinnene hans. "Av all sorg, av all smerte er denne den verste. At ens eget blod kan gjøre noe slikt. Ingen skuffelse kan føles mer brennende, mer uutholdelig tom. "

Akisha klappet ham på armen. "Jeg skjønner herre konge, men nå må vi først og fremst fange ham, før han gjør flere forbrytelser, eller stikker av. "

Corat slet seg på beina, han så gammel ut for første gang siden Akisha møtte ham. "Ja, vi må anholde ham. Hent noen soldater, dette må skje etter boka, om fuglen ikke allerede er fløyet. "

Akisha sukket, hun hadde en ekkel følelse av at de ville være for sene men kanskje de tross alt kunne finne beviser andre enn at de to bare hadde snakket sammen. Corat ledet an til Costaons rom, Raigh var ute og hjalp til med å forberede soldatene og Wilbwyn og Elda jobbet med sitt så Akisha hadde bare med seg Enez og selv om hun var kjapp og snartenkt var hun ingen kriger. Costaons rom var ikke langt unna, døra var flott og merket med hans personlige våpenskjold og Akisha skar en grimase av synet. Han hadde valgt et ganske blodig symbol, en hauk som satt vaglet på en gås og hun forsto at Corat hadde rett. Denne mannen var maktgal, så ivrig etter å øke sin betydning at han ikke greide å innse egne svakheter. Corat banket på døra, lyttet nøye. Det var helt stille på innsiden og han åpnet den, gikk inn.

Akisha stirret rundt seg, rommet var glorete, andre ord kunne ikke beskrive elendigheten. Det var pynt og dingeldangel overalt, møblene var gyselige og her var det tydelig at smaken var aldeles på bærtur. Costaon elsket visst alt som blinket og var pent, som en annen skjære. Corat lette fort gjennom rommet, han bannet inderlig mens han gjorde det og hun hørte det såre i stemmen hans mens han gjorde det. Fuglen var så avgjort fløyet men Akisha gav seg ikke for det. Hun begynte å se grundigere over alt der. Øynene hennes var skarpe og hun la merke til at en stol der bulte litt merkelig, ryggstøet var feitere enn det burde være. Fort grep hun den og kjente etter, det var en rift øverst der trekket var festet og hun stakk handa inn, halte ut en jakke. Hun snuste på den og rynket på nesa, det var blodlukt og hun ristet den ut og så med en gang at en del av blondene på ermet manglet. Corat så det også og han sank ned i en annen stol og hikstet. "Åh guder min sønn, min sønn, hva har du gjort?"

Akisha så hardt på jakka. "Og ikke minst, hva er han i ferd med å gjøre nå?"

Corat gikk skjelvende ut av rommet, han vinket på en av slottsvaktene. "Løytnant, sett ut en etterlysning, Costaon skal finnes død eller levende og føres hit til meg, er det forstått? Ta med tjue mann, let gjennom hele slottet fra loft til kjellere, han skal og må finnes!"

Løytnanten gjorde honnør og løp for å utføre ordren, Corat lente seg mot veggen. "Da vet vi i det minste hvem den ansiktsløse morderen blant oss var. Jeg skulle ved alle guder ønske det var en annen. Hva galt har jeg gjort?"

Akisha klappet ham lett på armen og Enez som hadde vært taus hele tiden smilte mildt til ham. "Du har ikke gjort noe galt herre konge, våre barn er separate individer vet du, de er ikke oss. De har sine egne tanker og egne liv og alt en kan håpe på er at de blir gode mennesker. Dessverre er det ikke alltid tilfellet. "

Corat så litt forbauset på den spe jenta med det skøyeraktige oppsynet. Hun så kanskje skjær og eterisk ut men det var stål i henne, Akisha hadde sett det ved flere anledninger. "Du er vis unge dame, takk for de ordene. "

Enez bare neide for kongen og Akisha smilte litt stramt. Hun undret seg over hvordan det gikk med dem hun sendte av gårde med Janrem.

Aglaran hadde nærmest løpt nedover gangen han valgte lenge men nå saknet han farten, det var ingen vits i å ta sjanser var det vel, og han følte seg rimelig sikker på at han skulle greie å finne veien nå. Han hadde gamle kart over gangene og tunnelen under byen og hadde memorert dem grundig. Han beundret arbeidet som var lagt ned i alt der nå. De som gravde ut gangene hadde gjort en veldig god jobb.

Han spaserte nærmest nedover og ble sjokkert da han brått kom til en hindring han ikke hadde ventet. En eller annen gang i en fjern fortid hadde en del av berget der rett og slett sklidd nedover og etterlatt et juv, det var kanskje tre meter bredt men så bunnløst ut. Aglaran så seg som, det var broer over juvet flere steder og han pustet lettet ut. Det gikk brede stier langs kanten av det og han satte kursen mot nærmeste bro, dette skulle ikke sinke ham lenge.

Arendt på sin side hadde valgt en annen tunnel men han hadde også skyndet seg nedover. Han kjente at iveren rev i ham og han kom løpende ut av en åpning og ut på en bred gangvei, han så seg om og så juvet og broene men han så også Aglaran som var i ferd med å ta steget ut på den nærmeste broen. Han kjente igjen mannen med en gang på tross av det svake lyset, den litt lute holdningen var ikke til å ta feil av og raseriet eksploderte i ham. Aglaran skulle ikke få stikke av og stjele det som var Arendt sin rettmessige eiendom. Han trakk dolken han bar i beltet og la på sprang, han hadde kanskje femti meter bort til Aglaran som stanset perpleks ved lyden av føtter. Så skimtet han hvem som kom løpende og panikken grep tak i ham. Aglaran var ingen løper, han var heller ingen kriger. Sped og svakelig som han var visste han at han ikke hadde noen sjanse mot Arendt, mannen var tross alt svært veltrent og en dyktig kriger. Han la på sprang over broa alt han greide, Arendt halte fort innpå og Aglaran siktet seg inn mot neste åpning videre. Det var flere på den siden av juvet og han ante ikke hvor de bar men alt var bedre enn at Arendt tok ham igjen. Aglaran visste at det ikke var noen nåde å få, han ville bli drept tok Arendt ham igjen og han skulle ønske at han hadde lengre bein og bedre pust. Arendt strakte seg ut for å gripe tak i kappen til Aglaran, han hadde dolken i andre neven klar til hugg og raseriet brant så intenst i ham at han glemte en viktig regel når en jager noen i halvmørke. Han glemte å se seg for. Aglaran smatt inn åpningen og Arendt strakte seg litt ekstra og glemte at han var nesten en fot høyere enn den vesle lorden. Han slo toppen av hodet rett i kanten på inngangen og falt bakover med et brøl. Han grep seg til hodet og blodet rant fra et sår over øynene, i halvsvime merket han ikke hvor nær kanten han var kommet. Aglaran så hva som skjedde og øynene hans ble enorme av sjokk. Brått så han en sjanse, en mulighet til å unnslippe. Arendt kom for nær kanten, beina ble borte under ham og han slapp dolken, grep desperat etter noe som kunne berge ham. Han fikk nevene opp på kanten av gangveien, hikstet av skrekk og smerte. Alt svingte og han visste at han var død om han falt, så enkelt var det.

Han stirret bedende på Aglaran som sto der med et merkelig flir om kjeften. "Ved gudene, hjelp meg!"

Aglaran tok et par steg nærmere, det underlige fliret var fremdeles om munnen på ham, og det var kommet et lys i øynene Arendt slettes ikke likte. "Vise nåde? Den samme nåden du var i ferd med å vise meg?"

Aglaran tok det siste steget og stirret ned på Arendt som prøvde å få tak til å hale seg opp, svimmelheten gjorde at han ikke klarte det. Han så på Aglarans øyne hva som skjedde i mannens tanker, hvordan øyeblikket formet ham om og gjorde ham til noe nytt, til en annen mann, til en person i stand til å begå mord. Arendt hadde aldri regnet Aglaran som et mannfolk, han hadde kun vært et nyttig redskap men nå bet hunden tilbake mot hånden som hadde svingt pisken. Aglaran tråkket på Arendt verkende fingre, hardt! De stålbeslåtte støvlene hans skar formelig inn i dem og Arendt skrek håst, prøvde å holde seg fast men det var umulig, smerten var for stor og fingrene hans var så skadet at det var hinsides menneskelige evner å kunne klore seg fast. Med et vilt skrik av redsel gled han utfor og falt nedover i mørket og Aglaran så ned i juvet etter ham. Han gliste fremdeles, skriket stilnet av og han ristet på skuldrene og gikk videre. Gudene var med ham, det var ganske sikkert. Veien videre ville bli gullbelagt, det var han sikker på. Ingenting kom til å gå i veien for ham.

Arendt og Aglarans flukt ble oppdaget av de andre og panikk brøt ut også der. De forsto at deres leder var rømt og forvirring og sinne kjempet mot frykt om herredømmet. Hva betydde dette? Burde de gå hjem igjen? Antagelig visste kongen om hva de hadde drevet med nå så det var ingen god ide, og hvor skulle de ellers gjøre av seg? Byen var avstengt nå, orkene var snart ved portene og de begynte å innse at de var så godt som fortapt om ikke et mirakel inntraff.

Lord Ivartar som var den eldste av dem prøvde å overtale de andre til å gå ned i tunnelene da de brått ble blendet av intenst lys og stemmer som brølende befalt dem å overgi seg. Sjokket fikk de fleste til å adlyde men Lord Ormar og Grev Asiel var på beina og løp mot nærmeste tunnel, panikken drev dem men de kom ikke langt. En svær hvithåret kar dro til Ormar i hodet så mannen ramlet om tvert og Asiel fikk hodet aldeles nydelig kappet av, en lyshåret vakker kvinne med et smalt kortsverd sto for den jobben og det skjedde så fort at kroppen tok flere steg før den ramlet om. De andre tre som var igjen skrek unisont av synet og stirret målløse og vettskremte på de fire som nå sto der med miner som kunne skremt noen og enhver.

Janrem telte antallet. "Alle er ikke her, Arendt er ikke her og det mangler en til også. "

Våk trev den eldste av dem og presset spissen av det lange alvesverdet sitt mot magen på karen. "Hvor har Arendt blitt av og hvem andre mangler? Snakk nå ellers spretter jeg deg opp som en fisk!"

Ivartar gulpet litt, øynene bulte på ham av sjokk og frykt og han hev etter pusten noen ganger før han i det hele tatt greide si noe som helst. "Arendt, Arendt har rømt, ned i tunnelene. Og Aglaran også tror jeg, han er borte vekk!"

Rheynek bannet grovt og snudde seg mot åpningene. "Skal vi følge etter dem?"

Våk ristet på hodet. "Nei, vi får disse tilbake til slottet, fjellet ligner en ost nesten, huller og ganger overalt. Vi kan lete oss blå i ansiktet før vi finner dem. De er bare to, før eller siden vil de dukke opp igjen. "

Janrem svelget nervøst, han hadde aldri sett noen få hodet kappet av på det viset noen gang. Det hadde vært vanvittig og han kjente seg svakt kvalm. "Hva om de kommer seg ut av byen, og finner skatten?"

Våk brummet bare og tjoret sammen mennene, Rheynek løftet og bar Ormar som ennå var bevisstløs. "Det problemet får vi håndtere når det kommer. Det er mer presserende ting vi må ta oss av nå. " De trakk med seg mennene ut i sola og de var forbausende spake. De innså kanskje at det aldri hadde vært meningen at de skulle få ta del i skatten, at Arendt hadde brukt dem for sitt eget forgodtbefinnende. På murene hadde soldatene begynt å stille opp nå og byen var underlig stille, det var nesten ingen i gatene og de kunne høre en svak buldring nå, en ujevn torden av stemmer og føtter og visste hva det var.

Da de nådde palasset ble fangene prompte plassert i et godt overvåket fangehull, Corat hadde ikke tid til å forhøre dem nå men han aktet ikke å være for bløt og nådig overfor dem. De hadde gjort seg skyldige i noe som nesten kunne betegnes som høyforræderi og kunne ikke vente seg noen nåde. Raigh hadde vært på murene og orkene samlet seg nå, dannet nesten et mørkt levende hav rundt byen. Det var vanvittig mange av dem og Raigh prøvde å bedømme styrken deres men det var vanskelig. Orker slåss ikke som en konvensjonell hær, de bare går på og antagelig var det så som så med disiplinen. Det han var redd for var de beleiringsmaskinene de hadde greid å bygge. De var primitive men sterke og de var enkle å reparere om de røk. Byen sto ved et skjebne øyeblikk og han var ennå ikke sikker på hva utfallet ble.

I fjellene hadde ting skjedd svært fort, Ghuad hadde oppdaget at dverger faktisk er alt annet enn trege når det er noe de virkelig vil. Det ble jobbet iherdig overalt for å gjøre alle klare for kamp og Ghuad ble svært imponert over hvor effektive de var. Det virket for at alle som var i stand til å kjempe var klare for akkurat det og han følte vreden og sorgen i samfunnet der som en egen atmosfære. Det virket ikke for at noen ville gi seg først, de ville kjempe til orkene var knust eller dø i forsøket. Alvisar var overalt og trakk i trådene, han oppmuntret smedene, fikk fordelt folk så alle fikk hvilt litt og han var nede i gruvene og så til at nok malm ble smeltet til at de fikk bra med våpen. Han ordnet mat og hvile til de som trengte det, fikk folk til å pakke ned rasjoner telt og feltsykehus. Mannen var bortimot alle steder og Ghuad fattet ikke energien han viste.

Ghuad var oppriktig imponert over smedene deres, han hadde alltid trodd at alvene hadde de beste våpensmedene men nå begynte han å tvile. Det var kanskje en sannhet i at alvene lagde de mest elegante våpnene men disse var vakre også, selv om det var ting lagd kun for bruk, ikke ved tanke på estetikk. Dvergene kunne lage utrolig vakre gjenstander når de tok tiden til hjelp, han så bare noen av de våpnene de eldre der gikk med og de var mesterverk, så flott lagd og gravert at han forsto at de var mer enn bare bruksgjenstander. Dette var våpen med sjel.

Nå derimot var det masse produksjon som foregikk og det gikk i en forrykende fart også. Metal ble smeltet og støpt og slipt og kvinner og barn hjalp til. For dverger var dette naturlig, de hadde det i blodet og selv den yngste der visste akkurat hvordan jobben skulle gjøres. Alvisar gikk der og inspiserte og mange var opptatt med å hugge til skaft til økser og hamre, lage slirer til sverd og kniver og få i orden igjen gamle rustninger som ikke hadde vært brukt på mannsaldre. Hele fjellet duret av aktivitet, det var aldri stille så mye som et minutt noe sted og Ghuad ble litt trett av det. Det løp dverger rundt overalt og han var nesten lettet da Alvisar kom løpende for å be ham om en tjeneste. Dvergkongen hadde tatt i mot krigerne fra den byen han hadde kontaktet, det var ganske riktig nesten sju tusen stykker og de hadde gått særdeles fort for å rekke frem så tidlig. De fleste var dyktig slitne og orket ikke hjelpe til men viljen til å slåss var intens og Ghuad visste at han nå rådde over en hær som kunne hamle opp med orkenes om de trengte det.

Alvisar trakk seg i skjegget, han så smalt på Ghuad. "Det er en ting vi trenger hjelp til min gode venn, en ting jeg håper du kan ordne. " Ghuad så oppfordrende på dvergen som pekte nedover i berget. "Vi har store mengder malm lagret, det blir ypperlig metal når det er smeltet men vi har ikke kapasitet for øyeblikket, og vi trenger mer stål, fort!!

Ghuad rynket pannen. "Det skjønner jeg, men hva har jeg med det å gjøre?"

Alvisar slo ut med neven. "Vi har en smelteovn stor nok til å ta alt, men den har ikke vært i bruk på fem hundre år, det tar ukevis å varme den opp, uker vi ikke har. Så om du kunne tenke deg å?"

Ghuad hostet nesten av sjokket, skulle han varme ovnen? Det kunne la seg gjøre men han visste ikke om han kunne få plass inne i verkstedene som drage. Alvisar så ansiktsuttrykket hans og smilte fort og litt nervøst. "Det bør gå, det er mulig du må stikke hodet ut i rommet der men det kan gå. "

Ghuad sukket og trakk på skuldrene, kanskje det var like bra at dvergene fikk sett ham i hans rette skikkelse før de gikk til kamp sammen. Han fulgte etter dvergen som skyndte seg nedover de brede gangene og trappene som ledet gjennom berget. Ghuad hadde blitt vant til de miraklene berget rommet nå og ble ikke så fort sjokkert men da de nådde hallen med smelteovner måtte selv han måpe. Det sto rekker med enorme ovner der og fra alle rant det elver av glødende metal, noe var rødlig mens fra andre ovner rant det metal som så nesten hvitt eller blått ut. Det løp dverger overalt, de var dekket i drakter av tykt skinn og bare øynene syntes nesten. Det var ikke så rart, så hårete som de var skulle det bare en liten gnist til før de sto i fyr og flamme.

Varmen var intens, nesten lammende men de virket ikke for å bry seg om det og Ghuad forsto at dverger virkelig var et utrolig seigt folkeslag. Han fulgte Alvisar gjennom hallen, i enden var det en stor bred dør og noen slet med å skyve opp de svære portene som stengte den. Det skrek i gammelt rustent metal og dørene beveget seg sakte. Bak var et noe mindre rom men det ble dominert totalt av en gigantisk ovn som ikke lignet noe Ghuad hadde sett før. Alvisar så litt nervøst på den, den var sikkert utgammel men kunne vært bygget dagen før, og den var fylt med malm og kuller. Alvisar smilte litt stolt. "Våre forfedre var forutseende, de fylte selv stengte ovner med kull og gjorde dem klare, slik visste de at de kunne benyttes på kort varsel. Men denne tar det tid å starte opp!" Ghuad trodde det så gjerne, og han så godt at han ikke fikk plass der inne. Som Alvisar sa, han måtte stikke hodet inn gjennom porten og prøve å varme ovnen opp slik. Det kom til å bli ubehagelig men ved gudene, han tålte det. Det tjente en god sak. Det ble trangt også ute i hallen men lå han helt stille gikk det nok greit. Han så bestemt på dvergen. "Jeg gjør det, men få alle her inne ut og ingen får komme tilbake før jeg er ferdig, forstått? Det blir vanvittig varmt her, og jeg vil ikke at noen skal bli svidd!"

Alvisar bare nikket og svelget litt nervøst, han gav noen tegn og øyeblikkelig forsvant dvergene ut dører langs golvet i hallen og fra galleriene som strakte seg oppover mot taket. Det ble tomt der og Ghuad samlet seg og skiftet skikkelse, det føltes alltid merkelig men han likte det også. Brått var han så stor at han nesten ikke fikk plass der inne og han la seg varsomt ned på brystet og tredde hodet og den lange halsen inn gjennom porten. Det var med et nødskrik at det gikk, flere av hornene og taggene på det enorme hodet satte seg nesten fast men han greide å få hodet gjennom uten å ødelegge annet enn noen pyntelister langs kanten av døra. Alvisars folk hadde forberedt ovnen og den var klar til å tennes og varmes opp. Ghuad nølte ikke, han åpnet kjeften og siktet og spydde en kompakt stråle med ild mot de åpne lukene. Det lød et merkelig susende smell, så tok det fyr og det ulte i luftekanalene i det ovnen begynte å suge til seg luft. Skorsteinen ulte også, og temperaturen steg raskt. Ghuad fortsatte å spy ild mot bunnen av ovnen, den var snart glødende og han måtte gi seg av redsel for å ødelegge selve strukturen i den. Det brant godt uten tvil og han trakk hodet til seg igjen og undret seg over hvor nært forhold dvergene hadde til ild som egentlig var et element en skulle tro andre raser var mer komfortable med. Dverger var liksom så jordbundne.

Han forvandlet seg tilbake og så at dvergene kom løpende tilbake og tok opp igjen arbeidet som om ingenting hadde skjedd. Det begynte snart å renne metal fra ovnen, det glødet varmt i en lys oransje farge og smedene virket fornøyd. Det så ut til at dette ble god kvalitet.

Ghuad gikk tilbake til rommet han hadde fått, han visste at det kun var noen få dager igjen før de måtte være klare, Thiron ville hjelpe dem, han var spent på hva den hjelpen bestod i. Det vesle han visste var ikke stort og han var svært spent på hva utfallet av dette kom til å bli, svært spent.

Obrauch var godt fornøyd nå, alle styrkene hadde nådd frem med unntak av de som ikke rakk over elva før broene eksploderte og de prøvde som best de kunne finne båter å krysse med. Men de var mange, svært mange og alle var ivrige og klare til å gå til angrep. Hans generaler hadde forsikret ham om at troppene var klare og han stirret mot byen og visste at de der inne var redde nå. Han luktet det formelig i vinden og det var slik en søt lukt, en lukt av seier! Murene var mektige men hans folk var også mektig nå som de var mange samlet og han fordelte troppene rundt byen med sikker autoritet. Han visste hvordan dette burde gjøres for at de skulle vinne.
Portene var det svake punktet til enhver borg men disse var så forsterket at det kunne bli svært vanskelig å bryte seg gjennom. Obrauch hadde som de fleste av sin rase liten erfaring i å beleire byer og fort, de angrep som regel i åpent terreng men det betydde ikke at han var dum og ikke i stand til å lære.
Portene var beskyttet på mange måter men han trodde han hadde en ide om hvordan de kunne svekkes. Det avhang av at han hadde bedømt konstruksjonene riktig.
Obrauch var ikke klar over at det var folk i hans styrke som ikke var fornøyd med hans styre, han var for opptatt til å høre på sladder men det var allerede et rykte i hæren om at noen aktet å falle deres leder i ryggen. Blant orker er det normalt, nesten å vente. Ingen ville gjøre noe med det for om vedkommende ble drept var det fortjent og drepte det tiltenkte offeret attentatmannen var det bare et godt bevis på at vedkommende var sterkest tross alt.
Angrepet skulle en gang for alle vise de usle menneskene hvilken styrke orkene hadde og selv om de hatet disiplin hatet de å bli lurt enda mer. Vreden kokte i hæren og den næret seg selv og ble

forsterket hele tiden. Noen prester var med og de bidro til og hause opp hatet og sinnet, noen av soldatene var så opptent at de ville ha styrtet seg selv mot murene og slått seg fordervet om ikke offiserene holdt dem i tømme. Obrauch hadde skaffet gode bueskyttere og de var plassert så de kunne fyre løs mot byen uten å bli hindret av de andre troppene. Og de hadde piler i massevis også.

Katapultene var klare og Obrauch hadde sørget for at tau og metal ble tatt vare på. Det var lagd mange entrehaker og han regnet med at i hvert fall noen burde greie å komme seg opp på murene. Og var de først kommet så langt ville resten bli enkelt. De ville innta byen som en flokk hær maur inntar en eng og så skulle hevnen endelig være deres. Og den ville bli søtere enn noen vin han noen gang hadde smakt. Byen hadde kanskje forsvarsverker, men Obrauch hadde tusener av soldater som gladelig døde for saken. Det burde jevne ut oddsene ganske kraftig. Han gliste i det han gikk til teltet sitt for å nyte et godt måltid. Snart skulle han blåse i hornet og slippe horden løs, svært snart.

Mens Obrauch koste seg med stjålet vin og kjøtt satt en mindre gruppe orker for seg selv nede i leiren, samtlige var ledere for mindre grupper innen klanen og de stirret ufravendt på Arzhag som hadde tegnet et enkelt kart på bakken foran seg. Han pekte på diverse posisjoner og stemmen var lavmælt, nesten hviskende. Ingen av Obrauchs lojale tjenere burde høre dette. Arzhags nærmeste menn var slektninger av ham, ingen direkte nære men for orker var slekt slekt uansett hvor fjernt slektskapet var. De hadde vært enige i hans planer og nå finpusset de planene. Arzhag mente at Obrauch ville bli for opptatt til å merke at noen motarbeidet ham og før eller siden ville han være uoppmerksom nok til å kunne tas ut fort og uventet. Arzhag skulle gjerne selv være den som påtok seg den æren men han var klar over at han kanskje ikke fikk muligheten. Jobben fikk gå til den av mennene hans som kom nære nok. En av de andre orkene spyttet i flammene og la armene i kors over brystet, han var stor og grovbygd og det fettete håret var flettet og pyntet med små bein og skjell. Arzhag gliste til ham, Ubugh var hans fetters fetter og en god slåsskjempe. Han stolte på at Ubugh kunne gjøre jobben om han fikk sjansen. Ubugh hadde en litt bitter mine på ansiktet, han var dypt troende og for ham var det religiøs vrede som gav vilje til å kjempe. "Hva garanti har vi for at de ikke ødelegger relikviene?"

Arzhag trakk på skuldrene. "Ingen, for alt vi vet er de allerede ødelagt, gudene alene vet hva de skulle med dem i utgangspunktet men vi vil ikke gi oss før vi finner dem. Og er de ødelagt skal blodet flyte i elver til intet mer blod finnes tilbake i det forbannede menneskereiret. "

Ubugh gyste synlig ved tanken på at noen kunne ha ødelagt relikviene, han grep amulettene han bar om halsen og klemte dem fort, bare for å forsikre seg om at de ennå var der. Arzhag visste at Obrauch hadde blitt valgt først og fremst fordi presteskapet og de eldste likte ham og stolte på ham, og han var da også en hengiven troende. Arzhag hadde egentlig bare forakt til overs for de som tilba så sterkt, han mente at gudene kun hjalp den som selv var sterk og han følte at religionen hadde trellbundet folket for lenge. Uten prestene og deres idiotiske regler og holdninger ville de bli mye sterkere, og fri til å herske som de burde. Han så bare presteskapet som et springbrett for egne ambisjoner, noe han trengte for å samle folket så han kunne ta all makt når tiden var inne.

Han pekte på kartet. "Kommer vi oss innenfor murene blir det trangt om plassen, det bør la seg gjøre å bli kvitt ham uten å sette seg selv i fare. Fienden bør få skylden, det vil gi mennene ekstra styrke til å kjempe!"

De andre nikket tankefullt, de prøvde å se for seg et troverdig scenario og samtlige var fast bestemt på at deres klan burde bli den som ledet an. De andre var svakere, mindreverdige! De var ikke verdt noe sammenlignet med deres klan og dens stolte historie. Når dette var over ville de alle være kun slaver for de stolte Frostulvene.

I sirkelen skred ritualene frem, Arjheds kropp var snart dekket med de merkelige mønstrene, noen tatovert på og andre malt.

Skapningene var nervøse nå, timen var snart inne og ikke noe fikk gå galt. Jegerguden hadde tre forsøk på å tilegne seg denne kroppen, greide han det ikke var alt forgjeves. Nålene ble plassert med nidkjær nøyaktighet og messingen hadde fått en ny tone. Den var mer kraftfull, mer bydende. Det hadde blitt kaldt der og det virket for at alt utenfor sirkelen var stanset, som om verden var kun et stillbilde. Det knaket svakt i eiketreet på klippen, som om det strakte seg for å se hva som foregikk.

Skikkelsene hadde fått selskap nå, skygger virket for å bevege seg rundt mellom steinene, utydelige og utflytende fløt de rundt og antallet økte hele tiden. Jegergudens hær var i ferd med å våkne, de ville være klare til å lyde sin herres ordre.

Over steinene danset også en annen skygge, også den ble sterkere og sterkere og flere kastet nervøse blikk mot den. En svak lukt av våt pels kunne merkes der nå, og de kunne høre tassingen av store poter rundt seg. I sannhet var gudene nære nå, og alle engstet seg for hva som nå ville skje. Ville de tåle å se det? At en gud våknet? De kunne ikke tvile nå, de måtte fortsette uansett hva resultatet ble.

Aglaran hadde roet seg ned og begynte å vandre videre gjennom gangene. Han var ikke helt sikker på hvor han var men han engstet seg ikke, gudene var med ham, han var helt sikker på det. Hans medsammensvorne var garantert fanget eller døde nå og han brydde seg ikke om det. Han skulle vite og utnytte alle muligheter heretter. Han hadde gått i noen timer da han hørte lyder, det var en svak støy som forvirret ham helt til han forsto at han var nær de store hallene som var hugget ut. Det var de evakuerte borgerne av byen han hørte og han smilte smalt for seg selv. Da visste han hvor han var, og han kunne skjule seg mellom dem om han trengte det. Han saknet farten og begynte å orientere seg etter lyden, den ble sterkere og han sto snart på en liten balkong som var hugget ut av berget over en av hallene. Der oppe var det mørkt så ingen så ham og han stirret ned på en stor mengde mennesker som nå prøvde å gjøre det så komfortabelt som mulig for seg der på steingolvet. Hulene var ikke jevnet ut, golvene var i flere plan og det var lagd enkle trapper mellom dem, det var som å se på en maurtue fra oven, det beveget seg overalt og støyen var ganske utrolig.

Aglaran visste at det var den spesielle akustikken der inne som gjorde det, den forsterket hver en lyd ti ganger. Her og der skrek noen unger og noen hadde samlet seg og satt og sang hellige hymner. Det ble en sann kakofoni av det til slutt. Aglaran stirret ned på mengden med fjernt blikk, visste de hva som lå bak dette? Ante de hvilken makt de var blitt ofret for? Han måtte glise for seg selv, om de overlevde dette ville de bli nødt til å tilbe ham. Han kunne nesten se det for seg, alle på kne for ham. Han trakk seg tilbake til tunellen igjen og begynte å gå gjennom de mentale kartene sine. Han burde finne den riktige gangen forholdsvis lett, han visste at den startet et sted bak den største hallen og ville lede ham ut et sted ute på slettene. Der ville han være bak orkenes linjer og var han forsiktig kunne han også klare å komme seg frem til fjellene usett. Og deretter skulle ikke noe få stanse ham!

Costaon hadde funnet veien nedover i kjelleren lett, han hadde tross alt lest mye om slottet og den enorme underverdenen som var bygget under det. Det var alt fra fangehull til vinkjellere og glemte bibliotek der nede og han visste at det gikk rykter om alle de som hadde gått seg vill der nede. Det ble sagt at man kunne høre stemmene deres fremdeles om en hørte godt etter, flere av dem gikk visst igjen der nede. Costaon var for godt opplært til å være overtroisk så han prøvde å ignorere uhyggen som krøp nedover ryggen på ham. Han hadde en lampe med seg og flere flasker med ekstra olje til den og den lyste godt men mørket ble liksom så kompakt utenfor den vesle sirkelen av lys. Ingen hadde brydd seg med å merke alle dører og korridorer der nede men han visste retningen og han brukte sunn fornuft og det han hadde lest. Han vandret stadig lengre ned i fundamentet der og gangene ble mer og mer støvete og forfalne. Det hadde neppe vært folk der på århundrer og han følte noe som lignet barnslig spenning.

Det var egentlig fascinerende å være den første som gikk gjennom disse gangene på så lenge og han følte en slags gutteaktig fryd over og kanskje gjenoppdage glemte hemmeligheter. Foreløpig hadde han bare funnet noen gamle rotteskjeletter og i en krok hadde det ligget en stor haug med knuste vinkrukker. Han burde nærme seg nå, etter hans beregninger burde han være like ved de nederste murene.

Han begynte å bruke øynene aktivt, det var flere ganger der også, trapper som gikk opp og ned og smale passasjer der to personer neppe kunne ha passert hverandre. Det var en svak trekk der og han fulgte den litt nervøst. Han håpet bare at alt var i orden der nede, at undrene han hadde lest om fremdeles eksisterte. Etter et par timer med vandring frem og tilbake sto han endelig foran en gedigen jernbeslått dør av eldgammel eik. Bare utseendet i seg selv fortalte at det som befant seg bak denne døra var viktig og han stålsatte seg og gikk sakte mot den. Støvlaget var flere tommer tykt og han passet seg vel for å forstyrre det, han aktet ikke å la seg kvele av støv heller.

Døra var stengt med en bom og han slet til det knaket i armer og rygg før han greide å løfte den massive bjelken ut av sporene. Den ramlet i bakken med et tordnende drønn som fikk Costaon til å krympe seg. Men det var ingen der som kunne høre det og han skjøv opp døra med et stønn. Den var velsmurt og velbalansert og gikk opp men han måtte bruke krefter. Årene hadde irret gjengene og det kom en skjærende skrikelyd som gav ham akutt gåsehud og frysninger nedover ryggen. Og det som ventet ham på andre siden fikk ham til å stanse og bare glo vantro.

Det var en enorm hall, og om det han hadde lest stemte var den sirkelformet og gikk under hele byen, langs murene. Den var et arkitektonisk mesterverk men Costaon tenkte ikke så mye på arkitektur nå. Hallen var fylt med maskineri, massivt maskineri som nesten lam slo ham. Det var tannhjul på størrelse med hus, stempler og motvekter som var så svære at han ikke kunne tro det han så. Og kjettinger, enorme kjettinger som sikkert måtte ha tatt en mannsalder å smi. Han gikk sakte nærmere, så på alle plattformene og kontrollene og kjente seg brått veldig liten, faktisk uhyre liten. Hver av kjetting lenkene var på størrelse med porten til slottet, og skinte svart av støpejern og smurning. Det lå et enormt arbeid bak alt dette og Costaon følte at han fikk sommerfugler i magen av synet og vitenen om at han skulle frigjøre disse kreftene.

Han gikk bortover en av de smale gangveiene som fulgte hele mekanismen og prøvde å få et overblikk over hele den gigantiske konstruksjonen. Rommet var flere hundre meter bredt og han så at det var møysommelig muret opp og hugget ut. Gangveier og trapper gikk overalt som greiner i et tre og han syntes et øyeblikk det minte ham om et edderkoppnett. Det var et svakt grønnlig lys der nede og han så at det kom fra flere enorme krystaller som var festet i taket, de måtte være selvlysende og han beundret dem i noen sekunder før han gikk videre. Det skulle være en kontroll der et sted som styrte hele greia, han måtte finne den.

Han brukte lang tid på å finne den men til slutt kom han til en slags fremskutt paviljong som stakk ut fra veggen og på den var det plassert noe som bare kunne være en hovedkontroll. Han gikk sakte opp den brede trappa og så smalt på bryterne og spakene som stakk opp av et slags skrått bord. Hele greia var dekket av et tykt lag med støv og han blåste møysommelig bort alt sammen. Det var en slags orden i kaoset, han forsto sakte hvordan spakene hang sammen med mekanismen han så. Det som var irriterende var at han ikke hadde mulighet til å lære å bruke det først, han måtte bare sette i gang og håpe på det beste. Men uansett, han ville forstyrre planene og ordne enda mer kaos enn før og det var en god ting. Han gledet seg til det.

Costaon visste at det hadde gått lang tid nå, men han ville vente til slaget var i gang, til orkene hadde kommet innpå byen. Og han var dyktig sliten av all gåingen så han la seg til i et hjørne og spiste litt av nisten sin før han la seg til å sove. Når han våknet igjen ville han begynne sitt verk og endre alt, tanken var forbausende behagelig og han gliste litt før han trakk kappen sin tett om seg og lot øynene gli igjen. Orkene kom til å få sitt livs overraskelse, men det ville byens bebyggere også.

Kapittel 6:Hva som var glemt

Fra natten de kommer og nådeløst slår til
Vi bringer oss til fall
Ingen nåde blir vist for hevnen er blodig og rask
La ulvene ete seg mette i natt

Janrem følte seg malplassert, andre ord kunne ikke beskrive det.
Han var omringet av folk som var så utrolig mye mer enn ham og
han prøvde så godt han kunne å virke rolig og kunnskapsrik.
Utenfor murene stimlet orkene sammen og han hadde bestemt seg
for å kjempe alt han kunne. Han kunne ikke dø, det var jo en fordel i
en kamp. Støyen var allerede øredøvende og han så at de fremmede
hadde trukket på seg rustninger og gjorde seg klare. Han sto der i de
slitte skinnklærne sine og hadde en følelse av å være en tigger.
Fangene var godt plassert i celler under palasset og ville bli avhørt
senere, om det ble noe senere. Janrem kjente byen, han stolte på
murene som alle andre der men noe sa ham at murer neppe holdt i
lengden. Vreden og hatet han følte fra orkene der ute hang som noe
nesten håndfast i luften.
Akisha så at Janrem sto der og så direkte forlatt ut, mannen var en
gåte og hun følte et gys av ubehag rundt ham når hun visste hva han
var. Men han ville hjelpe dem og han kjente byen som få andre, han
ville bli nyttig. Hun gikk bort til ham og han så ned og bukket fort.
Respekten han viste dem alle var ekte, hun følte det og hun ante at
Janrem nok hadde vært et ganske godt menneske i utgangspunktet.
"Du trenger en rustning om du skal slåss"
Janrem så ned i golvet, han hostet nesten av sjokk, han trekke i
rustning? "Gode mester, det trengs ikke, jeg kan ikke bli drept!"

Akisha skakket på hodet. "Det kan så være, men du kan bli såret ikke sant? Jeg vil tro at du føler det når du blir skadet?"
Janrem svelget hardt. "Ja, det gjør vondt, forbannet vondt faktisk. Men sårene forsvinner av seg selv med en gang. "
Akisha knep øynene sammen og kjente et stikk av fascinasjon, for en gave det var for en kriger. "Så du lar deg snaut stanse, det vil være verdifullt. Du var kun en tyv sa du? Har du overhodet trent med våpen?"
Janrem ristet på hodet. "Bare det som trengs for å klare seg, Gatas regler kan en si. Jeg har ingen teknikk men jeg er raskere enn et menneske og det er som om noe i meg bare forteller meg hva jeg skal gjøre. Det er slik det er. "
Akisha studerte ham stille, Janrem var egentlig en flott mann, vakre jevne trekk og et åpent og ganske tillitsvekkende ansikt som ikke røpet noe om hva slags forvandling som hadde skjedd. "Er det bare det som har endret seg eller har du merket andre forandringer også?"
Janrem kjente at han aller helst ville ha slåss mot en drage ubevæpnet, hun var så fordømt rett på og å nekte å svare var umulig. Han forsto hvorfor Akisha var en over mester, hun hadde en skrekkelig autoritet som bare tvang en til å adlyde. Kinnene brant føltes det for men han visste at ingen så rødmen lenger, han svelget igjen. "Æh, jeg har dårligere smaks sans enn før men bedre luktesans. Og jeg ser bedre også. Men det merkeligste er at jeg er mer følsom, for berøring altså. "
Akisha løftet et øyebryn i en talende gest og Janrem så ned igjen, nesten desperat. Heldigvis forfulgte hun ikke det nærmere og hun vinket på en av tjenerne der. "Ta med Janrem her til slottets våpenlager, gi ham en god rustning og de våpnene han vil ha. "
Janrem måpte, hun tok kommandoen som om hun var kongen selv men på den andre siden, selv en konge manglet den autoriteten en våpenmester har i krigstid. Janrem stotret, han hadde en merkelig følelse av stolthet som fikk brystet til å svulme i ham. En rustning, og ordentlige våpen. Ved alle guder, hvor ofte hadde han ikke drømt

om det? Og han sverget for seg selv at han skulle slåss for byen med alle midler nå, han skulle ikke vike tilbake for noen fiende, aldri! Tjeneren gikk foran ham med bestemte skritt, det var tydelig at det å få en ordre av en våpenmester var noe ganske stort og mannen aktet å utføre den til perfeksjon. Våpenlageret lå ikke langt fra porten og det var stort. Det var lagret mye der men en god del var allerede delt ut til soldatene som skulle forsvare palasset om det verste skjedde. Allikevel var det mengder igjen og Janrem så storøyd på rekkene med sverd og rustninger. En eldre kar i en enkel uniform med et stilisert sverd brodert inn på ermene bukket kort da de kom inn. Han var ansvarlig for stedet og tjeneren så bestemt på ham.

"Våpenmestrene ønsker at denne mannen skal få en god rustning og våpen. "

Mannen så granskende på Janrem, brått kjente han seg som et rart dyr på utstilling. Mannen gikk rundt ham, kjente på armene hans, målte livvidden og skulderbredden og Janrem følte seg brydd mer enn noe annet.

"Unge mann, jeg vil tro at du ikke har båret full plate noen gang?" Janrem ristet på hodet, det beste han hadde eid hadde vært en enkel rustning av forsterket lær med en gammel og rusten ringbrynje under. Og han hadde bare eid den i noen korte uker også. Mannen sukket og så på ham igjen. "Du er bred, og høy. Og armene dine er lange også, ikke enkelt, ikke enkelt. Men jeg tror jeg har noe du vil like. "

Han halte Janrem med seg bortover rekkene og stanset foran et stativ med rustninger som ikke lignet noe Janrem hadde sett før. De var helt svarte og uten pynt av noe slag virket det for men da han fikk studert dem litt mer så han detaljene, de vakre små tingene som røpet at de var mesterverk. Rustningene virket for å være lagd av lær med skjellbrynje mellom og det var lagd delikate mønstre i det svarte læret. Spenner og slikt var av matt svart metall men det hadde en merkelig rødaktig tone som bare syntes i direkte lys. Janrem så fascinert på dem. "Jeg har aldri sett slike før?" Mannen knegget litt stolt. "Er det få som har gutt, men de er eldgamle. Eldre sies det enn denne byen. De sier at de gamle smidde

179

disse, og kledde dem med skinnet fra drager. De ser helt nye ut den dag i dag, og er lettere enn en skulle tro. "

Han trakk løs en av dem fra stativet og knep øyebrynene sammen. "Denne bør passe deg, Den er bred som du er. "

Janrem så vantro på mannen. "Jeg er ikke verdig noe slikt?!"

Den eldre karen så stramt på ham. "Du er villig til å kjempe for byen, for folket ikke sant?"

Janrem bare nikket. "Da er du verdig, enhver som villig ofrer sitt blod og kanskje sitt liv for vår by er verdig!"

Han trakk frem en rustningstrøye og en vams og Janrem trakk sakte på seg klærne før den eldre karen hjalp ham på med rustningen. Den var enkel, bryst og ryggplate og skulder beskyttere samt stive skinner for armer og bein. Han fikk en bukse av lær med påsydde ringer og høye støvler med stålbeslag og da alt var på følte han seg merkelig, nesten tåpelig på et vis. Det var fantastisk å kunne bære noe slikt men samtidig husket han hvorfor han måtte bruke den og det ødela gleden en god del.

Mannen smilte bredt. "Den kler deg, og nå, våpen. Hva foretrekker du?"

Janrem skar en grimase. Han hadde vært nødt til å klare seg med det han hadde for hånden men han foretrakk litt kortere smale sverd som gjorde det enkelt å bevege seg raskt og slå til enda raskere. "Noe lettere enn et slagsverd kanskje. "

Mannen nikket sindig. "Jeg forstår, du foretrekker å slåss nær innpå. Det krever stor hastighet men det tror jeg at du har. Kom her. "

Han fulgte etter bort til en vegg dekket med sverd av alskens typer. Han kunne bare glane for mange av våpnene var brutalt store og noen fattet han ikke at noen kunne bruke. Den eldre karen gliste kort. "Turneringssverd, flotte og prangende og for bruk med to hender. En fekter ikke med disse, en bare hamrer løs på motstanderen og håper at han ber om nåde før ens egne armer blir for slitne. "

Janrem måtte smile og mannen klasket ham på skulderen. "Her gutt, her har jeg noe som passer deg. "

180

Han trakk frem en kasse fra under en benk og løftet den opp på benken. Han låste den opp med en nøkkel fra et knippe han bar i en lenke om halsen og Janrem så litt forbauset på de to våpnene han løftet ut. De lignet ikke noen sverd han hadde sett før. De var forholdsvis smale og lengre enn han var helt fortrolig med men formen var det uvanlige. De var ikke rette, de var svakt krummet og hadde kun en egg. Den øvre eggen var sløv med unntak av et område midt på bladet som var formet som stygge sagtakker. Han gyste når han forestilte seg hva disse to bladene kunne gjøre av skade.

Stålet i dem var også uvanlig, det hadde en dyster mørk farge med underlige linjer som bølget og snodde seg rundt og det virket for at stålet hadde ulike fargesjatteringer også. Parer stengene var enkle, kun stålstenger med en liten avrunding i enden, hjaltet var dekket med svart lær som virket helt nytt og han fikk en merkelig følelse av at disse sverdene var farligere enn en skulle tro. Sverdknappen på begge to var identisk, et gapende slangehode med huggtenner og øyne av innfelte rubiner. Det var noe truende ved dem og Janrem kviet seg for å ta i dem.

Den eldre karen nikket kort. "Jeg ser at du er følsom, at du reagerer på dem. Det er bra, da kan du bære dem uten frykt. Du vil aldri la deres blodtørst overvinne din egen vilje. Ta dem opp, kjenn på dem. "

Janrem svelget hardt og løftet de to våpnene, de var perfekt balansert og han så at Eggen var så skarp at den antagelig kunne splitte fallende hår. Han kjente en underlig sugende følelse i kroppen i det hendene lukket seg om hjaltene på dem, som om noe prøvde å undersøke hvem han var. Den eldre karen nikket sakte. "Disse bladene er ikke som andre, de har en vilje. Slangens tenner ble de kalt i gamle dager, og de var med rette fryktet. Kun de soldatene som hadde god selvkontroll fikk bære dem, de elsker blod, hungrer for det. Den som er svak vil gi etter og utgyte mye av det, for mye. Men jeg tror ikke du er av dem, og i kampene som kommer vil de bli svært nyttige. "

Janrem skar en grimase av avsky men noe i ham kjente en underlig glede over å bære slike våpen, dette var ting fra legendenes tidsalder, ting store helter hadde båret før ham. Det var en ære han aldri kunne forestilt seg at han skulle få oppleve men det var også en ære med en bismak. "Jeg er egentlig mest vant med å slåss med kun et sverd om gangen. "

Mannen nikket sindig. "Jeg ser det, men frykt ikke, disse to vet hva de skal gjøre, du vil ikke ha noe problemer med å mestre dem. Tro meg. "

Janrem fikk to slirer rakt bort til seg, de var til å feste over ryggen og han følte seg svært pussig da han fikk dem på plass. Brått var han farlig og det var en underlig følelse. Men han skulle i sannhet gi disse bladene blod å drikke om orkene kom seg over murene.

Mannen strammet noen av remmene litt, justerte på dem. Han så bestemt men smalt på Janrem. "Jeg er gammel gutt, jeg har sett mange krigere her. Noen var edelmodige og heltemodige, andre var skurker som gledet seg over å utgyte blod. Andre igjen slåss fordi de måtte, ikke fordi de ønsket det. Og av dem ble de største navnene født. Jeg ser det samme i deg unge mann, du fortjener disse bladene, jeg føler det på meg, kjenner det helt inn i beina faktisk. "

Janrem kunne bare bukke fort og takknemlig og mannen klappet igjen på sliren av det ene sverdet. "Navnene de bærer er Hoggtann og Bit, vel uttenkt vil jeg tro. Jeg tror orkene vil lære å frykte dem. "

Janrem smilte litt overveldet. "Jeg lover deg, det skal de!"

Mannen snudde seg, tok frem en liten sekk og halte frem et par kortere dolker, en jaktkniv og noen kastekniver i samme metallet som de to sverdene. "Her, de kan også komme godt med. "

Janrem tok i mot og takket litt stotrende for hjelpen. Han følte seg fjollete da han gikk ut igjen, nå så han brått ut som en kriger, en trenet soldat. Og det enda han slettes ikke var det. Han bare håpet at han ville greie å ære våpnene og bringe både deres navn og sitt eget ære.

Raigh og Våk sto på den andre muren, den var svært høy og gav en utmerket utsikt over sletten foran byen og Raigh brummet kort og

lot blikket vandre over soldatene som var stilt opp. De var amatører
nesten hele gjengen, noen få hadde ordentlig trening og ingen av
dem hadde vært beleiret noen gang. De kom til å oppleve noe de
snaut nok kunne forestille seg. Våk ristet på seg og skjøv det lange
svarte håret ut av ansiktet, den hvite stripen i det skinte nesten i
morgenlyset. Han bar kun en lett lærrustning og hadde tatt med seg
en bue han hadde fått lagd spesielt for seg. Den var så sterk at ingen
andre der greide spenne den og Raigh visste at alven var en mester
med den. Pilene var også spesiallagd for våpenet og de var svarte
med spisser av et spesielt herdet stål som slo gjennom selv
rustninger. Våk kalte buen for Plystrer siden pilene fikk en
plystrende lyd og Raigh visste at med den i hånd kunne Våk treffe
mål nesten umulig langt vekk.

Rheynek var nede mellom murene og hjalp mennene der med å sikte
inn blidene og de enorme armbrøstlignende våpnene som skjøt ut
bøtter med skarpe bolter og lange tykke piler foret med Jirhgs små
overraskelser. Enez hadde trukket inn i palasset sammen med de
andre kvinnene og barna, hun var en god fekter men en åpen kamp
var ikke noe for henne. Elda og Wilbwyn kom til å slåss, det var
ingen der som kunne stanse dem og ingen grunn til det heller. Elda
var dødelig med en bue og Wilbwyn hadde slipt øksa si godt som
han kalte det. Rhylja var også klar, hun hadde smurt ansiktet inn
med stridsmaling, nå lignet hun en tiger med striper overalt og de
lange knivene sine klare. Hun var nesten like dødelig som Akisha
og det skulle bare mangle.

Raigh hadde fått på seg rustning og var klar, men han visste at det
neppe ble noen kamp mann mot mann, dette ble en kamp utkjempet
med beleiringsmaskiner. Med mindre murene feilet, han ba alle
guder han kjente til om at det ikke skulle skje. Byens forsvarere var
ganske mange men de manglet erfaring, selv de beste offiserene
hadde sett kun små trefninger og Raigh kunne ha revet seg i håret av
frustrasjon til tider. De hadde holdninger som var direkte horrible og
hadde en alt for stor tiltro til murene. Men orker er dyktige klatrere
og han visste at de hadde med seg gnomer også. Og de små lette
skapningene var enda bedre til å klatre. Helst skulle murene vært

glattet over med kalk og bedre vedlikeholdt, de var ru nå og steinene hadde forskjøvet seg her og der, varmen om sommeren og kulda om vinteren kunne gjøre det. For en smidig gnom var det slettes ikke umulig å klatre opp. Raigh fryktet nettene mest, det var da faren var størst og han hadde beordret at store fyrfat ble gjort klare. De måtte se til at muren ble opplyst så mye som mulig.

Han hadde plassert gode bueskyttere på de mest strategiske stedene og han visste at Corat og hans sønner også kom til å kjempe.

Egentlig ville han ha frarådet at den aldrende kongen deltok i dette men det betydde enormt mye for soldatenes moral at de så kongen der. Og enhver sverdarm kunne bli verdifull om det verste skjedde. På palasset var alle plassert i de indre delene der takene var sterke og han hadde satt igjen kun det som trengtes av vakter der. Det var liten tvil om at byen var forberedt nå men ville det være nok?

Akisha gikk rundt og sjekket at det var gjort klart til å håndtere branner, byområdene mellom de øverste murene var forlatt og brant de måtte de bare brenne. De kunne ikke gjøre noe for å hindre det. Men murene ville hindre brannene i å spre seg alt for mye og Akisha bare håpet at gudene var med dem og sparte dem for sterk vind.

Inne i palasset hadde Ygraine sett på mens Duchlain trakk på seg vamsen sin og en rustning, han aktet å kjempe om det ble nødvendig og han overtalte Ohlain til å passe på henne og moren. Alima virket forbausende rolig nå, hun var taus og stille men behersket. Hun hadde begynt å samle en del adelsdamer og tjenestejenter og hjalp medikus med å gjøre klar noen saler de kunne bruke til å stelle de sårede. Ygraine ville gjerne hjelpe til også men Alima hadde nektet henne det. Hun fikk heller trå til om det ble absolutt nødvendig men ikke før, hun hadde sett nok død på veien dit og Alima mente at det ikke var bra for henne å se mer.

Ohlain ville også gjerne ha slåss men han visste at Ygraine trengte noen der hun kjente og stolte på, så han ble. Rommet de var i var svært luksuriøst og en smule mørkt men det lå såpass langt nede i bygget at det var rimelig trygt der. Ygraine skulle nesten ønske at hun hadde vært en mann, eller en krigerprestinne som Akisha. Hun misunte den høye svarthårede kvinnen roen og selvsikkerheten som lå som en slags kappe om henne. Hun visste liksom alltid hva hun skulle gjøre.

Ohlain prøvde å få tida til å gå ved å fortelle om ting han og Duchlain hadde gjort og Ygraine fulgte med på det han sa. Hun var nysgjerrig på Duchlains fortid og Ohlain var svært ærlig. Han skjulte ikke noe og Ygraine fikk et inntrykk av at Duchlain kanskje var den minst seriøse av Corats sønner, i det minste når det gjaldt sin avstamning. Han hadde aldri prøvd å utnytte det faktum at han var av kongelig blod slik andre ville gjort og han hadde heller ikke vært av dem som helst satt ved skolebenken i utrengsmål. Han hadde alltid likt å være ridder og soldat og Ohlain fortalte glisende om at det første ordet Duchlain hadde sagt verken var mor eller far men hest. Det var ganske typisk for ham og Ygraine forsto at Duchlain hadde en stor lidenskap for hester. Hun hadde jo sett hvordan han reagerte på de fremmedes utrolige ridedyr og sett hvordan han sørget over stridshesten han mistet på fjellet.

Ohlain mente at de kanskje kunne sette inn kavaleri mellom murene om orkene kom seg gjennom, en ryttertropp kunne trampe ned og drepe mange orker om de fikk muligheten og Ygraine gyste når hun tenkte på det. Duchlain ville garantert bli med da, hun ville ikke at han skulle bli skadet eller enda verre, drept. Ohlain så hvor urolig hun ble og han strøk henne trøstende over håret. "Ikke uroe deg mellon nin, Duchlain vet hva han gjør. Og orkene kommer aldri over murene, ikke tenk på det. "

Ygraine prøvde å smile mot ham. "Jeg husker at far skrøt av Catendhars sju murer, hvorfor sju?"

Ohlain trakk på smilebåndet. "Legendene sier at den første kongen her bygde sju murer i takknemlighet over at han hadde fått sju sterke sønner. Men antagelig mente de vel at tre er bedre enn to og at fem er bedre enn fire og så ble det sju til slutt. De bygde jo på byen i flere omganger. "

Ygraine satte seg bedre til rette, det var underlig stille der nå. Bare en og annen tjener hastet gjennom gangene og det føltes nesten unaturlig. Hun var på en merkelig måte nesten glad for at situasjonen var som den var. Ingen av de andre adelsdamene der hadde hatt tid til å bedømme henne, det kom senere. Foreløpig ante ingen noe om henne og hun skulle ønske at det kunne fortsette slik. "Hvor gammel er byen egentlig?"

Ohlain trakk på skuldrene. "Det er et godt spørsmål, de sier at grunnsteinene ble lagt for to tusen år siden. Det kan være sant men ingen vet det med sikkerhet. "

Ygraine sukket, to tusen år, det var en vanvittig lang tidsperiode. Men byen bar preg av det også, det var et sant kaos av byggestiler og byggemetoder der og hun så at bygningene ble yngre jo nærmere de kom de ytterste murene. "Det var smart av dem å bygge så mange murer. "

Ohlain smilte kjærlig til henne og satte seg så han kunne stryke hendene gjennom det lange silkebløte håret hennes. "Ja, de tenkte virkelig på forsvar den gangen. Det var jo en svært stridig periode i historien og mange kamper. Det er skrevet hele avhandlinger om murene og hvordan de ble konstruert. "

Ygraine rynket pannen. "Ja vel? Hvorfor det? En mur er da en mur?"

Ohlain ristet på hodet. "Nei Ygraine, så langt derifra. Murer er forskjellige akkurat som hus er det. Og festningsmurer enda mer. Du har sett hullene i murene og fall gitterne og alt det andre?" Ygraine nikket forsiktig. "Ja?"

Ohlain gjorde en gest i retning murene. "En kan slippe ut alt fra kokende olje og bly der til steinkuler og slikt, og mellom mur tre og fire kan en slippe ut vann og drukne alt mellom dem. Det er et eget vann lager et sted i berget her som kan åpnes. "

Han trev en serviett og en svidd bit kull fra peisen og begynte å tegne noe svært raskt og enkelt. "Se her, er det fare for at fienden bruker kastemaskiner må murene ha en annen fasong enn om de bare prøver å klatre over. Da må muren kunne stå i mot harde anslag og kaste stein og slikt tilbake. "

Hun så på tegningen og forsto. Dette var slikt gutter lærte fra en tidlig alder av, jenter fikk ingen innsikt i den slags. "Murene her er ikke slike?"

Ohlain ristet på hodet. "Nei, for det var få som hadde den slags på den tiden, nesten ingen faktisk. Men murene har hemmeligheter Ygraine, selv om de nesten er glemt nå. Vi glemmer ofte å se oss tilbake når vi vandrer forover hele tiden."
Ygraine så spørrende på ham. "Hva slags hemmeligheter da?"
Ohlain smilte litt skjevt. "De er spesielt konstruert ser du, til å være feller i seg selv. Det var en legendarisk vismann som tegnet konstruksjonen og den gjør det mulig å åpne luker i murene og også velte dem utover, mot fienden. Det er liksom en slags siste utvei de gjorde mulig"
Ygraine fikk en litt merkelig følelse i det han sa det, det krøp liksom noe nedover ryggen hennes. Ohlain så at ansiktet hennes endret seg og han rynket pannen litt. "Er det noe galt?"
Ygraine smilte fort. "Nei, jeg fikk bare en litt merkelig følelse, det er alt. "
Ohlain sukket og strakte seg. "De sier at det som skremmer mest ved beleiringskrig er ventingen, ikke kampene. Jeg tror de har rett. "
Ygraine klemte handa hans hardt. "Jeg vil foretrekke å vente i all evighet fremfor å oppleve en krig"
Ohlain trakk henne nærmere, kysset henne ømt på pannen. "Det ville vi vel alle"

På murene var det vaktavløsning da det hele begynte, de hørte en svak torden av føtter og så stormet orkene mot murene med ville skrik. Det virket for at de trodde de kunne løpe gjennom murene men det nyttet selvsagt ikke. Øyeblikkelig begynte en skur av piler å stige mot himmelen og offiserene brølte ordre. Mennene søkte dekning under skjoldene sine og Raigh sukket lettet, de hadde da lært såpass i det minste. Brølene og ropene fra fienden overdøvet nesten offiserenes hese rop men fra slottet hørtes nå en lyd som overdøvet alt annet. Et horn ble blåst og lyden var så sterk at den nesten gjorde vondt. Signalet var gitt, byen var under angrep og alle måtte klare seg som best de kunne om de ikke var flyktet inn i berget.

Raigh stirret utover, det lå en svak dis i lufta som gjorde det vanskelig å se og han vinket på Våk. "Har de begynt å fyre løs?" Alven nikket. "Vi har innkommende, stein vil jeg tro!" Raigh snudde seg mot offiserene som ventet nede på indre kant av muren. "Forbered dere, stein!"

Orkenes katapulter var kanskje primitive men sterke, steinen som kom svevende var forbausende stor og den virket for å gli nesten sakte gjennom lufta men det var synsbedrag. Den smalt inn i den tredje muren like under kanten på den og løste seg opp i en skur av steinsplinter med et øredøvende drønn. Raigh så at flere av soldatene på muren der var blitt bleke. Han bet tennene sammen, de kom til å oppleve ting langt verre enn dette før slaget var over.

Flere stein var på vei nå og Raigh løftet armen, signaliserte til byens egne bueskyttere. De adlød med en gang, fyrte løs skurer med piler som seilte over murene og stupte ned. Orkene hadde også skjold men de var dårlige, som regel lagd av kokt lær med kun en ytre ring av tre og de gav liten beskyttelse mot gode piler av dette slaget. Raigh var glad for at Corat hadde vært så forutseende at han gav bueskytterne gode piler. Rundt hele byen fyrte de av og himmelen ble nesten formørket av alle prosjektilene. Det regnet stein ene veien og piler den andre og begge deler var like dødelig om en ikke var beskyttet. Raigh så at hus og bygninger ble truffet og formelig ramlet sammen som korthus, Her og der ble større bygg truffet også og larmen var øredøvende og kaotisk. Nede mellom murene var kastemaskinene klare og Jirhg løp rundt og instruerte de som brukte dem om hvordan de skulle sikte. Orkene hadde mistet mange allerede men de ble bare mer pågående av det, han så at de stimlet sammen under murene og alkymisten hadde fått kokt opp enorme mengder olje og smeltet bly som ventet i kammerne på toppen av de ytre murene. Og svære steinkuler var lagt klare til å bli sluppet ned gjennom hullene etter de flytende forsvarsmidlene. Det hellet svak nedover fra murene og det ville gi en flott effekt mente han.

Raigh så at den første bølgen av katapulter fyrte løs, de kastet ut krukker ladet med sprengpulver og ved anslag blåste de utover og kastet forgiftede spiker i alle retninger. Krukkene fløy langt, det var

ikke de fremste orkene som ble truffet av denne salven men de som var litt lengre bak. Det var gjerne offiserer og slikt og han håpet at de kunne bryte disiplinen en smule. Det ville gjøre alt enklere. Det kom stein og slikt i retur nesten med en gang og bueskytterne fyrte på nytt. Noen sto på ytterste muren og siktet seg inn mot individuelle orker mens resten bare sendte en skur opp og lot tyngdekraften og tilfeldighetene avgjøre hvem som ble truffet og hvem som klarte seg. Og allikevel stormet de frem, nølte ikke og noen prøvde å kaste entrehaker opp mot murene. Bueskytterne plukket dem ned en etter en men orkene hadde bueskyttere også og Raigh visste at de var gode. Orkene var jegere og vant med å bruke buer og det vistes også. Flere av mennene på murene hadde stupt på tross av beskyttelsen brystvernet gav dem og skjoldene de holdt klare. Raigh håpet at lasarettene var klare nå, de ble garantert fylt. Corat og hans tre sønner sto på den fjerde muren, den var den bredeste og hadde ramper opp så brede at det var mulig å ri opp og nå stirret Corat matt på kaoset der fremme. Stein og slikt kom susende og knuste bygg og skrik og rop skapte et leven han aldri hadde opplevd maken til. Alderim hadde på en rustning som var helt lik sin fars med unntak av at våpenskjoldet hans var holdt i rødt i stedet for brunt og han hadde på en hjelm med en elegant fjærdusk. "Når skal de slippe oljen?"
Corat skar en grimase, han likte ikke slike våpen men det var nødvendig, dessverre. "Når tiden er inne antar jeg. Neppe før. Vi kan ikke bruke opp alle triksene våre for tidlig"
Alderim nikket, han virket nervøs og Corat forsto ham godt. Ingen av hans sønner var vant med krig, Duchlain var den som var mest vant med strid av dem men ingen hadde kjempet som dette noen gang. Corat følte seg underlig sliten, som om all styrke sakte seg ut av ham. De hadde ikke funnet Costaon og han fryktet hva den gale unnskyldningen for en mann kunne finne på. Han turte ikke la noen av slekten være ubevoktet så lenge den mannen var på frifot.

Inne i fjellet hadde Aglaran nå begynt å flytte på seg, han trodde han hadde funnet riktig gang og han hørte det svake drønnet fra stein som traff murene helt inn dit. Angrepet var i gang og han kjente at fryden strømmet gjennom seg. Dette kom i sannhet til å gå hans vei. Han raste gjennom gangen så fort han bare greide det og merket ikke at noe beveget seg i skyggene bak ham, umerkelig men meget målbevisst.

I hallene var det merkelig stille nå, ingen sa noe. En og annen mumlet kanskje stille på bønner men stort sett satt de fleste der og bare lyttet med bleke ansikter. De regnet med at murene holdt men var uansett redde, ingen av dem hadde opplevd noe slikt og de ante ikke hvor lang tid dette ville ta, om de kunne vinne mot slik målrettet ondskap. Det var etablert en slags orden der inne, noen gikk rundt og så til at folk hadde mat og vann og tepper mens andre igjen så til de som var syke eller trengte annen hjelp, alt i stillhet. Byen var inne i sin skjebnetime nå, de neste døgnene ville avgjøre alt.

Elywen og Frostfugl sto på balkongen der likbålene hadde brent og så ut over byen, begge var forberedt på å hjelpe til som best de kunne og Elywen håpet nesten at hun fikk skifte skikkelse. Som drage kunne hun virkelig gjøre skade og det var lenge siden sist hun fikk muligheten til å føle den friheten og kraften. Khir var fremdeles nede der sammen med kongen og Alderim og Frostfugl visste at han aldri sviktet sin oppgave, hun ville heller ikke svikte sin.

Janrem hadde sluttet seg til Akisha og Rhylja, de to var gått ut og sto utenfor palasset, de stirret mot murene og Janrem visste ikke om han likte uttrykket i øynene deres. Rhylja var kanskje vakker men det var noe ved henne som gav ham kalde frysninger nedover ryggen. Han tvilte ikke på at hun var særdeles dødelig og han ante at Akisha var hakket enda hvassere. Men hun hadde en slags disiplin ved seg som Rhylja mer eller mindre manglet, han trodde ikke at Akisha var så farlig som Rhylja i så måte. Men på den andre siden, det kunne være at han tok aldeles feil.

Rhylja så granskende på rustningen hans og sverdene. Hun gjorde en spørrende gest og han trakk nølende det ene sverdet, lot henne se på det. Akisha bikket på hodet og studerte det også med kyndig blikk. "Smidd av en mester, men et farlig blad. Jeg føler det. Vanlige krigere vil neppe ha stor nytte av det. "

Janrem svelget hardt. "Jeg vet det, sjefen for våpenlageret fortalte meg det. "

Rhylja så hardt på ham. "Vokt deg Janrem, du har stort potensiale men det går i begge retninger, vær på vakt så det ikke slår i feil retning. "

Han prøvde å smile men ansiktet føltes merkelig stivt, nesten unaturlig. Akisha så nærmere på bladet, hun strøk en finger langs det og Janrem kjente at et kaldt gys raste langsmed nakken hans da han hørte at bladet gav fra seg en svak jamrende tone, som om det protesterte. Akisha smilte men smilet var stygt. "Dette bladet er ikke godt Janrem, den smeden som smidde det var garantert forsverget til de mørke makter. Men ild skal bekjempe ild, bruk det med vett. Lær orkene å frykte deg,"

Janrem kunne bare hviske svaret. "Det sverger jeg at jeg vil!"

Ved murene stormet orkene frem og prøvde å finne svakheter i murene eller portene. Noen forsøkte å sende store entrehaker opp ved hjelp av enorme armbrøster men murene var slik konstruert på toppen at det ikke gikk å få feste for dem. Og bueskytterne sørget for at de som prøvde å klatre muren fort angret på det. Våk sto der med den kraftige buen sin og Raigh så imponert på at hvert skudd felte en ork eller gnom. Foran murene så det nesten ut som en maurtue så tett var det og det fløy stein og slikt gjennom lufta. Heldigvis var ikke orkenes katapulter og blider særlig godt lagd, de var kraftige men vanskelige å sikte inn og noen stein ramlet ned før de engang nådde muren, uten at det dempet på iveren. Raigh var bekymret for portene, men han så godt at de var meget dyktig konstruert. De kom neppe til å feile med det første.

Nede i orkenes hovedleir var stemningen noe dempet, de innså at murene var et formidabelt hinder. De greide ikke forsere dem og byens bombardement slet på moralen. Utallige orker ble drept av alt byen sendte ut av skyts og ingen av dem hadde sett maken til noen av våpnene. Det var ikke så merkelig når det var Jirhg som hadde stått for dem, alkymikeren hadde jobbet som en gal i salen han hadde fått og kongens egne folk hadde hjulpet ham. Ychmal hadde greid å finne noen gamle oppskrifter som også kom godt med og sammen fungerte de to utmerket som et lag. Jirhg visste at de måtte holde fienden unna så lenge som mulig og satset derfor på slikt som var svært avskrekkende og det hadde virkelig sin virkning. Orker er av natur ikke skapt for å være så krigerske i større skala. De var dyktige i gerilja krigføring men dette var noe annet. Å beleire en hel by slik var stillingskrig og det ble skuffende for mange som så frem til å rase frem og slakte løs på hva det nå skulle være. Det ble murret men de fleste var fast bestemt på å hevne det som hadde skjedd og de aktet ikke å gi seg.

Raigh håpet at fienden skulle rase fra seg når de oppdaget hvor vanskelig byen var å ta men det virket ikke for at de roet seg nevneverdig. Utallige bygninger var allerede ødelagt og alle som ikke var en del av den stridende styrken var sendt inn i hulene for å være trygge. Palasset lå så langt vekk fra murene at kun de aller sterkeste katapulter kunne rekke dit men de tok ingen sjanser, alle som ikke var helt nødvendige ble sendt ned i kjellerne.

Dypt der nede hadde Costaon hvilt nå, han hørte at angrepet var i gang for selv der nede kunne en føle drønnene når steiner traff murene. Han hadde sittet foran kontrollene og prøvd å gjøre seg kjent med dem og han trodde han forsto dem nå. Han gliste for seg selv og strakte frem armene, løsgjorde fingrene som en musiker før en konsert. Han skulle sannelig sørge for at alle fikk en overraskelse de sent skulle glemme.

Kontrollene var eldgamle og dekket med støv og han visste ikke engang sikkert om dette ville fungere men han aktet å prøve og det var med en slags skrekkblandet fryd han grep spakene og trakk i det første paret. Han måtte ta i og det kom en slags merkelig klikke og smelle lyd fra dypt inne i mekanismen, så hørte han et dumpt drønn og noen kjettinger begynte å bevege seg sakte og nølende. Det var et uvirkelig syn, kjettingene var så massive at det ikke burde være

192

mulig men et sted der inne måtte det være motvekter av tilsvarende velde og tyngde. Det kom lyder som tvang ham til å dekke ørene og han stirret i vantro på det som skjedde. Brått kom noen vekter på størrelse med hus susende ned forbi ham og det brakte og knakte noe voldsomt i noe der oppe et sted. Og støv og knust stein regnet formelig over ham til han søkte dekning under noen dragere, vettskremt ved tanken på at alt kanskje kom til å rase sammen.

Ute ved murene var det folkene på fremste muren som først merket at noe skjedde. De følte en merkelig skjelving i bakken og alt ristet. Raigh så smal øyd på Våk som nettopp hadde skutt noen modige gnomer som prøvde å klatre opp utsmykkingen langs kanten av hovedporten. Alven rynket pannen og en av kongens offiserer snudde seg mot dem med et litt forvirret uttrykk i ansiktet. "Jordskjelv?"
Raigh grep tak i brystvernet i det muren skalv enda kraftigere og noen underlige buldrende lyder kunne høres. Våk reagerte, han grep offiseren i armen så hardt at mannen ynket seg på tross av at han bar full rustning. "Gi ordre til at alle trekker tilbake til muren innenfor. Med en gang!"
Det gikk broer mellom murene og de var hevet høyt over bygg og by med side ramper ned mellom murene. De gjorde det enkelt å forflytte tropper mellom dem og offiseren ropte en ordre litt forvirret. Våk så skarpt på Raigh. "Jeg liker ikke dette, noe forteller meg at vi har fanskap i vente!"
Det lød et rop fra soldatene som var på den andre muren, de pekte og Raigh løp bort til kanten og kikket ned. Han bannet grovt og vinket på karene der. "Løp idioter, kom dere over broene, trekk tilbake!"
Det åpnet seg sprekker i muren, det virket for at det var deler av den som ganske enkelt gled ned og åpnet luker som kanskje var fem meter brede med rundt hundre meters mellomrom. Det lød et brøl fra utenfra, brått var det en åpning inn og det gikk ikke mange sekundene før de første orkene stormet gjennom. Ivrige på å være de første til å gjøre virkelig skade. Nå var de som sto på fremste

muren utsatt for beskytning bakfra og mennene gjorde som de hadde fått ordre om. Rundt hele byen spredte ordren seg og soldater og offiserer trakk tilbake til den andre muren.

Raigh la på sprang, det suste piler overalt og et par traff rustningen hans og formelig eksploderte. Han lot det ikke stagge seg et sekund, han raste etter de andre over broen og han så at disiplinen heldigvis var bra. Ingen nølte og han så at Corat og Alderim sto ved en av de fremskutte kommando postene, de virket lamslått. Våk sto allerede og pepret mengden der nede med piler, han siktet kun etter offiserene men det stagget ikke fotsoldatene det aller minste. Det strømmet orker gjennom lukene omtrent som vann strømmer gjennom en åpnet demningsport og området mellom første og andre mur var snart overrent. Corat så vettskremt ut, han stirret ned med store øyne og Raigh løp rett bort til ham og filleristet nesten mannen. "Hva betyr dette?!"

Alderim vætet leppene, han så fortvilet ut. "De gamle fellene, noen er der nede og styrer dem. Noen som ikke vet hva de gjør!"

Raigh så hardt på kongen og Alderim så like skremt ut. "Ingen har tenkt på dem, de har ikke vært i bruk noen gang men de kan åpne luker, åpne bakken og velte selve muren. "

Raigh skar nesten tenner. "Hvem kan det være som er der nede, og hvor er det en styrer det fra?!"

Corat sank nesten i kne, han var gråblek. "Jeg vet bare om en som kan tenkes å gjøre noe slikt uten min vitende og vilje, Costaon!"

Raigh bannet så stygt at Alderim gispet og Våk trakk skjevt på smilebåndet. "Hvordan kommer en seg dit ned?"

Alderim virket for å tenke hardt. "Det går ganger ned fra under palasset, jeg vil tro at det er fra hovedsalen der nede en må gå først. "

Han vinket på sin yngre bror som hadde stått og sørget for at rampene opp mot broene ble blokkert. "Eleghim, du var nede i kjelleren en gang? Leste du ikke noe om hvor kontrollrommet var?"

Eleghim nikket, han var en litt kortere og mer firskåren mann som lignet ganske mye på Corat. "Ja, jeg tror jeg vet hvor det er slik cirka. "

194

Raigh nølte ikke et sekund. Han snudde seg mot Våk. "Ta med deg Elda og Frerk, finn rommet og stans ham, drep ham! "
Det glødet stygt til i den mørke alvens øyne, han nikket bare og grep Eleghim i armen. "Du blir med og viser vei!"
De løp av gårde og Raigh brølte ordre, fikk offiserene til å sende dem videre. De måtte hindre at orkene kom seg opp mot broene, da ville alt være tapt. Svære steiner var hugget slik til at de lett lot seg skyve ut og blokkerte trappene men desperate og ivrige orker kunne lett skyve dem helt ut om de forsto hvordan det fungerte. Orkene der nede var pakket tett som sild i tønne og flere prøvde å presse seg inn gjennom lukene. Det haglet av piler opp fra dem og Raigh gestikulerte mot offiserene som sto nær ham. "Bruk det dere har menn, forsvar murene med alle midler!"
Offiserene var skremt av det som hadde skjedd, brått var murene blitt som en trussel i seg selv og soldatene var også redde. Mange var felt av piler og det løp folk frem og tilbake kontinuerlig som bar de sårede til lasarettet oppe i palasset. Raigh bet tennene sammen, han var redd for at mennene ville miste motet av dette. Costaon måtte stanses for enhver pris. Murene hadde mange forsvarsmidler innebygd i seg og nå løste de ut det første. Det gikk hule rør der som var formet slik at en kunne slippe enorme steinkuler ned gjennom dem, og når de kom frem noen fot over bakken var foten på muren i mot formet slik at kulene ble fanget opp og kastet tilbake i samme retning som de kom. Langs hele den andre muren ble kulene skjøvet ned i hullene og effekten var fryktelig der så mange var prakket sammen. Kulene var nesten to meter i diameter og veide mangfoldige tonn, ikke noe stanset dem der de skjøt ut av hullene mens de roterte og knuste alt og alle foran seg. Det lød en ramling og buldring som av torden og kulene suste frem og tilbake mellom murene mangfoldige ganger før de mistet momentet og falt til ro. Hundrevis av orker var knust eller skadet og skrik og jamring kunne høres helt opp på murene.
Raigh så kaldt ned på kaoset. "Utnytt det menn, skyt!"
Skurer av piler gjorde det av med enda flere og noen orker begynte å gjøre retrett gjennom lukene. Da var det at muren skalv på nytt og

lukene begynte å lukke seg, antagelig var det en slags automatikk i hvor lenge lukene sto oppe. Orker hev seg vekk fra åpningene i muren men mange var for sene og ble knust da lukene slo igjen med voldsom kraft.

Raigh så vantro på synet. "De må ha vært fjærbelastet på et vis. " Alderim nikket. "De som bygde systemet var geniale, synd deres kunnskap har blitt tapt nå"

Raigh brummet bare, han gjorde tegn til at bueskytterne kunne holde igjen pilene igjen, de kunne ikke sløse med skuddene og han ville ha orkene der nede knekt. Han gav tegn til at nye kuler kunne løses ut og igjen buldret det som av steinras i det kuler raste ut av hullene. Noen orker hadde prøvd å blokkere dem med skjold og alt annet de fant for hånden men det var totalt fånyttes. Det ble kun et nytt blodbad.

Obrauch hadde sett at lukene i muren åpnet seg og han hadde med en gang forstått at det var en felle. De som lot seg lokke ville bli fanget mellom murene uten sjanse til å unnslippe og han prøvde å gi offiserene sine ordre om å holde mennene tilbake men det gikk ikke. Soldatene var for opp giret og ivrige til å høre etter og de raste inn uten å tenke på faren. Han bannet og brølte ordre som mange ignorerte totalt. Og da lukene brått stengte seg og knuste flere av deres brødre brøt det ut en form for panikk. Ikke at de ble redde, men sinnet de følte eksploderte på et vis. De klarte ikke lenger tenke og ble redusert til en slags urform av kun følelser og vilje. Offiserene kunne ikke lenger styre dem og flere ble drept av sine egne menn som var så i blodrus at de ikke enset egen lojalitet og tilhørighet lenger. Obrauch kjente at en kald frysning raste nedover ryggen på ham, som om noen hadde gått over graven hans. Arzhag og hans menn så hvordan Obrauch slet med å beholde kontrollen over troppene, og kjente en stille følelse av triumf. Dette gikk deres vei, snart skulle deres klan lede dette. Ingen andre var verdige denne æren.

Våk fant Elda på en av de bakerste murene, hun og Wilbwyn hadde sett at noe skjedde og hun nølte ikke, hun hev seg med Våk og prinsen som avslørte at han faktisk var en rask løper når han måtte. Mannen sprintet som en gal opp til palasset og Våk plystret på Frerk. Dragekatten kunne nok bruke den gode nesen til å spore opp Costaon. De fant veien ned til hoved salen der i kjelleren og Eleghim stanset og stirret på alle dørene som gikk videre. Han så advarende på Våk. "Kjellerne og gangene under palasset her er rene labyrinten. Det kan være at han har brukt ganger som aldri engang har vært tegnet inn på oversikten. Vi må bare gå i riktig retning og håpe at vi finner veien. "

Våk sukket, han visste at det hastet og Raigh stolte på at han fikk fjernet denne trusselen, og det fort. Elda løp litt rundt, sjekket dørene. Mange var låst men hun fant til slutt en som var åpen og virket for å lede i riktig retning. Det var en temmelig dyster gang bak den og den hadde neppe vært mye i bruk. Våk så spørrende på Frerk som murret og snuste i bakken. "Greit gutt, se om du kan finne denne idioten!"

Frerk blåste i nesa, løp litt innover, så snudde den hodet og knurret skarpt. "Se her, det har vært noen her!"

Elda nikket og pekte ned i støvet. "Se, fotspor av kun en person, og kun en vei. "

Eleghim så fort på sporene i støvet. "Det er Costaon, jeg ser det på størrelsen, og selve sporet. Han heller alltid litt utover med venstrefoten og tråkker tyngre med den høyre. "

Våk gliste og klappet Eleghim på skulderen. "Flott, jeg er glad for at selv en prins kan lese spor!"

Eleghim smilte litt skjevt og trakk på skuldrene. "Jeg har alltid likt å jakte og da må en kunne såpass"

Elda bare stirret innover i mørket. "Da vet vi det sikkert, Frerk, følg sporet!"

Dragekatten freste forventningsfylt og gav seg til å løpe nedover gangen og de tre fulgte den hakk i hel. De skulle finne Costaon og gudene selv ville ikke kunne hjelpe ham når de fant ham.

Ygraine satt sammen med Ohlain nede i palasset og hun hørte drønnene og lydene av kampene der ute og skalv til margen av det. Alima hadde nektet henne å hjelpe til i lasarettet men hun følte på en måte at det ville være hennes plikt. Hun satt bare der og gjorde ingen nytte for seg. Ohlain prøvde å underholde henne med små anekdoter fra hofflivet men hun greide ikke høre etter. Det var som om noe trakk i henne, hvisket til henne hvor hennes egentlige oppgave lå. Ohlain nektet henne å forlate rommene og hun sukket fortvilet og skremt. Hvordan skulle hun kunne gjøre noen forskjell når hun satt der nede, pakket bort som en annen skattkiste?

På murene ble orkene som var fanget mellom yttermuren og nummer to bombardert av piler og steinkuler og offiserene kastet også ned noen av Jirhgs små oppfinnelser. Det var krukker som skapte tett stinkende røyk når de revnet og mangfoldige orker ble kvalt av den. Det var snart ikke så veldig mange igjen i live av de som hadde presset seg inn gjennom lukene. Raigh holdt nesten pusten, han ønsket inderlig at dette var den siste overraskelsen de fikk men han forventet det verste. Han beordret så mange menn som mulig bort fra muren og innover til de indre murene og sørget for at trappene opp til tverrbroene ble blokkert. Han aktet å være på den sikre siden.

Nede i kontrollrommet hadde Costaon nå trukket i flere spaker, han ante ikke hva de gjorde men han var spent på resultatet og han gliste for seg selv. Catendhar var kjent for å være uinntagelig, vel, en fikk se om det stemte nå. Flere enorme vekter begynte å bevege seg igjen og han gliste og fniste av iver, nesten som en jentunge på sitt første stevnemøte. Dette var herlig, helt utrolig. Han sjekket etter helt diskret og joda, det hadde gjort ham hard. Han stirret andpusten på de gigantiske vektene og kjettingene som knakende gjorde det de var bygget for, handa hans jobbet ivrig nede i buksene på ham hele tiden.

Det var en offiser som så at lukene åpnet seg igjen først, han skrek til mennene at de skulle gjøre seg klare og de første orkene som kom gjennom ble møtt av en pil skur. Raigh bannet da han så det og muren de sto på skalv også nå. Det var som han fryktet, det åpnet seg luker også i den. Igjen måtte soldatene trekke tilbake et hakk til neste mur og Raigh svor og slo neven i steinen i oppgitt sinne. Våk og Elda måtte snart se til å få stanset Costaon, før det virkelig gikk ille.

Akisha hadde vært opptatt med å organisere lasarettet men nå kom hun sammen med Rheynek og Rhylja. Elywen og Frostfugl var oppe ved palasset og prøvde å finne ut hvor lenge det var før de kunne regne med hjelp fra dvergene og Khir hadde blitt med noen av kongens nærmeste offiserer for å sikre at hulene ikke kunne angripes om det verste skjedde. Det var porter også der som kunne senkes og alven hjalp mennene med å forberede det og sjekke ganger og tuneller for svakheter.

Raigh kjente hvor nervøs han var nå, så lenge en forræder styrte mekanismene der nede kunne de egentlig forvente alt det verst tenkelige og han bare håpet at Costaon ikke forsto hva han gjorde. Det styrtet inn orker som sist og nå var det ikke lenger noen vits i å prøve å forsvare den andre muren. Det var ingen flere kuler igjen og Corat beordret at de slapp løs broen mellom første og andre mur. Broene var slik lagd at de kunne løsnes og flere soldater gikk løs på oppgaven. Etter bare noen minutter falt broene mellom yttermuren og den andre og den ytre muren sto nå alene. Den var ikke lenger koblet til resten av systemet. Raigh håpet bare at bueskytterne hadde nok piler til å holde orkene tilbake, det kom enda flere inn nå siden de hadde bedre plass og de yrte gjennom lukene i andre mur så fort de klarte komme seg så langt. De indre murene var ikke så høye som de ytre, det var et problem og Raigh prøvde å beregne hvor lenge de kunne holde stand med kun dem. Det var ikke hyggelig tenkning. Det fløy ennå stein gjennom lufta, ingen av sidene slappet av på bombarderingen og bråket var nesten lammende. Orkene skrek stridsrop og skjøt vilt opp mot murene og denne gangen virket det ikke for at lukene ville stenge seg igjen.

Akisha så fort på Raigh og han nikket stumt. Han forsto at hun også skjønte hvor prekær situasjonen fort kunne bli.

Rheynek pekte ned mot den ytterste muren, de så det nesten ikke nå siden de var på den tredje men lukene stengte seg igjen, enda fortere enn sist. Raigh bet tennene sammen, det han hadde fått vite om mekanismene i murene fortalte ham at de var skapt for å beskytte byen. Det var neppe hva Costaon hadde i sinne men til nå hadde det faktisk hjulpet dem å bli av med mange fiender. Han kunne bare håpe at den gale forræderen ikke gjorde noe som virket motsatt.

"Jeg lurer på hva som blir det neste?"

Rheyneks stemme var tørr og nøktern og Rhylja gren på nesa i det hun sendte av gårde en pil som sendte en ork rett i bakken med et skrik. "Jeg aner ikke, men det bør bli spektakulært!"

Alderim hadde trukket seg tilbake til mur nummer fire med Corat og sin yngste bror, Raigh så at den unge prinsen var en meget dyktig bueskytter som virket for å finne stor fryd i å plassere pila midt i fjeset på de orkene han siktet på. Raigh kjente igjen litt av seg selv i det, det var ikke stor forskjell på de to i år men et hav av forskjell i erfaring. Han tvilte på at noen av de kongelige var i stand til å innse hva dette virkelig kunne ende i.

Tankerekken ble brutt av at orkene brått skrek igjen, og årsaken var tydelig. Med lukene i yttermuren stengt kom de ikke videre og det hadde åpnet seg hull i den tredje muren, helt nede ved bakken. Men dette var ingen vei videre, det som kom fra disse hullene var døden for en ork. Det var vann, enorme mengder med vann som sprutet frem under vanvittig trykk og i løpet av minutter sto det flere fot dypt mellom begge murene. Corat beordret broene mellom andre og tredje mur brakt ned og de ble sluppet løs og falt også. Synet var utrolig, orkene klamret seg til murene, prøvde desperat å komme seg opp trappene for å unnslippe vannet men det steg ubønnhørlig. Raigh stirret ned og så at dybden snart nådde hodehøyde og han fikk en ide. Han vinket på den nærmeste offiseren. "Få mennene til å kaste ned de hvite krukkene Jirhg har forberedt."

Han så at vannet ikke var rent, det var en slags seig hinne på det av noe som glinset og speilte lyset som en regnbue og han antok at det

var olje av noe slag. Og olje brenner godt. Byen hadde fått vite om hva som hadde skjedd med stedet der Arjhed hadde overnattet og Raigh tenkte for seg selv at ild var en bra straff for de som selv har brukt den.
De hvite krukkene inneholdt et stoff som brant i luft og det klebet seg til alt og brant selv i vann og effekten var forferdelig. Brått tok hele overflaten av vannet fyr og mens svart røyk steg mot himmelen druknet eller brant nesten alle orkene i hjel. Det neste som skjedde var at lukene på ytterste muren åpnet seg igjen og med alt vannet der inne fosset det ut med vanvittig kraft og tok med seg brennende olje. De orkene som var foran murene ble skylt vekk eller stygt forbrent og hele hæren trakk seg bakover. Dette hadde de ikke ventet.
Akisha nøs, stanken av brent kjøtt og tøy var intens og Raigh skar en grimase. "Jeg tror ikke at de våger seg gjennom de lukene igjen nå. Selv ikke orker er så dumme!"
Akisha trakk på skuldrene. "Ikke sats på det kjære deg. "
Raigh så at sola var på vei ned allerede, dagen hadde gått så vanvittig fort. Han var sliten til margen men kunne ikke hvile, ikke ennå.

Våk og Elda og Eleghim hadde løpt i noe som lignet en evighet i halvmørke. Frerk fulgte Costaons spor ivrig og vek ikke fra det et sekund en gang. Dragekatten knurret og virket svært ivrig og Våk roste den høy lydt. De nærmet seg nå, de følte det formelig og brått sto de foran døra til den enorme hulen som rommet mekanismen.
Våk så smalt på døra, den virket tung og han skjøv på den men den rikket seg ikke. Eleghim bannet. "Han har stengt den fra innsiden, normalt skal den være enkel å åpne"
Elda svor og pekte på den bommen som hadde ligget foran døra da Costaon kom dit ned. "Kan vi bryte den opp?"
Våk skar en grimase. "Jeg tviler, men vi må prøve!"
Han og Eleghim tok bommen og slo den mot døra som en rambukk. Det lød et dumpt brak men døra flyttet seg ikke en tomme.

Inne i rommet hørte Costaon braket og han fikk panikk. Noen var på sporet av ham, han måtte komme seg vekk! Han hadde stengt døra ordentlig bak seg og visste at den ville være et vanskelig hinder men det var ikke umulig å komme seg gjennom. Han aktet ikke å la planene sine bli ødelagt nå, ikke ennå. Han snudde seg i villsinne, grep alle spakene og trakk i dem, skapte en sant kaos av det hele før han tok en grov tang som lå henslengt på golvet der og kylte den ned i mekanismen, sørget for at den låste seg ordentlig fast. Det måtte være veier ut av dette rommet annet enn hovedporten og han trodde han alt hadde sett et par oppe på veggene. Fort grep han det han hadde av ting og løp opp trappene. Han måtte vekk og det med en gang.

Våk la øret mot døra, lyttet nøye. Det bråkte noe aldeles infernalsk der inne og det var umulig å skille mellom lydene. Frerk pep og lusket rundt i et hjørne og Våk så fort på den. "Er det noe gutt? Vis oss!"

Frerk skrapte mot veggen og Elda løftet fakkelen sin, det var en liten luke i veggen der. Den var ikke spesielt stor men stor nok til at en person kunne klemme seg gjennom om vedkommende var smidig og den lot seg åpne. Hun trakk i håndtaket og den seg opp, motvillig men dog. Luka var antagelig ment som lufting eller som en inspeksjonsluke av noe slag og hun var glad hun var smidig og ikke særlig storbygd. Fort la hun seg til og ålte seg gjennom.

Hun så ikke engang på rommet bak seg, hun stormet bort til døra og løsnet låsen som holdt den stengt, Våk skjøv døra opp og nå var de inne alle sammen. Eleghim så vantro på det som kom til syne og Våk mumlet noe på sitt eget språk som hørtes svært så ærbødig ut. Elda ristet fortryllelsen av seg. "Fort, vi må se om vi finner svinet. "

Corat og Alderim prøvde å organisere styrkene, de hadde tid til det nå som det ikke var orker igjen mellom murene og de fikk hjelp av Duchlain som hadde vært på andre siden av byen og hjulpet til der. Det samme skjedde rundt hele byen men et sted hadde orkene nesten greid å komme seg opp på murene. Heldigvis hadde de greid å drive dem tilbake ved hjelp av kokende olje og bly. Duchlain var mer erfaren enn mange av byens offiserer og de hadde begynt å se til ham som en leder, han visste ikke om han likte det. Han skulle gjerne ha sett til Ygraine men Ohlain ville holde henne trygg. Han stolte på broren.

De sårede ble fjernet og brakt til lasarettet og ting ble ryddet opp i. Raigh sto og snakket med Rheynek, om orkene kom tilbake og greide å komme seg inn mellom de indre murene ble det antagelig til at de ble nødt til å slåss mann mot mann. De murene var ikke høye nok til å holde dem vekk særlig lenge og Rhylja var enig. Ble de mange nok kom de over forholdsvis lett. Foreløpig var de ytre murene et hinder men hvor lenge ville det vare? Til de visste at Costaon var død måtte de forberede seg på det verste. Raigh og Duchlain prøvde å legge en slags slagplan og forberede offiserene på de ordre de kunne få og Corat og Alderim gikk langs muren og stirret ned på restene av angrepet. Det lå et tykt lag av brente eller druknede orker mellom mur to og tre. De mellom en og to var blitt skylt ut med strømmen og der lå det få lik tilbake. Ville orkene tørre et nytt angrep nå? Lukene i fremste muren sto ennå åpne men ingen hadde våget seg gjennom.

Nede ved hovedleiren kranglet Obrauch sine ledere så blodet nesten fløt, noen mente at de skulle satse alt på et stormangrep og prøve å bryte gjennom ved hjelp av rent antall mens andre mente at de måtte vente det ut. Å passere lukene i fremste muren hadde til nå vært særdeles lite lurt og moralen i noen grupperingen var lav. Prestene gikk rundt og prøvde å piske opp stemningen igjen men det gikk tregt. Synet av alle de døde som ble skylt ut med vannet hadde en temmelig avskrekkende effekt på de fleste. Obrauch mente at de burde vente, de burde se om det bød seg en sjanse til å bryte byens motstand på andre måter. Selv hadde de forsyninger så det burde holde lenge men byen var ikke så heldig. De kunne kanskje satse på å sulte dem ut. Obrauch var en strateg, han tenkte først og fremst på å nå målet, metoden var ikke så viktig. For mange av de andre var det mer et ønske om å få det unnagjort fort som styrte og de så på hans nøling som et tegn på feighet eller unnvikenhet. Den svake mumlingen var blitt åpent snakk, mange begynte å tvile på Obrauch sitt lederskap.

Våk og Elda og Eleghim fant kontrollene og Eleghim prøvde å skjønne dem men det var umulig, alt virket for å ha blitt trukket i og skjøvet på og vekter og kjettinger var i konstant bevegelse. Det var ikke mulig å stanse det Costaon hadde startet uten grundig kjennskap til mekanismene. Nå kunne de bare satse på å finne forræderen og Frerk snuste seg frem til trappa han hadde brukt. Overfor den gikk det en gang innover og de la på sprang i håp om at de skulle greie å ta Costaon igjen før han stakk seg vekk på nytt.

Utenfor jobbet alle med å få oversikten da murene beveget seg igjen, den fremste muren fikk sprekker og brått ramlet hele seksjoner av den innover mot mur to. Bare toppen sto igjen som broer over de ned raste delene. Det bråkte vanvittig og steinstøv og støv sto himmelhøyt til værs. Det virket for at det var tre hull som ble åpnet med jevne mellomrom og så var det et større helt område før det var tre nye hull. Den ytterste muren var uansett ubrukelig nå og Raigh bannet lavt. Han ante ikke om orkene ville våge seg inn igjen men regnet med det. Fristelsen ville bli for stor. Akisha myste utover mot den enorme flokken av orker der ute, de hadde kvernet rundt temmelig mye og det virket for at de omorganiserte også. Hun håpet bare at Ghuad holdt sitt ord og fikk dvergene dit litt fort. Alderim og Corat var i ferd med å avslutte rådslagning med de høyeste offiserene da noen brått skrek opp. Et par orker hadde faktisk greid å unnslippe vannet og flammene og klatret opp langs ene trappa i skjul av røyken. Flere soldater hev seg ivrig frem for å stanse dem men den ene hadde en bue og sendte av gårde flere piler før han ble drept av en soldat med øks. Alderim snudde seg mot Corat og rykket til med et gisp, Corat sto og grep seg til skulderen og årsaken var tydelig. En ork pil var begravet dypt i ham i en sprekk mellom skuldervernet og armen. Mannen var gråblek i fjeset og svettet og Alderim skrek en advarsel. Raigh og Akisha kom stormende og Akisha ble blek da hun så at kongen var såret. "Få ham til lasarettet, med en gang! Pilen kan være forgiftet!"

Noen soldater styrtet frem og Duchlain kom også løpende. Han hjalp faren opp på en båre og så ble han fraktet i all hast opp mot lasarettet. Raigh bannet inderlig. "Om Corat dør blir det landesorg, folk vil miste håpet!"

Akisha bare sukket. "Jeg tviler på at det kommer så langt, de har gode leger. "

Raigh bare brummet og stirret ut mot slettene. Mørket var i ferd med å senke seg nå og det ble kaldere. De måtte ha folk på murene hele tiden og han beordret oljetønner kastet ned mellom murene og påtent så de hadde lys til å se om orkene vågde seg inn igjen.

Rheynek pekte ut mot lysene som tentes der ute, orkene tente bål for natten og de så virkelig hvor mange de var nå. Det så ut som en refleksjon av stjernehimmelen. "Om de angriper i natt kan det bli stygt!"

Raigh bare gren på det. "De venter til det blir lyst igjen, tro meg! Det som har skjedd her har skremt dem. "

Rheynek trakk på skuldrene og rørte skjeftet på Nadharn nesten kjærlig. "Kanskje, men jeg tror sinnet de føler er så sterkt at de neppe nøler særlig lenge. Orker er impulsive slik, og de liker ikke denne typen krig. "

Raigh nikket stramt og rettet på rustningen. "De er feige i bunn og grunn, liker ikke å angripe om de ikke er i flertall og sikre på å vinne. Men jeg tror blodtørsten rir dem hardest nå. Ante vi bare hva Costaon har gjort med murene og om det vil skje mer."

Rheynek sukket. "Vi har ikke hørt noe fra Våk ennå, så enten så har han lurt seg unna og de jager ham ennå eller så har de kverket ham og jobber med å stanse elendigheten. Jeg vet ikke hva jeg håper mest på av de to. "

Raigh smilte og rettet seg opp, pekte ut mot sletten. "Jeg tror jeg håper mest på at de har fått stabilisert murene. Om orkene nøler nå vil morgengryet gi dem mer energi er jeg redd. "

Rheynek bare sukket og håpet at det ikke fikk en stygg utgang. Enez var oppe i palasset og han fryktet for hennes sikkerhet. Hun var så modig at hun garantert ville slåss om orkene brøt gjennom.

På lasarettet hersket det kontrollert kaos, det var mange som var brakt inn såret og medikus og hans folk jobbet som treller med å forbinde sår, trekke ut piler og renske sår. Alima var med og hun gjorde stor nytte for seg der hun løp rundt og hjalp til. De som var hjulpet ble plassert i egne rom lenger inn der noen yngre adelskvinner hadde fått ordre om å holde vakt og selve arbeidsrommet var nesten dekket med blodsprut og brukte bandasjer. Medikus var fortvilet siden de ikke kunne holde det rent og han ble nødt til å amputere en god del lemmer siden han ikke hadde muligheten til å reparere skadene så grundig som han ellers ville ha foretrukket det.

Han stanset lamslått da han så at de brakte kongen selv inn på en båre og han beordret sine beste folk til å hjelpe ham med å fjerne pilen og rense såret. Heldigvis hadde ikke pila truffet noe vitalt og den var enkelt å ta ut men såret var stort og blødde mye og Corat var en eldre mann. Han tålte ikke all verden, dessuten kunne pila være skitten og gi infeksjoner. Alima ble dypt rystet over at Corat var såret og hun nektet å forlate hans side, Duchlain prøvde å roe henne ned og til slutt lovte han å hente Ohlain og Ygraine så de kunne sitte og passe på ham på skift. Hun måtte fortsette med å hjelpe de sårede, da gjorde hun mer nytte for seg. Alima mente at Ygraine burde få slippe å se slikt men Duchlain fortalte henne fort at Ygraine hadde hjulpet til i hospitalet i tempelet og at hun tålte det utroligste. Alima gav etter, hun fikk sendt bud etter de to og etter bare litt kom Ygraine dit og hun var overlykkelig over å kunne hjelpe til.

Det hadde vært uutholdelig kjedelig og bare å sitte der med Ohlain og hun begynte å hjelpe til med virkelig iver. Medikus mente at hun hadde et virkelig talent og Ygraine var merkelig selvsikker nå. Hun kunne dette, visste hvordan hun skulle gjøre en så bra jobb som mulig. Ohlain ble sittende ved Corats side en stund før de skiftet på og den aldrende kongen sov ennå tungt av medisinene medikus gav ham. Det at kongen var blitt såret fortalte alle hvor sårbar situasjonen var og Duchlain var glad for at Alderim var en slik dugelig kar. Han kunne lett ta over styret om det verste skjedde.

Costaon hadde løpt gjennom gangene i noe som for ham virket som en evighet, han forsto at han kanskje hadde forfølgere i hælene og han hadde blitt desperat. Det måtte være noe han kunne gjøre for å forvirre de som jaget ham? Hadde de hunder kunne de spore ham lett, han måtte finne veien ut av byen. Han visste at det gikk gamle ganger ut til slettene men de gikk fra klippen midt i byen bak palasset så han måtte komme seg dit. Men hvordan? Han ante ikke hvor gangene han fulgte ledet hen og han var totalt forvirret. Det gikk litt oppover, det lovte bra men ellers hadde han ikke noen ide om hvor han befant seg for øyeblikket. Han begynte å fortvile da han hørte lyden av rennende vann. Costaon begynte å glise, rennende vann skjulte alle spor, han burde kunne utnytte det. Han løp gjennom en åpning og der så han et ganske avlangt kammer med en oppmurt kanal midt i. Det rant vann gjennom den, antagelig var dette en del av dreneringssystemet som kunne avlevere vann til å fylle området mellom murene og vannet rant jevnt men var ikke dypt. Costaon bøyde seg og kikket langsmed den oppmurte kanalen, det gikk lett å gå langs den til neste kammer, han trodde han skimtet litt lys der fremme og han nølte ikke. Han hoppet opp i vannet som var iskaldt og vadet opp mot strømmen, det brant nesten i beina på ham med en gang men han bet tennene sammen og fulgte strømmen oppover. Kanalen gikk gjennom en mindre åpning i veggen og han måtte bøye seg dobbelt men presset seg frem. Det var lys der fremme men det var lengre enn han hadde trodd og han var dyvåt da han omsider kom seg gjennom. Kammeret han kom inn i hadde tydeligvis vært viktig. Det kom flere slike vannstrømmer inn dit fra ulike retninger og de forenet seg i en slags brønn før det rant videre. Han nølte litt, hvilken skulle han følge? Han bestemte seg og tok til venstre, den strømmen rant ganske stritt og han sloss for å få fotfeste. Men det var verdt det, de kunne ikke finne sporene hans i vann og han håpet bare at denne bekken ledet ut i dagen et eller annet sted. Det var mulig at det var noen av fontenene på plassen foran palasset som hadde utløp i dette og det passet ham godt.

Nede ved slettene sto et nytt slag nå, men det var et stille og umerkelig et. Det var et slag mellom viljer og det var skjult for de fleste. Obrauch var rasende nå, styrkene var delt i to meningsmessig og angrepene var gått aldeles i stå. Det var lite vits i å skyte mot byen nå som det var mørkt for de så ikke å sikte og selv om en pause og en hvil var kjærkommen forsinket det alt. Han var uenig at de skulle benytte seg av de åpningene som hadde dukket opp i yttermuren. Det var garantert en felle og han ville ikke miste flere menn til ingen nytte. Men raseriet brant intenst i ham, mer enn noen gang ville han knuse byen og hevne det som hadde skjedd og han prøvde å finne en måte å ordne det på som ikke medførte mer fare for folket hans. Hans nærmeste offiserer prøvde å legge hodene i bløt og hjelpe ham med det men de kom ikke særlig mye lenger. Og bare vente virket for å være den beste måten å ordne dette på, men mange av soldatene var leie av akkurat det. De ønsket blod og kamp og kun sterke ledere holdt dem fra å storme inn mellom murene igjen.

Mens Obrauch vandret rundt i teltet sitt og prøvde å legge en slagplan jobbet Arzhags menn med å få flest mulig over på sin side. De aktet ikke å nøle og de skjønte at de åpningene som nå var dukket opp ikke ville la seg stenge igjen. Den fremste muren var falt, kort og godt. Mange bet på de fagre løftene de gav og Arzhag selv var godt fornøyd. Han regnet med at de ville ha kontroll over en stor del av hæren før morgengryet kom. Prestene gikk og hauset opp mange og bød dem huske hva som hadde skjedd og han visste at mange var redde for å virke feige også. Han skulle til å ta en runde å se til folkene sine da de brått hørte en merkelig jamrende lyd. Flere reiste seg opp fra natteleiene, tydelig nervøse og Arzhag grep øksa si med nervøst blikk. Var dette enda mer faenskap fra de forbaskede menneskenes side?

Hadde det vært lyst ville det vært lett å se hva som skjedde. Flere luker i bakken åpnet seg og avslørte ganske brede og gode tuneller og de ledet innover mot byen. Det ble en god del oppstyr, noen orker ville benytte seg av anledningen med en gang og storme inn mens andre var mer forsiktige. Offiserene prøvde å bringe orden i det ny oppståtte kaoset og Obrauch hørte levenet og kom løpende sammen med sine nærmeste menn. Han stanset litt sjokkert foran den nærmeste luka, den besto av en kraftig steinblokk som hadde vippet opp med jord og alt på og gangen innover virket godt laget og solid. Noen prester sto og gestikulerte og var over seg av iver mens noen soldater prøvde å holde de andre tilbake av frykt for at dette bare var en felle.

Obrauch hevet armen og brølte og alle ble stille, de så litt vantro på ham og han pekte på murene og på hullet som hadde åpnet seg. "Dette kan være en mulighet men også en ny felle, vi vet ikke hvordan de forbannede svina der inne tenker. Jeg lar ingen gå inn dit før vi har sendt noen inn for å sjekke at det er trygt. "

De fleste så beroliget ut, han pekte på to av offiserene som sto der. "Ybratt, Nazragh, finn en femti modige karer og sjekk at dette ikke bare er noe som stenger seg bak oss så fort vi er inne!"

De to gjorde en slags honnør og gikk for å fullføre jobben. De hadde mange som var ivrige etter å bli de første til å storme inn i selve byen og snart var det en gruppe på vei inn flere av lukene. Obrauch så smal øyd på at de forsvant innover i mørket, han hadde en merkelig følelse av at dette kunne slå begge veier. Han forventet seg flere feller fra menneskene, de sloss aldri slik som orkene men på den andre siden var dette nytt for dem. De var ikke vant til storskala krigføring.

Arzhag hadde sett at Obrauch gikk ut av teltet sitt og at deres felles leder sto og betraktet luken, han skjønte at muligheten måtte utnyttes. Han gav et diskret tegn til en av sine menn og trakk seg tilbake, uten Obrauch ville de snart ha knust byen, han var temmelig sikker på det. Obrauch var en hemsko, en hindring. Hans klan skulle bli den mektigste etter dette, den som styrte alt.

Dhatzag var en av de beste krigerne til Frostulvene, han var like stor som Obrauch og en av de mest brutale i klanen. Han bar alltid en stor stridshammer med pigger på og brukte våpenet med infernalsk dyktighet. Kroppen var prydet med bisarre tattoveringer til minne om ulike dåder han hadde utført og han var ikke redd for å gjøre det som måtte til. Han fulgte sin leders ordre og snek seg nærmere i ly av skyggene. Obrauch sto og fulgte med mens noen av offiserene prøvde å tegne enkle kart over murene i bakken. De prøvde å finne ut hvordan murene ble forsvart og om det kunne være flere farer der inne. Obrauch var en krigsleder, han var ikke valgt fordi han var klok eller smart på andre områder. Han trodde på verget og lite annet og han var erfaren også. Det berget ham fra Dhatzhags første angrep.

Den svære orken slo bare til, uten å nøle eller røpe seg før den enorme stridshammeren var i lufta og suste mot Obrauch. Dhatzhag var nok en god kriger men han var ikke så våken eller smart at han forsto at skyggen hans mot bakken ville være godt synlig i fakkelskinnet. Obrauch hadde nesten øyne i nakken og slappet aldri av, han så bevegelsen og svingte unna med en utrolig smidig bevegelse kroppsstørrelsen og fasongen tatt i betraktning. Han unngikk å få hammeren i hodet med millimeter klaring og den rev med seg en del av skulderbeskyttelsen hans på høyre siden men det var nok. Obrauch var svært dyktig, og refleksene var lagt inn i ryggmargen på ham. Som leder ventet han på bakholdsangrep av dette slaget, det lå i orkenes natur å gjøre slikt. Han rev det lange sverdet sitt opp av beltet og hugg til i et motangrep som kanskje virket totalt tilfeldig for den som ikke kjente hans taktikk men det lå klar tanke bak.

Slaget hadde fått motstanderen ut av balanse, hammeren var tung og siden den ikke traff noe måtte Dhatzhag bruke krefter for å ta den inn under kontroll igjen. Han kom for langt ut til å kunne bruke skaftet på den som beskyttelse og mot hugget tvang ham til å rykke kroppen tilbake for å unngå sverdet som suste mot ham. Dhatzhag unnvek sverdbladet og løftet armene for å slå til på nytt men nå hadde Obrauch greid å ta seg helt inn igjen og var klar, han langet ut et meget stygt spark som traff Dhatzhag midt i skrittet og siden Obrauch hadde på seg leggskinner prydet med korte skarpe pigger hadde det en forferdelig effekt på angriperen. Dhatzhag brølte hest og knakk forover og dermed kjørte Obrauch sverdet opp gjennom underkjeven på ham så bladet kom til syne igjen på toppen av skallen.

Obrauch brølte triumferende og rev sverdet løs, kappet hodet av motstanderen og kastet det bort i nærmeste bål.

Arzhag hadde sett det på avstand, han bannet grovt for seg selv. Dhatzhag hadde mislyktes, og Obrauch var ikke så dum at han ikke skjønte hvem som egentlig sto bak angrepet. De hadde ikke mye tid å ta av. Han vinket på sine offiserer, gav noen korte ordre og brått raste de fleste orkene i hans klan og noen andre mot hullene som var åpnet. De skulle ta byen før Obrauch rakk å hindre dem og æren og seieren skulle gjøre dem til den sterkeste klanen noen gang.

Obrauch så hva som skjedde og forsto, Frostulvene var den klanen som hadde flest folk, og de var utrolig arrogante og sterke. De ville ikke nøle. Obrauch brølte ordre til sine folk og det brøt ut kamper ved lukene men de greide ikke stanse flommen av krigere som stormet inn, fast bestemt på å nå byen. Det var nesten som om en slags panikk spredte seg i hæren, de så at mange løp til hullene og frykten for at det var feller der inne forsvant helt. Orker er svært lite selvstendige, de følger lederne sine og før det var gått særlig lenge var mer enn halve hæren på vei inn i lukene eller på vei gjennom åpningene i muren igjen. Obrauch kunne ikke stanse dem, det var som å stanse en flom med bare nevene og prestene løp og skrek diverse som ikke akkurat roet mengden.

Obrauch var rasende, han forsto hvem som var lederen for opprøret og han syntes han så Arzhag forsvinne ned i en av hullene sammen med sine beste menn. Obrauch nølte et øyeblikk, instinktene hans sa at han skulle løpe etter, gjøre det av med forræderen men fornuften ba ham vente. Var det farer der inne måtte noen være igjen der ute og styre slaget videre. Arzhag var alt for utålmodig til å klare det. En Frostulvkriger som tydeligvis prøvde å gjøre seg et navn på egenhånd fyrte av en armbrøstbolt mot ham, den boret seg inn i leggen på Obrauch som brølte til og snudde seg, to av hans egne folk grep den forskrekkede orken og Obrauch kvitterte for skaden med å rive strupen ut på den andre orken med bare nevene. Han skummet nesten av sinne.

På murene så de at orkene kom stormende og Raigh fikk offiserene til å beordre karene til være klare med buer og andre våpen. Det virket nesten for at en slags galskap hadde grepet de angripende for de oppførte seg ikke som vanlig. Akisha skar en stygg grimase. "Noe har opprørt dem, de pleier ikke å angripe på natten, ikke slik. " Raigh bare nikket, han stirret på flommen av mørke skikkelser som strømmet inn av åpningene i muren og bet tennene sammen. Han hadde fått en meget guffen følelse og det var en han kjente fra før. Den brakte aldri noe godt med seg.

Soldatene begynte å skyte igjen men det bunnet ikke, selv om likene nå lå i hauger langs tredje mur stanset ikke flommen. Rheynek og Rhylja sto med hver sin bue og skjøt også. Rhylja var en utrolig dyktig bueskytter og bommet aldri og Rheynek var ikke så langt etter. Akisha hadde ikke sett noe til Janrem men hun visste at han var der et sted, og hun ante at han var meget ivrig etter å beskytte byen sin. Om murene feilet ville de til syvende og sist bli nødt til å slåss mann mot mann, da ville en som ham bli meget viktig.

Våk Elda og Eleghim hadde løpt en god stund da de nådde kammeret med bekken. Frerk snuste rundt og hveste og Våk bannet matt. "Svinet har brukt bekken, han har sikkert gått videre langs den. "
Elda så seg rundt, fakkelen hennes gav ganske godt lys. "Han har ikke vært på andre siden ser jeg så du har rett. Han har fulgt bekken. "
Frerk freste og hadde et utrykk av avsky på fjeset. Åpningen videre oppover var for lav til at den kom gjennom og Våk skar en grimase. Det gikk en korridor fra kammeret og han ante at den fulgte samme retning som bekken gjorde. "Vi må videre, kanskje vi kan avskjære ham et eller annet sted lenger oppe. "

Eleghim svor og lente seg litt mot veggen, han var svært sliten av all løpingen og han hadde ennå på seg rustning. Mannen var faktisk i svært god form som hadde orket å holde det tempoet så lenge. "Synd ingen lenger har oversikten over alle gangene her nede, det er rene maurtua noen steder. Men jeg tror vi kan komme oss opp til palasset denne veien. Visste vi bare hvor det krypet er på vei. "

Våk trakk på skuldrene. "Han prøver vel å stikke av, fra klippen er det vel mange ganger som leder nedover og som det kan ta år og utforske så helst vil han vel lete etter en vei ut av hele byen der. "

Elda sukket og rettet på støvlene sine, hun var dekket med støv og så noe herjet ut der hun sto. "Men det skal han bli blå for. Frerk har lukta hans ikke sant?"

Våk nikket og klappet dragekatten på skulderen. "Det har han, og han er raskere enn oss. "

Han klødde Frerk under den massive underkjeven. "Frerk, løp videre så fort du kan og søk, se om du finner lukta vi er ute etter. Og finner du den ta vedkommende, skjønner du?"

Frerk murret morskt og nikket med hodet, så svingte den med den lange halen og før de visste ordet av det var dragekatten på vei inn i mørket foran dem. Den kjente lukten den skulle søke etter og det minste lille hint av den ville få ham på sporet igjen.

Våk sukket og ristet litt løs. "Da følger vi ham, har vi flaks greier Frerk å spore jævelen. "

Ygraine og Ohlain var sjokkert over hvor mange det var som hadde blitt skadd allerede, de fleste var truffet av piler men det var også noen som hadde fått steinsplinter og slikt i seg eller blitt klemt av slike og medikus jobbet ivrig med å redde de verst skadde. Ygraine prøvde å gjøre sitt beste og hun var nærmest overalt, bar mat og vann til de som trengte det, ordnet bandasjer og organiserte hvor de ulike skulle plasseres. Medikus hadde gjort så alle kom inn i et forrom som fungerte som triage senter, de hardest sårede fikk hjelp først og så ble resten sortert etter hvor alvorlig det var og hvor lenge de kunne vente. Ygraine hjalp også til med det og hun rakk slettes ikke å tenke på å bli engstelig eller redd lenger. Alt hun tenkte på var å hjelpe til alt hun greide. Ohlain satt hos Corat og Alima stakk innom rett som det var og hele tiden hørte de drønn og smell utenfra. Det var som et mareritt alt sammen.

Orkene som hadde rast inn av hullene i bakken avanserte fort, de løp innover og snart kom de til større ganger som slo seg sammen og gav enda bedre plass. De tok igjen gruppene som var sendt inn for å rekognosere og lot seg ikke stanse av noe nå. Gangene bar oppover i retning byen og Arzhag og de andre begynte virkelig å tro at gudene var med dem i dette. Det var ingen feller der nede, bare gode brede ganger og de kunne samle seg og organisere seg. Det gikk virkelig riktige veien for dem nå. Et godt stykke inn delte gangen de fulgte seg og orkene delte styrken i to. Noen fulgte ene veien og de andre tok den litt smalere gangen som virket mer primitiv. Uansett, møtte de på hindringer skulle de ikke la seg stanse. De skulle hevne verget med blod og død og dette kom til å bli deres dag. Arzhag jaget på mennene og kjente iveren deres som noe fysisk i lufta.

Snart en tredjedel av orkenes hær var nå enten inne i gangene der nede eller mellom de fremste murene og at det ikke var flere skyldtes ganske enkelt at det ikke var plass til flere. De prøvde ivrig å komme seg opp den tredje muren og trappene ble beskyttet nå med både flytende bly og brennende olje. Allikevel presset de seg frem og nektet å stanse. Akisha ble skremt av iveren deres, de ble ikke skremt av noe virket det for og byen hadde begrensede ressurser. De hadde ikke piler nok til å gjøre det av med så enorme mengder. Raigh prøvde å fordele styrkene så godt som det lot seg gjøre, tredje mur var ikke så høy som de to ytterste og bak den var det delvis åpent men også en del bebyggelse som nå var mer eller mindre ruiner på grunn av bombardementet. Han skulle til å gi ordre om at bueskytterne skulle konsentrere seg om de som prøvde å presse seg opp trappene og rampene da han så noe utrolig. Den andre muren svaiet, den beveget seg sakte frem og tilbake med en underlig rytme og sprekker dukket opp langs fundamentet mens stein begynte å rase fra kreneleringen øverst.

Akisha gispet og flere stirret og pekte vantro, det burde være umulig men skjedde virkelig. Raigh pekte. "Se, det åpner seg hulrom langs fundamentet. Hele jævelskapen kommer til å bikke over!"
Akisha bare stirret med store øyne på det vanvittige synet. Det var nesten som å se på et mareritt i våken tilstand. Orkene la merke til det og noen skrek opp i advarsel, området mellom fremste mur og mur to var tettpakket og Raigh forsto hvor djevelsk denne fellen var men også hvor farlig den var for byen i seg selv. Når murene hadde falt gikk det ikke og bare reise dem opp igjen. Dette var et våpen en grep til som siste utvei og Raigh forbannet Costaon inderlig.
Det lød et avsindig drønn, stein og brokker fløy gjennom luften som missiler og muren fullførte bevegelsen, den kom forlangt ut på ene siden til at den holdt sammen lenger og hele greia sprakk opp i hundrevis av deler som ramlet ned i tomrommet mellom murene med bulder og brak. Steinstøv og gnister fløy og sammen med det ville skrik og rop. Det var kun de nederste par meterne igjen av muren og hundrevis av orker var blitt drept langs hele lengden av den. Raigh så at de overlevende karet seg frem mellom de digre steinblokkene og de stormet fremover, fast bestemt på å hevne sine falne brødre. Det hadde ikke avskrekket orkene i det hele tatt. Det hadde bare drept en god del av dem men viljen var tydeligvis uknuselig.
Mur tre var ennå under hardt angrep og Raigh sukket lavt. Alle var slitne til margen og han håpet at de snart fikk hjelp. Dette gikk ikke ellers. Mennene var sultne og trengte hvile og moralen sank for hver time. De ante ikke når murene spilte dem det neste pusset.

Ghuad og dvergene hadde fullført forberedelsene, kong Alvisar hadde nå litt over tolv tusen mann der og alle var blitt bevæpnet og forberedt på rekordtid. Ghuad var oppriktig imponert over dvergenes effektivitet og nå var alle klare. Mennene hadde fått våpen og utstyr og proviant og stemningen i fjellet var underlig forventningsfull. Ghuad så at alle trakk ned til noen enorme saler et godt stykke ned i byen. Det var slike som ble brukt til større forsamlinger og snart var alle de fire hallene proppfulle av dverger.

215

Ghuad håpet bare at løftene som var gitt ville bli holdt. Han kunne levende forestille seg hvordan det måtte være for de som var beleiret der borte i Catendhar og det verket i ham etter å kunne gjøre litt skade som han kalte det. Alvisar og hans nærmeste generaler hadde flotte rustninger og våpen som skilte dem grundig ut fra resten av gruppen. Afarr hadde fått en svært fin rustning og et par økser av ypperste kvalitet og var så stolt at han snaut visste hvilket bein han skulle stå på og Ghuad måtte trekke på smilebåndet av minen hans. Det var tydelig at Afarr var svært så klar for å la øksebladene drikke orkeblod og det i mengder. I den største salen var det en slik søyle med en utskåret hammer på og Alvisar løftet armene sakte. Salen ble nesten naturstridig stille, ingen rørte så mye som en finger og alle stirret forventningsfylt og ærbødig på at kongen gikk bort til søylen og festet grepet om hammeren med blikket vendt ned i ærefrykt. "Høye fader, vår skaper og broder, hør oss. Vi er klare til å hevne våre falne brødre og søstre, vi er klare til å kjempe til siste dråpe blod i våre årer er felt. "

Det var helt stille, så hørte de en merkelig syngende lyd og to dører åpnet seg i berget der ingen dør var. De var fylt med et mykt gyllent lys og ut av den ene kom Thiron spankulerende med en avslappet mine i det furete ansiktet. Han nikket mot Ghuad med et glis og løftet ene armen. "Mine barn, mine tapre krigere. Tiden er inne, orkene skal få betale for det de gjorde mot dere, drep dem brødre, la det edle metallet døpes i blod og styrkes. Ta tilbake den stolthet som ble stjålet. "

Alvisar sto der og skalv av ærefrykt, han greide ikke løfte blikket. "Herre, vi er rede!"

Thiron smilte smalt. "Ja mine barn, i sannhet er dere rede. Dere skal deles i to styrker, orkene har funnet en vei inn i byen og må stanses for enhver pris, men jeg kjenner dere mine barn. Å kjempe i tuneller under jorden er hva dere er skapt for. Dere vil gi orkene en kamp de aldri vil kunne glemme"

Det lød svake rop av virak fra mengden og Thiron løftet blikket, det synlige øyet hans glødet formelig. "Barn av fjellet, krigerne av Fjellbiterklanen og klanene som har sverget troskap til dem tar døra

216

til venstre. Den leder til tunellene under byen, de må ikke falle for enhver pris. Er dere tapre mine barn? Brenner deres hjerter med vilje og mot?"

Dvergene svarte med et brøl og begynte å bevege seg. De løp formelig gjennom dørene uten å nøle og det gikk forbausende fort. Ghuad så at kanskje tre tusen forsvant gjennom døra Thiron nevnte og den merkelige smeden vinket på ham og Afarr. "Vindrytter, bli med dem sammen med dem du berget, du vil bli nyttig er jeg redd!" Ghuad bare nikket, han følte at makten fra dørene fikk huden hans til å rykke og klø og Thiron gikk bort til ham og klappet ham på skulderen. Dvergene så på ham med vide øyne, antagelig kom de til og nærmest tilbe ham etter dette, guden deres hadde rørt ved ham. Afarr bukket dypt for Thiron og løp gjennom døra og Thiron gliste bredt. "Nøl ikke med å svi noen orker Ghuad, jeg har en følelse av at du og dine ennå har en stor rolle å spille før alt er over. "

Ghuad svelget kort og lukket øynene i det han gikk inn gjennom døra. Det gikk et fort gys gjennom ham og han følte et slags rykk, så ble det veldig lyst før det ble svært mørkt og da han åpnet øynene sto han var siden av Afarr i en slags hule. Foran dem munnet en tunell ut og den var tydelig tillaget av mennesker. Afarr så på åpningen med glødende blikk. "Der inne er vår fiende, og de nærmer seg. Slåss godt mine brødre, la dem huske våre økser og sverd"

Ghuad så seg rundt, hulen de sto i var stor og offiserene var i ferd med å fordele styrkene utover. Noen forsvant inn i andre tuneller og andre rigget til brystvern av steiner og slikt. Hulen var naturlig og langt fra jevn og det ville gi forsvarerne muligheter. Ghuad rynket pannen. Var dette eneste adkomsten til byen som orkene kunne bruke? Antagelig måtte det være det, om det var flere veier inn ledet de alle til denne hulen. Bakerst i den gikk en bred tunell videre og han trengte ikke være noe geni for å skjønne at den ledet til byens indre. Orkene måtte ikke få bryte igjennom men tre tusen dverger burde greie å stagge dem ganske lenge. I verste fall måtte han forvandle seg og kjempe som drage. Det ble trangt der nede men han gjorde det gladelig, ild burde stagge selv den mest ivrige ork.

Dvergene var velorganisert, de var klare og ansiktene lyste av besluttsomhet. I det fjerne kunne de høre lyder som tydet på at noen var på vei opp gjennom tunellen. De var klare og Ghuad visste at orkene neppe hadde særlig disiplin. Når en kjempet på et slikt innestengt område var det disiplin som var selve limet som holder alt sammen. Uten det ramler alt og han blottet tennene og grep sverdet han hadde fått. Han var vanskelig å skade selv i denne mer menneskelige skikkelsen og han var en utrolig dyktig kriger. Han aktet å nyte dette, kunne han ikke svi av orker kunne han så avgjort halshugge dem.

Ute på slettene ble de resterende dvergene fordelt over tre utslippspunkter med litt over tre tusen på hvert sted. Lederne organiserte dem med en gang. Det var mørkt ennå men morgengryet var på vei og med det ville de falle orkene i ryggen når de minst av alt ventet det. Dvergene var dyktige til å beregne fiender, de ville angripe som kiler som brøt seg inn i orkenes rekker og når en kile ble omringet av fienden ville den neste slå til fra en annen kant og tvinge fienden til å omgruppere. Dverger er ikke så veldig raske til beins men utrolig seige og eksepsjonelt gode til å trekke fordeler fra terrenget. Så kraftige og sterke som de var hadde de ingen vansker med å bære tunge skjold og annet utstyr som tjente som beskyttelse og de så godt i mørket og plasserte seg i terrenget etter planene offiserene utarbeidet. Alt i stillhet og uten lys. Orkenes leir lå der foran dem, en bred stripe av fiender mellom dem og byens murer. Byen så herjet ut nå, de så at deler av fremste mur var borte og at den andre muren var borte. Røyk steg mange steder sammen med flammer også og de så at hus og bygg var skadet. Det sto folk på murene innover og orkene var på vei oppover mot murene igjen, klare for et nytt angrep. De hadde ikke latt seg skremme av at mur to falt, nå var det bare en hindring mindre slik de så det.

Inne i byen så de selvsagt ikke at dvergene gjorde seg klare til angrep men de fikk et nytt problem. Murene skalv enda en gang og nå var det tredje og fjerde mur som ble rammet, luker åpnet seg i dem og offiserene skrek ordre og fikk soldatene tilbake til den femte muren. Broene ble sluppet ned igjen og Raigh bannet av et fullt hjerte. De hadde to kun beskyttede soner igjen før orkene nådde byen og de to innerste murene var svært lave. De gav liten beskyttelse. Det var mye bebyggelse mellom dem også og det kunne orkene bruke som trapper opp. Femte mur måtte holdes og rundt hele byen forberedt soldatene seg på et forferdelig morgengry. Det strømmet orker frem overalt, de lot seg ikke stagge lenger. Ikke engang en mektig krigshøvding som Obrauch kunne styre den kollektive blodtørsten og det hatet som hadde våknet i dem nå og Raigh kunne bare be om at ikke flere murer falt. Da var byen fortapt, kort og godt. Akisha visste det også, hun var blek der hun skjøt alt hun orket med alvebuen hun hadde fått av sin mentor. Hun felte en ork med hvert skudd men det bunnet ikke i det hele tatt. Janrem sto sammen med en gruppe erfarne fotsoldater på sjette mur. Han hadde søkt seg sammen med dem siden de var av troppene Duchlain hadde ledet og dermed hadde de i det minste noe erfaring. Han hadde sett flere laugsmenn der ute på murene og visste at lauget holdt ord denne gangen. Han var redd, han måtte vedgå det for seg selv. Han hadde ikke engang sett en ork noen gang og synet hadde sjokkert ham til margen. Han følte formelig energien og viljen i denne mørke hæren som ladningen i luften før et tordenvær og han svelget hardt og håpet at alle greide seg. Han hadde en følelse av at de trengte et mirakel nå for å redde byen og befolkningen. Lukene i mur tre og fire stengte seg ikke, antagelig hadde mekanismene der nede fått nok av Costaons mishandling og gått i stå og nå måtte de bare se til at den femte muren holdt. Kom de over den var det tapt, de to innerste murene var mer til pynt enn noe annet og portene i dem var så svake at en vanlig rambukk knakk dem med liten anstrengelse.

Sollyset begynte så smått å krype opp over horisonten, det så ut til å bli en vakker dag men det avslørte også ødeleggelsene for alle. Akisha arbeidet hardt med å sørge for at soldatene rullerte og fikk hvile med jevne mellomrom. Orkene gikk på portene nå og siden portene i mur fem var langt fra så sterke som dem i mur en og to kunne de klare å bryte gjennom. Ennå var det olje og bly igjen så de brukte det samme med steiner og alt annet de fant. Orkene ble bombardert men det bare virket for å egge dem opp.

Våk og Elda og Eleghim hadde vandret opp gjennom korridorene uten å se et eneste spor etter Costaon, Våk visste at Frerk var der og lette og han stolte på at dragekatten kunne finne mannen men stedet var så stort og luktene mange. Han var redd for at misdederen skulle greie å snike seg vekk. De hørte tordenen fra ute og grøsset ved tanken på hva de der ute gjennomgikk. Våk følte at han burde vært der og slåss og forsvart byen men dette var også viktig. Elda hadde et stygt uttrykk i ansiktet, hun var tross alt udødelig og for henne var tanken på å bli tatt til fange den verste.

Costaon hadde fulgt bekken et godt stykke før han valgte en ganske smal korridor som virket for å være i bruk. Han snek seg frem og snart så han vinduer på veggen høyt der oppe, det var morgen så han og han kjente at han var sliten og sulten og at han burde ha hvilt. Men han kunne ikke, ikke ennå. Det var lyder der fremme og han nølte litt, ville folk se hvem han var? Han snek seg frem. Det var en dør der og han åpnet den varsomt på gløtt, kikket inn. Det var en sal som var fylt med sårede mennesker, dette var lasarettet.
Costaon gliste kort for seg selv. Det yrte med folk der, ingen ville legge merke til ham. Han snek seg gjennom døra, trakk til seg en skitten kappe noen hadde lagt fra seg på en stol og en hatt og han huket seg litt ned, så litt stakkarslig ut. Med fletten gjemt i hatten og litt støv og skitt i ansiktet så han ut som en soldat som leter etter en fallen venn eller noe slikt. Han ble ikke stanset og gikk rolig gjennom salene. Han visste hvor han var nå, han måtte opp til taket av palasset og følge balkongen bortover for å nå til klippen og gangen han visste om. Det burde gå greit.
Han var på vei mot utgangen da han brått så noen han kjente. Det var Ohlain, hva gjorde den forbanna spissøra idioten der? Var noen såret kanskje? Han håpet at det var en av halvbrødrene hans og han snek seg diskret nærmere Ohlain som sto og snakket med en av

medikus sine folk. Costaon lot som om han bøyde seg for å se ansiktet til de som lå der, som om han lette etter noen. Ohlain snakket lavt men Costaon hørte samtalen allikevel, han hadde ørene på stilker og rykket til. Corat var såret, ikke dødelig men alvorlig nok. Costaon måtte beherske seg for å hindre at et digert glis spredte seg over ansiktet. Så den gamle geitebukken var lagt inn der, på et eget rom. Det var som om han skulle ha bedt om det. Han lyttet nøye. Kvinnfolket Duchlain hadde hatt med seg passet visst på ham nå, det var visst ingen fare men de ville ikke at kongen skulle få feber. Et kvinnfolk burde ikke være noen sak å uskadeliggjøre og Costaon snek seg vekk og grep sverdet til en soldat som lå der og sov. Endelig skulle han bli kvitt sin far og snart skulle han nok bli av med brødrene også.

Frerk hadde snust seg vei gjennom flere kilometer med ganger, dragekatten var svært bestemt og målbevisst og visste hvem den var etter. Den brøt opp dører og stanset ikke for noe, lukten var blitt borte for ham men nå hadde han den igjen. Den var svært svak men så avgjort til stede og han aktet ikke å la noe stanse seg nå. Frerk knurret forventningsfylt og satte farten opp, den skulle vite og gjøre hva Våk hadde bedt den å gjøre, mannen han jagde skulle ikke ha en sjanse!

Ute ved murene hadde situasjonen tilspisset seg nå, orkene gikk på flere av portene i mur fem med brutal styrke. De brukte brokker av bygninger og vogner og uansett hvor hardt forsvarerne forsøkte greide de ikke å holde fienden borte. De forsvarte seg med skjold og rester av hus og snart skjedde det verst tenkelige. De brøt gjennom en port. Raigh hadde beordret en god del soldater til å være klare og nå ble det kritisk. Da orkene så hvordan porten kunne brytes opp fikk de opp flere og stormet inn og Raigh og Akisha beordret mennene ned fra muren og i nærkamp. De kunne ikke slippe orkene lenger inn, da var byen tapt.

Obrauch hadde fått beskjed om at murene var i ferd med å gi tapt, han kjente at en stråle av optimisme skjøt gjennom ham. Gudene var med dem, de ville klare det. De ville kreve tilbake det som var stjålet fra dem og vinne! Han gav ordre om at flere skulle trekke fremover mot murene og forberedte seg på å kjempe. Når de der inne bare hadde to murer å gjemme seg bak burde det snart vært avgjort. Han gliste og trakk på seg rustningen sin, hentet sine beste våpen. Dette kom til å bli dagen da de seiret.

Raigh og Akisha hadde gitt seg med soldatene, Akisha hadde trukket Elthear og for de fleste soldatene der var det et uvirkelig syn. Det vakre sverdet lyste blålig akkurat som øynene hennes der hun formelig raste gjennom de fremadstormende orkene som en dødens slåttekar. Blod sprutet fra bladet og de som var nære nok kunne høre en merkelig ulende lyd fra sverdet. Akisha hadde latt instinktene overta nå, hun var redd som sjelden før men nektet å la redselen sinke seg. Hun måtte bare slå til og være sterk og håpe at de alle overlevde dette. Teknikken hennes var fantastisk og hun var mye raskere enn noen ork, hun drepte for fote og snerret mens hun parerte og hogg og desimerte orkene. Det var snøtigerens ånd som ledet henne nå, kjernen i den hun var. Hun var rovdyret ingen kan temme, viljen ingenting kan knuse.

Raigh sloss på motsatt flanke av forsvarslinjen, han var et like skremmende syn nå med berserkraseriet glødende i blikket og tennene blottet i et snerr. Han sloss med det smekre sverdet han vanligvis brukte og den skarpe Eggen hadde en skremmende effekt der han kom til. Det virket for at sverdet skar gjennom både rustninger og bein og synet gav soldatene nytt mot og ny styrke. Synet av orkene skremte dem men de vek ikke en tomme.

Rhylja og Rheynek hadde tatt på seg å lede forsvaret av den andre porten som hadde blitt presset opp og de utgjorde også et svært skremmende par der de brukte alt de kunne for å demme opp for strømmen av fiender. Rheynek var gudinnens egen jeger, hans styrke og hurtighet var hinsides det noe menneske kunne håpe og oppnå og i forhold til de lynraske vampyrene han opprinnelig var

222

skapt for å utradere var orker enkle mål. Med Nadharn i hånd var han like dødelig som Akisha og han skremte orkene der han hogg seg vei gjennom dem. Det lange hvite håret var fylt med blod og skitt og øynene lyste rovdyrgrønt, det var en eleganse og enkelhet i hver bevegelse som ville vært direkte vakker hadde det ikke vært så skremmende. Rhylja på den andre siden var skremmende, det hadde skjedd en forandring med henne nå, det virket for at hennes forbindelse med jegerguden var blitt hundre ganger sterkere. Hun virket dyrisk der hun slaktet orker som om det var løvetannhoder i en plen og hun en irritert gartner. Hun lignet litt på dyret hun bar som totem, de på tatoverte stripene og bevegelsene var en stor katts og hun hveste som en også. Det var lite menneske igjen i henne. Janrem var ved den tredje porten sammen med Wilbwyn, den svære øksesvingeren var en erfaren kriger og han brølte ordre til soldatene som med en gang adlød. Denne porten var ganske liten, den hadde vært en passasje mellom krydderhandlernes område i byen og det kvartalet som handlet med tøyer og det var ikke plass for særlig mange å komme gjennom på en gang. Men det hindret ikke orkene i å presse seg frem, selv når så mange av deres egne falt. Janrem kunne ikke fatte raseriet og hatet som drev dem slik. Han var så livredd at beina i begynnelsen føltes som gele men noe i ham hadde hardnet bare i løpet av få minutter. Han måtte slåss for å redde seg selv og byen og da gjorde han det. Og sverdene han hadde fått var en god hjelp, det virket for at bladene nesten ledet ham, viste ham hva han skulle gjøre uten ord eller annet enn følelse. Men han kjempet i første rekke og felte orker som om han aldri hadde gjort annet. Han var nesten kvalm av seg selv, det stinket blod og gørr og de kraftige skapningene var motbydelige. Mange var dekorert med krigsmaling og diverse groteske amuletter og Janrem følte en avsky som kun hjalp ham finne styrke.

Flere orker hadde greid å treffe ham med sverd og spyd men det meste prellet av på rustningen og det som ikke gjorde det leget seg selv i løpet av sekunder. Han følte smerten men den bare oppildnet ham og det virket for at orkene begynte å vike vekk for ham. De så en mann som ikke falt selv når han burde vært dødelig såret og de var overtroiske. Kun vitenen om at skålen og skiven var der inne et sted sammen med vreden over at verget var vanhelliget var det som drev dem videre.

Kapittel 7: Blod og hevn

I morgenens lys henger hoder på murene
Vi brakte oss til fall
De som trodde seg mektige føler stålets kalde kyss
La ulvene ete seg mette i natt

Costaon snek seg frem gjennom lasarettet, han gikk som om han hadde all mulig rett til å være der og ingen reagerte. Alle var for opptatt med å gjøre sitt og han fant rommet der Corat lå. Det var lite og enkelt men et av de beste der og han kikket fort inn. Ygraine satt der og virket for å halvsove og Corat lå ubevegelig på senga, grundig bandasjert. Det virket for at mannen enten sov eller var bedøvd ennå og Costaon svelget og kjente at noe som lignet fryd steg i ham. Dette kom til å gå svært lett.

Han gikk rett inn med sverdet trukket og antok at synet av en bevæpnet mann ville skremme det kvinnfolket lenge nok til at han fikk gjort det han kom for men han hadde ikke møtt noen som Ygraine før. Hun hadde sittet og dormet og da det brått kom en fremmed mann inn reagerte hun øyeblikkelig. Hun så sverdet og forsto situasjonen med en gang. Hun var ikke bevæpnet og kunne ikke slåss men grep til det første og beste hun hadde for hånden. Det sto et lite glofat på et bord ved sengen siden det ikke var noen peis der og det glødet svakt i det siden det hadde vært tent for ikke så veldig lenge siden. Hun skjønte hvem dette var og hva han ville og instinktene reagerte før hun rakk å tenke. Hun kjørte handa ned i glofatet og sopte opp en stor neve med rødglødende kull som hun raskt og presist kastet rett i ansiktet på Costaon som hadde kastet hetten på kappen bakover for å se bedre. Costaon skrek og slapp sverdet, grep seg til ansiktet og Ygraine fortsatte med å skrike og hive selve fatet på ham. Det ulmet og fatet i kappen og han hylte og vrengte av seg plagget.

Det lød rop og skrik utenfra og Costaon grep sverdet igjen og hugg mot henne, hun vek unna men han rakk å skjære henne i armen, et dypt kutt som fikk henne til å skrike og rygge bakover. Costaon hørte løpende føtter, han kunne ikke bli der. Han bråsnudde og løp og nå visste han at han kun hadde en sjanse. Han måtte nå tunellene i klippen og det før de tok ham igjen. Han banet seg vei forbi folkene på lasarettet og satte kursen mot balkongen. Han hadde feilet men han skulle ta igjen, ved gudene som han skulle ta igjen.

Frerk hadde styrtet opp gangene, lukten var blitt sterkere og han visste at han nærmet seg. Dragekatten slikket seg forventningsfylt om kjeften og skremte vettet av noen pasjer som bar utstyr gjennom gangen. Det var liten tvil om at det gigantiske rovdyret var på sporet av noen og de misunte ikke vedkommende.

Obrauch og hans nærmeste offiserer var på vei mot murene da noe merkelig skjedde. Bak dem brast flere av teltene deres i flammer og brått hørte de lyden av flere horn som ble blåst. Obrauch så vantro på det synet som nå ble synlig. En stor styrke dverger raste frem og tok de bakerste troppene med orker nærmest på senga. De ventet ikke angrep bakfra og da orkene omsider fikk samlet seg og begynte å slå tilbake trakk dvergene seg tilbake igjen. Obrauch fattet det ikke, hvor kom de fra? Det hadde ikke vært dverger i noen av fjellene de hadde passert på vei mot byen og dette var en større styrke. Han brølte ordre og offiserene snudde troppene, fikk dem til å gå i forsvarsposisjoner. Dverger var seige krigere og Obrauch hadde en viss respekt for dem. Han visste at de garantert var ute etter å hevne de byene de hadde plyndret og dvergblodet brenner like hett som orkenes når urett har blitt begått.

Dverger er sterke som få andre i forhold til størrelsen og nå presset skjoldborger seg frem mellom orkenes posisjoner, fra borgene styrtet det frem dverger som hugg til mot orkenes bein og armer for så å rase tilbake i trygghet bak de massive skjoldene og orkene var såpass sjokkert at de ikke greide å organisere et virkelig godt forsvar. De var ikke vant med dvergenes angrepstaktikk og begynte å vike tilbake. Obrauch prøvde å drive sine styrker inn i en jevn linje med forsterkninger bak men det gikk ikke. Hans styrker var for spredt nå, for mange var oppe mellom murene eller hadde forsvunnet ned i lukene. Han bannet stygt og forbannet gudene for å spille dem et slikt stygt puss.

Hans styrker var uansett større enn dvergenes, de skulle nok greie å slå dem men det ville ta tid og han hadde en følelse av at tiden av en eller annen grunn var i ferd med å renne ut. Han bestemte seg brått, styrkene oppe mellom murene fikk klare seg selv, han og bakstyrken fikk konsentrere seg om å holde dvergene tilbake, så ville hans menn der oppe ta seg av byen. Det betydde ikke noe hvem det var som overvant byen bare den ble ødelagt. Det var ære også i dette. Han brølte og grep våpnene sine, han skulle slukke tørsten på dvergblod og så skulle han se til at byen falt.

Inne i berget hadde dvergene forskanset seg godt og de første orkene som kom styrtende opp fra tunellene fikk en overraskelse de neppe hadde ventet seg. Det var mørkt i kammeret siden dverger har et meget godt nattsyn og orkene bar fakler, det blindet dem til en viss grad og de fremste stupte brått med grove bolter fra dvergenes armbrøster i brystet. De bak gjorde anskrik men ble angrepet fra siden av dverger som nærmest falt ned på dem fra oven siden det var hyller i berget over tunellene og dermed var det i gang. Orkene brølte i sinne og dvergene svarte med hånende tilrop og stridsrop for å sette mot i sine egne. Ghuad sto midt foran den største tunellen, han hadde et sverd og brukte det godt og det glødet rødt i blikket hans mens han hogg ned orker der han kom til. Orkene ble usikre når de så ham, de var ikke i stand til å identifisere hva og hvem han var og han var svær og brukte sverdet bemerkelsesverdig godt. Flere av de kraftigeste ork krigerne satte kursen mot ham og Ghuad blottet tennene og kjente at ilden i ham økte i styrke. Ble det nødvendig ville han brenne dem, det ville bli grusomt men han aktet ikke nøle om orkene så ut til å kunne bryte gjennom. Bak ham og dvergene lå byen og de forsvarsløse beboerne, han ville ikke la dem bli slaktet ned. Da svidde han heller av tunellene selv om de neppe tålte den intense varmen fra drageild. Raste berget fikk det i så fall bare rase.

Raigh hogg løs på orkene ved porten med desperasjonens mot, han begynte å bli sliten og soldatene der var langt fra godt nok trent. Han begynte å innse at de antagelig ville bli nødt til å trekke seg tilbake til den sjette muren men den kom neppe til å holde mer enn noen timer om den klarte det så lenge. Det var så vanvittig mange fiender, det virket ikke for at det betydde noe at de hadde drept hundrevis av dem. Han var klar til å gi ordren om retrett, det ville neppe berge dem særlig lenge og hans hjerte blødde for byen. Akisha hadde sagt at jegerguden ville gripe inn, vel, da fikk han snart se til å gjøre noe, for dette gikk ikke stort lenger.
Han så at Akisha kjempet like vilt som alltid og følte en slags ømhet for henne, hun lot seg ikke bekjempe, snøtigeren i henne var for sterk. Han skulle til å rope ordren da det kom et brøl fra oven og Våk og Elda kom styrtende sammen med Eleghim. Den mørke alven traff orkene som en stridshammer, med to slanke alvesverd tok han hoder overalt og hele tiden skrek han et eller annet som fikk orkene til å rygge og ta skrekken. De svarte øynene glødet formelig og Raigh ble både imponert og skremt av synet. Elda sto på taket av et lite skur og skjøt med maskinaktig nøyaktighet og Eleghim brølte for å sette mot i seg selv. Han hadde neppe kjempet på alvor noen gang men hadde fått ypperlig opplæring. Raigh ropte til Våk. "Fant dere svinet?"
Våk ristet på hodet og hugg armen av en ork som svingte en stygg spikerklubbe mot ham før han svingte, tok hodet av en annen og kom tilbake og tok hodet av den første. "Sendte Frerk etter ham, han kan være hvor som helst i palasset, umulig å finne en mann som kjenner stedet om en ikke kan følge lukta. Frerk tar ham, tro meg!" Raigh nikket og sparket til en lavvokst grotesk ork før han delte skapningen nesten i to. "Jeg vil beordre retrett, vi greier ikke holde stand her stort lenger!"

Våk bannet og hjalp Akisha med å få ned en enorm ork som brukte to lange sverd. "Vi må få Elywen til å forvandle seg, hun kan ta dem"

Raigh nikket. "Men det vil svekke henne til senere, vi kan ikke bruke henne før vi absolutt må!"

Våk brølte et eller annet som fikk flere orker til å krympe seg. "Jeg vet det, men jeg er redd timen snart er slagen!"

Costaon løp opp gjennom palasset, han lot ingen stanse seg og folk stirret bare forvirret etter ham, det var få soldater der nå, stort sett tjenere og slikt og de hadde ikke fått med seg at Costaon skulle anholdes. Han hastet mot balkongen øverst mot klippen og så at murene hadde blitt overrent og at bare de innerste sto igjen. Han frydet seg over synet men stanset ikke for å beundre det. Nede på sletten ble det også kjempet så han, orkene var nødt til å slåss på to fronter men det tenkte han ikke over en gang. Han husket hvor gangen skulle være og han brydde seg fela om hva som kunne ha skjedd med sin medsammensvorne. Var Aglaran der ute et sted skulle han finne ham og se til at han selv fikk kreve skatten. Han løp ut mot balkongen, slo opp døra og så at det var en liten skjult dør mot steinen helt inne ved der bygget møtte den naturlige steinen. Men det sto en person der oppe, lent mot et av de store hornene som strakte seg opp og ut fra palassets øverste del. Det var en av de alvene som hadde vært med våpenmesterne og han nølte et lite øyeblikk. Han var ikke riktig sikker på hvor sterke disse skapningene var for han hadde ikke egentlig sett Ohlain kjempe noen gang og dette var en kvinne. Han hadde aldri hatt noe annet enn forakt til overs for kvinner og anså henne ikke for å være noen fare.

Elywen sto der og betraktet kampene, hun følte seg dypt fortvilet. Hun så at de snart ikke kunne holde orkene tilbake lenger, de var for få og mennene for dårlig trent. Når orkene var kommet så nær var ikke byens forsvarsverker i stand til å holde dem vekk lenger og hun visste at hun snart ville bli nødt til å skifte skikkelse og gjøre sitt som drage. Hun var alene der nå, Frostfugl hadde gått for å hjelpe

Khir nede i hulene for hun sanset at Ghuad og dvergene var der nede et sted og holdt orkene tilbake. Elywen sanset det også, at den svarte dragen var nær og hun syntes nesten at hun hørte stemmen hans i øret, mørk og spinnende. Han holdt orkene tilbake med ild om han måtte og Elywen hadde i det lengste håpet at hun skulle slippe å bruke sine egne flammer. Hver gang hun drepte næret hun seg på livsenergien til de hun brente og fryden det gav henne var skrekkelig og overveldende. Hun hadde som så mange av sitt folk potensiale til å bli en lystmorder og kun Våk greide å holde henne i balanse. Han visste hva blodtørst var, kjente den mørke trangen til bunns og visste å tøyle og bruke den som et våpen.

Hun hadde beundret de enorme hornene, de to på sidene var blitt blåst for å beordre byen evakuert men det midterste var gigantisk og massivt. Det var ingen mulighet for at det noen gang kunne bli lyd i det siden det ikke var noe hull i det. Det virket for å være lagd av obsidian som de enorme statuene på palassets egen mur. Hun hadde beundret dem også men det var noe merkelig skremmende ved dem, noe uhellsvangert kanskje. Hun prøvde å kontakte Våk telepatisk men han var for opptatt og hun skulle til å gå inn igjen da hun så at døra åpnet seg og en mann kom ut. Han virket for å ha blitt stygt brent i ansiktet og noe ved kroppsspråket hans advarte henne med en gang om at han hadde ondt i sinne. Elywen var ingen kriger, hun var vant med å bruke sine evner med ild som et våpen og Våk var den som forsvarte henne med stål i hånd. Hun hadde en dolk i beltet og trakk den noe skjelvent.

Costaon så at kvinnen trakk en dolk og han bannet og raste mot henne, han aktet ikke å la seg stanse. Sverdet hans hadde han mistet men han raste inn i Elywen med betraktelig kraft. Hun vaklet bakover og slo hodet mot munnstykket på hornet. Costaon så at hun blødde fra nesen og at hun måtte gripe hornet for å vinne balansen igjen. Han skulle til å legge på sprang igjen da han brått merket noe fremmed, noe underlig kaldt i magen. Han så ned og øynene hans videt seg ut i sjokk. Fra magen på ham stakk skjeftet på dolken hennes og han så forvirret på henne. Hvordan kunne hun ha rukket å

230

stikke ham? Elywen kom seg på beina, tørket blod fra nesen. "Tro ikke at du slipper unna morder du er, du skal brenne!"

Flammer strakte seg brått fra hendene hennes og Costaon skrek av skrekk og rygget bakover, smerten i magen var brått lammende og han prøvde å løpe sin vei. Men Costaon kom bare noen meter bortover det mosaikkdekkede golvet før døra fløy opp igjen og noe fra et mareritt kom styrtende mot ham. Costaon hadde aldri sett Frerk, han stirret i vantro og skrekk på det enorme dyret som kom settende og han forsto at det var ute etter ham. Han skrek skjærende og prøvde å løpe men det var for sent. Frerk var rasende, han hadde hørt Elywen skrike og visste at denne mannen var ond.

Dragekatten grep mannen i kjevene og de sterke tennene trengte dypt inn i kroppen på Costaon som vrælte av smerte og prøvde å slå til Frerk på nesen. Dragekatten ristet ham brutalt og det lød et ekkelt knas i det tennene møttes. Costaon skrek en siste gang og blod sprutet fra kjeften på ham i det Frerk styrtet bort til kanten og gjorde et kast med hodet. Costaons kropp fløy over balkongkanten og raste ned mot slottsplassen der nede og Elywen hveste og satte fyr på kroppen like godt. Costaons siste ferd var som en flammende fakkel. Hun tørket blod fra nesen og støttet seg på hornet igjen, klappet Frerk kjærlig på halsen. "Flink gutt min venn. Godt du stanset ham!"

Frerk mol og så meget fornøyd ut, den svinset ut på balkongen og satte seg for å holde vakt. Elywen tørket blod fra nesa igjen, hun hadde slått seg ganske kraftig i smellen men det var ikke alvorlig. Hun sto der og prøvde å samle seg da noe brått skjedde. Hornet hun lente seg mot begynte å vibrere svakt, den var en merkelig tung vibrasjon som fikk henne til å rygge vekk og stirre litt skremt på det. På den blanke skinnende steinen var det noen få røde flekker, hun hadde hatt blod på fingrene da hun lente seg mot det. Hun så vantro på at vibrasjonene ble sterkere, nesten synlige. Det buldret i hele balkongen og hun ble redd konstruksjonen skulle ramle sammen. Hun husket brått hva noen hadde sagt til henne, at hornet ville vekke statuene til å forsvare byen, og at kun drageblod kunne få det til å låte. Og hun hadde drageblod.

Hornet skalv så det ble utydelig, så ble det brått stille og helt skarpt igjen før det lød for første gang siden en eller annen glemt trollmann skapte det. Lyden var ubeskrivelig, et tungt hult rungende brøl som ikke hørtes ut som et horn men mer som en drages rop i sinne. Og det varte ved, det var så kraftig at Elywen skrek og la hendene over ørene og Frerk klynket og løp inn igjen i panikk. Over hele byen hørte man det og nede ved murene stirret alle opp mot palasset og måpte i undring over hva denne lyden var. Raigh så storøyd på Våk som hadde fått noe som lignet galskap i de svarte øynene.

"Elywen!"

Lyden gjorde vondt så sterk var den, den fikk løse steiner til å løsne fra murene, fikk trærne i de små parkene til å svaie. Orkene skrek av smerte siden lyden skar i de følsomme ørene og selv nede i berget ble det hørt.

Og lyden ble besvart, de tolv statuene som hadde sittet vaglet på palassets ytterste mur begynte å bevege seg. Brått var de ikke av urørlig tung stein lenger, de var smidige og levende og løftet hodene og brølte til svar. Brølene var minst like kraftige som hornet og nå stilnet det sakte av. Statuene ristet på seg, strakte på vinger og lemmer, ble kjent med klør og nebb og forsvarerne kunne bare se på i taus vantro at de første tok til vingene. Elywen gispet og gjemte seg nesten bak hornet, statuene var kanskje halvparten så store som hun var i dragestørrelse men selv da var de gigantiske og kraften hun sanset i dem var avsindig. Det var tre av hvert slag så hun, tre enorme griffer, tre drageaktige skapninger, tre gargoyler og tre harpyer. Samtlige hev seg på vingene og suste ned mot byen og brått fikk orkene enda noe å slåss mot som neppe stål og tre hjalp mot.

De gigantiske beistene slo seg ned foran portene, en foran hver av de tolv portene som ledet gjennom den femte muren og enhver ork som kom innen rekkevidde for dem ble ganske enkelt knust. De slo orker flere titalls fot utover og orkene nølte nå, de kjente en sterk frykt for dette de ikke forsto og selv ikke prestenes ord maktet gi dem motet tilbake. Noen vek tilbake og angrepet gikk i stå. Raigh brølte ordre, menn kom stormende med tømmer og utstyr og de stengte igjen de tre portene som var brutt opp og lempet dugelig med søppel og stein mot dem. De gikk ikke å bryte opp igjen med det første. Raigh var overlykkelig over det, mennene fikk en sjanse til å hvile og han fikk oversikten over situasjonen.

Duchlain hadde kjempet ved den borteste porten en stund, han var sliten og medtatt og i total vantro over det som hadde skjedd. At statuene faktisk hadde blitt levende var for utrolig. Han sto og hvilte litt da en mann kom styrtende ned og ropte navnet hans. Duchlain fikk en frysende følelse nedover ryggen og svarte med et høyt rop som fikk flere av de andre der til å se merkelig på ham. Mannen var en tjener fra slottet og han stanset andpusten og prøvde å gjøre en klønet honnør. "Det har skjedd noe i palasset, din far og kone ble angrepet av Costaon. "
Duchlain følte at det svimlet for ham. "Er de i live?!"
Mannen smilte litt anstrengt. "Ja, Costaon rakk ikke å skade din far, din hustru berget ham. Men hun er såret!"
Duchlain bannet og la på sprang, han brydde seg ikke om muren nå, alt som telte var å se til Ygraine. Det gikk en stødig strøm av soldater opp og ned fra palasset, noen gikk dit for å hvile, få mat og stelt småskader mens uthvilte menn var på vei tilbake til tjeneste. Duchlain løp som aldri før opp trappene og han så at Eleghim kom og fulgte ham. Alderim kunne ikke gå fra sin stilling og det gjaldt også deres andre bror som var i hulene for øyeblikket.
Lasarettet var i totalt opprør og det var ikke vanskelig å se hvorfor. Medikus var totalt i harnisk over at noe slikt kunne skje i hans lasarett og brukte en kjeft så grov at selv herdede soldater dekket ørene. Elywen var der og fikk nesa stelt av en meget rystet lærling som virket noe lamslått over å skulle stelle noen så betydningsfull. Våk hadde løpt opp dit og var tydelig rystet og Frerk satt bak Elywen og tagg hemningsløst etter godbiter. Medikus så Duchlain og vinket på ham og han så at Alima kom løpende, hun så lettet ut da hun fikk øye på ham. Duchlain kunne ikke engang bære tanken på at Ygraine skulle være alvorlig skadet, han var ute av stand til å se for seg livet uten henne nå. Alima smilte men hun var lett blek og

klappet ham på armen. "Hun har et kutt i armen, de har sydd det og renset det men hun har mistet svært mye blod. "

Duchlain så smal øyd på moren. "Hvordan kunne det svinet nå helt inn hit uten at noen reagerte?!"

Alima sukket og ledet ham mot rommet der Corat og Ygraine var. "Gudene vet, men han fikk sin straff. Elywen og Frerk drepte ham!"

Duchlain svelget hardt. Han følte noe som lignet skuffelse, han skulle vært den som drepte Costaon, hevnen burde vært hans.

Costaon var garantert den som sto bak giftdrapet på Ilvar og han skulle ønske at noen kunne vekke Costaon til live igjen, så han kunne nyte å drepe mannen igjen og igjen.

Ygraine lå i en seng ved siden av Corat, hun var uhyggelig blek men våken og armen var grundig bandasjert. Duchlain så at Ohlain satt ved siden hennes og brorens ansikt var alvorlig og bekymret. Hun så på ham med sløret blikk og Duchlain forsto at medikus hadde dopet henne ned. Han satte seg på andre siden av sengen og klappet henne kjærlig på håret. "Du blir nok snart fin igjen min kjære, bare hvil deg nå. Du er en helt er du!"

Ygraine bare smilte blekt og lukket øynene, hun så så avgjort ikke særlig sterk ut og Duchlain så spørrende på moren. Hun forsto hva han ønsket å spørre om. "Jeg vet ikke min sønn, det bør gå bra selv med blodtapet men en vet ikke. De vil holde nøye øye med henne. "

Alima hadde blikket mot golvet og han visste at det for henne uttrykte usikkerhet. Han sukket og ba i sitt stille sinn alle guder om å være barmhjertige. Hun og barnet i henne måtte bare greie seg, det kunne ikke bli mer død nå.

Han så bort på Ohlain. "Hun reddet far, hvordan?"

Ohlain så litt storøyd ut og pekte på ene hjørnet i rommet. Det lå et glofat der, tomt. "Hun kastet kuller på ham, og deretter slo hun ham med fatet!"

Duchlain gispet lavt, grep handa hennes. Den var helt fin, ingen brennemerker eller blemmer og Alima så ham inn i øynene.

"Ychmal fortalte om en gammel spådom. Ildens rose skal avverge den høyes død. "

Duchlain så spørrende på henne. "Hva betyr det?"

234

Alima sukket og strøk over Ygraines bleke hand. "Jeg vet ikke, ærlig talt. Hun skulle ha blitt alvorlig brent, metallet var glødende men hun er uten merker. Enten har gudene hjulpet oss eller så er det noe merkelig her. Men det er ikke tiden til å undres over det nå. Vi må bare prøve å overleve til orkene er slått tilbake!"
Duchlain lukket øynene et øyeblikk, det svimlet litt for ham og han kjente at rustningen var utrolig tung og varm nå. Han sukket og satte seg tungt ned igjen og Alima så fast på ham og Ohlain. "Dere to blir her og bevokter henne og Corat. Forlat ikke rommet. Jeg skal sørge for at dere får mat og drikke!"
Duchlain sukket lettet. "Det høres helt flott ut mor, jeg blir her og ikke noe skal få rikke meg"

Utenfor byens murer pågikk det et svært merkelig slag nå, orkene forskanset seg der de kunne og holdt stand og dvergene angrep med ujevne mellomrom og holdt dem så opptatt med det at de ikke fikk avansert mot muren. Obrauch og hans menn prøvde å bryte ut og slå tilbake de spredte gruppene med dverger men det gikk bare ikke. Dvergene var for dyktige og de forsto godt hvordan orkene kjempet. De holdt fienden igjen og kunne bare håpe at byen greide å stanse de som var igjen der oppe. Angrepet på murene var gått i stå, ingen kom forbi de tolv vekkede statuene og bakken var våt av blod rundt dem der de brølende og utrettelige forsvarte muren. Orkene re grupperte bak mur fire og prøvde å finne en måte å komme forbi på og det gav byen en kjærkommen hvilepause.

I tunellene under byen pågikk derimot kampene for fullt. Arzhag og hans klan kjempet vilt og desperat, de måtte komme seg videre og innta byen men for å klare det måtte de komme seg forbi det forbannede dvergpakket. Dverger er perfekte for slik underjordisk krigføring og taktikkene deres var perfekte. Der noen falt sto det med en gang en ny kriger klar og økser og sverd bet fort og dypt. Det var en stillingskrig og orkene fyrte løs med både buer og armbrøster men dvergene fant vern under skjold og bak steiner. Arzhag bet tenner av frustrasjon, han så ingen veier forbi dvergene og det hadde ikke vært noen side tuneller heller som kunne brukes. De måtte opp gjennom dette kammeret og han drev sine soldater fremover med brøl og oppmuntring.

Ghuad kjempet med sin vante villskap, dette var nesten like morsomt som å svi av orker og han freste av avsky og sparte ingen. Om han ikke hadde en våpenmesters utsøkte teknikk hadde han kraft så det ulte og han trådte støttende til overalt hvor dvergene virket for å måtte vike tilbake. Han holdt overblikk over kammeret og så han en svakhet fylte han den med en gang. Orkene så det og prøvde å ta ham men av en eller annen grunn kom ingen nær nok til og engang å skade den svære mannen med det merkelige utseendet. Ghuad gliste mens han drepte orker for fote, det var et skrekkelig glis som avslørte hans sanne natur for de som tok seg tid til å se. Han var av natur grusom om det krevdes, det gav ham ikke dårlig samvittighet på noe vis. Dette var kun festlig trening for ham og han visste at dvergene satte pris på hans hjelp. Med ham i front kom orkene til å feile også her. Nå var det bare å vente på hjelpen gudene hadde lovet. Han hadde en følelse av at det kom til å bli svært spektakulært.

Raigh og de andre samlet seg på palassets trapper, de slo seg ned og prøvde å finne litt hvile mens de oppsummerte hva de visste og planene videre. Elywen fortalte dem hva hun følte fra Ghuad, orkene var stoppet der nede og de trengte ikke sende flere dit ned. Khir og flere andre sto klare i hulene med befolkningen om noen greide å snike seg forbi men de kunne se bort fra den delen av forsvaret for øyeblikket. Angrepet på muren var stanset nå men kunne ta seg opp igjen og de visste ikke hvor lenge statuene ville være levende og hjelpe dem.

Janrem hadde blitt med opp, han satt litt for seg selv og tyllet i seg en flaske med sterkvin som om det var vann. Han var dyvåt av svette og skalv over det hele men det var ikke av utmattelse. Det var av skrekk. Han var livredd for hva han selv hadde blitt. Han hadde drept flere titalls orker på egenhånd og for hver gang hvisket sverdene høyere i tankene hans, krevde mer blod, mer liv. Og han nøt det, han nøt det grenseløst.

Rhylja satt også og skalv for seg selv, hun kjente det nå, merket det i hver celle i kroppen. Dagen var på hell, månen steg og i kveld ville jegerguden våkne til live og rense landet for ondskapen som hadde besatt det. Hun følte på seg at hun ville få en stor rolle i dette, en rolle hun fryktet mer enn noe annet. Å skue en gud var ikke for de dødelige, hun ville aldri mer bli den samme men kalte han måtte hun svare og gjøre som han bød henne. Hun skulle ønske Thoran var der med henne, han var så jordnær og normal. Han kunne gitt henne balanse og tro på seg selv igjen.

Elywen satt med Våk og spiste, hun merket den mørke ilden som brant i hennes kjære nå og den var på langt nær tilfreds. Han ville antagelig kverke enda flere orker før han var fornøyd og hun var litt stolt av ham men også redd. Hun var redd for at han skulle miste seg selv i blodtørsten igjen og hun prøvde å forstå hva gudene ønsket av dem nå. Akisha var der som våpenmester i første rekke, prestinnen i henne var ikke så viktig nå men Elywen følte gudinnens nærvær hele tiden. Hva skulle de nå gjøre? Hva ønsket månens søster av dem? Orkene var fanget mellom murene og dvergene, var det en del av planen?

Et godt stykke ut på slettene lå det en stor steinrøys, den var naturlig og ingen hadde engang prøvd å rydde den vekk for jorda i området var tørr og ubrukelig til annet enn geitebeiter. Nå flyttet brått en liten steinblokk på seg som ved magi og avslørte et hull i bakken som var tydelig grundig oppmuret. Aglaran stakk hodet varsomt opp, kikket rundt seg. Det mørknet men han var ikke redd mørket. Han hadde nesten løpt gjennom tunellene og var så sliten at beina skalv. Svetten hadde gjort klærne dyvåte og han skalv og frøs men tvang seg videre med ren viljestyrke. Han var bak orkenes linjer nå, kunne se byen i det fjerne som blafrende utydelige lys og han smilte for seg selv i det han pakket kappen sin tettere rundt seg og prøvde å orientere seg. Han skulle nordover og så østover og han siktet ut en kurs. Det lå flere gårder der, de fleste var brent og plyndret av orkene men det var en og annen utløe som hadde sluppet unna, ganske enkelt fordi de var så små og ubetydelige at det ikke var store moroa i å brenne dem.

Aglaran fant en løe som sto, den var fylt med gammelt høy som klødde i nesa og stakk men han fikk av seg de våte klærne og hang dem til tørk før han spiste litt av provianten sin og la seg i høyet, godt innpakket i kappen sin. Så fort det lysnet skulle han se om han greide å finne en hest og så skulle han ri til fjellene og finne skatten og alt han noen gang hadde drømt om skulle bli hans.

Med statuene foran portene trengtes det ikke så mange på muren så offiserene benyttet sjansen til å skifte ut mannskapet og orkene var i ferd med å trekke seg tilbake også. Akisha var så sliten at hun skalv og Raigh hadde hentet en tykk kappe og lagt rundt henne. Hun følte det som om hun aldri ville bli varm igjen og han strøk henne kjærlig over håret. Elywen satt og stirret ut over byen, mye av den var ødelagt nå og det røk fra branner flere steder. Det ville ta mye tid å bygge opp igjen det som var. Akisha sukket og tok en svelg av vinskinnet en eller annen var hensynsfull nok til å sende rundt. "Jeg skulle ønske jeg visste hva vi skal gjøre nå?"

Rheynek trakk på skuldrene, han så ikke ut siden han var nesten dekket med størknet orkblod og det gulgrønne blikket glødet fremdeles i kamprus. "Vi venter, til gudinnen viser oss neste trekk. Jeg tviler på at de tør gi seg på murene igjen nå. "

Elywen sukket og det var noe vemodig i blikket hennes. "Statuene vil ikke være levende for alltid heller, de vil bli stein igjen snart. De har kjøpt oss litt tid. "

Rhylja ristet på seg og bet seg i underleppa. "I natt skjer det, jeg føler det. Han våkner, og jeg er redd for det som da kan skje!"

Akisha rynket pannen. "Hvorfor?"

Rhylja så ned i bakken, hun var svakt blek. "Jeg tror det blir voldsomt, han vil lære orkene å frykte igjen, vise dem deres rettmessige plass. "

Raigh bare gren på nesa. "Så mye desto bedre, de trenger virkelig å settes på plass. "

238

Rhylja omfavnet seg selv. "Kanskje, men noe mangler, det er ennå noe som må skje, jeg vet det bare. Jeg klarer bare ikke å se det!"

Dypt i berget kjempet dvergene ennå for å holde den delen av orkehæren tilbake, de vek ikke og orkene begynte å skjønne at dette kanskje ikke nyttet. De kom ikke forbi de forbannede dvergene og selv massive stormangrep ble slått tilbake. Blodet fløt stritt fra begge sider men dvergene var såpass mange at tapet av noen hundre ikke hemmet dem i det hele tatt. Ghuad kjempet i fremste rekke som før og han så ikke ut nå. Blod rant av ham og klærne var fillete og opprevet. Men blodet var ikke hans eget og han holdt stand og var forbauset over hvor ivrige orkene var. De burde ha veket tilbake for lengst for de burde innse at de ikke kom videre. Allikevel gikk de på og han begynte å forstå at dette ikke gikk i lengden. For mange dverger ble drept til at det var verdt det, han ble nødt til å bruke ild snart.

Arzhag hadde drevet mennene sine frem hele tiden men nå tvilte han, det var ingen vei forbi dvergene og han skar en grimase og tok en brå beslutning. Til helsike med resten av gjengen, han trengte bare sine egne folk. Han kunne sikkert greie å få ned Obrauch der ute og ta ledelsen over resten av hæren. Han gav diskrete tegn til sine offiserer og de begynte å trekke tilbake krigerne fra Frostulvklanen. De andre som var der merket det ikke i sin iver etter å komme seg forbi dvergene og Arzhag samlet sine styrker lenger bak i tunellene for et raskt retrett. Han aktet å falle Obrauch sine styrker i ryggen og ta makten i et brått og brutalt kupp.

Uten at han var klar over det berget Arzhag sine menn med den beslutningen, Ghuad bestemte seg brått. Han så alt for mange døde dverger der og visste at dette var et slag som ville slutte først når alle var døde. Han hadde sett nok unødvendige dødsfall nå, dvergene hadde bevist at de kunne slåss, de hadde hevnet sine og han ville hjelpe til som best han kunne. Han trengte ikke forvandle seg for å kontrollere ild selv om hans flammer var mer effektive når han var i sin sanne skikkelse. Han plasserte sverdet tilbake i sliren, så konsentrerte han seg og brått holdt han to lange pisker i hendene, skapt av flammer. Ghuad gliste stygt, det lyste formelig i øynene av fandenivoldsk fryd, og så gikk han til aksjon. Han var en mester også med dette merkelige våpenet, flammene danset og slo og de orkene de kom i kontakt med brast ut i åpne flammer med en gang. De brant som fakler og skrikene var vanvittige. Dvergene vek tilbake i skrekkblandet respekt og Ghuad brølte og danset formelig rundt. Det var ikke lenge før alle orkene som hadde kommet seg inn i kammeret var brent og de gjenværende prøvde desperat å komme seg vekk gjennom tunellene igjen.

Ghuad freste formelig og gav dvergene signal om at de måtte trekke inntil veggene. Og så forvandlet han seg. Noen orker rakk kanskje å se hvem deres merkelige motstander hadde vært, de rakk kanskje også å tenke at de aldri hadde hatt en sjanse men det var også alt. Ghuad tok nesten all plass i kammeret, han måtte stikke halen inn under seg og krølle seg sammen, det var svært ubehagelig og han ble ikke mindre hissig av den grunn. Ghuad stakk snuten inn i åpningen i veggen og halsen svulmet opp. Han spydde flammer som aldri før og tunellen ble en dødsfelle.

Arzhag og hans menn hadde kommet seg et godt stykke nedover forbi de første forgreiningene og det berget dem. De så brått en vegg av flammer som kom rasende mot dem og de bakerste ble grundig forbrent men ikke drept. Smerteskrikene advarte de fremste som la på sprang og Arzhag så vantro på ilden som døde ut nå. Hva slags mareritt var dette? Hadde dvergene hemmelige våpen? Han så til at de verst forbrente ble avlivet der og da, så løp de alt de greide gjennom tunellene, tilbake mot slettene. Han hadde ikke så mange tilbake nå men det var de beste han hadde fått med seg og han skulle greie å knekke Obrauch.

Obrauch på sin side slet nå, dvergene hindret dem i å gjøre noe fornuftig, de kom seg ikke nærmere byen og han så til sin store skuffelse at flere tropper returnerte og kom nedover mot slettene igjen. De skrek noe om levende statuer og Obrauch spyttet nesten av forakt. Levende statuer? Feiginger var hva de var og han skulle ønske at han hadde hatt frie hender til å kappe noen hoder, bare for å heve moralen. Men dvergene fortsatte å angripe og han måtte bruke alle styrkene sine på å holde dem tilbake. De kunne ikke tape, det var umulig. Han kunne ikke fatte at de var i ferd med å bli slått tilbake. Det måtte gå an å drive troppene tilbake så de kunne ta det som var rettelig deres. Byen skulle falle, den måtte falle. Hvordan skulle de ellers bli kvitt vanæren? Verget var besudlet og deres relikvier stjålet, enhver ork som ikke villig ofret livet for å hevne det burde bli levende flådd.

Obrauch brølte av sinne mens han kjempet desperat for å holde stillingen han og hans tropp var fanget i av dvergene. De hadde forskanset seg i en røys og holdt dvergene unna men de forbaskede udyra angrep hele tiden. Obrauch traff en uheldig dverg med klubba si og sendte ham rett i steinen med et knas, orken gliste fornøyd og hev seg forover, prøvde å bryte gjennom dvergenes skjoldborg men greide det ikke. Noe stakk mot beina hans og han måtte vike tilbake med et skuffet vræl. Hvordan kunne det ha seg at disse skapningene ble så sterke og tapre? Han hadde aldri sett på dverger som annet enn håndverkere før men nå fikk han se med sine egne øyne at legendene fra gamle dager fortalte sannheten. Dvergene var i sannhet et av de villeste folkeslagene og sto ikke tilbake for noen når det gjaldt kamplyst.

Arzhag og hans menn kom ut av lukene og ble stående å stirre vantro i noen sekunder. Også utenfor var det dverger i angrep og Arzhag så at byen ikke hadde falt. I stedet var det styrker på vei tilbake fra murene for å hjelpe til mot dvergene og han kunne ha brølt av sinne. De kunne ikke feile?! Dvergene måtte stanses men hva med ilden? Kunne de bruke den igjen? Orker frykter ild mer enn noe annet og bare tanken på å brenne gav Arzhag kalde frysninger nedover ryggen.

Han fikk øye på Obrauch og hans nærmeste menn, de forsvarte en liten røys mot flere skjoldborger med dverger og Arzhags små røde øyne glødet illevarslende. Hans fiende og rival var nær og ante antagelig ingen fare fra andre orker. En av hans folk hadde allerede feilet, han måtte ta seg av problemet på egen hånd. Under hans ledelse burde de kunne greie det, under hans hånd ville de vende tilbake mot murene og ta byen. Arzhag vinket på de beste krigerne sine, gav dem forte ordre. De adlød med en gang, gikk løs på dvergene med dødsforakt og Arzhag tok med seg to av de raskeste og snek seg frem mot baksiden av røysa. Det var dverger også der men han aktet og ikke å la dem stanse seg.

Elywen satt og halv dormet da hun brått fikk en merkelig følelse, hun slo øynene opp og foran henne sto den svarte ulvetispa. Gudinnen så rett på henne med ild gule sterke øyne og Elywen hikstet og prøvde å samle seg. Hodet spant nesten og hun så at Akisha også så det samme som henne selv. Øynene hennes var enorme av sjokket og hun satt med munnen halvåpen. "Hva ønsker du høye moder?"
Tispa forvandlet seg, ble gudinnens menneskelige skikkelse. "Dere har en oppgave foran dere, men først, finn frem krystallskålen og skiven. Orkene skal lokkes bort fra byen, de skal ikke lenger være en samlet hær men spredt og knekt. "
Elywen rynket pannen. "Det skal bli gjort høye moder, men hvordan skal de kunne lokkes?"
Gudinnen smilte sakte. "Jeg har flere hjelpere, som vil vise dem hva de begjærer. Stig ut på balkongen med tingene, og dere vil se. "
Hun forsvant og Elywen så storøyd på Akisha som reiste seg ustøtt. "Tingene er i palasset, vi må finne dem frem nå. Jeg føler at det haster. "
De skyndte seg opp trappene og til rommet der tingene ble oppbevart. Ychmal og Jirhg satt der og prøvde å finne ut mer av de gamle spådommene og de virket litt betenkt ved tanken på å fjerne de verdifulle gjenstandene fra det trygge gjemmet men de protesterte ikke. Akisha tok skålen og Elywen skiven og så gikk de ut på den øverste balkongen og ventet i litt forvirret uro. Og de slapp å vente lenge, et skjærende rovfugl skrik fikk dem begge til å se opp, en enorm svart skygge seilte over palasset og Elywen gispet. "Gudinnens ørn!"
Den massive fuglen tok et par runder over dem, vingespennet var utrolig og den sank rolig nærmere. Akisha svelget hardt og holdt skålen opp, Elywen gjorde det samme med skiven og ørna sveipet

ned og tok de to tingene i klørne. De så nesten latterlig små ut og fuglen skrek igjen som i triumf og tok kursen utover mot slettene. Akisha så forvirret etter den men Elywen forsto. "Orkene vil følge den, om de ser at den har relikviene!" Akisha svelget hardt. "Ved alle guder, la det bli slik!"

Arzhag hadde greid å slå seg gjennom rekken med dverger, han var oppe på røysa og snek seg frem mellom steinene. Han var svært god til å ta seg frem i slikt terreng men det var naturlig for en som ham. Han så at Obrauch og flere andre sto samlet og holdt dvergene fra livet med brå utfall og dyktige samlede angrep. Arzhag gliste stygt og krøket seg sammen, han gjorde seg klar, Obrauch var konsentrert om å slåss og dvergene krevde at han aldri slappet av og fikk en mulighet til å sjekke omgivelsene, og i hvert fall ikke å se om noen var ved å falle ham i ryggen.

Arzhag hadde bevæpnet seg med et stygt spyd og han hadde to smale sverd i kryss over ryggen, han var godt bevæpnet og klar. Han visste hvordan Obrauch pleide å slåss og var rå nok til å utnytte enhver svakhet. Og han kjente til en svakhet han ville utnytte. Obrauch slo til mot noen dverger som raste frem under de kraftige skjoldene sine og knuste et skjold så dvergen raste bakover med et skrik, armen hans var knust og Obrauch gliste og gjorde det av med dvergen med et brutalt slag med klubba. Han frydet seg over blodet som rant av våpenet og skulle til å snu seg mot den neste da en skygge falt over ham og han skjønte at han hadde gjort en tabbe. Han hadde glemt å vokte ryggen sin og de lynraske reaksjonene hans var ikke raske nok denne gangen. Orker dreper gjerne sine egne om det er noe å tjene på det og han hadde selv tatt livet av utallige andre for å heve sin egen posisjon. Han hevet blikket og så Arzhag som gliste djevelsk og han så spydet som stakk frem fra brystet på ham selv. Det hadde rett og slett gjennomboret ham men det var lite smerte. Forbausende lite. Han prøvde å rive det løs men det var mothaker på bladet og spydet satt bom fast. Det kom en slags grå tåke foran blikket hans og han kjente at beina begynte å visne under ham, det var merkelig. Han følte en merkelig bitterhet, han hadde vært den største lederen orkene kunne ha men en slik feig hyene var det altså som ble hans ende. Han hadde selv drept menn i bakholdsangrep men han hadde da vært valgt av prestene, gudene skulle være med ham eller?

Arzhag brølte og gjorde det av med Obrauch, kappet hodet av den forhenværende krigslederen og hev det ut over slettene. Han gliste og Obrauchs menn så vantro på ham, de hadde ikke rukket å reagere før deres leder var død. De skulle til å sette på Arzhag da de hørte et skrik som fra en enorm rovfugl og de så opp og så en stor svart ørn. Sola var i ferd med å synke og de siste strålene skinte gjennom en åpning i skyene og traff noe ørna hadde i klørne. Det skinte og det kom et kollektivt stønn fra orkene. Det var relikviene, det var skålen og skiven og flere falt på kne og skjulte blikket. Arzhag brølte. "Se gudene er med meg, der er våre hellige relikvier, gudene har brakt dem til oss. Jeg er deres rette leder, ikke dette kadaveret!"

Han hevet sverdet og pekte mot ørna. "Følg den, den vil vise oss hva gudene ønsker!"

Orkene satte i et brøl, så presset de seg frem mellom dvergene. Flere ble drept men det var som om de var aldeles forblindet nå. De bare løp og dvergene skrek ordre til sine egne og slapp orkene forbi. Nå var ork hæren grundig desimert men det var ennå flere tusen igjen og samtlige prøvde å følge den svarte ørna utover slettene. Noen skrek og andre gråt men samtlige var som grepet av galskap, de bare måtte følge ørna og Arzhag forbannet seg på at han skulle være den som først tok de hellige tingene i besittelse igjen. Uansett hvor den fuglen ledet dem, han skulle ta tingene og så skulle han bli orkenes konge, deres leder, deres gud.

I byen så de hvordan orkene brått forlot murene og satte etter ørna utover slettene, de løp utrolig fort men svært lite organisert og synet var temmelig vanvittig. Akisha sukket lettet og lukket øynene et kort øyeblikk. "Da er byen reddet vil jeg tro. "

Raigh omfavnet henne varmt. "Ja, jeg vil tro det. De vender ikke tilbake nå. "

Flere falt liksom sammen av lettelse og Raigh så stramt rundt seg, han visste at de ikke kunne slappe av ennå. Han brølte noen ordre til offiserene og fikk dem til å holde menn på murene ennå en stund for å være på den sikre siden. Alderim og Eleghim kom løpende, de virket særdeles lettet og samtidig vantro. "Hvem skulle trodd at noe kunne få de udyra til å glemme byen. "

Akisha sukket lavt. "Den er ikke glemt, bare mindre viktig for øyeblikket. De vil vende tilbake om de får tak i tingene, bare for å hevne seg. "

Alderim så nervøs ut. "Vil de få tak i dem?"

Akisha ristet på hodet. "Nei, aldri i livet. Ørna vil lokke dem utover og sørge for at de spres, og så får vi se hva jegerguden gjør. "

Da orkene forlot murene tok de levende statuene til vingene igjen og fløy tilbake til muren der de hadde sittet før, sakte felte de sammen vingene igjen og stivnet til og nå var de igjen bare stein men steinen var flekket av blod og det virket for at blodet stivnet og trakk seg inn og gjorde den blanke svarte obsidianen merkelig flekkete. Antagelig ville merkene være der til evig tid eller til neste gang deres hjelp ble nødvendig. Alle håpet bare at det ikke kom til å skje igjen, byen hadde sett for mye elendighet nå, alt for mye.

Elda og Wilbwyn satt og så temmelig utslitt ut og det gjaldt flere så de gikk opp til palasset og der hadde en eller annen forutseende person begynt å sette frem bord og sørge for mat og drikke. Alle slo seg ned og noen tjenere løp som piskede skinn for å servere alle. Akisha var så sliten at det bare spant for henne, så sliten hadde hun ikke vært siden hun ble innviet som våpenmester og hun lengtet etter en lang natts søvn men hun ante at det neppe ble med det aller første uansett. Hun måtte bare bite tennene sammen og holde ut.

Dere har en oppgave hadde gudinnen sagt, hvilken oppgave?

Janrem satt og prøvde å trykke i seg litt kjøtt, han var merkelig hul innvendig nå som blodrusen var gitt seg og han kjente at det formelig klødde over hele ham av skitt og svette og blod. Han kunne se for seg at et varmt bad nå ville være som et glimt av himmelen. Rheynek klappet ham på skulderen. "Går det bra?"

Janrem prøvde å smile, han følte seg merkelig malplassert igjen.
"Ja, joda, er bare sliten. "
Rheynek nikket og gliste. "Det er ikke så rart. Jeg hører de si at du slåss som den rene skjære demon. "
Janrem gulpet nesten av sjokk, demon? Av alle ting folk hadde kalt ham opp gjennom årene var demon så avgjort ikke av dem. Men kanskje allikevel? Han ante ikke hva han egentlig var nå.
Alderim hadde satt seg ned og han tørket svette av fjeset med et heller skittent lommetørkle, han virket ikke særlig kongelig der og da, heller som en vanlig soldat. Raigh tenkte for seg selv at når Alderim tok over styret i riket fikk de en god konge, kanskje en bedre enn Corat hadde vært. Han var for stri på noen områder. "Det som gjør meg forbannet nå er at de som sto bak det hele slapp unna. Ingen har vel sett noe til Arendt noe sted?"
Akisha trakk på skuldrene. "Nei, og skal jeg være ærlig bryr det meg lite. Den skatten kan umulig være reell og han er nok død nå. Orkene har sikkert tatt ham, eller så har han gått seg vill der nede i tunellene. Jeg tror ikke han er noen trussel min gode mann"
Alderim skar en stygg grimase. "Kanskje men jeg ville foretrukket å være helt sikker. Den mannen har flere liv enn en katt og er mer ondskapsfull enn en slange. Han og hans medsammensvorne startet dette, de stjal relikviene fra orkene. Jeg skulle gjerne sett ham funnet og brakt for retten. "
Akisha så trett på Raigh som trakk på skuldrene. "Vi vet ikke hvor han er deres høyhet og vi vet heller ikke om han er i live. Og Aglaran er også savnet, jeg tror den mannen også kan være kapabel til det meste. "
Eleghim fniste nesten. "Aglaran er da en pingle og en skinkerytter uten særlig kraft. Han bedrev tida med nesa dypt i en bok. Jeg tror jeg ville vært mer redd for stallkatten her enn Aglaran. "
Akisha så strengt på ham. "Undervurder aldri en mann, det kan være dyp i selv de saktmodige sinn som kan skjule uhyrligheter. "
Eleghim så ned litt beskjemmet og Rheynek hadde noe kaldt i de grønngule øynene. "Lytt på hva hun sier, hun er klokere enn mange lærde. "

246

Rhylja hadde helt i seg noen glass med øl og virket halvveis beruset. "Jeg tror ikke Arendt og Aglaran er døde, noe sier meg det. Jeg tror de har en rolle å spille ennå. "
Akisha sukket høyt. "Ikke si det, jeg vil ikke ha mer komplikasjoner nå. Jeg vil være ferdig med hele denne sulamitten og komme meg hjem igjen. "
Raigh så sørgmodig på henne. "Det vil vi vel alle skulle jeg tro"

I lasarettet satt Ohlain og Duchlain vakt over Ygraine og Corat og kongen våknet da det ble mørkt ute, han virket sterk og frisk og bare såret plaget ham men han var lettet over at slaget var over og helt klar i hodet. Alima tillot at han ble flyttet til sine gemakker i palasset og så til at det var flere tjenere der til å passe på ham. Det kom ennå sårede til lasarettet og det tok tid å få oversikt over hva de forskjellige trengte. Ygraine var en annen sak, hun var blitt tydelig svakere i løpet av ettermiddagen og medikus var alvorlig redd for henne. Hun hadde fått feber og antagelig hadde sverdet Costaon brukt vært urent, de hadde ikke fått renset såret godt nok. Duchlain var fra seg av engstelse og Alima delte uroen hans. Dette kunne fort være livstruende og hun ante at det å miste Ygraine kunne bli for mye for både Duchlain og Ohlain. Ohlain hadde bundet sjelen sin til Ygraines nå, døde hun kom han til å visne hen og til slutt dø av sorg og for en alv var det en skrekkelig skjebne. Hun så til at arbeidet i lasarettet gikk som det skulle, så løp hun til sine gemakker og gikk ut i hagen sin, fant sjeletreet og knelte foran det. "Hør meg guder, vis meg den nåde det er å redde min svigerdatter. Hva krever dere for hennes liv? Si meg prisen og jeg skal betale den, uansett!"
Hun skvatt da hun følte en hånd som strøk gjennom det lange gylne håret hennes. Hun så opp og så en høy menneskekvinne kledd i lær med en bue over ryggen, øynene var en ulvs. Hun senket blikket mot golvet. "Min datter, frykt ikke for din sønns elskede. Hun er av mine yndlinger, av mitt blod og min vilje. Det er en måte å berge henne på, men den krever mot og at dere handler nå!"
Alima skalv i gudinnens nærvær, hun greide ikke heve blikket. "Fortell meg o moder, og det skal skje!"

Gudinnen løftet ansiktet hennes mot seg, øynene glødet gyllent og Alima så hav av tid og uendeligheter av is og varme i det intense blikket. "Følg med datter, jeg sier dette kun en gang!"

Akisha satt og halvsov i armene til Raigh da Alima kom styrtende med Duchlain i hælene, alvekvinnen så temmelig forstyrret ut og Frostfugl som hadde kommet opp fra hulene igjen med Khir stirret på henne med store øyne. Hun følte gudinnens nærvær som noe tungt og trykkende i lufta. Det hang ved den vakre blonde alven som en usynlig iskald sky. Alima falt på kne foran Akisha og grep tak i kanten av kappen hennes med en tryglende gest. "Ærede, dere må hjelpe oss!"

Akisha så litt skremt på Alima, at en så høytstående skapning som en alv gjorde noe slikt var forstyrrende mildt sagt.

Alima stirret bedende på henne og Duchlain hadde også knelt, han var blek som et laken. "Ygraine, hun ble såret av Costaon, og nå er hun alvorlig syk. Hun kan dø, men gudinnen sier at dere kan hjelpe henne!"

Frostfugl så litt tvilende ut. "Hvordan da? Ingen av oss er stort som helbredere?"

Alima hvisket nesten. "Gudinnen viste seg for meg, og hun fortalte meg hvordan Ygraine kan reddes. Og dere må gjøre det, av flere grunner enn for å berge hennes liv. "

Raigh så litt hardt på henne. "Sakte i bakkene frue, forklar det hele grundig heller. "

Alima satte seg opp, hun virket svært nervøs. "Det hele dreier seg om skatten, den Arendt og hans folk var ute etter. Den er virkelig. Og den har mektige krefter, for mektige til at noen dødelige kan besitte dem. "

Akisha skar en litt tvilende grimase. "Men hva er da den skatten?"

Alima så ned. "Jeg fikk ikke vite det, men dere skal ødelegge den når dere finner den, sørge for at ingen noen gang kan finne den. Dere skal bare bringe litt av den med dere tilbake hit, det vil redde Ygraine. Og dere må stanse Aglaran og Arendt om dere ser dem. De må for all del ikke få komme nær skatten. "

Akisha følte en dyp trang til å banne grovt. "Ikke vet vi hvor denne skatten er, eller hva den er. Og vi skal liksom reise og finne den? Det blir langt fra farefritt, orkene er ennå der ute!"
Alima jamret seg lavt. "Jeg vet det, og jeg ville aldri ha bedt dere risikere livet slik for min egen del. Men Ygraine må klare seg, jeg frykter for mine sønners sjeler om hun dør! Og gudinnen var svært tydelig på at dere måtte sørge for å uskadeliggjøre skatten. "
Akisha stønnet og lukket øynene. "Fint, greit! Er det noen som vet hvor den forbanna greia befinner seg? Og må vi virkelig reise nå?!"
Alima bet seg i underleppa. "Ja, dere må reise så fort dere kan. Det haster visst. Jeg skal sende bud på Ychmal, han vet hvor den er!"
Akisha slet seg på beina og Rheynek nikket til henne. "Jeg skal se til at hestene blir gjort klare. De er uthvilt nå og kan løpe lenge, og jeg skal be dem pakke saltaskene med mat og slikt også. "
Akisha sukket bare tungt og så seg rundt. "Rheynek kan bli med oss, dere andre blir igjen her. Om orkene kommer tilbake trenger byen dere"
Ingen protesterte på det men Duchlain tok et steg frem. "Jeg blir også med, og våg ikke å si meg imot. Det er Ygraine det handler om, hun berget livet mitt. Jeg skylder henne dette. "
Akisha bare sukket lavt. "Ok, men da må du holde følge med oss. Har du en hest rask nok til det?"
Duchlain fikk noe litt stjålent i blikket. "Min far eier en hest jeg tror er like rask som deres. Vanligvis får bare han røre den men jeg tror han godtar at jeg låner den til denne anledningen. Det står om liv tross alt. "
Rheynek måtte glise av uttrykket i ansiktet hans. "Det er den rette holdningen min venn. Spis nå å samle krefter, jeg er redd det blir lenge før vi får hvile igjen. "
Det gikk en stund før Ychmal ankom, han var i følge med Jirhg, det virket for at de to virkelig hadde funnet hverandre på det intellektuelle området og den gamle vismannen klasket et kart på bordet med en verdig og litt opphøyet mine. "Her, her er skatten mine venner. Det er den korteste og letteste ruten inn i fjellene og neppe den ruten våre forsvunne uvenner har valgt. "

Akisha så fort på kartet, det var en lang tur, de måtte ri hele natten og det meste av neste dag også ville hun tro, om ikke ennå lenger. Men det hastet og hun tvang følelsen av skuffelse tilbake. Hun var en våpenmester, det var hennes oppgave i livet å hjelpe de hjelpeløse og redde liv og hun memorerte ruten fort. Ychmal så skarpt på henne. "Ta ikke feil dal, det er et vennlig råd. Det er områder i Rivetindene som er totalt ufremkommelige og livsfarlige. De fjellene er gamle og råtne og de raser gjerne også. Og det lever alskens udyr der inne. "

Raigh så bare passelig begeistret ut over den opplysningen. "Takk for advarselen i det minste. "

Jirhg slengte en sekk over til ham. "Her, noen ting dere kan bruke til å ødelegge skatten med, uansett hva den nå er. "

Ychmal så ned i golvet. "Det er en verselinje i spådommen jeg tror dere skal huske. Den er begravet så dypt men dog så ydmykt. Jeg vet ikke hva det betyr men jeg antar at dere vil finne det ut. "

Akisha vinket på en av tjenerne som løp forbi. "Har dere vin? Virkelig sterk vin?"

Duchlain svarte for tjeneren. "Masser, og veldig god også. "

Han nikket til mannen. "Hent fem flasker med høstflamme. Det er den beste"

Akisha skar en unnskyldende grimase. "Jeg er sliten og støl og tanken på et langt ritt nå er ikke fristende. "

Duchlain gliste kort. "Ta det med ro, høstflamme brenner bort alt ubehag. "

Frostfugl gikk bort til Akisha og la handa på pannen hennes, den mørke krigerprestinnen rykket til og gispet og da alven fjernet handa var i det minste blikket klart igjen. "Du vil føle deg pigg igjen nå i et par dager, men så må du hvile og det lenge også. "

Akisha så takknemlig på Frostfugl som gliste litt frekt og satte seg hos Khir igjen. Han på sin side var nesten fornærmet for at dvergene hadde greid å stanse orkene fra å nå hulene lengre oppe. Dvergene hadde trukket ut av tunellene nå og hjalp resten av styrken med å jage orkene utover slettene og Akisha ante at Ghuad også var der ute et sted. Rheynek hadde sendt bud på Enez, han ville snakke med henne før de reiste og hun var på gråten over at han ikke kunne bli hos henne nå som slaget var over. Men hun forsto, han var en våpenmester og Akisha og Raigh trengte hans støtte og hjelp i dette. Hun lovte å holde motet oppe mens han var borte og han hvisket noe i øret hennes som fikk jenta til å rødme som en peon og fnise halvt hysterisk. Antagelig var det et løfte om hvordan han skulle betale tilbake for fraværet.

Akisha og Raigh fikk skiftet klær litt kjapt og trukket i rustning igjen og Duchlain gjorde det samme. Det var en febrilsk aktivitet der nå overalt og Alderim og brødrene prøvde å organisere alt så det gikk så knirkefritt som mulig. Tjenere kom med brennevinet som de plasserte i saltaskene og Akisha gikk foran ned til stallene, de hadde sluppet unna bombardementet siden de lå så høyt og stallkarene hadde hatt en svare jobb med å roe ned vettskremte hester. Stålhauk, Nattklinge og Stjernevind var klare og salt på og ved siden av dem sto en hest som fikk Akisha til å bikke anerkjennende på hodet og plystre imponert. Det var en enorm fuks, langbeint og kraftig med krum nakke og et edelt men noe grovt hode og lang man og hale. Hele dyret vitnet om stor kraft og fart og den hev seg rundt og sperret opp neseborene og skrek mot stallkarene som prøvde å holde den. Duchlain gliste bredt i det han trev salen og kastet seg opp på den svære hesten. "Jeg trodde aldri at jeg skulle få gleden av å ri Flammevind noen gang men aldri så galt at det ikke er godt for noe ikke sant?"

De andre steg opp på sine hester og så red de så hardt de kunne gjennom porten og ned gjennom den ødelagte byen. Portene var brutt opp igjen så de kunne komme gjennom men det var en vanskelig etappe uansett. Det tok tid før de var ute av byen og da lot de hestene få frie tøyler og satte kursen utover slettene. De måtte klare dette, og klare det tidsnok.

Aglaran hadde hatt en urolig natt i høyet og han hadde brukt mye av formiddagen på å finne en flokk løse hester og fange en av dem. Den eneste han fikk tak i var en heller møllspist gammel merr av ubestemmelig opphav men heldigvis for ham var dyret så gammelt og sedat at den ikke gjorde noe ut av å bli ridd uten sal med bare et enkelt tau ned til grima.

Aglaran satte kursen mot Rivetindene og presset den gamle hesten så hardt han torde. Han kunne ikke ta sjansen på at dyret stupte for ham. Terrenget var lett så lenge han var på slettene men mot kvelden ble det tyngre og han ble til slutt nødt til å slå seg til ro for kvelden. Han fant en liten beskyttet kløft der han tente et lite bål og spiste og hvilte. Han kjente at det nesten dirret i ham av iver nå, han var så nær. Et dagsritt til så burde han være i dalen der skatten var gjemt og han tvilte ikke på at han skulle finne den. I løpet av natten våknet han et par ganger av at ville dyr fikk hesten til å vrinske og en gang trodde han at han hadde hørt en annen hest men antagelig var det kun et eller annet forvillet dyr. Han var langt fra uthvilt da han sto opp men tvang følelsen av utmattelse tilbake, han var kun timer unna fullbyrdelsen av alle sine drømmer og lengsler.

I steinsirkelen hadde ting forandret seg mye de siste døgnene. De var ferdige med tatoveringene på Arjheds kropp og nå var det som om den bevisstløse gutten formelig lyste av et slags indre lys. De tilstedeværende var fylt med en blanding av ærefrykt og engstelse, messingen hadde fått en ny tone nå. Bydende og samtidig myk, nesten dragende og mystisk. Ingen av dem forsto ordene de mumlet frem men de resiterte dem like fullt igjen og igjen.

Rundt steinsirkelen så de øyne nå, glødende røde øyne og utallige som var mer naturlige. Det var ulver og andre dyr som hadde kommet for å bevitne jegergudens tilbakekomst. Månen steg sakte opp over åsene og alle visste at timen nærmet seg. Arjhed lå i skyggen av eika nå, og den var blitt så dyp og svart at gutten nesten ikke var synlig lenger. Skikkelsene trakk seg tilbake, det summet svakt av steinene og månelyset var underlig bart. Kun en sto tilbake, den øverste av dem og skikkelsen rakte ut armene og begynte å messe noe sakte og nesten hviskende. Jegerguden hadde tre forsøk på å besette gutten, det måtte lykkes i løpet av de tre gangene, ellers var alt til ingen nytte. Skyggene virket for å være levende nå, som om de skjulte noe utrolig, noe som ventet og lengtet.

Skikkelsen holdt et lys i ene handa, beveget det rundt i underlige mønstre, hvisket den samme befalingen igjen og igjen. Det virket for at alle der holdt pusten, stillheten var fullkommen. Arjheds kropp rykket til, det var som om alle muskler spente seg og det kom en slags stønnelyd fra ham. Så slappet han av igjen og ble liggende som før og skikkelsen fortsatte å bevege lyset rundt og hviske befalingen. To forsøk til, det måtte bare gå!

Skyggene ble enda dypere, Arjheds kropp var nesten helt borte i et nesten følbart mørke, som om et svart teppe av fløyel var senket over ham. Skikkelsen var tydelig nervøs nå, men stemmen var fast og rolig og lyset beveget seg like taktfast og rolig som før. Arjhed rykket til på nytt, kroppen gikk nesten opp i bro og denne gangen slappet han ikke av igjen. I stedet forsvant han helt i mørket, underlige lyder kunne høres og den kappekledde trakk seg sakte tilbake med bevrende hjerte. Hva nå?

Skyggen formet seg, et øyeblikk var det som om det ikke fantes andre skygger der, som om det svake månelyset brant dem bort. Mot eika sto skyggen svart og massiv, formet seg sakte. Utallige former gled den gjennom, et øyeblikk var den en ulende ulv, så var den en kjempende kronhjort. En stupende falk, en brølende tiger, de voldsomme kreftene i en bjørn. Og så formet den seg sakte igjen, som skyggen av en stor mann med gevir som en kronhjort. Skyggen la hodet bakover, brølte og lyden kunne høres. Det var et brøl som vibrerte gjennom selve skapelsen, som fikk eikas løv til å riste som i bekreftelse og andakt. Alle skikkelsene falt på kne, skjulte blikket. Skyggen krympet, virket for å forsvinne inn i den som nå sto der, oppreist foran eikas røtter. Nå var jegerguden igjen i verden, som kjøtt og blod. Og for de som var til stede var nærværet nesten kvelende sterkt.

Den som kjente Arjhed kjente ham kanskje igjen men han var meget forandret. Arjhed hadde vært en lang ung mann men nå var han enda høyere og mye kraftigere. Musklene var som på en meget sterk og veltrent mann og han var blitt mørkere på farge. Håret var rødlig brunt og langt og vilt som en man over skuldrene. Tatoveringene var underlig dyriske der de formelig lyste blålig mot huden og ansiktet var det som var mest forandret. Det var ikke lenger menneskelig. Øynene var forvandlet til øynene til et rovdyr, en ugle eller en katt kanskje. Nesa var litt snuteaktig og munnen svært bred med kvasse tenner. Skapningen hadde ører som en hjort og et gevir som en også og kroppen var hårdekket som et dyr. Det var klør i stedet for negler på hendene og det lå en aura av styrke og villskap om hele fremtoningen.

En av de kappekledte gikk sakte frem med et sverdbelte med en slire og sverdet Ghuad hadde befridd fra steinen klart. Skapningen tok det uten en lyd, spente det på seg. Jegerguden så seg om og løftet hodet, en annen av de kappekledte kom med hornet og skapningen smilte, et skrekkelig smil av skarpe hvite tenner. Han tok hornet og satte det for munnen og lyden var merkelig mild men samtidig kraftig. Det var en lyd som hørtes gjennom selve skapelsen og de kappekledte skalv til margen og klemte seg mot steinene. Dyrene som var der kom til syne, og mellom dem jegergudens egen hær. Enorme hvite skapninger like skrekkelige som sin herre. Noen gigantiske hvite katter gned seg nesten kjælent mot den skremmende figuren og han plystret skarpt.

Fra mørket kom en hest springende, det var Tordenfot og den knegget og knelte for sin herre. Jegerguden klappet den kjærlig på flanken og med hesten fulgte alle dyrene den hadde berget fra den brennende byen. Nå steg dryader og andre natteskikkelser opp på dyrene, alle var bevæpnet og klare for kamp og jegerguden nikket til dem. Han strakte ut armene i en nesten omfavnende gest. "Mine barn, mine brødre og søstre, snart er vi alle samlet, snart skal landet renses. "

I byen satt de fleste nå og fulgte med på hvordan dvergene jaget orkene utover slettene. Det virket ikke lenger for at noen av båndene som var skapt av deres felles indignasjon lenger holdt. Nå var det hver mann for seg, eller hver klan for seg og flere slåss seg mellom. Og de hastet i samme retning som ørna alle sammen, tilbake mot fjellene. Rhylja hadde sittet og undret seg på om Akisha og de andre ville klare det de hadde reist for å gjøre da hun brått følte en merkelig vibrering i kroppen. Hun reiste seg brått, følte en underlig trang til å løpe og gjemme seg men hun visste at det ikke gikk å gjemme seg nå. Jegerguden var vekket, han var til stede og kalte på henne. Hun følte at frysninger løp nedover ryggen på henne, så lukket hun øynene sakte. "Jeg hører herre, og jeg adlyder!"

Det kom et hvitt blaff av lys og så var hun brått borte og det samme gjaldt hesten hennes. Frostfugl og Elywen følte nærværet og forsto hva som hadde skjedd. Rhylja var jegergudens prestinne, hun var kalt til ham for å tjene og de håpet bare at det ikke ville bringe med seg noe vondt for den tapre jenta.

Rhylja åpnet øynene og så seg rundt. Hun sto i den indre sirkelen av skikkelser og ved siden av henne sto Månesanger, fullt sadlet opp og klar. Hun hadde våpnene sine klare og foran henne sto han. Nærværet var det mest intense hun noen gang hadde merket. Det var lammende og hun sank nesten i kne av det. Jegerguden gikk bort mot henne, hun følte at en stor neve løftet ansiktet hennes opp og hun kunne ikke la være å se. Øynene boret seg like inn i selve sjelen og han gliste, likte det han så der inne. Ansiktet var så totalt umenneskelig og samtidig så vakkert og Rhylja var fylt av ærefrykt og samtidig livredd. "Stig til hest min utvalgte, ri fienden i møte med ryggen rak. I natt skal vi vise dem min vilje og min makt. På nytt skal de bli mine barn!"

Rhylja trakk seg i salen og brått føltes det underlig riktig, det var som det skulle være. Ondskapen som hadde fått fotfeste i landet skulle fjernes, alt skulle tilbake til det opprinnelige, det rene. Jegerguden steg opp på Tordenfot og hesten steilet, skrek triumferende før den la ut i det vanvittige tempoet som hadde forbauset Arjhed så mye. Og resten av hæren la seg like etter, skrikende og hoiende av iver. Jorda skalv der de sprengte frem som en ustoppelig flodbølge på vei mot slettene og det som hadde vært en hær av orker.

Ygraine var svært syk nå og Alima satt hos henne hele tiden, hun kunne bare be om at Duchlain fikk gjort det han skulle og kunne berge henne. Alima var allerede svært glad i Ygraine, hun hadde brakt lyset tilbake i hennes sønners liv og som alv visste hun hvor dypt disse følelsene gikk. Medikus hadde gitt Ygraine medisiner som burde senke feberen men han kunne ikke gi for mye siden hun var i lykkelige omstendigheter og de kunne bare håpe at hun var sterk nok til å tåle dette. Alima hadde sanset et slikt lys i Ygraine, som om hun var gudinnens dagside forsterket og foredlet mange mange ganger. Og hvorfor hadde hun ikke brent seg på kullene? Alima hadde en følelse av at det var mer ved Ygraine enn en skulle tro, at gudinnen hadde valgt henne av en eller annen grunn. Det var av stor betydning at hun overlevde og Alima krysset fingre og håpet at skatten virkelig kunne gjøre underverker.

Akisha og de andre red hardt utover slettene, de hadde gode raske hester og de visste veien. Akisha visste at det kunne være orker i terrenget nå men de lot det ikke sinke seg. De var såpass raske at orkene neppe rakk å stanse dem og de så da heller ingen i den retningen de red.

De hadde ridd det meste av dagen da de nærmet seg fjellene og Rheynek så med en gang at noen hadde ridd før dem innover. Det var spor etter to hester, ene sporet var fra dagen før mens det ferskeste var noen timer gammelt. Raigh så grundig på sporene. Det eldste var fra en eldre hest som hadde holdt et adstadig tempo mens det ferske var fra en større og raskere hest, antagelig en god ridehest. Men en ujevnhet i sporet tydet på at rytteren ikke satt riktig, Raigh fikk en merkelig følelse av at rytteren kunne være skadet.

Rheynek pekte på noen steiner ved siden av sporet. "Ser dere? De mørke flekkene er blod, vedkommende har spyttet blod!"

Akisha rynket pannen og smattet på Stålhauk. "Jeg tror ikke jeg tar mye feil om jeg sier at dette må være Arendt og Aglaran. Og en av dem er altså skadd, jeg tror ikke de samarbeider for å si det slik. "

Raigh gliste kort. "Det kan hende at det er en fordel for oss, ri på, jeg tror vi kan være fremme ved morgengry!"

Aglaran hadde ridd på og midt på dagen hadde han nådd dalen. Den var smal og kronglete og mer steinur enn noe annet. Han ble nødt til å sette igjen merra for den ble halt og orket ikke mer. Aglaran fikk en følelse av bråhast nå, han måtte finne veien snart og han prøvde å finne riktig sted ved å bruke logikk. Det skulle være skjult dypt, men ydmykt. Altså, det lå nok under bakken og det var jo logisk. De fleste skatter ble skjult under jorden, men var det i bunnen av dalen eller under fjellene. Han brydde seg ikke om å beundre de bisarre fjellformasjonene eller de fantastiske fargene i det porøse og nedslitte terrenget. Han brukte øynene alt han kunne der han travet rundt og lette etter en åpning eller noe som virket menneskelagd. Og rett før det ble mørkt oppdaget han det, sola sine siste stråler lyste opp noen underlig rette linjer i en bergvegg innerst i en kløft og lett som en unggutt løp han innover. Det var en åpning der, nesten skjult under løse steiner og århundrer med støv og sand men det var en gang innenfor og Aglaran trippet og fniste som en jentunge av ren iver. Han kunne ikke begynne å grave der og da, til det ble det fort for mørkt men så fort sola steg igjen skulle han forsere dette siste hinderet mellom ham selv og skatten. Det kom til å bli vidunderlig! Han sov under en fremstikkende stein og våknet støl og noe fortumlet da det ble lyst. Fort fikk han i seg det siste han hadde av proviant og gjøv løs på oppgaven. Det var heldigvis lite stein som stengte åpningen og etter noen timer med arbeid hadde han avdekket en åpning så stor at en godt kunne ri innover. Det gav ham blod på tann, det måtte ha vært noe stort som ble skjult der inne. Gangen var forseggjort, og så nesten ny ut. Aglaran følte en underlig trang til å ta av seg hatten om han hadde hatt en, det var ren ærefrykt som skapte den følelsen. Stedet mumlet formelig til ham, fortalte om enorm visdom og makt. Sakte gikk han innover med en enkel fakkel i handa. Gangen helte nedover og det lovet jo godt. Han håpet bare at det ikke var feller der men det var det nok neppe. Det hadde ikke stått noe om feller i noen av skriftene.

Gangen var lang, og noen steder virket den mer slitt enn andre men Aglaran stanset ikke for å beundre de vakre detaljene i fjellet der det var blottet av meisler og hardt arbeide. Han hastet videre mens hjertet hamret av spenning og han siklet nesten i sin voldsomme iver. Omsider gjorde gangen en brå knekk og det kom en trapp. Den var bred og svært slak og gikk opp til en stor hall som var opplyst gjennom et hull i taket langt der oppe. En enslig søyle av lys falt ned og lyste opp et utrolig vakkert mosaikk golv med mytologiske motiver. Golvet var så rent og blankt at en skulle tro det var ny bonet og Aglaran fikk en intens følelse av høytid. Han stanset og så seg rundt. I ene hjørnet av salen var det en krok som var litt mer anonym, det var ingen utsmykking der og den var mørk og heller dyster. Det sto noen tjoringsbommer der og rester av høy lå i et hjørne. Antagelig hadde de som bygget stedet hatt hestene sine der. En enkel brønn var tydeligvis bygget for å vanne hestene, den var dekket med et morkent lokk og restene av en vinde sto ennå der. Aglaran overså det og konsentrerte seg om det fantastiske synet som åpenbarte seg bakerst i hallen. Det var en slags fontene, med en enorm statue i midten. Den forestilte en vakker muskuløs ung mann som sto med en vannkrukke over skulderen og det rant en jevn strøm av vann fra krukken. Vannet virket for å skimre og glitre i lyset og Aglaran gispet av synet og følte for å knele et øyeblikk. Vannet landet i et lite basseng, det var vakkert oppmuret i hvit marmor, aldeles feilfri og skinnende ren. Aglaran svelget hardt. Dette var virkelig skatten, dette var selve livets kilde. Den som drakk av dette vannet ville få alle sine drømmer oppfylt. Det sto flere beger vakkert plassert på kanten av bassenget og Aglaran satte kursen mot dem.

Han så at det sto skrevet noe i mosaikken foran bassenget, Thirha mier al adhta iehere. Han stanset og prøvde å vri hjernen til å skjønne hva det betydde. Han kom til at det betydde noe slikt som "drikk av meg og forbli for evig ung!"

Han gliste litt og tenkte at evig ungdom slettes ikke var så ille da han hørte en lyd bak seg, han spant rundt i en rasende fart og skrek. Bak ham sto Arendt, og mannen var blodig og så ikke ut men var så avgjort i live.

Arendt hadde falt ned i kløften i berget men ikke så langt som en skulle tro. Han hadde truffet en hylle og ble liggende der slått i svime i flere timer. Da han kom til seg selv igjen visste han at han var hardt skadet, flere ribbein var brukket og han hadde slått ene kneet ut av leddet og foten var knekt også. Men han var rasende og fylt med et nytt hat og det gav ham krefter til å trosse smertene og klatre i sikkerhet. Det var en umenneskelig kraftanstrengelse men han greide det, og han ble i fjellet og hentet krefter før han fulgte etter Aglaran. Han fant sporene etter mannen og fulgte ham på avstand. Han stjal utstyr fra folkene i de store hulene uten å bli oppdaget og da han kom ut på slettene fant han en god ridehest som antagelig hadde tilhørt en soldat. Han fulgte Aglaran i skjul og nå var timen endelig kommet. Han brydde seg nesten ikke om skatten, det han hungret mest etter var hevn. Aglaran skulle få svi for hva han hadde gjort mot ham..

Arendt var i praksis døende, skadene innvendig var store og bare mannens steinharde vilje hadde holdt ham i live så lenge. Hatet og sinnet brant i blikket på ham og han hadde stjålet våpen fra noen vakter som ikke hadde vært så våkne som de burde vært. Aglaran kunne ikke fatte det, det kunne ikke gå galt nå, han var i praksis der! Han grep etter sverdet sitt men Arendt var forberedt og godt trent også. Han svingte det gode smalsverdet han hadde tatt med en mesters teknikk og kappet høyre armen av Aglaran.

Mannen skrek av sjokk og klemte om stumpen som sprutet blod ut over det blanke golvet. Det lød en svak mumlende lyd der nå men Arendt brydde seg ikke om det. Han slo til igjen, Aglaran skulle få lide som han selv hadde lidd og han kappet av ham høyre beinet like under kneet. Aglaran gikk overende, skrikende og Arendt flekket tenner som et dyr. Han kjørte spissen på sverdet ned mellom beina på Aglaran og spiddet kjønnsdelene til mannen. Aglarans skrik ble ville vræl og Arendt hveste. "Du trodde du hadde drept meg hva? Vel, se hvem som er den sterkeste nå!"

Han skar dypt i den armen Aglaran hadde igjen og mannen mistet evnen til å gripe, han var hjelpeløs nå og gurglet desperat, for i sjokk til og engang trygle om nåde. Arendt så med forakt på den blødende kroppen, han avsluttet jobben med å kutte strupen på Aglaran som døde sakte, druknende i sitt eget blod.

Arendt slapp sverdet og gikk bort mot bassenget, det vakre rommet skapte ingen ærbødighet i ham, han følte ingen respekt. Alt han så var muligheten til enorm makt og innflytelse og han gliste stygt. Snart skulle de alle bli nødt til å krype for ham, alt han ønsket ville være lov og han skulle være den alle så opp til og beundret. Han hadde ridd hesten halvt i hjel og kroppen verket intenst, han hadde vansker med å puste og flere ganger hadde han nesten besvimt men nå var han ved målet. Han haltet opp til bassenget og så fort opp på statuen. Den hadde et underlig uttrykk i ansiktet, noe som nesten lignet forakt men han brydde seg ikke om det. Han tok et av krusene og fylte det med andakt. Vannet var så vanvittig klart og det sto formelig kulde av det. Det var i sannhet en skatt, og han skyndte seg å sende en fort takknemlig tanke til gudene før han tømte begeret i en eneste slurk.

Akisha og de andre hadde hvilt for natten og ridd videre så fort det ble lyst og de hadde fulgt sporene med letthet. De var ikke skjult på noe vis og de brukte ikke mye tid på å finne inngangen. Siden gangen var så stor og solid red de inn i tilfelle de måtte komme seg vekk fort. Duchlain virket nesten febrilsk ivrig, det hastet for Ygraine og han måtte nesten holdes i tømme for ikke å rase innover og risikere hesten. De hadde funnet en gammel arbeidsmerr ute i dalen og utenfor åpningen sto det en utslitt ridehest som så vidt greide stå på beina. Den var stygt ridd og Raigh var temmelig forbannet på den som hadde ridd den slik, Akisha ba dem alle ta det pent, de ante ikke hva gangen kunne romme og hestene var litt nervøse. Akisha beundret arbeidet som var lagt ned i å lage denne gangen, men hun husket også at de skulle ødelegge så ingen fikk adgang til skatten lenger. Det føltes litt feil å skulle hindre andre i å se dette men hun forsto hvorfor det var nødvendig. Det var et farlig sted.

De nådde den store hallen og steg av hestene, snek seg frem til fots. De så den store fontenen og de så også Aglarans lik som lå blodig og forvridd på golvet foran bassenget. Duchlain svelget kort. "Det er Aglaran, ved gudene, han har blitt partert i levende live ser det ut til!"

Raigh hadde trukket sverdet og så seg rundt. "Da er Arendt her et sted, men hvor?"

Akisha pekte på den mørke kroken med tjoringsbommen. "Kan være at han gjemmer seg der, vi sjekker"

Hun og Raigh gikk sakte bort til stedet, høyet var så gammelt at det raste sammen til støv da hun rørte det og Raigh så forskende på restene av vinden. "De har vannet hestene sine her. Jeg tror det er tau her ennå. Dyrene våre trenger vann også nå, er tørt i denne dalen. "

Akisha så at det ikke var noen der så hun hjalp ham med å åpne lokket på brønnen. Den var ikke særlig dyp og temmelig primitiv og vannet så ikke særlig rent ut. Hun gyste av synet og Raigh trakk på skuldrene. "Det må ha fylt seg med gjørme, jeg vet ikke om det er drikkelig. "

Han snudde seg for å gripe bøtta men tauet røk og han strakk seg etter den og dermed mistet han balansen. Han grep etter Akisha men resultatet var at hun også mistet balansen og dermed ramlet de begge ned i brønnen. Det plasket og Akisha kjente at iskaldt muddervann slo opp rundt henne, det for et gys gjennom henne og hun sparket fra, kom seg opp med et gisp. Raigh bannet stygt og ristet det lange svarte håret ut av ansiktet før han grep i kanten og heiste seg opp igjen. Vannet var mørkt av farge men ikke så skittent som en skulle tro og det luktet ikke vondt. Akisha følte at hun hadde svelget flere munnfuller av det og var glad for at det var noenlunde rent allikevel. Raigh spyttet og ristet på hodet. "Det smaker forbausende frisk, jeg tror hestene vil like det allikevel. Må være mineraler i det som gjør at det ser så mørkt ut"

Akisha halte seg opp også, hun rant formelig og bannet lavt før hun helte vann ut av støvlene sine og vred det verste ut av klærne. Rheynek og Duchlain sto og smågliste og Akisha ristet på hodet av dem. "Vi må finne Arendt, det kan hende at svinet ligger på lur her et sted, det er ikke trygt. "

Rheynek gikk sakte rundt fontenen og han stivnet til da han nådde baksiden, han kikket storøyd på noe på golvet. "Folkens, jeg fant ham!"

Akisha så undrende på den hvithårete som gikk et par steg tilbake. Hun og Raigh og Duchlain skyndte seg bort til Rheynek og Akisha hikstet og slo handa for munnen da hun så hva som lå på golvet der. Det var Arendt men han var ikke Arendt lenger. De kjente ham igjen av omtale så han lignet seg selv men kjøtt og blod var forvandlet til stein. Det var en statue som lå på golvet der, forvridd og fordreid. Arendts ansikt var stivnet for alltid i en siste desperat grimase med øynene bulende ut og tunga ut av munnen, ene handa klemte om strupen på ham mens den andre var utstrakt mot et beger som lå golvet.

Raigh bikket på hodet. "Drikk av meg å forbli evig ung, hmm, det kan jo tolkes slik også. En statue eldes aldri. "

Duchlain stønnet fortvilet. "Men da er jo vannet livsfarlig, slettes ingen skatt? Og hva skal vi da gjøre for å hjelpe Ygraine?!"

Akisha stirret brått på Raigh som om hun hadde sett noe aldeles fantastisk noe. Han stirret tilbake, svært forvirret. "Hva er det kjære? Har du sett et spøkelse?"

Akisha strakte ut handa, strøk den gjennom håret hans. Han hadde hatt noen få grå hår i tinningen, bare noen få men det var for henne et trist tegn på at alderen før eller siden kom til å ta dem igjen selv om de ennå bare var i tjueåra og sterke og friske. Det var hva hun alltid hadde fryktet mest av alt, at alderen skulle bli det som felte dem når de ikke lenger var sterke og raske nok i kamp. Men nå var de grå hårene borte, han var like nattsvart som han hadde vært dagen de møttes og hun så med store øyne at de få rynkene han hadde under øynene også var redusert. "Raigh, husker du hva Ychmal sa? Skatten skal finnes av den som ei leter, og den skal være ydmykt gjemt. Er det noe mer ydmykt enn en vanningsbrønn for hester?"

Raigh ble like vill i blikket som henne selv og han bikket på hodet og så på henne. "Ved alle guder, vi er blitt yngre!"

Akisha hev etter pusten og lukket øynene. "Vi er i vår fulle kraft Raigh, og det tror jeg at vi vil bli for evig nå. "
Han svelget bare og omfavnet henne heftig.
Duchlain bet seg i underleppa, han var evig ung på grunn av alveblodet i ham, han kunne ikke helt forstå dette men han forsto makten i dette vannet. Han grep felt flaska han hadde med og gikk til brønnen, fylte den til randen med det merkelige mørke vannet. Rheynek gliste svakt og gjorde det samme. Han drakk noen dype slurker før han så til at flaska var helt full og tett. Akisha og Raigh fylte også sine flasker med vannet og på et vis forsto de at dette var ment å skje. De to var rent menneskelige, resten av gjengen var alver med unntak av Rheynek og Enez og det var ikke vanskelig å fatte hva Rheynek skulle med vannet han tok med. Gudinnen hadde ønsket dette hele tiden.
Raigh tok og fylte bøtta og så bar de vann ned til hestene sine også, de ante ikke om vannet virket på et dyr men hvorfor ikke prøve det ut. Ingen av dem hadde lyst til å miste sine dyr til alderdom og hestene drakk villig.
Raigh og Rheynek diskuterte seg i mellom hvordan de skulle hindre at skatten ble funnet av andre og de kom til at berget ute ved inngangen var porøst og svakt. Det burde gå og løse ut et skred som ville dekke inngangen totalt og for all fremtid. Jirhg hadde sendt med dem nok av remedier og de stirret en siste gang på den vakre hallen. Den rommet både dødelig fare og evig liv og kun den ydmyke kunne finne sannheten der. De red ut og Raigh og Duchlain plasserte ut sprengladningene Jirhg hadde gitt dem mens Rheynek og Akisha passet hestene. Akisha følte en merkelig glede, den var dyp og nesten euforisk. Hun ville ikke miste Raigh til det spøkelse som het alderdom, det var en vidunderlig tanke og hun ville ikke bli gammel selv heller. De to fikk ordnet alt temmelig fort og de kom seg vekk før Raigh antente det hele med en brannpil. Fjellsida der var bratt og steinen ganske råtten. Smellet var ikke særlig høyt men det var effektivt. Hele fjellsida raste ned og en enorm sky av støv og steinrester sto i været mens bakken skalv. Da støvet la seg var det

bare ei diger steinur der og den ble nok liggende i fred i all overskuelig fremtid.

Raigh gav den utslitte ridehesten etter Arendt en god porsjon havre og litt brennevin før de slapp den løs. Den ville søke seg til andre hester igjen når den ble sterk igjen og arbeidshesten til Aglaran kom sikkert også til å trekke mot slettene igjen. Nå måtte følget bare ri det de greide tilbake og se til at de reddet Ygraine. Tiden var snau og de kunne ikke stanse og hvile men nå kjente de veien og kunne la hestene få frie tøyler.

Arzhag og de andre var som grepet av en indre galskap som ikke lot seg stagge nå. De løp etter ørna med blikket festet på de blinkende gjenstandene den bar og tenkte ikke på annet. Noen prester løp også sammen med dem siden de var unge og sterke og greide å holde følge. Prestene var ville i blikket, de formelig skrek bønner og hellige vers og prøvde desperat å komme så nær som mulig. Ørna hadde kurs tilbake mot der de kom fra og Arzhag begynte å bli redd for at gudene var misfornøyd med dem på noe vis. Men de hadde jo gjort alt for å redde relikviene? Og nå var de på vei tilbake så kanskje gudene var fornøyd?

Baktroppene hadde spredt seg utover sletten, alle prøvde å løpe i riktig retning men dvergene var liksom overalt og stanset dem. Det sprutet formelig dverger opp av bakken virket det for og mange orker ble drept siden de var så totalt fanget av religiøst begjær at de ikke så seg for men raste rett inn i en flokk dverger uten engang å løfte våpnene sine.

Afarr og Ghuad hadde forlatt gangene under byen nå, de hadde rensket godt opp i alle tunellene de fant, noen orker hadde havnet i sidetunellene og dvergene gjorde det fort av med dem. Ghuad ble sjokkert da han kom ut i dagen igjen, byen var så ødelagt at han snaut fattet det. Det sto snaut en eneste bygning igjen på de laveste nivåene og røyken hang tung og svart overalt. Byen hadde nok vært vakker men nå så den ut som et kadaver av noe slag, herjet og skjendet og han følte noe som lignet villsinne ved synet. Han forsto at mange hadde dødd, selv om murene hadde holdt orkene tilbake.

Han håpet at gudene lot ham slippe vreden løs på det viset han foretrakk.

Alvisar styrte dvergenes tropper som en mester, drev orkene vekk fra byen som en dyktig gjeter driver en flokk dyr mot et godt beite og alle visste at jo mer splittet orkene ble jo svakere sto de.

Våk hadde stått på slottets murer og sett på at orkene ble jaget utover, han følte en merkelig rastløshet. Han hadde kjempet litt foran portene som ble brutt ned men det var ikke nok for ham. Han snudde og gikk opp på slottsplassen, så seg rundt. Wilbwyn og Elda var der og Janrem satt og renset sverdene sine også. Khir og Frostfugl hadde gått en runde for å se på skadene og de var kommet tilbake og satt og diskuterte sammen lavmælt på Alviks. Våk bestemte seg brått, han gliste og gikk bort til Wilbwyn. "Hva sier du, skal vi hjelpe dvergene med å sette fart på faenskapet?" Wilbwyn lyste opp og klappet øksene sine. "Ventet på at du skulle spørre!"

Elda nikket ivrig og klappet på koggeret sitt, hun hadde fylt det med gode piler igjen. "Vi kan ekspedere en god del håper jeg!"

Våk spurtet mot stallen og de andre hang seg på og fikk hestene sine salt opp. Janrem gikk nølende etter, han følte at han burde gjøre mer og han kjente et dypt sinne mot orkene som hadde våget å skade byen hans. Men han manglet en hest og ante ikke om han bare kunne be om en, han var tross alt en sivilist og ingen soldat. Våk så dilemmaet hans og nikket til stallmesteren. "Se til at denne krigeren får en god stridshest. "

Stallmesteren så litt tvilende ut men gav tegn til noen av stallkarene og de kom tilbake med en stor blakk hingst av blandet herkomst. Dyret virket både stødig og sterkt og Janrem svelget nølende i det han steg opp i salen. Han var ikke særlig vant med å ri men visste at stridshester er trent til å slåss for å beskytte seg selv og rytteren. Elywen måtte bli igjen i palasset og Frostfugl ville også bli der men Khir ble med og Eleghim kom også og hentet hesten sin. Hans yngste bror Arthio hadde også dukket opp etter å ha voktet hallene med befolkningen og han var kanskje ung men allerede en god kriger. Våk sporet Trollknuser og stormet nedover mot de ytterste portene, han kjente noe som lignet fryd. Dette var noe han kjente til, han hadde tilbrakt flere mannsaldre med å slakte orker og dette var hva han hadde levd for da.

Janrem følte seg vettskremt igjen, han så noe han hadde trodd han aldri skulle se. Han så orker flykte som hodeløse høner ved synet av en rytter. Våk skremte dem tydeligvis halvveis fra vettet og han forsto det godt. Alven og den enorme stridshesten var en skrekkinngytende enhet. Trollknuser tråkket ned orker og sparket dem i hjel, Våk tok hoder og lemmer og alt med et djevelsk glis om munnen og svart ild i blikket. Janrem lot hesten styre seg selv, han bare prøvde å gjøre nytte for seg og han greide da å ta livet av noen orker her og der. Wilbwyn svingte øksa som en villmann og Elda plukket ned orker med en nesten maskinaktig rytme. Janrem følte igjen denne merkelige følelsen av å være utilstrekkelig og han bet tennene sammen og svor for seg selv at han skulle gjøre alt for å bli like dyktig og sikker som disse krigerne.

Rhylja var på en måte i en slags døs, som om ingenting hun så var ekte men en drøm. Rundt henne stormet jegergudens hær frem fylt med skapninger hun snaut hadde kunnet forestille seg og hun var en del av dette. Foran red han, rett som det var løftet han hornet og blåste i det og hver gang sluttet flere skapninger seg til hæren. Rhylja så det ikke men hun syntes å sanse at det var en enorm mengde der nå. Og hun la merke til noe annet også, der hæren hadde vært var det som om selve jorden våknet til live igjen. Det var liv der og mer enn før, mer til stede på et vis. Det var som om landet selv ble vasket rent for alt mørkt og stygt og stjernene glitret på himmelen mens daggryet seg nærmere og nærmere. Rhylja visste at de ville nå frem til der orkene var utpå dagen, og hun ante også at hennes venner nok alt var i gang med å desimere antallet. Men det var jegerguden som skulle stå for det største sjokket de ville få den dagen, han ville vise dem sannheten, rive vekk alle illusjoner de måtte ha hatt og etterlate dem nakne og med ny våknede sanser mot verden. De ville bli født på ny i hans velde og makt og ingenting ville bli det samme igjen.

Akisha og Raigh merket det også, at luften var underlig ladet og Duchlain var vill i blikket og temmelig blek. Delvis av engstelse for Ygraine og delvis fordi han sanset jegergudens nærvær enda bedre enn de andre siden han var halvt alv. Det rev formelig i alle sanser han hadde og han klamret seg til salen og håpet at de ikke var for sene. Hestene var raske og sterke og rytterne sparte dem slettes ikke. De kunne ikke la noe forsinke seg nå. Heldigvis var terrenget ganske lett så fort de kom ut av fjellene og de satte kursen rett mot byen igjen. At de måtte ri i mørket betydde ingenting, de måtte nå tilbake før Ygraine ble for svak.

Da de red den siste fjerdingen opp mot byen så de at dvergene arbeidet hardt med å drive de siste orkene tilbake og Akisha kunne se at Våk og flere andre sloss sammen med dem. Det gjorde henne litt irritert på et vis, hun hadde ikke beordret det men hun forsto dem. Orkene hadde presset dem gjennom flere dager med skrekk og ubehag og raseriet de alle følte mot dem var velbegrunnet og naturlig. Hun håpet bare at ingen ble skadet. Det var ryddet opp så det gikk å ri rett opp til palasset nå og hestene peste og rant av svette da de stanset på slottsplassen. Akisha så at folk hadde begynt å vende tilbake fra hulene men for de fleste var det lite å vende tilbake til. Husene var ødelagt, gårdene der ute på slettene plyndret og brent og husdyrene drept og spist av orkene. Dette landet var i stor nød nå, selv om orkene var slått tilbake. Det krevdes et mirakel for at folk skulle greie seg uten å måtte sulte lenge. Kongen hadde nok store rikdommer og kunne kjøpe kjærkomne forsyninger fra andre land men det ville ikke vare evig heller. Akisha tenkte for seg selv at de ville bli nødt til å sende brev til de omkringliggende kongedømmene og be om hjelp.

Noen stallkarer kom rasende for å hente hestene, mennene virket for å være totalt vantro for ingen hadde trodd at noen kunne komme seg til Rivetindene og tilbake på så kort tid. Akisha så at selv Stålhauk sto med skjelvende bein og hun følte en dyp følelse av skam og anger over å ha ridd hesten så hardt men det hadde ikke vært noe valg. Duchlain tok flaska si og styrtet mot lasarettet, han så seg ikke tilbake en eneste gang. Akisha forsto ham og krysset fingre for at de var kommet tidsnok.

Duchlain raste inn døra og Ohlain som satt ved Ygraines seng ramlet nesten ut av stolen siden han hadde sittet i halv søvne og var totalt uforberedt på at noen skulle komme stormende inn slik. Duchlain så at hun var bevisstløs og svært blek, pusten var ujevn og raspende og hun luktet feil også. Hun luktet av sykdom, av smerte og feber og han stønnet fortvilet og raste bort til senga, tok ene handa hennes og klemte den varsomt. Den var skremmende kald og Ohlain så fortvilet på ham. "Hun svinner for oss bror, har du det du reiste etter?"

Duchlain nikket febrilsk, tok frem flaska og trakk ut proppen med tennene før han støttet henne opp. Ohlain ble like ivrig som ham, med skjelvende hender hjalp han broren med å holde hodet hennes støtt. Duchlain helte varsomt dråpe for dråpe ned i munnen på henne og sørget for at hun svelget. Han gav seg ikke før halve flaska var borte, så kunne de bare vente. Vannet burde kunne helbrede også, ikke bare forlenge livet og Ohlain sto der og ba stille mens Duchlain klemte flaska mellom fingrene så han nesten knuste den.

Ygraine stønnet hult, kroppen ristet på seg og Duchlain la handa på skulderen hennes, holdt henne i ro. Det var naken frykt i blikket hans og han kunne bare trygle alle guder han kjente til om at dette ikke var en feil. Hun ble stiv som en stokk i senga, så var det brått som om det sto damp fra huden hennes, som om alle porer åpnet seg og slapp ut en stinkende os av sykdom og fordervelse. Ohlain gispet og brakk seg nesten av lukten og Duchlain stønnet medfølende men vek ikke bort.

Og det som så skjedde var enda mer mirakuløst. Hun fikk sakte fargen tilbake, huden glødet igjen av sunnhet og styrke, magerheten som hadde dukket opp forsvant og skyggene under øynene og kinnbeina var også vekk som om de hadde vært en illusjon. Det svette sammenfiltrede håret rettet seg ut og ble silkeblankt og mykt som før og pusten hennes ble jevn og rolig. Ohlain lagde en merkelig jamrende lyd dypt i brystet, så sank han i kne og lot tårer av takknemlighet bare flyte. Duchlain hulket og lo om hverandre og slik sto de da Alima og medikus kom stormende inn siden en eller annen hadde fortalt dem at Duchlain var tilbake.

De stirret vantro på underet, Ygraine så helt frisk ut og medikus mumlet et eller annet kraftuttrykk som fikk Alima til å skutte seg, det var i ren undring. Duchlain satte seg varsomt på sengekanten og Ohlain på den andre, de holdt i hver sin hånd og Alima så tydelig hvor dypt brødrenes følelser for henne løp. Hun var glad for at dette hadde gått bra. Hun ville gå til tempelet og be og takke gudene hjertelig så fort hun fikk muligheten til det.

Duchlain strøk fingrene over den nå varme handa og kjente at hun sakte festet grepet om neven hans. De lange tykke øyenvippene hennes dirret og hun slo sakte øynene opp. Blikket var forvirret og hun så rundt seg, så Duchlain og Ohlain og slappet synlig av men hun virket litt forskrekket. "Dere gråter, hvorfor?"

Duchlain svelget hardt, prøvde å gjøre stemmen stø. "Vi gråter av lettelse kjære deg, du er frisk igjen!"

Ygraine rynket pannen, hun husket sakte hva som hadde skjedd. "Costaon.., vær så snill og fortell meg at han er død!"

Duchlain gliste nesten og kunne nesten ikke holde gleden under kontroll. "Så død som kong Nharidas kjælegris!"

Ygraine så forvirret på ham til Ohlain gledesstrålende forklarte at kong Nharidas var død for over sju hundre år siden!

Alima mente at Ygraine burde få litt ro nå og hvile men hun ble prompte nedstemt, Ygraine følte seg forbausende sterk og frisk og orket ikke ligge når hun ikke trengte det. Duchlain hjalp henne ridderlig på beina og Ohlain raste av gårde for å finne noen klær til henne. Hun hadde ligget der i en underkjole og lite annet.

Da hun var kledd geleidet de henne ut og hun ble dypt sjokkert av det hun så. Lasarettet var fylt til randen av sårede og Duchlain prøvde å skjerme henne fra de verste synene men det gikk heller dårlig. Offiserene mente at minst fem tusen mann var enten såret eller døde og enda flere ble funnet hele tiden, Bombardementet hadde tatt mange og orkenes piler enda flere. Det var også sårede dverger og flere tropper med soldater saumfor mellom murene og foran dem nå og gjorde det av med sårede orker. Opprydningen kom til å ta måneder om ikke enda lengre og byen ville aldri bli den samme igjen. Catendhars mektige murer hadde falt, steinneven hadde vist sin svakhet og det ble neppe bygget nye murer på en god stund nå. Landet måtte komme på fote igjen først.

Corat hadde selvsagt fått med seg at hun hadde reddet ham og hun hadde steget enda høyere i hans aktelse etter det, og ikke minst i folkets og hoffets. Flere var klare til å opphøye henne til noe nesten gudeaktig og Ygraine så vantro at mange knelte for henne mens Duchlain og Ohlain nesten bar henne tilbake til hennes gemakker. Duchlain hvisket til henne. "Nå skal du la oss forkjæle deg totalt, og når alt dette er over vil far gjøre all mulig ære på deg!"

Ygraine kunne bare rødme og prøve å se rolig og samlet ut. Vel tilbake i gemakkene prøvde hun å ta seg sammen, hun følte seg virkelig forbausende sterk og frisk. Det var som om hele henne boblet av livfullhet og glede og hun var så inderlig lettet over at begge hennes kjære hadde unnsluppet dette uskadet. Men hun undret seg også, hun husket at hun hadde kastet kuller på Costaon uten å brenne seg og slikt kunne da ikke gå an? Før hadde hun da brent seg når hun tok i varme ting men kanskje gudinnen hadde verget henne. Hun valgte å tro det.

Duchlain trippet nesten og Ohlain sto og strålte som en sol over at hun var ok og oppegående. Ygraine satte seg nølende ned i en stol. "Hva gjorde dere for å redde meg?"

Ohlain pekte på Duchlain. "Han og Akisha og Raigh og Rheynek red ut, de fant skatten Arendt og slenget hans var ute etter. Det var en brønn med livets eget vann, og han tok med litt tilbake og gav deg av det. "

Ygraine kunne bare smilte takknemlig men noe i henne frøs til ved vissheten om hva det kunne bety. Hun var med barn, hva ville slik mektig magi gjøre med livet som spirte i henne? Hun klappet Duchlain takknemlig på kinnet og undret seg igjen over menneskenes dårskap og grådighet. Livets vann, så det var hva Arendt og hans menn hadde håpet å vinne for seg selv, det var hva

270

de hadde startet en krig for, årsaken til tusenvis av dødsfall, grunnen til at et helt rike lå i ruiner. For en slik dårskap hadde de ødelagt en fred som hadde vart i århundrer, for slik dårskap var dvergenes byer plyndret og ødelagt. Hun følte at et stikk av vrede brant i henne men tvang det tilbake. Krig og vrede var en krigers måte å løse ting på, ikke hennes. Hun måtte prøve å se lyset og glemme mørket.

Hun smilte til sine to menn og pakket klærne litt tettere rundt seg. "Nå vil jeg være takknemlig om dere kan ordne så jeg får meg et godt bad, og så vil jeg bli veldig glad om dere kan skaffe litt mat. Jeg er sulten som en ulveflokk.!"

Duchlain var på beina i løpet av et blunk og ute av døra for å finne noen tjenere og Ohlain var like i hælene på ham. Ygraine kunne bare se på dem med et svakt men fornøyd lite smil. Hun kom i hvert fall ikke til å mangle noe så lenge de var der, det var en forunderlig behagelig tanke. Hun hadde vært vant til å sulte og fryse og bli sett ned på, merkelig hvor diametralt forskjellig livet hennes nå ville bli.

Kapittel 8: Jegergudens makt

Og høyen herre talte til sin gud
Min stolthet brakte oss til fall
Mine ønsker ble min dom, min styrke ble min død
La ulvene ete seg mette i natt

Rheynek hadde løpt opp til palasset og fant Enez i en av de mindre
salene der hun hjalp noen tjenestejenter med å passe på noen av
hoffets mindre barn. Ungene hadde vært svært redde men nå hadde
de roet seg betraktelig og ble underholdt med eventyr og
fortellinger. Enez satt og fortalte barna om hvordan Frerk pleide å
skremme folk på sirkus og ungene fniste og lo. Hun la ikke merke
til ham med en gang og han ble stående å stirre litt på henne en
stund før han gav seg til kjenne. Enez hadde ikke kjempet denne
gangen, hun var blitt med kun fordi hun ikke orket å være igjen i
Shabuch uten ham og han følte det samme. Å være fra hverandre
slik gikk bare ikke, ikke for de som følte hva de to følte for
hverandre. Og han så hvordan det formelig lyste i blikket hennes av
glede og engasjement, hun var virkelig god med barn og han husket
hva hun en gang hadde sagt, at hun gjerne ville ha egne en gang
men at det ikke hastet. Han fikk en følelse av at hun kanskje ville
skifte mening etter dette og han visste ikke helt hva den tanken fikk
ham til å føle.

Han kremtet og Enez fikk se ham og styrtet opp på beina med et
skrik av lettelse, hun hev seg rett i armene på ham og han løftet
henne klar av golvet mens han snuste ned i det silkeaktige håret
hennes, drakk inn av lukten hennes og følelsen av å ha henne nær.
Hun løftet ansiktet og han kysset henne fort og nesten sultent, lettet
til margen over at de var sammen igjen. Enez hikstet og strøk handa
over ansiktet hans, merkelig vart. "Fant dere det?"

Rheynek nikket. "Og skjulte det igjen ja, og jeg vil tro at Ygraine er reddet nå!"

Enez sukket lettet. "Så bra, jeg liker henne, hun minner meg om meg selv på en måte. "

Rheynek bare brummet og klemte henne inntil seg igjen og Enez tok ham i handa og trakk ham etter seg ut av salen. Han fulgte etter henne mens hun formelig spurtet nedover korridorene og tok av bortover en smalere en. Den ledet til rommene de hadde fått der og Enez raste inn på et av dem. Det var ikke brukt, de hadde snaut hatt tid til å hvile mens de var der og sengene var ny oppredd. Rheynek fisket frem feltflaska si fra beltet og rakte den til Enez. "Her, ta en slurk, si hva du synes. "

Hun så litt forvirret ut men åpnet den og drakk og Rheynek svelget lettet. "Det er friskt, fjellvann?"

Han nikket og korket flaska igjen, festet den i beltet på nytt. Enez så på ham med noe merkelig ubendig i blikket, brått hadde han henne nesten klatrende på seg, hun hoppet opp og la beina om ham og armene om nakken på ham og så kysset hun ham med en villskap han ikke kunne huske å ha merket fra henne noen gang, Han så litt forbauset på henne og hun kvitterte med å småbite ham i øreflippen mens hun gned seg mot kroppen hans på en måte som ikke var til å misforstå. Rheynek stønnet og prøvde å roe henne litt men hun hadde tydeligvis bestemt seg og da var det umulig å få henne penset over på et annet spor. Enez kunne være utrolig sta når hun ville og han visste at motet hennes noen ganger var for stort for den vevre elegante skikkelsen.

Han støttet henne og kysset henne tilbake og hun svarte med en iver som var merkelig frigjørende. Han bikket på hodet og smilte litt skjelmsk til henne. "Det var da svært til hastverk?"

Enez bare stirret ham rett inn i øynene. "Jeg har gått her og vært redd for deg, i flere døgn. Jeg har trodd at jeg kanskje aldri fikk se deg igjen, at du ville bli borte for meg! Nå som jeg har deg her hos meg igjen vil jeg virkelig føle det, at jeg har deg"

Rheynek gispet lavt, hun gned seg mot ham igjen og siden visse kroppsdeler hadde reagerte var det nesten mer enn han holdt ut.

Enez gliste med noe som lignet ild løs i blikket, hun slapp taket i nakken hans og lente seg bakover, støttet seg på armene hans mens hun rev av seg vesten og tunikaen og den myke undertrøya.

Rheynek gispet av synet av den nakne overkroppen hennes og visste at han også hadde savnet henne, intenst. Enez rev deretter av ham alt på overkroppen mens hun presset underlivet mot hans og han kjente varmen fra henne gjennom tøyet og visste at dette ikke ble noen langsom og rolig stund. Enez kysset ham igjen, med tunge denne gangen og han løftet henne litt opp så han fikk tak i brystene hennes med munnen, gav brystvortene en rask omgang med lepper og tunge og hun la hodet bakover og hikstet navnet hans. Enez var svært lite hemmet i slike situasjoner, hun var ivrig på å prøve nye ting og hun var kunnskapsrik, noe som var å vente med den fortiden hun hadde. En arbeidet ikke som tyv på et bordell uten å snappe opp noen triks her og der.

Hun lente seg helt bakover til hun hang fra ham med hodet ned, i den posisjonen løsnet hun beltet sitt, trakk av seg sine egne støvler og hoser og så løftet hun seg opp igjen, hang fra skuldrene hans mens hun slapp buksene av seg. Hun var helt naken nå og han kunne ikke få nok av synet av henne. Hun lot ham få løsne sitt eget belte og så skjøv hun klærne hans også ned til buksene lå i en krøll nede ved golvet. Rheynek skubbet seg bort til veggen, Enez festet grepet om ham igjen og han la hendene i mot treverket og støttet seg på det. Enez fanget blikket hans og holdt det i det hun gled ned over ham, tok ham inn i seg i en eneste jevn bevegelse og han trodde beina skulle gi etter under ham så godt føltes det. Rheynek bet tennene sammen og hikstet dempet mens hun skjøv seg mot ham og viste ham rytmen hun ønsket.

Han visste at hun pleide å være høy lydt men det spilte ingen rolle nå, ingen kom til å høre dem uansett. Det nærmet seg fort for ham, men hun kom allikevel først, stivnet til mot ham og presset overkroppen tilbake mens hun skrek navnet hans og han følte at hun pulserte rundt ham og brakte ham med seg over kanten. Han greide ikke holde tilbake et brøl av nytelse og han pumpet hardt i mot henne av ren refleks, det danset gnister for blikket hans og han var

274

redd han ville svime av. Da det roet seg svaiet han nesten og Enez slapp seg varsomt ned på golvet igjen, hun var blank av svette og det danset en liten djevel i blikket hennes. "Nå, var det verdt å vente på?"

Han nikket matt og hun tok ham i handa, leide ham bort til en av sengene. "Runde to får vi utføre liggende, jeg tror ikke du orker flere slike økter stående oppreist. "

Han måtte bare flire og slapp seg ned på senga med et stønn, knærne var gele virket det for. Enez fniste fornøyd og ble liggende over ham, han var sikker på at det kom til å bli flere omganger, bare de fikk tatt seg litt inn igjen. Lettelsen over at de var ok begge to var nok til å gi dem begge to en voldsom appetitt.

Det som hadde vært en hær av orker var blitt så spredt nå at dvergene begynte å trekke seg tilbake, de forfulgte ikke fienden videre siden det var liten vits i det. Styrkene samlet seg sakte igjen og begynte å re gruppere og få oversikt over skadede og døde. Våk holdt Trollknuser inne, stirret utover sletta med smale øyne. Han hadde en merkelig følelse av at gudinnen ønsket mer av ham, at det ennå var noe han skulle gjøre men det var ikke der og da. Det var liten vits i å fortsette lenger utover sletten, fienden var spredt nå og det eneste som sto i tankene på dem var å følge etter relikviene. Av og til viste ørna seg og fløy lavt over sletten så de så de hellige gjenstandene tydelig og det oppildnet orkene noe voldsomt. Våk hadde sett flere som hadde løpt seg selv i hjel bokstavelig talt og han undret seg over hvordan de hadde kunnet bli så fanatiske.

Janrem hadde etter hvert fått en underlig følelse av kontroll, han ville ikke si at han nøt det men han fant en slags tilstand i seg selv der han bare eksisterte og sjelden tenkte. Han bare gjorde det han måtte og hesten han hadde lånt var til stor hjelp. Den visste hva som skulle gjøres og Janrem trengte bare å svinge sverdene sine og sørge for å treffe. Han drepte temmelig mange orker og fikk anerkjennende blikk fra Wilbwyn og Våk. De var kommet temmelig langt vekk fra byen nå og de snudde nesten motvillig og red sakte tilbake. Elda så seg tilbake over skulderen med en tenksom mine. Hun undret seg over hvor mange av orkene som kom til å være i live når dagen var over. Lufta var blitt underlig trykket og mørke skyer samlet seg foruroligende fort. Det var som om balansen i selve skapelsen var forrykket der og da. Hun håpet de kom seg tilbake til byen før det brakte løs.

Ghuad og Afarr hjalp til med å lage en provisorisk leir for dvergene, det lå mye tilbake av orkenes leirmateriale og de brukte det gladelig. Det var telt og slikt og dvergene var som vanlig svært effektive. Ghuad merket stoltheten i dem, fryden over å ha tildelt fienden et skjebnesvangert slag. Orkene hadde ikke greid å ta byen takket være dvergene og det ble jublet og ropt mens bålene ble tent og mat forberedt. Dverger er seige men de har stor appetitt og trenger mye mat. Ghuad så at de ikke trengte hjelp til noe nå, de som var verst såret ble lagt i kjerrer og fraktet opp til lasarettet i byen og han fulgte etter. Afarr ble igjen for å leske strupen som han kalte det og Ghuad kjente at han gjerne skulle hatt et bedre måltid selv. Dvergenes rasjoner var begrensede så han bestemte seg for og i stedet utnytte byens gjestfrihet.
Elywen så at han kom gående opp gjennom porten og gikk for å møte ham, han bukket dypt for henne og Elywen så granskende på ham. Han var som han pleide å være når han var i denne mer menneskelige skikkelsen. Vakker og skremmende på en og samme tid. Elywen gav ham en fort klem og han rødmet faktisk og virket svært brydd. Han var ikke vant til at folk rørte ved ham. Det ble gjort klar til et bedre måltid i ene salen der og Elywen halte ham med seg. Våk og de andre kom ridende og så fort hestene var blitt tatt hånd om fulgte de etter. Corat var oppe nå og prøvde å få orden i kaoset. Han hadde beordret at hulene skulle stå åpne, mange var hjemløse nå og hadde lite å vende tilbake til og der inne var de i det minste trygge. Alderim og brødrene ble satt i arbeid så fort de ble ledige og den gamle kongen virket lettet men også sorgtung. Byen var så godt som ødelagt, lite var tilbake av den skjønnheten som

hadde rådet før og han visste at hans dager ikke rakk til nå. Han
ville neppe leve lenge nok til å se at den ble helt gjenoppbygget.
Akisha og de andre samlet seg ved bordet, noen tjenere bar ut digre
porsjoner med mat og alle åt godt. De fleste var sultne og slitne og
nå kjente Akisha virkelig at hun ikke hadde sovet stort på mange
døgn og at hun hadde kjempet. Kroppen føltes som bly og hun
duppet nesten av. Raigh strøk henne over håret, han var rødøyd og
dradd i fjeset og han smilte litt fårete til henne. "Kjære, jeg tror vi
skal finne ei seng så fort vi har spist. "
Akisha kastet et fort blikk på dem begge to, de så ikke ut men hun
orket ikke tanken på et bad, ikke ennå. Hun bare nikket og prøvde å
trykke i seg mer stuing. Janrem satt sammen med Wilbwyn og Elda
og hørte på at den svære øksesvingeren skrøt hemningsløst av sine
egne meritter. Han forsto at den skallete mannen bare var slik og
han likte det. Elda var mer taus og dyster og han følte noe som
lignet en slags forståelse fra henne han ikke sanset fra de andre. Han
var sliten nå, hendene skalv og han var så full av møkk og svette at
alt føltes seigt og stivt. På et vis var han lettet, han hadde gjort sitt
for å berge byen men han følte på et vis at det ikke hadde vært nok.
Rheynek og Enez dukket også opp og spiste og det var liten tvil om
hva de hadde bedrevet men ingen brydde seg noe om det. Alle var
for slitne selv til vennligsinnet erting og de fleste trakk seg tilbake
til soverommene da maten var fortært. Akisha og Raigh fant et med
en dobbeltseng og Akisha måtte ha hjelp med å få av seg rustning
og klær. Alt satt sammen og var klisset av orkblod og skitt. Raigh
var ikke mye bedre og han skar en stygg grimase da han kjente
hvordan det luktet av dem. Antagelig måtte tjenerne brenne
sengeklærne etterpå men de orket ikke bry seg med det nå. De bare
kastet seg ned på senga og trakk teppene over seg og Raigh sovnet
nesten før han rakk å lande på hodeputa. Akisha slet litt mer før hun
greide å sovne, hun var overtrøtt og ble liggende å vri seg litt før
utmattelsen ble for mye og hun nærmest svimte av.
Janrem gikk i halvsvime ned til palassets badeavdeling, han følte at
han måtte bli ren igjen før han kunne sove og han så til sin lettelse at
tjenerne hadde fått gode ordre. Vannet i karene var varmet opp og

det var lagt frem såpe, håndklær og noen myke badekåper. Han var alene der foreløpig og vrengte av seg alt som best han kunne. Han slet med noen spenner men greide å få av seg rustningen med litt velmenende banning og haling. Da han omsider var kvitt alt steg han varsomt opp i det nærmeste karet, vannet var svært varmt og det var nesten mer enn han tålte men han tvang seg nedi og da han først satt der i den gode varmen ble det utrolig behagelig. Han vasket av seg skitten med en svamp og såpe og bevegelsene hans var sløve og langsomme. Han sovnet nesten der han satt. Han skulle gjerne blitt sittende der men han visste hvor ubehagelig det er å våkne i kaldt badevann så han tvang seg opp. Rommet føltes iskaldt nå og han skalv og trakk på seg en badekåpe. Han hadde sett seg ut et rom og gikk dit i halv svime. Det var nærmest en liten sovesal med flere senger og han valgte en tilfeldig seng, bikket seg ned på den og fikk dekket seg med teppene. Så sov han som en stein.

Ygraine hadde fått mat nå, de hadde brakt et større måltid inn til henne og Duchlain og Ohlain hadde spist litt også. Ohlain hadde jo vært i lasarettet hele tiden men han hadde vært for engstelig for henne til å orke å spise noe. Tjenere bar inn varmt vann til et bad og Ygraine kjente at hun gledet seg til å bli ren igjen. Hun hadde en følelse av at sykdom og svette ennå klebet seg til henne. Så fort de var ferdige med å spise slapp hun av seg klærne og steg opp i karet og de to mennene oppførte seg som de beste kammertjenere med ett. Vasket henne med svamper og hun sto bare og nøt det til hun satte seg nedi så de fikk vasket håret hennes også. Det varte ikke lenge før de to også var ute av klærne og snart befant de seg i senga alle tre og hun visste at hun hadde savnet dem, og at hun aldri ville la dem forlate henne noen gang. Da de sovnet lå de der som skjeer i en skuff og hun følte seg mer trygg og elsket enn noen gang før. Hun var usikker på hva fremtiden ville bringe men hun var ikke redd den, ikke nå lenger. Hva som enn kom til å skje, hun ville ha styrke til å møte det.

Orkene så antagelig ut som en stor flokk løpske maur fra oven, de myldret over sletten på vei tilbake mot fjellene og de var så fanget i sine egne forestillinger om ære og hevn at de ikke merket endringen i luften rundt dem. Arzhag var blant de fremste som før, han var sterk og utholdende og det virket for at den svarte ørna sveipet over ham bare for å terge ham. Han hadde blikket festet på den enorme fuglen og glemte alt annet. Noen prester holdt også følge, de var totalt oppslukt av synet av relikviene og brydde seg ikke om at de hadde løpt til beina blødde.

Det var baktroppene som sanset det først, at det brått ble merkelig kaldt der, at dagslyset virket for å svinne hen bak merkelige mørke skyer. De nølte, saknet farten, så seg rundt med nervøst blikk. Det virket for at en mørk banke med tåke kom rullende etter dem og brått skrek alle instinkter til dem at de var i fare. De kunne skimte noe som lignet glødende røde øyne i halvmørke og nå løp de for livet, ikke for å ta igjen relikviene.

Rhylja så de første orkene langt der fremme, de løp og hun blottet tennene i et hves. Hun følte stanken av dem, lukta av ren ondsinnethet. Jegerguden la hodet bakover, brølte advarende og hæren spredte seg utover, brått dekket den flere fjerdinger utover og raste mot orkene med en fart som var unaturlig. Noen få prester var med blant baktroppene, de hadde ivret etter å få orkene over murene og inn i byen, for dem var verget det mest hellige de kjente til og relikviene var ikke langt etter heller. For dem fantes ingen annen religion enn denne de hadde utviklet over århundrene og det de nå så gav dem et sjokk som kostet dem livet. De husket brått hva de gamle hadde fortalt om, legendene om de gamle tidene da orkene var få og klanene spredt og jegerguden deres valgte guddom. De hadde sviktet ham den gangen for så uendelig lenge siden, vendt ryggen til hva de hadde vært, hva de var ment å være. De hadde fulgt falske guder og latt dem korrumpere seg til noe falskt, noe motbydelig noe.

Jegergudens hær tok dem igjen, dryader og ulver og de enorme hvite dyrene var over dem i løpet av noen sekunder og orker ble nærmest revet i småbiter som om de var lagd av råttent tøy. Rhylja

skulle aldri glemme synet. Jegerguden selv svingte sverdet med en mesters eleganse og Tordenfot sparket ned orker som en trenet stridshest. Skrik og brøl kunne høres og nå begynte orkene lengre fremme å skjønne at noe skjedde, at noe var på gang.
De prøvde å flykte og panikken grep om seg. Jegergudens hær saknet farten, det gikk ikke så fort lenger. De jaget orkene foran seg nå, presset dem tilbake mot fjellene de kom fra. Rhylja brukte sverdene sine nå, for alt de var verdt. Hun var en sann mester med dem og kun Akisha kunne kanskje måle seg med henne når det gjaldt teknikk der. Hun følte en slags rus der og da, en følelse av fryd. Det var en grusom følelse men hun omfavnet den, ante at det var hva jegerguden ønsket av henne. Hun var vel så effektiv som resten av hæren og hun og hennes herre arbeidet som et godt team, for dem var ingen utfordring for stor. Noen orker prøvde å forsvare seg, de prøvde å danne forsvarsstillinger men det kom så sørgelig til kort. De enorme hvite dyrene brøt gjennom som ingenting og jegergudens kraft knekte viljen til å kjempe. Han viste dem hva de var blitt, vrengebilder av hva de en gang var. Han viste dem hva de hadde tapt, og hva de skulle ha vært og denne åpenbaringen var nok til at flere tok livet av seg selv.

I byen sto noen soldater på de murene som ennå sto og stirret mot slettene. De var omfavnet av et mørke som gav alle frysninger nedover ryggen, det beveget seg og selv på så lang avstand kunne de høre skrik og rop. De misunte ikke orkene nå. Skapningene var grusomme og motbydelige men det som skjedde der nede nå var antagelig hakket verre enda. Corat sto i et vindu i palasset og så ut, han skalv til margen av kraften han sanset der ute. De levende skal ikke skue gudene og han var glad for at mørket skjulte jegerguden. Men han hadde en merkelig tom følelse, en følelse av at det ikke var rettferd i det. De som hadde startet dette, som hadde tirret orkene til krig bare for å kunne ta makten selv når krigen var over var døde og han kunne ikke hevne seg på dem. Kunne ikke vise folket at de var straffet for hva de hadde gjort. Det var bittert og han sukket og lente seg mot veggen.

Livets vann, for et forferdelig misvisende navn det var. Det burde ha blitt kaldt dødens vann for død var hva det brakte. Det hadde ført til at Ilvar og Ferna ble drept, til at byen ble nesten helt ødelagt. Til at riket var ribbet og skjendet og brakt ned på kne for mange år fremover. Han burde finne på noe som viste for folk at det var over, at de som gjorde slike horrible ting ble straffet. Men hva? Han kom til at det å straffe Arendts medsammensvorne hadde liten effekt. De var tåpelige svake menn som hadde latt seg villede, å henrette dem ville ikke ha noen effekt, annet enn at folk ville synes synd på dem. Arendt var etter sigende blitt stein etter å ha partert Aglaran levende, en passende straff. Og Costaon var knust og brent og kroppen hadde allerede blitt kremert sammen med likene av utallige andre. Våpenmesterne burde kunne komme opp med noe som kanskje kunne gi folket en avslutning.

Orkene ble drevet fremover, foran lokket ørna med relikviene, bak presset jegerguden på og tiden gikk merkelig sakte og samtidig fort. Dagen gikk liksom så raskt mot kveld enda det var vanskelig å se på grunn av mørket som hadde senket seg over dalene. Arzhag hadde skjønt at de ble jaget, hadde skjønt også hvem som jaget dem og han fikk panikk. Han håpet bare nå at relikviene og verget kunne berge dem. Han og hans nærmeste menn fanget inn løse hester og red mot fjellene nå, de etterlot resten av hæren og brydde seg ikke noe om det. De var ubetydelige, hva som betydde noe var at de selv berget seg. De måtte få prestene der ved helligdommen til å beskytte dem, til å vekke makten i verget og beskytte dem mot jegergudens vrede.

I byen satt Elywen og Ghuad og diskuterte seg i mellom hva de nå skulle gjøre, Elywen hadde en sterk følelse av at hun ville bli nødt til å skifte skikkelse snart og Ghuad delte den. Det var noe gudinnen ville at de skulle gjøre, noe de kun var i stand til å oppnå som drager. Resten av følget sov og Elywen ville gå til Våk og legge seg. Hun var også sliten enda hun ikke hadde gjort stort, å gå og engste seg for sine kjære er også anstrengende. Ghuad satt og stirret inn i ilden, de hadde plassert seg ved en peis noen hadde tent opp i og han strakte de lange beina mot ilden og lot bare tankene fly. Brått var det som om han så skikkelser i ilden, bevegelser og bilder. Han gispet og satte seg opp, stirret stivt på det han så. Et svakt smil formet seg over den smale munnen, så det var hva gudinnen ønsket av dem. Han skulle gjøre det, og med glede. Han trodde Elywen også ville like dette.

Jegergudens hær beveget seg med samme fart som orkene nå, de dannet en bred front som ikke etterlot en eneste ork i live bak seg. Bak dem var det som om naturen våknet av en lang dvale og ble friskere og mer balansert enn før. Rhylja så det godt og undret seg, men jegerguden sto tross alt for balanse, naturens egen balanse. Natten kom igjen og stjernene tentes på himmelen, hæren tok liksom en liten pause i nattemørket og stanset. Hun forsto at jegerguden ville gi orkene en sjanse til å nå tilbake til sitt hjem i fjellene, hun forsto ikke helt hvorfor men turte ikke spørre heller. Hvordan spør en egentlig en slik skapning om noe?
Den hornkledde red rundt i mørket, så til at ingen av hans soldater var skadede og virket for å oppmuntre dem. Han hadde omsorg for de som fulgte ham og hun forsto det egentlig. Jegerguden var kanskje grusom om det var nødvendig men han var en av lysets guder, ikke noe som hørte mørket og ondskapen til. Han hadde satt henne fri fra de som hadde holdt henne fanget i et nett av løgner og falske sannheter. Han hadde vist henne hva hun egentlig var, hva hun var ment å være. Det valget hun en gang tok hadde nesten kostet henne livet og mere til men hun var glad hun tok det nå. Livet hennes var hennes eget igjen, hun var ikke lenger en slave for et presteskap som kun søkte egen makt. Hun var takknemlig for hva han hadde gjort for henne.
Han red bort til henne, lot Tordenfot gå ved siden av Månesanger og det merkelige ansiktet med de glødende øynene bikket svakt på seg.
"Liker du ham?"
Rhylja kunne bare nikke. "Ja min herre, han er perfekt!"

Månesanger humret som om han skjønte at han var samtaleemnet og jegerguden gliste fort. "Skapt for mine undersåtter, og virkelig et av mine mesterverk må jeg si. "

Rhylja bare så ned i den hvite manen foran seg. "Ja herre!" Jegerguden stirret ut over slettene igjen, hjorteørene beveget seg som om han lyttet etter noe. "Jeg vil jage dem hjem igjen, for jeg vil ikke utrydde en hel rase. Men jeg vil knekke deres opprørstrang, knuse deres falske idoler og guder. Deres helligdom er tapt nå, de brøt eden de sverget og for det må de betale prisen. "

Rhylja svelget varsomt. "Hvordan vil du ødelegge helligdommen deres?"

Jegerguden gliste, det var et forferdelig glis med hvite skarpe tenner. "Du har følgesvenner som skal gjøre det, for å ende deres falske tro trenger de å se noe enda skrekkeligere enn meg. Og hva er mer fryktinngytende enn to vindryttere?"

Rhylja gispet lavt. Ghuad og Elywen, sammen skulle de ødelegge orkenes helligdom. Hun hadde en følelse av at det kom til å bli litt av et syn, og kanskje et hun ikke egentlig hadde lyst til å se.

Da morgengryet strøk de første varsomme strålene over fjelltoppene var orkene kommet langt, de var halvveis tilbake til fjellene siden de nå ikke stanset for å plyndre og herje. De flyktet i stedet hodestups og kvidde seg ikke engang for å krysse elvene. Mange druknet men en merkelig og nesten lammende trang til å komme seg hjem igjen hadde grepet dem. Klanstilhørighet og klasse var glemt, det var hver mann for seg selv. Ørna fløy av og til over dem og gav dem et lite glimt av relikviene og synet gav dem nye krefter.

Arzhag og hans menn hadde ridd livet av flere hester hver, dyrene pleide å trekke tilbake til der de hørte hjemme og var lette å få tak i slik og nå var han og hans krigere på vei inn i fjellene. De hadde satt kursen mot helligdommen der det hele startet.

Jegergudens hær var i bevegelse igjen, de drepte de orkene som ble hengende etter og enhver ond skapning de kom over. Det bar mot en avslutning på det som gudene selv ville bevitne. Rhylja så tegnene overalt, landsbyer orkene hadde plyndret på veien dit, gårder som var brent. Noen steder lettet hele svermer med åtselfugl fra likene som ikke var begravet og stanken hang i lufta som en synlig tåke noen steder. Det var så forferdelig at hun snaut greide å puste. Åtseletere og rovdyr hadde forsynt seg godt mange steder men det var ennå mye tilbake og Jegerguden stanset ved hver gård, ved hver landsby. Han sang et eller annet på hvert sted, noe underlig sårt og vemodig og mens han sang var det som om ruiner og kadaver sank ned i jorden og ble borte og friskt gras og planter reiste seg i stedet. Når han var ferdig så det som regel ut som om det aldri hadde vært mennesker der. Skogen var kommet med sin egen hyrde og tok tilbake det som var stjålet fra den.

Folk begynte å våkne til live igjen, de fleste hadde sovet i nesten et døgn og Akisha kom seg på beina igjen med en følelse av at hodet var forvandlet til bly og beina til deig. Hun var langt fra uthvilt men kunne ikke ligge lenger, da ble hun bare syk og elendig. Raigh var like ille ute, siden de la seg uvasket var sengetøyet blitt mer eller mindre grått av farge og aldeles seigt og de stinket kongelig. Da de kom seg ut av rommet møtte de på Elda og Wilbwyn, de hadde vært i badet og virket nesten uforskammet kvikke og opplagte. Akisha skar en sur grimase og kjente at halsen var full av gruff. Wilbwyn ristet oppgitt og litt lattermildt på hodet før han rakte henne en liten lommelerke. "Det er Derns beste brennevin, du ser ut til å trenge en real støyt!"
Akisha kunne ha kysset ham der og da, hun satte flaska for munnen og tok en svær munnfull etter å ha stålsatt seg men det holdt ikke. Hun ble stående tvekroket mens hun hev etter pusten og kjente at det formelig brant nedover strupen. Men hun følte seg så avgjort mer levende. Raigh tok flaska også og svelget nedpå, han brølte nesten og slo seg for brystet. "Ved gudene, det der kan vekke de døde!"
Wilbwyn gliste bredt. "Jeg får ikke tro det, noen slike vandøde morsomheter skal vi ha oss frabedt. Jeg har sett nok slike. "
Akisha og Raigh vandret videre til badet der Rheynek og Enez akkurat hadde gjort seg ferdige. Enez satt og flettet Rheyneks lange hvite hår og begge to virket svært rolige og avslappet nå. Faktisk var

de så avslappet at Akisha mistenkte at de hadde smakt litt vel mye
på det brennevinet Duchlain hadde skaffet. Hun husket at Rheynek
hadde hatt en av flaskene i sin oppakning og de hadde ikke rukket å
drikke noe av det på turen til skatten og tilbake. Enez bare smilte litt
fårete og Rheynek løftet armen til hilsen før han lukket øynene
igjen, aldeles salig over å bli stelt med. Raigh bare gliste av dem og
vrengte av seg kappen han hadde på seg, stupte nesten ned i
badekaret. Akisha var mer blyg men hun gav blaffen i det, hun
lengtet vilt etter å bli ren igjen. Vannet var nesten alt for varmt men
hun tvang seg nedi, ble sittende å nyte følelsen av at stramme
muskler ble gjennomvarme og avslappet. Raigh hjalp henne med å
vaske det lange håret og så hjalp hun ham med det samme. Rheynek
og Enez reiste seg med et lite glis og pekte på et bord som sto for
seg selv i et hjørne. "Det er mer der det kommer fra"
Det sto en flaske på bordet og den var antagelig bortimot halvfull.
Raigh løftet ene øyebrynet i en spørrende gest. "Hva med en smak?"
Akisha ristet på hodet. "Ikke tale om, når jeg ser hvor brisen
Rheynek var tror jeg at jeg vil måtte bæres tilbake til rommet om jeg
smaker på den. "
Raigh bare flirte og det danset en liten djevel i blikket hans. "Sier du
det? Jeg har ikke noe i mot å bære deg, litt slik for en gangs skyld"
Akisha bare overhørte ham og lukket øynene. Hun aktet å nyte
badet. Det gikk litt, så kom Frostfugl trekkende med Khir, om de
hadde funnet seg et sted å sove eller om de hadde vært utenfor
murene et sted var ikke lett å si. Khir hadde virkelig gjort sitt aller
beste for å begrense antallet orker og han skrøt hemningsløst av
hvor mange han hadde greid å gjøre et hode kortere. Frostfugl var
litt mer nøktern av seg, hun hadde et blikk som fortalte at hun
trodde på slik cirka halvparten av det han sa og at resten antagelig
var skryt. Raigh begynte å stille spørsmål om hvordan toktet utover
slettene hadde vært og alven fortalte ivrig mens Frostfugl skrubbet
av ham det aller verste. Hun fortalte at hun hadde vært i lasarettet og
hjulpet litt til der. Det døde ennå menn men nå var det stort sett bare
slike som var så stygt skadet at de neppe hadde hatt noen sjanse
uansett.

Frostfugl fortalte også om mørket og tåka som hadde lagt seg over slettene og beveget seg mot dalene innenfor, Akisha følte at hun gyste nedover ryggen. Rhylja var borte og antagelig var hun sammen med sin herre og mester nå, i ferd med å lære orkene en lærepenge de aldri ville glemme. Hun forsto at våpenmesternes oppgave nå var over, det var andre ting hun måtte konsentrere seg om nå. Byen var stygt ødelagt og trengte mye planlegging og arbeid for å fungere igjen. Hun kom til at hun fikk rådføre seg med kongens egne rådgivere og se til at de unngikk de verste tabbene. Faren for sykdom og epidemier var ennå stor og hun ville hate det om alt de hadde berget sto for fall bare fordi noen gjorde noen beregningsfeil.

Slottet var temmelig stille nå, de fleste var travelt opptatt med å hjelpe til og Akisha merket seg ved dette. Til og med hoffolkene arbeidet om de måtte og det var et godt tegn. Riket kom til å klare seg når alle var så oppsatt på å bygge opp igjen det tapte. Selve palasset hadde fått små skader, orkenes katapulter hadde ikke vært sterke nok til å sende stein så langt opp og bare noen få steinfliser hadde fløyet opp dit og knust et og annet vindu. Tjenere hadde allerede fjernet glasset og spikret tre lemmer for de knuste vinduene og hun ante at det neppe ville ta lang tid før det ble satt inn nytt.

Da hun og Raigh var tilbake på rommet fikk de på seg rene klær og stelte seg så de så representative ut. Corat ønsket å snakke med dem og nå som orkene var jegergudens problem trengte de ikke lenger vandre rundt som levende arsenal noen av dem. De møtte på Janrem i hallen, han hadde også fått på seg noe nytt og rent og det var noe merkelig blygt og samtidig spørrende i kroppsspråket hans. Akisha så fort på ham og Janrem bet seg i underleppa og så ned i golvet.

"Ja, hva er det Janrem? Du har noe på hjertet?"

Janrem hadde tenkt halve natta på det spørsmålet han nå skulle stille. For ham var verden på en måte ny, det hadde åpnet seg nye muligheter for ham på grunn av det som skjedde med ham, men samtidig var andre muligheter gått tapt. Kampene hadde lært ham i hvert fall en nyttig lærdom, han var en svært dyktig tyv men han trengte mer for å klare seg i verden. Og han ville ikke livnære seg

ved å stjele lenger, det føltes rett og slett feil. Han tok motet til seg.
"Jeg. Jeg lurte på om jeg kunne få bli med dere tilbake til Shabuch,
og bli trent. Jeg kan ikke bli noen våpenmester og jeg er klar over
det, men jeg trenger å lære noe annet enn å stjele. "
Akisha lysnet opp, hun likte egentlig Janrem og spørsmålet i seg
selv fortalte henne at han var en person verdt å satse på. Hun
klappet ham på skulderen. "Selvsagt kan du det Janrem. Men jeg
advarer deg, mestrene vil kjøre deg beinhardt. Du har en fordel som
udødelig, men du vil ønske at du kunne slå pedalene til værs mer
enn ofte, det kan jeg love deg. Treningen er brutalt hard og må være
det også. "
Janrem svelget med litt store øyne. "Jeg skal tåle det!"
Hun smilte bare og nikket til ham. "Jeg tror du vil klare det med
glans Janrem. Og kanskje lære deg selv å kjenne på nytt. "
Han skar en liten grimase. "Det hadde i hvert fall vært en stor
fordel. "

Arzhag og hans følge hadde nådd hjem igjen til fjellene. De løp nå
siden de siste hestene de hadde hatt stupte og selv om orker er
forholdsvis klumpete skapninger kan de virkelig løpe om de må.
Arzhag presset seg virkelig, han var rasende og redd, rasende fordi
den ledende rollen han hadde sett for seg at han skulle få var blitt
snappet vekk fra ham og redd fordi han følte jegergudens kraft som
noe rent fysisk som prøvde å krype inn under huden på ham. Han
tvang følelsen tilbake, nektet å bøye rygg for noen, gud eller
dødelig.
Han hadde løpt et døgn da de nådde helligdommen. Da hadde
jegergudens hær kommet ganske nær fjellene og ble kun sinket av at
han velsignet alle stedene orkene hadde ødelagt. Det var ikke noe
hastverk i det han gjorde, orkenes dommedag ville tidsnok komme.
Han trengte bare å la dem trekke inn i fjellene igjen så så mange
som mulig av dem så hva han ville gjøre. For et folk uten skriftspråk
er det kun muntlig overlevering som fungerer og jo flere som så og
fortalte for fremtiden jo bedre.

Arzhag så at prestene var samlet foran tempelet som alltid før, de utførte sine oppgaver og virket først bare irritert da Arzhag og hans menn kom løpende. De var uvasket og ubarbert og det og bare å løpe inn i dalen slik var uhørt. Vanligvis trengte en vanlig ork spesial tillatelse for å komme dit og måtte renses i dagevis. Den orken som var yppersteprest der og da stanset Arzhag myndig men ble stilt til veggs av et sverd mot strupen. Arzhag snerret nesten til ham. "Vår helligdom kommer til å bli angrepet om ikke alt for lenge, kanskje bare et par dager igjen. Dere må forberede dere på kamp!"

Presten så tvilende på ham, hvem kunne være gal nok til å angripe orkenes hellige tempel? Arzhag fikk hjelp der og da, den svarte ørna dukket brått opp og prestene og novisene dukket forvirret og skremt over den enorme fuglen som sveipet ned over dem. Den slapp relikviene rett for føttene på Arzhag som plukket dem opp og holdt dem like for fjeset på presten som ble så blek som et laken. "Se, tror du meg nå? Redd våre guder prest, forbered all den magi du har"

Presten svaiet og et par av hans brødre grep ham og hjalp ham så han ikke ramlet om. "Hellige verge, bevare oss!"

To andre høytstående prester grep relikviene og raste inn i tempelet med dem, at en u salvet hadde rørt dem var visst nesten nok til å gi dem apoplektisk anfall. Arzhag flekket tenner. "Samle alle dere har, sperr av dalen og slipp ingen inn. De vil velte vår makt, gjøre oss til krypende slaver igjen. "

Ypperstepresten svelget panisk. "Hvilken fiende er det som truer oss?"

Arzhag pekte ut mot slettene. "Vår gamle nemesis, jegerguden! Skynd dere før han stjeler all den makt dere har!"

Presten kjempet seg på beina igjen og skrek en ordre med skingrende sprukken stemme. Brått rådet det panikk der. Prester og noviser raste rundt og Arzhag følte en trang til å rive seg i håret. Han var utslitt av den harde turen tilbake men tvang det tilbake. Han måtte være sterk nå, hindre at den makten han skulle hatt gikk til noen andre i stedet.

288

Han begynte å gi sine egne ordre. Det var ennå noen orker igjen i dalene der som ikke hadde vært med på marsjen mot byen og han samlet mennene sine for å gi dem ordre om å hente alle de fant. Gnomer og andre slaver skulle bygge barrikader og prestene spinne besvergelser som skulle beskytte helligdommen.

I løpet av et par timer var stedet som forvandlet. Prestene hadde båret alle verdisaker inn i det helligste og nå ble inngangen til tempelet blokkert med stein og grove stokker av jernhard furu. Andre gikk rundt og messet besvergelser eller velsignet selve grunnen der og sakte begynte inngangen til dalen å skimre. Det dannet seg en slags kuppel av grønnaktig lys over tempelet og de øverste prestene var i full gang med seremonier som skulle styrke magien og gjøre det umulig for annen magi å vinne innpass der. Seremoniene var skrekkelige, de kunne ikke være fine på det nå så de tydde til den verste magien de hadde og den var ille, selv etter orkers standard. Orker bruker uansett lite magi og forakter det en smule også så presteskapet var nesten blitt som en egen klan i seg selv, segregert fra de andre av kunnskap og livsstil.

Egentlig krevde seremoniene jomfruer men siden alle kvinnene var sendt i sikkerhet i en av de dvergbyene de hadde ødelagt kom prestene til at det ikke sto noe i skriftene om at jomfruen måtte være en kvinne. Dermed ble flere unge noviser de regnet med var urørt av kvinnehender drevet sammen som en flokk kveg og ofret en etter en. Skrik av dødsangst og smerte fylte luften mens prestene skvettet blod på bakken, malte tegn på fjellveggene, gjorde alt for at magien skulle være ubrytelig. Det lignet noe fra et mareritt og prestene var oversprøytet med blod og så ut som om de hadde prøvd å bade i den livgivende væsken. Men magien ble sterkere og Arzhag var fornøyd. Hans menn bygde sterke palisader og bevæpnet hver en ork og slave de fikk kloa i. Arzhag aktet ikke å gi seg med det aller første.

Rhylja og hæren nådde åpningen på de første fjelldalene den ettermiddagen. Det ble en lengre pause der siden det var så mange landsbyer og gårder som var ødelagt og det tok på kreftene til selv en gud å skulle skjule alt som hadde skjedd der. Rhylja kjente det i bakken, som et skrik i angst og bitterhet over det uskyldige blodet som var blitt spilt. Han gikk sakte gjennom ruiner og hun visste at mange av de som hadde levd der så nær fjellene hadde vært troende, jegergudens egne folk. Det måtte være ekstra sårt for ham å se hvordan de hadde blitt behandlet. Og vreden brant i ham, hun så det tydelig. Det lyste i de underlige øynene og hvilte i selve måten han beveget seg på. Rhylja og de andre skapningene i hæren som var av kjøtt og blod fikk hvile den natten, de fikk mat og drikke og hun benyttet seg av anledningen til å sove. Hun trengte det og kjente at hun savnet de andre. Hun kunne trengt å støtte seg på Akishas stø selvtillit eller Elywen og Frostfugls kraft og innsikt. Hun var av like høy rang som de var, bare tilknyttet jegerguden i stedet for gudinnen men han var regnet som et mannlige aspektet av guddommen og de delte mange trekk. Hun håpet at hun slapp å se jegergudens mørkere side.

Akisha og Raigh hadde snakket lenge med Corat, den aldrende lederen lovte å gi rådgiverne ordre om å høre på hva Akisha hadde å si om gjenoppbyggingen. Tross alt hadde hun vært involvert i gjenoppbyggingen av Shabuch etter at den brant og hun var visere enn mange andre når det gjaldt slike ting. Og han ønsket å høre om de hadde noen ide om hva de skulle gjøre for at folket skulle få en følelse av avslutning og rettferd. Akisha hadde få ideer men hun lovte å tenke på det. Corat var ennå hemmet av skaden og Alderim hadde tatt over mye av arbeidet med å styre byen, Akisha hadde en følelse av at Corat snart kom til å steppe til side og la Alderim overta kronen og det var en fornuftig beslutning i så fall. Alderim hadde det ungdommelige pågangsmotet og den ferske energien Corat nå manglet.

Duchlain og Ohlain viste seg snaut, de hadde mer enn nok med å skjemme bort Ygraine og Akisha var temmelig sikker på at de tre tilbrakte mye av tida i senga. Ygraine måtte virkelig være robust for å orke noe slikt, Akisha kunne liksom ikke helt få seg til å forestille seg hvordan det måtte være, å ha to menn samtidig. Hun var en typisk en manns kvinne og håpet at det forble slik. Hun hadde ikke noe behov for å eksperimentere med slike aktiviteter. Siden kampene var unnagjort hjalp alle til som best de kunne der de kunne og Våk og Frerk var ofte utenfor murene og sjekket at det ikke var noen orker tilbake noe sted som hadde gjemt seg bort. Enez hjalp til på lasarettet og hun og Janrem virket for å kunne bli gode venner. De hadde begge livberget seg som tyver og Akisha kunne se at den godeste Janrem ble en smule sjokkert over Enez sine mer upolerte sider. Det virket for at Janrem var en verdensvant mann men på noen områder var han nesten merkelig naiv. Antagelig hadde han aldri vært særlig langt vekk fra Catendhar noen gang og slikt fikk en uansett begrensede livserfaringer av. Rheynek begynte å trene ham litt forsiktig bare for å se hva han kunne og den hvithårede jegeren kunne meddele med et sukk og en skulderrystning at Janrem var et stort talent men et som trengte mye finpuss for og nå sitt rette potensiale.

Jegergudens hær vandret gjennom dalene nå, renset dem. De orkene som var i live trakk til helligdommen og dalen var snart fylt med overlevende som var vettskremte og forvirrede. Arzhag viste sin sanne styrke der og da, organiserte og ordnet opp og fikk skapt en hær igjen av det som var tilbake av orkenes store hærskare. Han kunne nok bli en svært dyktig leder om han fikk muligheten og han visste akkurat hvordan han skulle slikke presteskapet oppetter ryggen for å få fordeler. Hos orkene dreide det seg ofte om brutal styrke, og om hvem som kunne kjøpes for hvor mye.
Magien lyste opp fjellveggene, orkene krøp sammen i frykt for både den og jegeren som forfulgte dem og Arzhag kunne bare håpe at kraften var nok til å stanse jegerguden og hans hær. Han hadde sett dem på avstand, de enorme hvite monstrene av noen dyr som rev orker i småbiter som papirbiter. Han kom aldri til å krype for jegerguden, han skulle vite og styre prestene så han ble den sanne herre over orkene. Han hadde blitt kvitt Obrauch og aktet ikke å la noen stanse seg. Prestene ofret flere nå, de brydde seg ikke om hvorvidt offeret var jomfruelig eller ei, magien krevde blod og de

rev gjerne ut hjertet på offeret mens det ennå banket og kastet det på offerbålene. Stanken av brent kjøtt og blod hang tung over hele tempeldalen og flammene slikket høyt og grådig fra bålene. Om noen skulle ha prøvd å male et bilde av helvete kunne de ikke ha funnet et bedre motiv enn dalen der og da. Noen prester løp rundt blant de overlevende og hauset dem opp i et religiøst hysteri. De var overbevist om at verget ville redde dem og drive jegerguden bort og Arzhag skar en stygg grimase og håpet at det stemte. Han trodde ikke noe særlig på verget eller relikviene men han trodde på prestenes makt. Den var stor og han skulle vite og styre og tøyle også den så fort han fikk sjansen.

Rhylja merket forstyrrelsen i altet da de nærmet seg tempeldalen den ettermiddagen. Den var så tydelig at hun skalv og jegerguden virket for og nærmest å gløde av sinne. Hun ante årsaken, uhellig svart magi, en skjensel mot selve skapelsen, mot alt rent og naturlig. Hæren samlet seg nå i den smale kløfta som ledet inn mot kløften. Alle orkene som var tilbake i dette riket med unntak av kvinner og barn og noen få eldre menn var samlet der nå. Rhylja var spent på hva som nå ville skje. De kom litt lengre frem og så den grønnglødende kuppelen, jegerguden skar en stygg grimase og et øyeblikk var han bare forferdelig å se på. Han løftet hodet og brølte i raseri og lyden fikk stein til å rase fra fjellsidene så sterk var den. Rhylja så skremt på den grønne gløden, det virket ikke for at hæren kunne krysse gjennom den og han snudde hodet og så på henne. De merkelige øynene flammet av vilje og makt. "De tror de kan stanse oss, og de kan men bare for en liten stund. Jeg kan krysse men jeg vil ikke knuse dem alene, jeg er ett med mine. Det er nå dine venner kommer inn i bildet!"
Rhylja nikket med tørr munn, Månesanger grov med hovene i grusen under henne, hesten skalv også i nærværet til slik uhellig magi. Antagelig brakte gudinnen dem bud om oppgaven de hadde foran seg.

Våk og Elywen satt og bare slappet av litt mens Frerk lekte med noen halvt vettskremte knekter. De hadde oppdaget at den enorme dragekatten likte å leke med store baller så de hadde fylt noen sekker med halm og formet dem til solide baller med tau og presenning. Frerk elsket det og danset rundt etter ballene som knektene skjøv utover så svetten haglet av dem. Frerk hadde enormt med energi og måtte få utløp for den nå som det ikke var flere orker der. Ghuad satt i skyggen et stykke unna, han hadde hjulpet til med å åpne portene i de innerste murene igjen. Med sine enorme krefter var han god å ha til slikt tungarbeid og han frydet seg litt over de vid øyde reaksjonene han fikk fra soldater og arbeidere når han løftet ting de snaut nok kunne ha rikket selv med ti mann.

Elywen skulle til å fore Våk med noen biter frukt da lufta brått skimret foran dem og den svarte ulvinnen ble synlig igjen foran dem som hun var der i kjøtt og blod.

Elywen skvatt så hun nesten veltet glasset med fruktvin hun hadde stående ved siden av seg og Våk stirret med smale øyne. Han hadde på et vis ventet på dette. Ulven bikket på hodet. "Mine barn, dere er nødvendige igjen. Orker frykter ild mer enn noe annet, deres flammer vil vise dem hvor hul deres kraft egentlig er. "

Ghuad så begeistret ut og Elywen følte også noe som lignet en gryende fryd ved tanken på å forvandle seg igjen. Våk så spørrende på gudinnen som gliste og stirret ham inn i øynene. "Min vakre sort øyde rovfugl, jeg har lovet deg et bytte verdig din villskap og det skal du få. Orkenes leder vil være passelig ikke sant? Bring hodet hans hit så ser folket at trusselen er over. Dere må dra snart, jegerguden venter på dere!"

Elywen neide for gudinnen som ble borte og Våk strøk seg ettertenksomt over haken. "Hva var det den gamle spådommen sa, dødens bror skal hente sitt trofe?"

Elywen nikket. "Det var noe slikt ja, jeg husker ikke helt nøyaktig. Men orkene har jo ofte kalt deg dødens bror. Jeg tror du bør utnytte det. "

Våk nikket og det brant brått i blikket hans. Dette kunne bli en utfordring han likte og han kysset henne fort på kinnet og gikk inn i palasset. Han gikk rett til rommet deres og hentet sverdene sine, skiftet og tok frem en liten flaske fra oppakningen sin. Han hadde ikke brukt den på lenge og var ikke engang sikker på hvorfor han hadde beholdt den. Kanskje var det som et minne? En påminnelse om hvem han en gang hadde vært og en advarsel mot å gå den veien igjen. Han åpnet den, helte litt av den blå malingen i handa og snudde seg mot et speil som hang på veggen. Fort smurte han seg inn og gren til sitt eget speilbilde. Dette var et steg tilbake mot den barbaren han en gang var men noen ganger må en gå tilbake for å finne veien videre.

Elywen stirret da han kom ut igjen, brått lignet han den han var da hun første gang møtte ham og hun kjente en brå frysning av angst. Ghuad smilte skjevt, han virket utålmodig. "Skal vi forvandle oss her?"

Elywen ristet på hodet. "Og skremme vettet av hele byens befolkning? Nei, vi kommer oss ned på sletta, vi kan gjøre det i skjul bak noen av klippene ved Orolush. "

Ghuad bare trakk på skuldrene og gikk til stallen for å si ifra at de trengte hestene sine. Elywen gikk inn for å varsle Akisha om at de dro og hun håpet bare at de ville greie å gjøre det de skulle til jegergudens tilfredshet. Våk ble stående igjen og han renset sinnet for alle unødvendige tanker, fant den merkelige iskalde roen som var så nødvendig for å klare å slåss som han gjorde. Elywen kom tilbake og de gikk ned til stallene. Hestene ble salet opp og de red ganske fort og hardt ned mot slettene. Elywen hadde sett seg ut et ypperlig sted for forvandlingen og hun strakte seg og formelig kjærtegnet den kraften som hvilte i henne, gjorde seg klar. Våk så kjærlig men advarende på henne. "Husk dette min sjels ene, om du begynner å nyte det for mye så stopp. Du kan ikke tillate deg å gå for langt"

Elywen bare nikket og kysset ham kjærlig, hun håpet bare inderlig at han ikke ble skadet. Men hun kjente ham godt, hun skulle likt å se den orken som greide å komme ham nær med vondt i sinne. Våk var virkelig en dødens bror og hun husket hva hun hadde tenkt om ham da hun ble kjent med ham. Hun hadde sammenlignet ham med en vakker sort rose med torner av skinnende stål og slik var det også, han var hennes sorte rose, hennes dødelige vakre mørke motpart. Ghuad gikk ut på en flate og ristet på seg, han lukket øynene og det kom et skarpt blaff av lys og så sto han der, enorm og kullsvart og skrekkinnjagende. Han klappet sammen kjevene prøvende, strakte på klørne og halen med digre tagger og skarpe plater i enden. Alt ved den svarte dragen var livsfarlig, fra snuten til haletippen. Han nikket til Elywen og tok sats, var i lufta med et massivt byks og klatret raskt mot skyene. Elywen gjorde seg klar, hun lot kraften flyte gjennom kroppen og brått var hun der i sin drageskikkelse. I motsetning til Ghuad var dette ikke hennes sanne skikkelse og hun kunne ikke holde den spesielt lenge men hun var desto mer mektig. Hun var over dobbelt så stor som Ghuad og forskjellen besto av mer enn bare fargen. Elywen var perlemorsfarget så skjellene på kroppen skinte i alle regnbuens farger og gnistret som diamanter. Hodet hennes var lengre enn Ghuads og smalere og mer elegant med færre horn og tagger. Hun så glattere og smidigere ut, som å sammenligne en mynde med en bulldogg. Det var fart og eleganse sammenlignet med rå og brutal styrke.

Hun strakte seg, hennes ild var minst like farlig som Ghuads og hun var sterkere enn hun så ut til å være. Våk ventet tålmodig til hun fikk lagt seg ned på buken, så klatret han opp på ryggen hennes via albuen og vingefestet og festet seg mellom noen utstående skjell ved hjelp av noen reimer han hadde tatt med. Elywen reiste seg opp, steilet som en hest og sparket av fra bakken. Hun var i lufta og seilte etter Ghuad som ventet der oppe seilende i store dovne sirkler.

Jegerguden og hæren hans ventet ved den grønne kuppelen, de prøvde ikke å bryte gjennom den og prestene fikk fornyet selvtillit. De var sterke nok til stanse ham, til å stanse en gud! Deres guder var sterkere! De ropte og skrek om vergets kraft og relikviene og maningen og messingen nådde nye høyder. Arzhag var fornøyd, han strålte nesten. De var trygge der, jegerguden kom ikke til å ødelegge planene hans. Han følte en trang til å traske frem til muren og rekke tunge til de monstrøse hvite beistene. Men noe hindret ham, de virket for å vente på noe og de så svært tålmodige og rolige ut, slettes ikke frustrert eller sinte over å ha blitt stanset. Hva kunne de vel vente på? Arzhag fikk en litt ufyselig følelse av dette, han likte det slettes ikke. Var det flere spillere involvert i dette spillet enn han var klar over? Han hadde sett de skrekkelige statuene som hadde forsvart murene, de kunne vel ikke krysse slettene og komme seg helt hit? De var jo garantert magiske og prestene hadde vært svært bestemt på at magi ikke kunne krysse gjennom kuppelen.

De to dragene seilte fort i retning fjellene. De trengte ikke bruke mye krefter på det og de sanset i hvilken retning de skulle. Ghuad var fylt med forventning og fryd, han gledet seg til å se uttrykket på fjeset til orkene når han dukket opp. Det var som regel et sjokk få kom levende fra. Fjelldalene så merkelig uberørt ut nå, borte var alle sporene etter herjing og død og Elywen forsto at dette var jegergudens gave til landet. Det var en ny start for alle.
De seilte på stive vinger i et par timer, så så de den grønne gløden fra kuppelen og Elywen freste av avsky. Hun følte den motbydelige magien helt opp dit under skylaget og gledet seg til å ødelegge den. Ghuad knurret dypt i det pansrede brystet og gjorde seg klar. Han følte at en stemme kalte til ham, sterk og mektig og han visste at det var jegerguden. Han fikk frie tøyler, ødeleggelse og frykt var hans oppdrag og ødeleggelse skulle det bli så sant hans navn var Ghuad Svartflamme. De to la seg høyt, så høyt at orkene neppe kunne se dem. Elywen skulle komme når Ghuad hadde gjort sin entre og fullføre oppdraget. Hun så med smale øyne på at Ghuad foldet vingene inn og stupte ned i en vanvittig fart, som en gigantisk forvrengt falk.

Orkene var samlet som en organisme nå, de fleste satt på bakken og messet med prestene og mange var bortimot i transe, de sanset ikke verden rundt seg. Prestene trakk av kraften deres og brukte den uten å bry seg om hvordan det ville påvirke dem den kom fra. Målet helliget middelet var det noe som het og presteskapet ville ikke la seg knuse, ville ikke miste den makten de hadde opparbeidet seg gjennom århundrene. Ypperstepresten sto foran døra til tempelet, han var naken og den tatoverte kroppen skinte av svette og blod der han ledet messingen omtrent som en dirigent leder et dyktig kor. Han følte seg rimelig selvsikker der han sto, han følte hvor sterke de virkelig var nå og frydet seg over at denne makten var hans å styre. Han sanset brått en forstyrrelse og så opp, en mørk skygge hadde fart over himmelen i en vanvittig fart og han rynket pannen. Skyer beveget seg ikke så fort?

Han løftet handa og skygget for øynene og åpnet munnen i et skrik som aldri kom, det han så der oppe var slutten, han visste det bare. Ghuad hadde slått ut vingene like før han nådde kuppelen, de dekket den nesten og skygget for lyset og de som så opp og så konturene av den enorme dragen ble sittende der som frosset. For forferdet til å greie å reagere.

Ghuad slo vingene inn igjen, dundret inn i kuppelen med et drønn som gjorde mange døve på stedet, den grønne sprakende magien løste seg opp som glitrende flak av tynn is og Ghuad var gjennom. Dragen åpnet kjeften og brølte, det villeste og mest rasende brøl han greide å produsere og dermed brøt helvete løs. Orker kom seg på beina, løp rundt som vettskremte høns i et desperat forsøk på å unnslippe men nå var kuppelen borte og veien ut var sperret av jegergudens hær. Ghuad landet like foran tempelet og ypperstepresten prøvde å løpe inn for å gjemme seg. Ghuads hode skjøt frem og han tok den store orken i kjeften og knuste ham som en maursluker sluker maur. Han spyttet kadaveret ut igjen og brølte på nytt. Det var signalet til Elywen, hun kom også stupende ned fra himmelen som en skinnende dommens hammer og synet gjorde orkene enda mer vettskremte. Våk spratt av ryggen hennes, orkenes leder var der et sted og han skulle finne svinet og gjøre det av med ham på et riktig så spektakulært vis.

Ghuad og Elywen sto foran tempelet begge to, de brydde seg ikke om å drepe orker, det kunne jegerguden ta seg av. For dem var orker snaut insekter, de kunne ikke skade en drage uansett hvor hardt de prøvde. Det var tempelet som var deres mål. Ghuad presset det massive hodet inn i åpningen og halsen svulmet opp. Han spydde flammer inn i tempel komplekset, flammer hetere enn i noen esse. Prester og noviser ble svidd til aske på noen sekunder og de rakk ikke engang å skrike. Ghuad trakk hodet tilbake og Elywen gikk til aksjon. Hun kjørte forbeinet inn i åpningen og grep tak i søyler og bærevegger, rev dem ut som om de var av papir. Deretter spydde også hun flammer inn i tempelet og den svekkede konstruksjonen tålte det ikke. Hennes ild var så sterk og vedvarende at den gjorde stein flytende og hele tempelet gav fra seg en merkelig buldrende knakelyd før det hele begynte å sige fremover.

Våk hadde skjult seg i kaoset, orker raste rundt overalt med ville skrik av angst og han så brått den som garantert var lederen der, en svær ork med kroppsmaling og et brutalt utseende. Skapningen sto og så tvilrådig og sjokkert ut men prøvde å gi ordre ingen hørte på. Noen få samlet seg rundt ham men de greide ikke gjøre noe annet enn å glo. Våk løsnet sverdene og det var kommet noe stygt i de svarte øynene, han lignet virkelig den han hadde vært før han møtte Elywen.

Arzhag kunne ikke tro det, drager! Han hadde trodd at det ikke lenger fantes drager, og så stuper to stykker ut av ingenting og ødelegger alt? Han måtte finne en utvei, han måtte komme seg vekk fra dette marerittet. Det var ennå håp om han bare kom seg ut av dalen men hvordan? Selv hans mest trofaste menn var så livredde at de pisset på seg og Arzhag var klok nok til å vite at det å prøve å angripe en drage er det samme som å be om å bli grillet hinsides kull.

Han så seg rundt, desperat etter en utvei. Et dyr er alltid mest farlig når det er fanget med ryggen mot veggen og han forsto at eneste sjansen han hadde faktisk var å klatre ut, selv om det var livsfarlig i seg selv. Bergveggene var bratte og sleipe og noen steder hang de liksom innover. Det var få steder som var brukbare for en flukt den veien og han prøvde å tenke logisk og velge en rute han kunne overleve da han merket at han ble stirret på. Mennene hans glante bare på dragene med øyne som middagstallerkener og total angst i minene så dem var det ikke, de var feige idioter uansett. De burde gladelig ha ofret livet for sin store leder, i stedet sto de bare der som jævla statuer, dragemat var hva de var.

Han snudde seg og gispet kort, på en liten forhøyning bak ham sto en skapning som for orker hører til i mareritt av det virkelig utrivelige slaget. Arzhag hadde hørt om denne mannen, historiene om ham var utallige og alle visste at det å møte denne alven var å møte døden selv. Arzhag hadde aldri trodd at fortellingene var sanne, han hadde trodd det var slike fortellinger mødre forteller barna sine for å skremme dem til lydighet. Men det var sant, Arzha'm thog var virkelig og Arzhag svelget hardt. Dødens bror, det var navnet orkene hadde gitt denne mørke alven. Arzhag følte at de svarte kalde øynene boret seg inn i selve sjelen hans og han ble iskald. Denne høye kraftige skikkelsen skremte ham mer enn dragene, dette var noe han kjente til, kunne forstå og relatere seg til. Og han visste at han var i livsfare. Alven sto der med to lange slanke sverd i nevene og ansiktet var prydet med et mønster i blå maling som for orkene kun betydde en ting, død!

Arzhag skjønte hvorfor dette uvesenet var der, for å knekke dem en gang for alle. Og han var målet, han var lederen, han var den som drev orkene videre nå. Han var den eneste med styrke til å samle dem igjen. Arzhag var en dyktig kriger, vill og erfaren, han hadde greid å felle Obrauch men han kjente at en kald slange av tvil kveilet seg om hjertet hans. De sa at denne alven var gudenes straff til de som hadde sviktet forfedrene, at han ikke kunne skades eller drepes. At bare å se ham var livsfarlig.

Arzhag hadde ikke vært særlig overtroisk men han trodde på makten i stål og jern og muskler. Og han visste at hans verste kamp sto foran ham. Skulle han ha noen sjanse til å overleve dette måtte han i sannhet bruke all den erfaring han hadde og mere til.

Våk gliste, et sakte glis som var alt annet enn vakkert, noen orker fikk øye på ham og i ren panikk løp de rett inn under de to dragene og ble tråkket rett ned. Han kjente omdømmet sitt, visste hva orkene trodde om ham og han stirret på Arzhag og bikket på hodet som for å bedømme en motstander. Han hadde allerede gjort det, denne orken var en god kriger, erfaren og dyktig med våpen men for en ork betyr det noe ganske annet enn for en alv. Orker stoler på rå styrke og hurtighet, de har liten bruk for finere teknikker og hamrer stort sett bare løs på motstanderen til han ber om nåde.

Arzhag visste at å flykte nå var å bli vanæret for livet, han ville for evig bli husket som en feiging. Han måtte kjempe eller miste ansikt og han trakk sverdet sitt og plukket opp et skjold med en kald følelse i brystet. Våk nærmet seg sakte, sirklet nesten orken som så mer og mer nervøs ut, alven kjente til orkers psyke, de frykter den som ikke raser rett på mer enn en fiende som buser frem. Det er hva de ikke ser og kan bedømme som skremmer dem. Arzhag brølte kort for å sette mot i seg selv, han prøvde å fremstå som mer selvsikker enn han var. Til slutt orket han ikke sirklingen lenger, han angrep i ren angst og desperasjon. Det var et godt utført angrep, raskt og elegant og mot en annen ork ville det vært fatalt. Sverdet hans fant bare tom luft og han skrek til i det spissen på et sverd skar en lang flerre nedover ryggen hans, parallelt med ryggraden.

Han spant rundt, alven var ikke der, han fikk et nytt smertefullt kutt, langsmed ene låret denne gangen. Blodet rant av ham og han skrek fortvilet i sinne og smerte. Alven lekte med ham, pinte ham, nøt å se smerten og angsten til motstanderen og Arzhag hadde selv vært der, mange ganger. Men nå var det han som var offeret for denne taktikken og han likte det så avgjort ikke. Han angrep igjen, gikk lavt mot alvens bein og beskyttet seg med skjoldet, prøvde å tenke logisk og glemme smertene som hamret og brant i ham.

Våk parerte angrepet med en nesten likegyldig eleganse, det ene slanke alvesverdet gled nesten kjærtegnende over Arzhags håndledd og skar over senene som styrer handa, orken hadde brått ingen nytte av skjoldhanda si og han brølte desperat. Han kastet skjoldet og klemte det blødende håndleddet mot kroppen, hev seg mot alven igjen i dødsangst og desperasjon. Han fintet dyktig, lot som om han gikk inn lavt til venstre men hugg høyt mot venstre. Alven gjennomskuet det allerede før han var i bevegelse, stanset sverdet hans resolutt og Arzhag kjente et iskaldt kyss av stål på tvers av strupen. Alven hadde skåret dypt men med vilje ikke skåret så dypt at pulsårene gikk. Han ville holde offeret i live så lenge som mulig. Arzhags krefter begynte å ta slutt. Han vaklet nå og det ble merkelig tåkete rundt ham, blodtapet var allerede stort og svekket den kraftige kroppen. Han tvang seg til å angripe på nytt, kunne ikke bare legge seg ned og vente på døden, han måtte kjempe til siste åndedrag.

Våk virvlet rundt, kappet sverdarmen av orken med et elegant sveip med de barberbladskarpe sverdene sine, grep Arzhag i strupen og løftet den gurglende orken opp fra bakken. Våk var sterkere enn noen skulle tro var mulig, Arzhag var nesten like stor som ham selv men det var snaut nok noen utfordring for ham. Han holdt Arzhag der til sprellingen ble svakere, da kjørte han ene neven rett gjennom brystbein og muskler, rev ut orkens ennå hamrende hjerte og holdt det opp foran øynene på ham i det blikket brast.

Orkene rundt dem var så livredde nå at de ikke vågde røre seg, de stirret bare på sin leders avsjelede legeme og kunne snaut tro det de hadde sett. Våk kappet hodet av liket nesten likegyldig og holdt det opp, brølte i triumf. Det vekket orkene igjen, det lød et unisont skrik av angst og så løp alle rundt igjen, for blindet av angst til å se hvor de løp.

Ghuad og Elywen hadde revet hele tempelet nå, det var ikke lenger mulig å nå inn til det aller helligste inne i fjellet og bare en haug med grus og smeltet stein var tilbake der. Nå begynte de å more seg med å spytte ild etter orkene som raste rundt og de brant nøye opp alle rester av prestenes seremonier og altere.

Rhylja hadde sett på alt med store øyne, hun kunne snaut tro det. Synet var bent frem umulig og hun følte en trang til å gni seg i øynene. Jegerguden hevet hornet sitt, satte det til leppene og blåste. Lyden var glassklar og skjærende, rev i ørene på alle der. Ghuad og Elywen bukket fort for ham, så hoppet Våk opp på Elywen igjen og spente seg fast med Arzhags hode i en sekk. Deres jobb der var gjort nå.

Orkene falt på kne, jegerguden red frem gjennom det som hadde vært en helligdom og de visste at spådommene hadde vært sanne. Om de brøt ut av fjellene ville deres helligdom falle og det hadde den. Det var ingenting igjen der, annet en svidd fjell og en lukt av svovel. Det var få orker tilbake nå, kanskje bare et par tusen til sammen og de var vettskremt og knekt. De hadde vært ledet på villspor og forført av fagre ord og løfter og sakte begynte de å innse det. De hadde vendt ryggen til sin sanne far men som han var villig til å tilgi dem, om de også snudde ryggen til sine onde vrangforestillinger.

Rhylja så på med hamrende hjerte, ikke et ord ble sagt, ikke en lyd ble hørt men allikevel talte han til dem, rett til deres hjerter. De skulle vende tilbake til villmarken, tilbe dens rene villskap og ekte styrke. De skulle aldri mer samle seg til en stor hær, aldri mer glemme sin rette plass i skapelsen. De var jegergudens barn og måtte følge hans sti og lære.

Hæren vandret forbi orkene, ingen drepte nå, i stedet renset nærværet bort alle følelser av overmot og overdreven stolthet, alle ambisjoner om å styre andre raser, om å drepe og slavebinde. De orkene som nå reiste seg hadde en ny flamme i blikket, og en ny lengsel i hjertene. En lengsel etter det enkle livet i fjelldalene, med jakt og sang rundt bålene og bardenes fortellinger i nattemørket. Sakte begynte de å trekke ut av dalen og det var som om det hang en underlig tone i luften nå. En sang av stille vemod og sorg men også av håp, håp om en bedre og mer fredelig fremtid for alle.

Jegerguden la hodet tilbake og brølte igjen, de hvite skapningene ble utydelige og forsvant og dryadene og de andre som hadde ridd med hæren trakk sakte ut av dalen også. Til slutt sto bare Rhylja tilbake der sammen med den hornkledde og hun følte en underlig angst. Hun ante ikke hva som nå skulle skje. Han steg av Tordenfot og kastet et langt blikk rundt dalen. "Den var en gang vakker, en gang var den en oase, en perle i selve skaperverket. Den skjønnheten hviler ennå her i jorden og kan vekkes på nytt. Dalen skal på nytt bli en helligdom for de som lever i fjellene, en ren og sann helligdom, en naturens katedral. "

302

Han slo ut med nevene og Rhylja kunne se det for seg, hvordan den smale trange kløfta en gang hadde rommet skog, så storvokst og vakker at det ikke fantes dens like noen steder. Han sukket lavt. "Det blir det siste jeg kan gjøre denne gangen, min tilstedeværelse her forstyrrer selve skapelsen. Men denne siste gaven skal jeg gi verden, et sted til mitt minne og til min tilbedelse. Et sted der de kan se hvem jeg er, og hva de bør tro på. "

Rhylja kunne bare svelge, hun forsto det godt. Men var det virkelig mulig å gjenskape det som hadde vært, selv for en gud?

Han la handa på haken hennes, løftet ansiktet hennes mot seg og hun gispet og skalv av kraften hun så i de underlige rovdyr øynene. "Er du villig til å hjelpe meg med å vekke naturen her til live igjen, til å rense den?"

Hun hev etter pusten, visste brått hva som skulle til og hun kjente at alt hun var protesterte vilt. Hun var ikke slik, men hun var en utvalgt, en prestinne. Det var hennes plikt, hennes livs mening å følge jegergudens ord. Uansett hva hun selv måtte føle på det rent personlige planet.

Hun nikket sakte og han smilte, det var et mykt smil og brått var det umenneskelige ansiktet vakkert. "Ikke vær redd, ingenting vondt skal skje deg. Bare gi deg over, la det skje som det må. "

Hun dirret og lukket øynene, følte at et gys raste gjennom henne. Da hun åpnet dem sto de på en liten matte av mykt gress i all steinen, og hun var naken. Rhylja klynket skremt, hun hadde aldri vært sammen med andre enn Thoran og ønsket så avgjort ikke å være ham utro men hun visste at dette var noe hun ville gjøre som prestinne, ikke som kvinne. Dette var en hellig handling, ikke sex i vanlig forstand. Han gikk sakte rundt henne, de svære nevene gled over huden hennes og den glødet formelig der hun ble berørt. Brått brant hun av lyst og visste at det var noe han skapte i henne med vilje, for å gjøre det lettere for henne. Hun følte ham kysse nakken og skuldrene hennes og så gled handa hans nedover magen hennes og inn mellom lårene. Rhylja gispet, ikke noe hadde noen gang føltes slik. Hver nerve i henne sang brått av iver og nytelse og hun kunne bare gi seg helt over til ham.

Han skjøv henne varsomt og kjærlig fremover og ned på kne og hun forsto at for ham var det naturlig å gjøre det slik, hun kjente ham bak seg og ristet av en merkelig blanding av forventning og frykt. Hendene gled over hoftene hennes, løftet henne i posisjon og hun hikstet til i det hun kjente at han presset seg mot henne. Han føltes så stor ut at hun tvilte på at det kunne gå an men hun kunne ikke protestere. Det gnistret rent for blikket hennes i det han gled inn, det burde gjort vondt men det var bare nytelse, en fryd hun skjønte at hun aldri ville ha kunnet oppleve med en vanlig dødelig. Hun klamret seg til graset med hendene, greide ikke holde tilbake skrik av ren ekstase. Han beveget seg sakte i henne, holdt en myk rytme som fikk bølger av fryd til å slå gjennom henne igjen og igjen. Hun hørte de lave stønnene hans og gispet da hun så hva som skjedde rundt dem. Graset spredte seg over steinene, spirer sprang frem og strakte seg mot lyset. Dalen ble grønn igjen og for hver en bevegelse han gjorde, for hvert skrik hun kom med av nytelse ble de større og sterkere.

Hun forsto at hun slettes ikke ville ha overlevd dette om ikke han hadde beskyttet henne, om hun ikke var en utvalgt. Det var for mye for et menneskes nervesystem. Han hvisket ømme ord til henne og hun slapp alle tanker på omverdenen og det livet hun vanligvis levde bak seg. Alt som eksisterte der og da var dem, og enheten de skapte. Kilder sprang ut av berget og ble bekker og elver, klipper vek tilbake og enger dukket opp i stedet, ville dyr kom til syne og forsvant igjen i en skog som vokste mer og mer. Han trakk henne opp så hun satt baklengs over lårene hans, holdt den samme stødige rytmen mens han kjærtegnet brystene hennes, småbet henne i nakken og stønnet mykt. Hun hadde aldri følt seg så hel, så fullkommen.

Trærne rundt dem vokste opp i løpet av minutter, de så århundrer med vekst og hun skulle ønske hun kunne nytt synet men hun greide ikke konsentrere seg om annen enn ham. Hun forsto at han greide mer enn en vanlig dødelig, hun hadde ikke merket noe til at han kom ennå selv om hun hadde nådd frem flere ganger. Tårer av ren andakt rant nedover kinnene hennes og hun visste at hun på et eller annet vis ble forandret av dette, at hun aldri mer ble den samme. Skogen var fantastisk, enorme eiker med fordreide mystiske former, ranke bøketrær og gråved trær strakte seg mot sola og bakken var dekket med busker og blomster. Det var det vakreste stedet hun noen gang hadde sett.

Han grep henne om livet med ett, løftet henne av og snudde henne, la henne ned på ryggen før han la seg over henne og gled på plass igjen. Alt i en jevn flytende bevegelse og hun kunne ikke annet enn å stirre opp på ansiktet hans mens han beveget seg igjen, raskere og mer målrettet enn før. Det var eoner av tid i det underlige blikket, og en inderlig fryd over livet selv som hun på et vis forsto at hun hadde mistet et sted på veien. Hun hadde levd for lenge i frykt, vært for fanget av sine egne tanker om tvil og anger. Det var ikke slik det skulle være. Hun la armene om nakken hans og fulgte rytmen hans, hørte sine egne ivrige rop og han smilte kjærlig og kysset henne på munnen. Det føltes som et normalt kyss, et godt kyss faktisk. Hun følte ikke noe til de skremmende tennene hans og han løftet seg opp på armene igjen og stirret ned på henne. "La oss gi naturen den siste gaven min kjære, så den består for all tid"

Han begynte å støte hardere inn i henne, stønnene ble anstrengt og hun forsto at han snart kom. Tanken fikk det til å svimle for henne og hennes egen kropp fulgte på med en gang. Hun skrek til i det orgasmene raste gjennom henne, så voldsomme at hun bare ristet. Hun burde ha besvimt av det, men forsto at han holdt henne våken. Han fanget blikket hennes med de gylne øynene, hun så flammen som danset i dypet av blikket hans og så hvordan det svartnet til. Og så presset hans seg så dypt inn i henne han kom og skrek, et nesten sårt skrik i ekstase og lidenskap. Hun følte den første pulsen med varm væske inne i seg, så trakk han seg brått ut, spilte resten ned i graset mellom beina hennes og hun forsto. Det var et offer, en gave fra dem begge to. Det gikk et rykk gjennom altet, skogen sto et øyeblikk stille som et stillbilde malt av en kunstner. Den trakk i seg livskraften som akkurat var blitt skjenket og så gikk tiden igjen, fugler fløy mellom trærne, vinden rusket i løvet og solskinnet danset over skogbunnen. Rhylja følte seg mer ydmyk enn noen gang før i sitt liv, hun kjente at kinnene ble våte av tårer. Han hvisket lavt ord til henne hun ikke forsto, kysset tårene vekk. Hun leste slik kjærlighet i øynene hans at hun visste at hun aldri mer ville føle seg uelsket i dette livet. Hun visste at jegerguden også var en fruktbarhetsgud for mange stammer og hun forsto det godt. Hun satte seg opp ved siden av ham, kroppen tinglet ennå av en underlig eufori og han smilte og kysset henne igjen. "Du er evig velsignet min vakre, min eneste ene. Vit at jeg vil vente på deg til tiden ender. "

Rhylja rødmet svakt, hun kunne ikke riktig vri tankene rundt det akkurat nå, at hun var blitt elsket av en guddom. Og at han følte så dypt for henne. Han reiste seg, skogen sto der tett rundt dem nå og dalen var virkelig forvandlet til en katedral til skaperverkets ære. Han rakte henne handa, hjalp henne på beina. "Jeg vil gi deg en gave som minne om hva vi delte. "

Han rørte huden hennes igjen og tigerstripene som var blitt så smertefullt tatovert inn i den falmet og ble borte. "Nå vil de synes kun når du ønsker det min vakre, kun når du går i striden for de svake"

Rhylja gispet overveldet. Stripene hadde alltid vært et problem for henne, hun kunne ikke kle av seg eller vise seg offentlig med dem synlig siden de fortalte hele verden hva og hvem hun var og for noen var hun et monster. Men nå var hun befridd fra det dilemmaet.

Han løftet hodet, lyttet til et eller annet. "Jeg kalles tilbake til mitt rette plan nå, jeg må forlate denne verden igjen. Det smerter meg men det er slik det må være. Vi guder skal ikke blande oss inn i de dødeliges liv. "

Han plystret og Månesanger og Tordenfot kom løpende igjen. Han smilte vemodig og klappet Tordenfot på nakken. "Ta godt vare på den som bar min sjel bror, se til at han holder seg trygg. "

Rhylja hadde ikke egentlig tenkt på det, at det var et menneske som hadde latt jegerguden låne sin kropp. Hva ville skje med vedkommende?

Jegerguden smilte ømt men vemodig. "Litt av meg vil alltid være i ham og gjøre ham annerledes, han vil følge min sti og være for meg som du er, min prest som du er min prestinne. "Rhylja kunne bare nikke og han løftet henne opp på Månesanger. "Jeg vil bringe dere til byen, det er det siste jeg kan gjøre før jeg drar. Se til at deres venner har det bra, at dere kommer dere velberget hjem. "
Rhylja svelget hardt. "Jeg… takk!"
Han bikket på hodet, så så utrolig majestetisk ut der i sin velde med makten han hadde nesten synlig for verden. "Du skal ha takk min vakre, jeg vil aldri glemme stunden vi delte. "
Han kysset handa hennes ømt og tok et steg tilbake. "Farvel min Rhylja, til vi en gang sees igjen"
Hun kjente at et iskaldt gys raste gjennom henne og så spant alt for øyene på henne og det ble svart.
Da hun åpnet øynene satt hun på Månesanger foran palasset og ved siden av henne sto Tordenfot, det lå noen på bakken ved siden av hesten og hun gispet og spratt ned, løp bort til ham. Hun brydde seg ikke om at hun nå kun var iført lendeklede og ikke noe annet, hun sanset gudens nærvær ennå men det svant hen. Hun grep den bevisstløse kroppen, snudde den rundt. Hun visste ikke hva hun egentlig forventet seg, at han kanskje skulle være umenneskelig som guden selv var, med hjorteører, gevir og snute? Mannen som lå der var normal i så måte men kroppen var prydet med flere vakre men merkelige tatoveringer i en pussig nesten lysende blå farge. Han var like lang og bred og kraftig som jegergudens kropp hadde vært og ansiktet var ungt og merkelig uskyldig under det ville mørkebrune håret. Han var virkelig et flott eksemplar men hun tvilte på at han hadde sett slik ut før. Kinnene var høye og haken en anelse spiss og øynene virket for å være skrå og mandelformet som på en ulv.
Rhylja følte en dyp medfølelse med ham, alt ville være endret for denne arme sjelen og hun bestemte seg for å prøve å beskytte ham som best hun kunne. Hun hørte løpende føtter og så at Raigh og Akisha kom stormende, de så himmelfalne ut. Rhylja reiste seg og rødmet, følte på en måte at de kanskje kunne se hva hun hadde gjort. Akisha så vantro på Rhylja. "Stripene dine?"

Rhylja snufset fort, prøvde å smile. "Usynlige, unntatt når jeg ønsker dem. Det var en gave fra jegerguden. "

Hun pekte på den liggende mannen. "Dette er den tapre gutten som lot den hornkledde låne sin kropp, han trenger stell er jeg redd. "

Akisha stirret vantro på ham, han var så avgjort endret, hun kunne sanse det. Jegerguden hadde gjort med ham som gudinnen hadde gjort med Rheynek og hun bestemte seg for at de to garantert hadde en del felles. Rheynek kunne antagelig hjelpe ham med å godta hva som hadde skjedd. Hun vinket på noen tjenere og de løftet ham opp og bar ham med seg til lasarettet. Akisha så spørrende på Rhylja. "Hvordan gikk det, beseiret dere orkene?"

Rhylja nikket og gliste stygt. "Så til de grader, de så lyset kan en si. De vil aldri finne på noe slikt igjen, det kan jeg garantere. "

Hun så seg om. "Elywen og Ghuad har ikke komme tilbake ennå?"

Akisha ristet på hodet. "Nei, men de er vel ikke langt vekk i og med at du er her nå"

Rhylja svelget fort. Hun ville aldri la noen vite om hva som hadde skjedd, Thoran måtte få vite det og hun fryktet reaksjonen hans men stolte på at han kunne forstå med tiden. "Jeg tror orkene fikk århundrets sjokk, to drager på en gang!"

Akisha bare gliste. "Jeg tror Ghuad må ha kost seg, han elsker slikt"

Rhylja gyste nesten nedover ryggen. Minnet om hva hun så var ennå så ferskt og råttog hun forsto hvilken fantastisk alliert de hadde i dragen.

Elywen og Ghuad hadde satt kursen hjemover og begge følte seg dypt fornøyd med det de hadde utført. De hadde virkelig jevnet det onde stedet med jorda og stolte på at jegerguden ordnet resten. Elywen begynte å bli litt sliten da de så byen i det fjerne og Ghuad gryntet fornøyd. Han aktet å gjøre en storslagen entre og vise byens beboere hvem som passet på dem. Med drager på sin side burde de forstå at de var trygge. De to sveipet ned og tok noen vide sirkler rundt byen. Folk hørte rop og kom ut på gater og murer og stirret vantro på de to enorme skapningene som sakte fløy lavere. Akisha og de andre sto på plassen foran palasset og ventet så det var neppe noen fare og flere var nesten på gråten av andakt. Å se en drage var noe få hadde regnet med å få oppleve i sitt liv, i hvert fall en som var vennligsinnet.

Ghuad landet med et brak og passet på å strekke seg så han så virkelig respektinngytende ut. Elywen landet varsomt bak ham og slapp Våk ned. Den mørke alven halte frem ork hodet fra sekken, løftet det opp. "Se her beboere av Catendhar, her er hodet til orkenes leder. De vil aldri reise seg mot dere igjen, aldri bli ledet ut mot slettene og bringe død. De er beseiret, deres vilje temmet!" Det begynte som en sakte brus som steg til et tordnende brøl av jubel og folk forsto endelig at det virkelig var over. De skyldige var straffet, det var igjen fred i riket og de kunne tenke på å bygge opp igjen livene sine. Det ble jublet en god stund, så trakk folk seg tilbake for å feire og Våk grep et spyd og tredde Arzhags hode ned på det før han plantet spydet i holderen til et flagg på yttermuren til palasset. Det kunne henge der til det råtnet fra hverandre.

Elywen og Ghuad forvandlet seg tilbake og Elywen var såpass sliten at Våk bar henne opp til rommet deres så hun kunne hvile. Corat hadde besluttet at det skulle bli en real feiring på noen dager, alle ville være velkomne og bud var også sendt til dvergene som hadde slått leir på sletta. De ventet på at Thiron skulle sende dem hjem igjen men ante at han kunne vente til de hadde blitt gjort ære på.

Arjhed slo øynene opp med et skrik, han verket over alt og det spant for ham. Han var livredd og forvirret og han ante ikke hvor han var. Det var mørkt rundt ham, han lå i en seng med gode sengeklær og det luktet rent og godt der. Noen hadde pakket ham godt inn og han greide nesten ikke røre seg, han klynket skremt og prøve å komme seg opp. Det gjorde så vondt i hele kroppen at han var kvalm og han husket ikke noe fra han ble ledet til steinsirkelen. Hva hadde skjedd? Hadde de greid å drive orkene tilbake?

Han hørte bevegelse og snudde hodet med en kraftanstrengelse, skrek til igjen. Ved siden av senga satt en mann som skremte nesten livet av ham, øyne som på en rovfugl betraktet ham rolig og mannen hadde mørk hud men hvitt hår. Hva var dette?

Mannen strakte ut en hand, la den varsomt på skulderen hans. "Ta det med ro unge mann, du er trygg her. Du er i Catendhar, på et lasarett. Du har vært bevisstløs i noen dager etter at jegerguden forlot deg. Jeg er Rheynek, jeg er gudinnens jeger, som du er jegergudens. "

Arjhed så mistenksomt på Rheynek men forsto at den merkelige mannen snakket sant. Han stønnet og det spant for øynene hans. "Slapp av, du plager deg selv om du prøver å anstrenge deg. Det vil gå over, kroppen din er endret mye vil jeg tro"

Arjhed svelget og Rheynek holdt et krus opp mot leppene hans. Han lente seg frem og svelget ivrig, det var iskaldt frisk vann og ingenting hadde føltes så godt noen gang. Han stønnet lettet og lot hodet falle tilbake på puten. "Krigen?"

Rheynek smilte vennlig. "Er vunnet, orkene er jaget tilbake til fjellene og det er fred igjen. Mange er døde og mye er ødelagt men riket har klart seg. "

Arjhed sukket og prøvde å slappe av, så hadde han da greid å gjøre noe godt i det minste. "Jeg. Jeg føler meg så rar!"

Rheynek gliste kort. "Det er ikke noe merkelig, Jeg var også en helt annen før gudinnen endret meg til det jeg er nå. Du blir vant med det, jeg skal hjelpe deg. "

Arjhed lukket øynene, husket Milla og Nauth og Tordenfot. Han håpet bare at alt var bra med dem. "Takk!"

Det var alt han greide å si.

Rheynek rettet på teppene hans. "Det er mange som vil møte deg og takke deg men de kan vente til du er sterk igjen. "

Arjhed bare nikket matt. "Er du her alene eller er det flere her som deg?"

Rheynek smilte fort og så svært vennlig ut egentlig. "Jeg er en del av en gruppe våpenmestre fra Shabuch, vi er flere ja. Og vi har to drager med oss også, de gav orkene deres livs verste overraskelse kan jeg fortelle deg. Og dvergene fra fjellene hjalp også til. Det skal holdes en storslagen bankett om noen dager, vi er pålagt å møte alle sammen, du også. "

Arjhed krympet seg. "En bankett? Ved gudene, jeg har aldri vært på annet enn fester i landsbyen min!"

Rheynek klappet ham på armen. "Det går så bra, hva navn skal jeg forresten be dem huske deg ved?"

Arjhed svelget igjen. "Jeg er Arjhed, bare det. "

Rheynek nikket mildt. "Det er ikke bare bare det, jeg kan love deg det. Du har vært den tapreste av alle unge mann, gjort det største offer. "

Arjhed orket ikke si noe og Rheynek reiste seg, Arjhed gispet da han så hvor høy den hvithårete var. "Jeg skal la deg sove litt i fred, det er nok noen andre her hos deg når du våkner men frykt ikke, alle her vil deg vel. "

Arjhed lukket øynene og hørte at døra gled igjen, så sov han tungt og kjente at det var det beste for ham. Han hadde brått en underlig drøm, men han visste ikke om det var en drøm eller en visjon. Han sto i vertshuset mellom verdenene igjen og Nauth sto foran ham. Hun neide for ham med tårer i de merkelige øynene. "Vær hilset Arjhed, og vær æret. Gudene har sett i nåde til oss, vi har vunnet. Vi er deg evig takknemlig. Alle skogens ånder vil stå deg bi på din ferd videre i livet. "

Han snudde seg, så at Milla satt ved peisen med et strikketøy. Nauth smilte vemodig. "De lapper sinnet hennes sammen igjen, sakte men sikkert. Hun blir aldri normal igjen Arjhed, aldri helt som før. Men vær sikker på at vi vil ta vare på henne og sørge for at hun er sikker. Frykt ikke for henne Arjhed, vit at du berget henne. "

Han bare nikket og Nauth klemte handa hans kjærlig. "Lev vel min venn, følg hans vei og bli lykkelig. Det er hva jeg ønsker for deg!"

Han kunne bare se ned i golvet. "Jeg… takk!"

Da han våknet igjen satt det en vakker lyshåret jente ved senga, hun så vill ut og han sanset med en gang jegergudens makt i henne. Hun var en av hans prestinner og han så at hun kikket på ham med et eller annet underlig i blikket. Hun rakte ham koppen og han drakk grådig igjen, kjente at han trengte mye vann nå. "Jeg er Rhylja, jeg er jegergudens prestinne, vit at du er den tapreste jeg noen gang har møtt!"

Arjhed rødmet og så ned, hun var svært pen men han sanset en slags avstandstagen hos henne. Som om hun ville holde en slags distanse mellom dem. Han gispet lavt og vred seg, kroppen verket ennå skrekkelig og han var svimmel. "Det gjør så vondt, hva har skjedd med meg?"

Rhylja så medlidende på ham. "Hvor høy var du da, da du tok valget?"

Arjhed så spørrende på henne. "Mellom fem og seks fot et sted?" Rhylja sukket, løftet hodet hans varsomt så han kunne se nedover seg selv. "Ikke nå lenger, du er nærmere sju vil jeg tro!"

Arjhed måpte og forsto hvorfor alt gjorde så vondt, kroppen hans var helt forvandlet, det var liksom ikke ham lenger. Rhylja så det fortapte glimtet i øynene hans og sukket lavt. "Det vil ta tid å bli vant med dette Arjhed, men du vil få all den hjelpen vi kan gi deg, jeg sverger!"

Han kunne bare nikke. Rhylja gikk ut og kom tilbake med en krukke med et eller annet i, hun helte i en kopp av det og rørte det ut med en skje. "Drikk dette, det vil døyve smertene litt. "

Han adlød villig og selv om det smakte dritt så kjente han at en behagelig nummenhet spredte seg i kroppen. Rhylja smilte mykt til ham. "Sov litt nå Arjhed, når du våkner skal jeg se til at du får litt mat"

Arjhed sov enda litt til, da han våknet satt Akisha der og gradvis ble han vant med alle sammen, han lo av Enez sine frekke vitser og ble imponert av Wilbwyn sin muntre skryting av egne bedrifter. Våk skremte ham og fylte ham med ærefrykt og Elywen var så overjordisk vakker og sterk at han snaut torde si noe så lenge hun var der. Raigh var så grei og likefrem at han føltes nesten som en bror etter bare en liten stund og Frostfugl og Khir var svært vennlige og forståelsesfulle. De lovet å jakte med ham i skogene ved Shabuch og han følte noe som lignet forventning på første gang på lenge.

Han fikk Raigh til å sende bud til dvergene og han fortalte Afarr alt om Daoin og det offeret han hadde gjort. Afarr lovte at Daoin skulle bli æret og husket og Arjhed fikk en følelse av at han i det minste hadde holdt løftet sitt slik delvis. Da det hadde gått fem hele dager var han såpass sterk at han fikk stå opp, medikus hadde fart over hele ham og mumlet diverse om utrolige endringer og fantastisk transformasjon og Arjhed følte seg litt som et rart dyr på utstilling. Han visste ikke om han likte denne typen oppmerksomhet.

Bare det å stå var vrient til å begynne med, beina føltes som gele og han slet med balansen, brått var det mye lengre ned til golvet enn før og han visste liksom ikke hvordan han skulle bevege seg. Men det gikk bedre etter litt og Rheynek ble med ham ned i badet. Arjhed så nervøst rundt seg mens de gikk til det riktige rommet, det var mye folk der og prakt han aldri hadde kunnet forestille seg. Rheynek viste vei og badet var gjort klart, noen svære kar var fylt opp og Arjhed kjente at han gledet seg intenst til å bli ren igjen. Han hadde en følelse av at han stinket til himmels og vel så det. Han nølte med å kle av seg, var ikke vant med å være naken sammen med andre men Rheynek var ikke blyg og da prøvde han å være like sikker og verdensvant. Han fikk et nytt sjokk nå da han så seg selv naken i ordentlig lys, i sannhet var han forandret. Han hadde blitt en god del mørkere og den litt spinkle senete kroppen var blitt like muskuløs og tonet som Rheyneks. Han så brått ut som en trent kriger og hikstet av en miks av følelser. Noe var en underlig glede, resten var ren nervøsitet. Rheynek gliste til ham. "Ikke vær så blyg gutt, du er virkelig flott. Jeg tror ikke du vil ha noe problemer med å skaffe deg det du ønsker av kvinner, menn også om du foretrekker det"

Arjhed rødmet som en peon. "Jeg. Jeg liker damer, bare damer"

Rheynek smilte og satte seg i ene karet. "Fornuftig valg, støtter deg i det"

Arjhed satte seg i karet sitt og gispet av lettelse, det varme vannet var en ren lise for støle muskler og vonde ledd og han kikket stjålent nedover seg selv enda en gang, rødmet heftig. Han kunne ikke huske å ha vært så velutstyrt før, han fniste nesten av tanken men holdt det inne. Håret hans var blitt mye lengre enn det var før også, men det var så mykt og skinnende og sunt som silke og han forsto at utseendet kanskje var en gave tross alt. Han var sterkere enn før, raskere og sikkert en bedre tjener for jegerguden. De to ble liggende til bløt temmelig lenge til vannet ble kjølig. Arjhed så et speil på veggen og gikk ustøtt og usikker mot det. Ansiktet som stirret tilbake på ham var fremmed, han kjente seg selv igjen men allikevel ikke. Øynene hadde vært blå, nå var de en underlig tone av ravgyllent og trekkene hans var blitt skarpere, mer maskuline. Han sukket, han kunne bare godta det for det var ingen vei tilbake nå. Han fikk nye klær som passet ham og Rheynek og Enez ble med ham rundt og gjorde ham kjent med stedet. Han ble overlykkelig over at Tordenfot var der og sto lenge og kjælte med hesten før han fikk hilse på Frerk som nesten skremte vannet av ham til å begynne med. Men dyret imponerte ham og det virket for at Frerk likte ham godt. I slottet ble det jobbet med å forberede banketten og tjenerne var svært beskjeftiget med det. Følget fikk fred til å sitte og snakke ut om det som hadde skjedd og Arjhed og Janrem ble tatt med på rådslagninger og samtaler. Det føltes merkelig godt for dem begge to. Arjhed og Janrem begynte å bli gode venner, begge to hadde endt opp som nye personer og Janrem fungerte litt som en mer erfaren og stødig storebror for Arjhed som var totalt uerfaren i det meste som hadde med bylivet å gjøre.

Jirhg hadde kost seg hele tiden. Ychmal og de andre vismennene i byen hadde trykket ham til sine rynkede bryst da de ble vant med ham og han hadde fylt opp flere bøker med nye ideer og forslag. Akisha bevet ved tanken på hva de kunne bestå i. Hans skyts og hjelp hadde vært uvurderlig og kongen belønnet ham svært så rundhåndet med utstyr til et gedigent laboratorium mot at han måtte love og ikke være fullt så krigersk for fremtida. Jirgh lovte det men de som kjente ham visste at det var et løfte gitt med kryssede fingre. Ghuad ble der til etter banketten, han kjedet seg som han sa og han tok seg lange turer utover hver dag for å ha noe å gjøre. Akisha jobbet som en gal med å organisere by planleggingen og heldigvis hørte rådgiverne på henne selv om det smalt enkelt ganger. Hun lot dem ikke overkjøre seg og hun hørte mer enn en gang at hun var et satans til kvinnfolk. Det tok hun som et kompliment. Byen var så redusert at hun hadde beordret at alt som sto igjen av bebyggelse mellom de nedre murene skulle rives ned. Det var enklere enn å reparere byggene. Hun la opp planer for kloakk og vann og tenkte i sitt stille sinn at det neppe var hva en våpenmester normalt sett driver med men hennes oppgave var tross alt å hjelpe de svake, og hun gjorde det slik. Byen skulle ikke bli et slikt rottereir den hadde vært før. Hun så til at ingen fikk mer å si enn de andre og det føltes merkelig godt. Raigh hadde begynt å trene noen av slottets soldater og han drev dem hardt men mente at de ville bli svært dyktige om de bare fikk mer trening.

Frostfugl og Khir holdt seg på slettene, det var en god del skogholt der nå som var morsomme og utforske og de kom ofte tilbake med vilt som slottets kokker tok i mot med åpne armer. Frostfugl var allerede blitt en yndling for flere av dem og det ble nesten jublet hver gang hun dukket opp.

Ygraine var lykkelig, hennes kjære var trygge nå og livet så lyst ut. Hun ble degget for og vist respekt og hun brukte ikke lang tid på å vinne alle hoffdamenes hjerter. Hun var så åpen og hjertelig og ekte at ingen kunne la være å elske henne. At hun var gift med både Duchlain og Ohlain var brått bare noe uvesentlig, Hun var liksom alles, en mild og vennlig sjel som fikk alle til å føle seg mye bedre til mote. Duchlain og Ohlain blomstret også opp, begge hadde manglet dette ene i livet, noen å bry seg ordentlig om og Alima var overlykkelig på sine sønners vegne. Den eneste som var ulykkelig var Costaons mor, hun kunne ikke tro at sønnen hadde vært en ussel forræder og selv ikke bevisene de fant greide å få henne til å endre mening. Hun sto på sitt lenge helt til gudene bestemte seg for å være barmhjertige og lot henne sovne inn i søvnen av et massivt hjerteattakk. Akisha mente at det bare hadde ventet på å skje så fet og lite trent den kvinnen var og hun ble brent i en ganske anonym seremoni. Corat sørget ikke over henne, en gang ville han kanskje ha gjort det men ikke nå lenger. Det var mye annet å bry seg om. Alderim hadde mer eller mindre tatt over styret nå sammen med brødrene og Corat ble mer munter og veldig mye mere livlig. Ansvaret var løftet av hans skuldre og han fikk energi tilbake i steget og glød tilbake i øynene. Da banketten skulle skje var det ryddet ganske godt opp mellom murene, de hadde fått kjørt bort stein og rester av ødelagte bygg og alle hjalp til som best de kunne. Janrem gledet seg over å se at også de av laugets menn som hadde klart seg hjalp til. Det gikk rykter om store utskiftninger i lederstaben der og antagelig var det til det beste. Det kunne hende at lauget nå fremover faktisk ble nyttig for byen.

Plassen foran palasset ble dekket opp og det ble hengt ut lanterner og lamper. Resultatet var meget vakkert og noen hadde hentet lianer og slyngplanter og hengt opp dem også. Akisha led seg gjennom hele starten på den høytidelige kvelden, det var takketaler og lovprisninger som gav henne en akutt trang til og bare å glise fårete i ren flauhet men hun holdt masken. Alle ble kalt frem og hyllet og Arjhed var blitt så kjent nå at han fikk størst virak av alle. Han så ut som en peon da han gikk ned til stolen sin igjen. Corat hadde ikke mye penger å avse og Akisha hadde ettertrykkelig forbudt mannen å gi dem slike gaver. Byen trengte alle de verdier som var å oppdrive. I stedet hadde kongen i hemmelighet vært nede i skattkammeret og funnet andre ting han mente de fortjente. Akisha fikk et utrolig vakkert sett med smykker som hun bare ikke greide å takke nei til, safirene i det sto så vakkert til øynene hennes at Raigh mente det var skapt for henne. Raigh fikk et sett utrolig vakre dolker og Våk flere kogger med gode piler. Elywen fikk også smykker og det gjaldt Elda også. Frostfugl fikk en vakker bue og Enez noen kjoler som fikk henne til å rødme av fryd. Rheynek fikk en rustning og Wilbwyn fikk en dvergøks, mannen var himmelfallen av takknemlighet over det. Khir fikk noen utrolig vakre smale kastedolker han satte stor pris på og Frerk ble også belønnet, med en gedigen steik han sporenstreks bar med seg for å fortære i fred og ro. Rhylja fikk noen utrolig vakre kjoler og et smalsverd som hun satte enda større pris på. Janrem hadde ikke ventet noe men han fikk en stor vakker stridshest, en rødgyllen hoppe av svært god avstamning og han var så takknemlig at han nesten gråt. Arjhed ble høytidelig overrakt et svært gammelt men vakkert sverd en av Corats forfedre hadde eid, det passet perfekt for ham og han kunne knapt tro at det var hans.

Da taler og gaver var unnagjort ble det fest, det ble båret frem mat og alle hugg innpå. Dvergene var også der og Alvisar og Corat var enige om handelsavtaler som ville gavne dem alle. Corat hadde gitt dvergene et helt berg med slikt de ikke kunne produsere selv som god vin, pelser og lær og Alvisar var meget takknemlig. Akisha visste at dverger kan feste men nå fikk hun til alvor se det også. De bøttet nedpå med en vanvittig fart og etter som festen tok av steg stemningen ettertrykkelig. Det ble danset og herjet og Arjhed danset rødmende med både Rhylja og flere hoffdamer. Han merket at Rheynek hadde rett, kvinnene likte ham og flere kom med dårlig skjulte hint som fikk ham til å rødme. Ikke for at det var ham i mot, han hadde svært lyst til å lære mer om dette mysteriet og mange av dem var meget vakre men han var ennå ukjent med denne nye skikkelsen. Han ville vente til han kjente seg selv litt bedre.

Festen varte til det ble lyst igjen, mange hadde sovnet der de satt og plassen så ikke ut. Akisha hadde trukket med seg Raigh tilbake til rommet og de hadde i det minste sovet i sin egen seng men det var ganske mange som ikke gjorde det den natta. Janrem fant seg selv i seng med en svært så søt og erfaren hoffdame som lærte ham noen knep selv ikke han hadde ant noe om og de var begge to svært fornøyd. Hun merket ikke noe til det uvanlige ved ham og han var glad for det, det ville blitt for vanskelig å forklare.

Det ble tømmermennene som hadde mest å gjøre de neste par dagene og Akisha begynte å planlegge tilbake reisen. Frostfugl mente at hun trengte to hopp som sist og Akisha var enig. Det var ikke verdt å ta noen sjanser. Det var en tilfreds stemning blant dem nå og Rheynek og Rhylja brukte mye tid på å lære Arjhed ting han ville trenge å kunne. Janrem hang mye i hælene på Raigh og sugde i seg kunnskap som en flått suger blod. Raigh mente at gutten hadde potensiale til å bli en meget god kriger for gudinnen med tiden.

Da de forlot byen igjen var det med en merkelig følelse, en blanding av lettelse og vemod. De hadde gjort sitt og gjort det vel men Catendhar ville aldri mer bli det samme. Steinneven var knust, legenden borte. Men det var ikke flere fiender nå som kunne beleire murene og Elywen hadde fått medikus til å tappe litt blod av henne

317

og helt det på en liten flaske Corat fikk. Trengte de det igjen var det mulig at det kunne vekke statuene til dyst atter en gang. Janrem og Arjhed fulgte de andre med blandede følelser. Janrem regnet Catendhar som sin by og han sverget å vende tilbake men først trengte han å lære alt han kunne. Arjhed møtte en helt ny verden og var som et nyfødt barn og han forsto at han ville lære det han trengte i Shabuch. Rhylja ville sette ham inn i hva det betydde å være en tjener for jegerguden og han ville lære å bli en bedre kriger. Det føltes godt slik.

Thiron brakte dvergene tilbake til fjellene og Ghuad reiste med dem. Han aktet og utforske mer av dypet som han sa og Akisha ønsket ham lykke til og håpet at han ikke skulle få problemer men det var vel heller lite trolig. Corat trykket dem alle i handa og takket dem personlig og Akisha krevde at Ygraine skrev et brev så fort den lykkelige hendelsen var skjedd. Hun lovte at hun skulle holde løftet og Frostfugl hadde et merkelig lite glis om munnen da hun klemte Ygraine adjø, nesten som om den korte sølvhårete alven visste noe ingen andre ante noe om.

Turen tilbake til Shabuch gikk greit uten begivenheter av noe slag og Whaly var som vanlig på gråten av lettelse over å se at alle var i god behold. Det ble festet skikkelig på Derns kro og Janrem fikk lurt Arjhed opp på et rom med en av Derns mer frilynte serveringsjenter. Han kom ned igjen noen timer senere med stjerner i blikket og kunne meddele at nå var han endelig virkelig en MANN!

Det ble skålt på det og Akisha gruet seg til hun skulle skrive ned alt som hadde skjedd i annalene der. Det kom til å bli litt av en jobb og en hun ikke gledet seg til. Men måtte hun så måtte hun. Hun og Raigh gikk til badet men det var opptatt av Våk og Elywen som virkelig visste å utnytte de muligheter stedet gav så de gikk til det hemmelige stedet sitt i stedet. Det var lenge siden de hadde vært der nå og Akisha sukket lettet da hun så at alt var som det pleide være der. Det lille hemmelige stedet med eika og plattingen og kilden var blitt hennes faste holdepunkt i tilværelsen. Hun husket godt dagen de fant det, og hva som skjedde der senere og hun visste at det var like spesielt for Raigh. Det var deres eget sted, deres lille hemmelighet og for de to var det hellig. Raigh hadde tatt med seg noen tepper og snart lå de igjen der under stjernene og verden utenfor var glemt for alt annet enn de to.

Over de neste månedene begynte nykomlingene å tilpasse seg. Janrem viste seg å være en meget god lærling og mestrene skrøt av ham. Han hadde oppdaget en appetitt på kunnskap han aldri hadde merket noe til før og gav etter for den uten protester. Enez prøvde å lære ham flere språk og han lærte å lese og skrive skikkelig. Og han begynte å finne fred med seg selv, med hva han hadde blitt. Elda var tross alt likedan, hun var også udødelig og selv om årsaken bak var forskjellig delte de en del karakteristiske trekk. Hun var en god støtte for ham nå.

Arjhed lærte også men det gikk saktere med ham, han orket ikke byen og var mye i skogen med Rhylja og Frostfugl og Khir og sakte ble også han kjent med hvem han var blitt og hva hans oppgave var i livet. Rhylja hadde en vanskelig samtale med Thoran, hun kunne ikke lyve for ham eller prøve å skjule hva som hadde skjedd, men han godtok det og forsto. Det som hadde skjedd hadde vært uunngåelig, og hun hadde gjort det i kraft av å være prestinne, ikke som privat person. Dessuten, hvem kunne vel si nei til en gud? Han tvilte ikke på henne og hun var ytterst lettet på grunn av det. Forholdet deres var like godt som før.

Akisha satt med bøkene og bannet hjertelig i noen dager og hun fikk et brev fra kongen der han fortalte at hans agenter hadde sporet opp den kriminelle banden som hadde hatt gudebildet og som byens plageånder hadde vært en del av. Hun var glad for det, for hun orket ikke mer slikt nå.

Epilog

Lytt o dødelige, husk disse ord
Vår stolthet brakte oss til fall
Ingen styrke er så stor at den ei kan styrtes
Og ulvene hyler for evig mot månens lys

Ygraine ville ikke vise det åpent men hun var redd, livredd. Hun hadde hørt så mange skrekkhistorier at jordmoras beroligende ord hadde liten effekt på henne. Hun hadde hatt et svært normalt og lett svangerskap og selv om hun hadde blitt noe plaget etter som hun ble større holdt hun det ut med godt humør. Hun hadde ikke vært riktig sikker på hvor lenge hun kom til å gå, alver gikk to år og hun ante jo ikke om barnet var halvblods eller ei men jordmora forsikret henne om at hun nok gikk den vanlige normale tida for et menneske. Og det stemte, det stemte nesten på dagen.

Duchlain og Ohlain hadde behandlet henne som om hun var lagd av eggeskall den siste tida og hun hadde blitt lettere irritert på dem til tider på grunn av det. Hun tålte da en god del ennå mente hun men medikus og jordmora gav henne streng beskjed om at det var visse ting hun skulle unngå de siste månedene. Følgelig hadde hun vært nødt til å sove alene en stund og det føltes bortimot unaturlig siden hun var vant til å ligge der trygt beskyttet av to sterke varme kropper. De to var også frustrert på grunn av det men de holdt det i sjakk og over hele hoffet summet det av spekulasjoner om hvorvidt det ble gutt eller jente og om hvem av de to som var faren.

Duchlain pleide å erte henne med at det nok ble en flodhest så stor som hun var blitt og hun ba ham like elskverdig dra til et visst sted. Ryggen verket, hun måtte tisse konstant og humøret spratt opp og

320

ned som en hare på vill flukt. Hun gledet seg bare til det var overstått. Jordmora mente at hun kom til å greie det fint, hun hadde gode runde hofter og var sterk og selv om det var beroligende så var hun allikevel svært nervøs.

Hun begynte å tro at hun gikk over tida da hun brått merket at ting begynte å skje, det var en grytidlig morgen og hun ble bare liggende i senga og undre seg over hvorfor hun hadde våknet da en merkelig smerte i ryggen fortalte henne årsaken. Hun visste jo at det som regel tok lang tid for en førstegangsfødende som henne selv så hun prøvde å slappe av og ligge litt lenger men det kunne hun bare glemme. Hun ble for oppjagd av det og sto opp. Duchlain og Ohlain sov i rommet ved siden av og de bråvåknet da hun åpnet døra. Duchlain så søvndrukkent på henne, håret hans sto som en man om hodet og han var smal i øynene. "Er det noe vi kan hjelpe deg med? Er du sulten?"

Ygraine gispet lavt i det en ny smerte rev i kroppen hennes og hun lente seg mot dørkarmen. "Dette kan dere ikke hjelpe meg med, hent jordmora og medikus!"

Duchlain var på beina i løpet av et brøkdels sekund og kolliderte sporenstreks med sin bror som gjorde det samme fra sin seng, begge mennene gikk overende på golvet og ble liggende å kave så Ygraine bare måtte le. Hun lo til det knep til igjen og hun måtte stønne. Duchlain raste av gårde for å etterfølge ordren iført bare nattskjorte og sokker og Ohlain hentet Alima. Ygraine satte pris på at hennes svigermor ville være der og hjelpe til, hun trengte en annen kvinne ved sin side som hadde vært gjennom dette og visste hva hun kunne vente seg.

Hun husket med gru en av jentene i tempelet som hadde vært med barn da hun ankom. Hun hadde skjult det lenge men så ble det avslørt og hun fikk grov kjeft siden hun hadde satt både sitt eget og barnets liv i fare. Ygraine hadde ventet at jenta skulle bli satt på døren siden hun hadde syndet men det spilte visst ingen rolle siden hun var høyættet og faren kongelig. Nei, den synden så de mellom fingrene med, det var verre at den kongelige bastarden kanskje kunne ha strøket med på grunn av den tåpelige morens forsøk på å snøre seg inn.

Ygraine husket at jenta hadde begynt å føde midt på dagen, at hele tempelet hadde hørt skrikene hennes. Hun skrek i to døgn, så ble det stille og dagen etter ble de begravet, både hun og barnet hun hadde båret. Ungen hadde ligget feil og var for stor og hun hadde ikke greid å få den ut. Den søsteren som fungerte som jordmor der fortalte senere at den arme jenta hadde blitt aldeles revet opp innvendig og at hun hadde blødd i hjel. De hadde ikke kunnet redde henne uansett. Ygraine hadde undret seg på hvordan gudene kunne være så grusomme.

Medikus og jordmoren kom med en gang og de var rolige og avslappet, barnefødsler var ikke noe de stresset seg opp for og roen deres smittet litt over på Ygraine også. Det gikk ennå lenge mellom riene så hun var oppe det meste av formiddagen og gikk rundt. Alima gikk med henne og snakket henne gjennom det og hun var evig takknemlig for det.

Utpå ettermiddagen ble det verre, smertene ble sterkere og kom oftere og hun ble kommandert i seng. I noen husholdninger var det vanlig at kvinner som ventet barn ble nærmest isolert de siste ukene før fødselen med strenge ordre om å holde sengen, unngå lys og sterk mat og så skulle de helst få tiden til å gå med bønn og den slags. Der i riket var ikke skikken slik og Ygraine var evig takknemlig for det. Alima fortalte små anekdoter fra Duchlains barndom og de to mennene stakk jevnlig innom for å se hvordan det gikk. De var synlig nervøse og Duchlain svettet synlig. Sist han ble far hadde han brydd seg lite om moren, han hadde hatet henne allerede da. Men Ygraine var hans liv nå og om noe hendte henne ville han ikke klare det. Ohlain var like redd, alver var som regel lite vant med fødsler siden de er en rase som formerer seg uhyre sakte og mennene ble uansett kjeppjagd når tiden nærmet seg.

Da det mørknet var det i full gang og Ygraine angret på at hun hadde latt det skje, at hun hadde latt Duchlain og Ohlain elske med henne. At slik en glede kunne resultere i slik vanvittig smerte! Hun hadde blitt avkledd med unntak av en vid kjortel og medikus og jordmor hadde fart rommet over og løsnet alt som fantes av knuter og åpnet alle låser. Det var gammel overtro men den satt dypt ennå i folk der. Flettene hennes ble løsnet og jordmora hadde tatt inn en hunnkatt og lagt den på magen hennes tre ganger, også gammel overtro som skyldtes at katter var sagt å ha lette fødsler.

Duchlain og Ohlain fikk foreløpig lov til å være i rommet, de satt der med ville øyne og så ut som om de aller helst ville vært tjue mil vekk men de greide ikke forlate henne heller. Jordmora kjente kyndig på magen hennes og Ygraine skvatt da hun kjente at madrassen ble dyvåt under henne. "Der gikk vannet, da er det i gang. "

Jordmora hørtes svært optimistisk ut og Ygraine kunne bare jamre seg i det en sterk rie rev gjennom henne. Duchlain satte seg så han kunne tørke svetten av pannen hennes og Ohlain satt og holde ene handa hennes og det kjentes ut som om han ville knuse den. Men etter nok et par timer var det han som ynket seg mens hun klemte og Duchlain var like svett som henne selv. Hun var kommet til drivfasen og hun kunne ikke fatte at hun kunne overleve slik smerte. Hun var sikker på at hjertet hennes kom til å eksplodere i henne og hun orket bare å skrike diverse skjellsord til de to som var grunnen til tilstanden hennes. Jordmora bare gliste rått. "Ja av barn og fødende kvinner får en høre sannheten!"

Medikus sto og passet på kun for sikkerhets skyld og han virket litt nervøs også. Dette var mer kvinnenes domene enn hans og selv om han var kyndig foretrakk han at jordmora gjorde jobben. Kvinnene ble som regel mer rolige av det. Alima satt og hvisket beroligende til henne og strøk henne over håret, Ygraine bannet ikke til henne i hvert fall. Jordmora kikket opp mellom beina hennes og nikket fornøyd. "Det skjer snart, vi kan flytte deg til fødestolen. Og nå mine herrer, skal dere ut!"

Duchlain åpnet og lukket munnen for å protestere men jordmora gav ham et blikk så stritt at han bare klappet igjen. Ohlain nesten flyktet ut og jordmora gliste konspiratorisk. "Det er ikke bra at de er her under siste delen av det, det pleier å være for traumatisk for menn å se. "

Ygraine gav blanke faen i om det var traumatisk, hun ble hjulpet opp i stolen og kjente at det presset mer nedover nå som hun hadde tyngdekraften til hjelp. Jordmora kjente på magen hennes og bikket på hodet, hun fikk en litt merkelig mine. "Jeg tror jeg vet hvorfor du er så diger, jeg tror min santen at det er flere enn en her!"

Ygraine løftet hodet og så vantro på den aldrende kvinnen som gliste fra øre til øre. "HVA?!"

Jordmora nikket gledesstrålende. "Jeg er sikker, det er to!"

Ygraine bare stønnet, to barn? Hun hadde forberedt seg på kun ett og hadde en følelse av at det ville bli en utfordring i seg selv. Hun skrek til i det en ny rie tvang musklene til å trekke seg sammen hinsides noe hun noen gang hadde kunnet forestille seg var mulig. Smertene kom nære på nå, hun rakk knapt å puste ut mellom dem og Alima sto bak henne og støttet henne kjærlig. Hun klemte så hardt om armlenene på stolen at det knaket i treverket. Jordmora bare smilte. "Jeg hadde ei lita spinkel ei på femten for et par år siden som knakk armlenene for meg. Jeg har fått lagd nye og sterkere nå!"

Ygraine svettet og stønnet. "Nei, du sier ikke det, så jævla INTERESSANT!!"

Alima skoggerlo av utbruddet og jordmora kjente etter igjen, Ygraine skrek nesten av smerten. "Hodet er på vei nå, noen trykk til så har du den vesle engelen din hos deg!"

Hun ville ha ledd hadde hun kunnet det, noen trykk til? Hun revnet snart fra baken til brystet føltes det ut som og var det virkelig et barn hun var i ferd med å føde? Det føltes ut som om hun prøvde å trykke ut en bryggerhest fole.

Ute i forrommet satt Ohlain og Duchlain og holdt hverandre i hendene, de var grå i fjeset og skalv på nevene. Begge delte den samme angsten for at noe skulle gå galt med deres kjære og spesielt Ohlain slet siden han aldri hadde vært med på noe slikt før.

Duchlain prøvde å trøste ham men det var egentlig mest for å trøste seg selv. "Det pleier jo å gå bra, det er sjelden det går helt galt"

Ohlain stønnet hult og raste på beina i det de hørte at Ygraine skrek skjærende fra naborommet. Han hadde ikke trodd at en kvinne kunne skrike så fryktelig om hun ikke var i ferd med å dø. Duchlain grep ham i armen og holdt ham der og Ohlain omfavnet ham og hikstet. "Hun har det så vondt, hva har vi gjort?"

Duchlain prøvde å smile. "Det menn flest gjør før eller siden vil jeg tro, skaper nytt liv"

Ohlain hulket nesten. "Hun lider, skal hun lide slik? Er det virkelig normalt?"

Duchlain hørte at Ygraine skrek igjen, enda verre denne gangen. Et langstrakt skjærende ul av smerte som virket for rått til å komme fra et menneske. Han frøs nedover ryggen og begynte å be, det var det eneste han kom på å gjøre der og da. Ohlain så fort på ham, så spedde han på med bønner på Alvisk.

Ygraine ønsket at noen drepte henne, alt var bedre enn dette, det gikk ikke an å overleve noe slikt? Det kunne ikke være riktig! Jordmora bare smilte og nikket rolig. "Det er bra jente, ta i. Dette går riktig så bra, du føder ganske lett skal jeg si deg!"

Ygraine løftet hodet og stirret nedover seg selv, jordmora hadde hendene nede under den fremstående magen hennes. "Lett? Lett!! Om dette er lett ja da..!"

Alima strøk henne over håret. "Tro henne, du synes sikkert det er totalt forferdelig men det er sant, det kunne vært veldig mye hardere"

Ygraine var ikke i stand til å forestille seg noe hardere enn dette, hun pustet og peste og skrek alt hun greide og brått var det som om noe løsnet i henne og gled vekk, som om presset og tyngden ble borte. Hun skrek ut igjen i en kraftanstrengelse hun snaut hadde forestilt seg at hun var i stand til å klare, og så løftet jordmora fort på et temmelig rynket og blodig og forvridd spebarn som tok sitt første åndedrag og skrek til, et spinkelt men likevel så lovende vræl. "Her er den første, det er en jente, gratulerer!"

Ygraine kunne ikke slippe øynene fra den lille som fortsatte å teste ut de sterke små lungene mens medikus tok henne for å vaske henne og reive henne. Ygraine skrek på nytt i det en ny rie tvang seg gjennom henne. Hun måtte konsentrere seg igjen og denne gangen gikk det fort. Hun rakk å trykke fem ganger, så trakk jordmora det andre barnet ut av henne og hun kunne møte sin førstefødte sønn.

Duchlain og Ohlain hørte det første spede vrælet og de ramlet nesten om på golvet av lettelse, de ble forskrekket og forvirret da Ygraine begynte å skrike igjen og de så storøyd og temmelig forvirret på hverandre da de hørte et barn til som begynte å skrike. Jordmora sørget for at de to ble vasket og reivet før hun la dem til Ygraines bryst og hun var så fascinert av dem at hun ikke merket at jordmora vasket henne nedentil og gav henne noen sting. Morkaken kom av seg selv og var hel og alt var som det skulle være. Alima hjalp til med å fjerne blodige laken og slikt og de fikk Ygraine i seng før de slapp Duchlain og Ohlain inn, de to stirret på henne med haken på sjette hakket og totalt sjokk i blikket.

"Tvi...tvi...tvillinger?!"

Ygraine smilte trett og strøk barna forelsket over hodet. "Ja, jente og gutt"

De to nærmet seg andektig og så storøyd på mirakelet. De to barna var temmelig like, faktisk så like at en nesten skulle tro de var enegget enda det var umulig. Ygraine fikk et lettet kyss på hvert kinn og ungene klynket og vred seg. Begge slo øynene opp samtidig og nå fikk de alle sitt livs sjokk. De hadde et mørkt og et blått øye hver. Medikus måpte og stirret nærmere på de små kroppene, de hadde ører som en halvblods alv og det virket for at de begge to var mørk blonde på de tynne fjonene med hår som var synlige. Duchlain så vantro på medikus. "Det er da ikke mulig, vi kan da ikke begge to....?"

Medikus slo ut med hendene. "Umulig ja, men det har tydeligvis skjedd allikevel. Jeg aner ikke hvordan men kanskje to fostre har smeltet sammen tidlig i svangerskapet og skilt seg igjen rett etterpå, med litt av begge to i seg. Det er eneste svaret jeg kan gi. "

Ohlain gråt nå, tårene rant nedover kinnene hans og han skalv rent. Duchlain var også like ved det punktet men han styrte seg bedre. Han kysset Ygraine kjærlig og takket alle guder han kjente til for at det hadde gått bra. "Nå skal du bare hvile og kose deg og vi skal ordne alt for deg. "

Ygraine smilte takknemlig. "Og bra er det, og bare så dere vet det, heretter tar jeg urter så vi slipper flere slike overraskelser. Jeg orker ikke dette en gang til!"

Duchlain så litt spørrende på jordmora som gliste og ristet diskret på hodet. "De sier alle det rett etter fødselen, og det blir glemt etter noen år. Tro meg, jeg er sikker på at dere får flere etter hvert"

Ygraine brydde seg ikke om det som ble sagt, hun bare satt der i en slags lykkerus hun aldri hadde følt maken til og kjente at det rant melk fra brystene hennes allerede. Jordmora ville vise henne hvordan hun skulle amme og stelle de små og bli der så lenge hun var nødvendig. Alima gav Ygraine en hjertelig klem og alvekvinnen strøk henne takknemlig over pannen. "Du har velsignet meg med å bli bestemor igjen, vit at jeg vil gjøre alt for deg og barna fra nå av, alt!"

Ygraine løftet jenta og la henne bedre til rette, la merke til noe merkelig og trakk ned teppet. Bak i nakken hadde barnet et lite fødselsmerke og hun stirret vantro på det. Det var formet som et ulvehode i profil og hun skyndte seg å undersøke broren også, det var det samme merket på ham. Alima så dem og hun svelget hardt. "Gudinnens merke, de er hennes yndlinger, hennes utvalgte"

Ygraine så bedende på alvekvinnen som kjærlig pakket teppene rundt barna igjen. "Hva vil det bety for dem, er det farlig?"

Alima ristet på hodet. "Gudinnen vil verge og styrke dem og gi dem evner andre ikke har, det er en gave Ygraine kjære, frykt ikke. Det er kun av det gode"

Ygraine roet seg sakte ned igjen og de to gryntet svakt og hun kysset dem på hodet og hadde ikke trodd at så sterk kjærlighet fantes som den hun nå følte. Jordmoren gliste til Duchlain og Ohlain igjen. "Dere må finne dere i å komme i annen rekke heretter gutter"

Duchlain bare svelget rørt. "Som om det betyr noe nå?"

Ygraine så ømt på de to. "Så, har dere noen forslag til navn?"

Duchlain så på Ohlain og de smilte til hverandre, et litt konspiratorisk smil.

"Vær du sikker på det elskede, vær du sikker"

Akisha jobbet med å trene noen lærlinger i spydfekting da Whaly
kom styrtende med et brev i handa. "Akisha, dette kom nettopp med
en due fra Catendhar, venter dere ikke brev i disse dager?"
Akisha slapp det hun hadde i hendene og ropte til de andre som var
til stede, ordet spredte seg som vinden og før hun rakk bort til døra
ned til spisesalen var alle stimlet sammen rundt henne. Elywen så
bedende på henne. "Men så les da, hva står det? Har hun fått barnet?
Gikk det bra?"
Akisha gjorde seg kostbar. "Jeg leser når vi er nede i spisesalen,
ikke før. Alle skal være samlet for dette!"
Hun trengte ikke be to ganger, spisesalen fylte seg opp på rekordtid
med alle som hadde vært med og noen til som hadde hørt om
Ygraine og bare var nysgjerrige. Akisha brøt seglet med en negl og
brettet det ut, stillheten var til å ta og føle på. Hun leste fort en rekke
høflige kommentarer om at byen var i ferd med å komme på fote
igjen og at alt sto bra til i så måte. Folk så ut som om de var ved å
krype ut av sitt gode skinn av utålmodighet, til og med Våk virket
ivrig.
"Ærede mestere, det er med stor glede jeg, Duchlain av Catendhar
kan meddele dere at jeg og min bror Ohlain i går ble fedre til to
nydelige barn, en gutt og en jente. Begge er sunne og friske og
Ygraine er også sunn og sterk etter anstrengelsen. Det var en ganske
lett fødsel. Barna skal hete Locerion og Narmotariel, vi synes det
passer da de bærer gudinnens tegn. "
Akisha senket brevet og jubelen brøt løs, et øyeblikk følte hun seg
merkelig hul før hun ble med i jubelen. Ygraine hadde noe hun aldri
ville kunne få, det var merkelig bittert der og da. Våk nikket sindig
med hodet. "Gode navn, drage og ulvedronning, det gir styrke, det
ærer gudinnen"
Elywen strålte og Akisha hevet et beger øl. "Da drikker vi for dem i
kveld mine venner, vi drikker for at de skal få en lett barndom, en
vakker ungdom, og en sterk tid som voksne med lykke kjærlighet og
få sorger!"
Alle jublet og hevet glassene og serveringsjentene hadde brått
jobben med å holde alle fylt. Akisha bet seg i underleppa, hun burde

328

ikke sippe der og da, hun burde være glad på Ygraines vegne og det var hun virkelig også. Hun følte seg bare så ufullstendig. Om nå noen av de andre kvinnene der ble med barn ja da kom hun til å slite hardt. Raigh så uttrykket hennes og gikk bort til henne, klemte henne hardt. Hun gjemte ansiktet mot brystet hans, klemte handa hans hardt. "Ikke vær lei deg kjære, jeg elsker deg uansett, det vet du da?"

Hun nikket og svelget den mørke følelsen, så ham inn i øynene. "Om Naragh hadde tatt feil, og.., og det hadde skjedd oss også, hva ville du gjort da?"

Raigh bare kysset henne kjærlig. "Det trenger du ikke spørre om elskede, du vet svaret!"

Hun bare nikket, selvsagt visste hun svaret. Raigh ville være der for henne og støtte henne uansett, det var slik en trygghet i å vite det. Ingenting skulle få skille dem ad noen gang. Hun snudde seg mot peisen for å varme seg og stivnet til et øyeblikk, hun så en mørk skygge forme seg bak flammene, en sort ulv med senket hode og noe kaldt raste gjennom henne. Det var ikke et godt omen, hun visste det bare og hun klemte Raighs hånd og så vekk. Det kunne ikke være Ygraines barn det spådde vondt for, det fikk ikke være slik. Akisha svor en stille ed der og da, om det ble nødvendig ville hun gjøre alt for å beskytte de to, uansett hva slags vansker de kom til å rote seg opp i. Hun klemte Raigh igjen og kysset ham og så gav de seg med i en helhjertet og løssluppen feiring både Ygraine, Duchlain og Ohlain ville blitt sjokkert over hadde de vært der og bevitnet det.